2019 신예작가

선정위원

소 설 가 김지연 김호운 김성달
문학평론가 유성호 이승하

2019 신예작가

사단법인 **한국소설가협회**

| 차례 |

2019년 신예작가 포럼에 붙여

김지연芝娟

(한국소설가협회 이사장)

　소설이 읽히지 않는 시대의 작가들은 외롭지 않을 수 없다. 디지털문화와 영상매체에 떠밀려 사람들이 소설 읽기를 멈추고, 따라서 소설책이 팔리지 않으니 소설을 써서 생계를 연명하던 작가들의 삶이 궁핍해짐은 당연하다.

　사람들의 손에서 소설이 서서히 멀어지기 시작한 세월이 어언 10년 가까이 접어들면서 요즘은 그 흔하던 책 광고조차 보기 힘들다.

　시국과 세상살이가 소설보다 더 드라마틱한데, 허구로 구성된 소설은 재미가 없다는 독자도 적지 않다.

　사람들의 의식이 나날이 급변하고 첨단으로 치닫는 전산화 시대에 소설이 허둥지둥 좇아갈 이유는 없지만, 변화된 세상살이의 바탕인 정신적 무늬는 파악해야 작가의 소명인 더욱 인간적인 삶을 창조할 수 있다. 급조되는 다양한 색깔의 삶 속에서도 광맥을 캐내듯 작가는 진실을 추출해내며 궁극적으로 사람들을 위로하고 구원할 수 있어야 할 것이다.

장황스러워지는 것은, 사람들이 소설을 읽지 않는 이유가 전적으로 작가의 책임인 양 덮씌울까 노파심 때문이다.

본 책자에 게재된 열여섯 작품과 작가들은 등단하고 작가생활 5년 미만 혹은 전후인 신예작가들이다. 더 구체적인 표현으로 정예작가 군단이다. 데뷔 후 짧은 기간이지만 열심히 활동했던 때문지 않은 작가들이 한 자리에 동참한 것이다.

소설을 읽지 않는 세상이라 해도 웹소설을 읽는 이도 있고, 본격소설과는 거리가 있지만 판타지소설 공상과학소설도 부상하고 있다. 무엇보다 경이로운 점은, 소설을 읽지 않고 소설책이 팔리지 않는데도 해마다 소설장르의 작가 지망자는 증가하고 있고 경쟁 또한 치열하다. 금전과는 무관한 예술본질의 영원성 때문일 것이다.

신예작가라 해도 연령대가 반드시 젊은 것은 아니지만 그러나 작(作)단의 짧은 연조만큼 순수하고 풋풋하며 무한한 가능성의 여백이 있다. 이들과 더불어 세상이 수상할수록 본격소설 창작에 매진함이, 우리 모든 작가들의 과제가 아닐까도 싶다.

특히 신예 정예의 타이틀로 선정된 열여섯 작가들에게 초심의 '최선'을 잊지 마시라는 당부와 앞날에 문운이 확 트이기를 진심으로 기원해본다.

2018년 12월

강석희

1986년생
2018 동아일보 신춘문예 단편소설 부문 당선

공중정원

강석희

혜란은 새벽이 깊어 가도록 잠들지 못했다. 두근거림이 멈추지 않아서였다. 평소보다 이른 시간에 이불을 덮고 누웠지만 도무지 잠이 오지 않았다. 연예인 부부들이 나오는 예능 프로그램을 보며 맥주를 마시다가 한 시가 넘어서야 들어온 성호는 눕자마자 잠이 들었는데도 혜란의 머릿속은 맑았다. 곤히 잠든 성호의 얼굴을 한 번 보고, 천장을 한 번 보고, 또 성호의 얼굴을 봤다. 잠든 얼굴을 보는 건 오랜만이었다. 자는 얼굴이 아이 같은 사람이었지. 잊고 있었던 생각이 떠올라 흐뭇한 마음이 일었고 성호의 볼에 입을 맞추었다. 성호는 몸을 움찔하더니 찰싹 소리가 나게 볼을 때리고 돌아누웠다. 혜란은 성호의 등을 물끄러미 보다가 피식 웃고 이불을 올려 주었다. 깍지 낀 두 손을 가슴 위에 올리고 가지런히 눈을 감았다. 몇 개의 장면들이 눈꺼풀 아래로 촤르르, 지나갔다. 혜란의 얼굴 위로 미소가 내렸다. 이사를 앞둔 밤이었다.

혜란은 열일곱 살 때 처음으로 도시에서 살게 되었다. 진주에 있는 학교에 입학하면서였다. 그녀의 부모가 삼천포에서 제일 큰 횟집을 한 덕분에 육 남매의 막내딸이었던 혜란까지 고등학교에 다닐 수 있었다. 그런 일이 흔하지 않았던 시절이었다. 진주로 가기 전날 밤, 혜란은 늦게까지 잠을 이루지 못했다. 진주에 간다. 혼자서 간다. 정말로 간다. 어두운 방에 혜란이 쏘아 올린 무수한 '간다'가 빛났다. 혜란은 반짝이는 '간다'들을 황홀하게 올려다보다가 밤을 지새웠다. 열두 살 때 처음 가 본 진주는 혜란에게 너무나 경이로운 세계였다. 어디를 가도 바다는커녕 바다 냄새도 없었다. 물기가 없는 공기가 산뜻하게 몸을 감았다. 도시 한가운데 성(城)을 품고 있는 이곳은 얼마나 넓은 곳일까. 남강은 어쩜 저리도 점잖게 흐를까. 그 강을 가로지르는 큰 다리를 짓기 위해 얼마의 시간들이 모였을까. 어린 혜란은 촉석루에 앉아 생각했다. 여기에 우리 집이 있다면…… 작은 가슴이 쉴 새 없이 오르락내리락했다. 그날 이후 혜란은 틈만 나면 진주에서 살자고 어머니를 졸랐다.

"니는 뭐 숨만 쉬면 진주 타령이고!"

어머니는 생선 피가 묻은 칼을 허공에 지르며 혜란을 떼어 냈다. 하지만 혜란의 끈기도 못지않았다. 마침내 열다섯 생일에 아버지로부터 약속 비슷한 것을 얻어 냈다.

"공부 열심히 해 가꼬, 진주여고 가모 되긋네."

혜란은 악착같이 공부해서 삼천포여중을 1등으로 졸업하고 진주여고에 들어갔다. 진주에서의 날들은 꿈만 같았다. 생선보다 돼지고기가 자주 올라오던 하숙집의 식탁, 친구를 따라간 성당에서 만난 옆 학교의 오빠, 그가 써 준 편지에 적혀 있던 백석의 시, 야간 자습을 빼먹고 본 E.T., 극장을 나오면서 친구들과 맞대었던 손가락, 터지던 웃음, 웃음들…… 모든 것이 좋았다. 하지만 혜란은 2학년이 되지 못했다. 횟집에서 물회를 먹은 일가족이 집단으로 비브리오 패혈증에 걸렸고, 그중 가장 어린 아들이 사망하는 일이 벌어진 것이었다. 횟집은 거액의 벌금과 함께 폐업했다. 타지에서 학교를 다니던 네 딸들이 모두 삼천포로 돌아왔다. 집기들이 모두 빠진 횟집의 쪽방에 언니들과 모인 밤,

혜란은 터뜨리지 못한 울음을 삼켰다. 어둠 속, 자매들의 손바닥 안에 땀이 촉촉하게 차올랐다.

이삿짐센터 직원들은 아침 일곱 시에 도착했다. 혜란은 다섯 시 반에 일어나 샤워를 하고 머리를 만지고 화장을 하고, 여섯시 이십분에 성호를 깨워 아침을 먹었다. 혜란이 언제나 분 단위의 시간까지 지켜야 직성이 풀리는 사람인가 하면 그건 아니었다. 잘 벼린 칼로 자르듯 시간을 나누어 움직인 것은, 혜란에게 그 이사가 한 치의 오차도 없어야 하는 일이었기 때문이었다. 여섯 시 오십 분이 되었을 때 혜란과 성호는 거실 소파에 나란히 앉아 있었다. 시계 초침을 따라 눈동자를 굴리던 성호가 입을 쩍, 벌려 하품을 했다. 혜란이 성호의 어깨를 찰싹, 때렸다. 성호는 맞은 자리를 손으로 몇 번 문지르고 무심히 눈을 감았다.

학교도, 진주도, 그리웠지만, 그래서 슬펐지만, 가계를 다시 일으키려는 부모의 노력을 보고 있자니 감정 같은 건 사치로 느껴졌다. 삼천포에서 도망치듯 떠난 혜란의 가족이 간 곳은 거제도였다. 조선 경기가 호황이던 시절이었다. 혜란의 부모는 조선소 근처에 작은 백반집을 열었다. 장사를 시작한 지 얼마지 않아 눈코 뜰 새 없어졌다. 월식을 달아놓는 손님이 대부분이라 하루 종일 일을 했다. 가족은 두 개 조로 나뉘어 새벽 여섯 시부터 밤 열 시까지 장사를 했다. 전쟁이었다. 가게가 자리를 잡아 갈 즈음, 건물주는 전세금을 올리겠다 했고 비슷한 가게들이 자꾸 생겨났다. 혜란의 부모는 구체적으로 뭘 어떻게 하라는 건지 설명도 없이 우리 더 열심히 하자, 했다. 혜란은 열심히 했고, 그러다 왈칵, 눈물을 쏟았다. 오전 일을 마치고 들어오는 어머니와 언니들의 얼굴이 처참해서였다. 처참한 기분이야, 라고 여고 시절에 시험을 망친 친구가 말했을 때는 그게 어떤 기분인지 정확히 이해할 수 없었지만 이제는 알 것 같았다. 아니, 친구에게 그런 건 처참의 영역에 속할 수 없는 일이라고 말해 주고 싶었다. 처참한 얼굴들의 처참한 삶. 자신의 얼굴도 크게 다르지 않을 것이라는 생각이 들어 혜란은 계속 울었다.

"장사 전에 와 울고 지랄이고!"

소리를 빽 지르는 어머니의 목소리도 처참해서 울음은 멈추지 않았다.

더위가 시간을 앞질러서 왔다.

"아직 5월인데…… 이삿날 비가 와야 잘 산다는데……"

혜란은 살면서 한 번도 해 본 적 없는 말을 했다. 이삿짐센터 직원들은 물에 적신 수건을 목에 두르고 묵묵히 짐을 빼 갔다. 혜란은 성호를 시켜 사 온 오렌지 주스와 냉수를 부지런히 나눠 주었다.

"잘 부탁해요."

"어어, 조심조심……."

혜란이 말해도 직원들은 대답 없이 한결같은 묵묵함으로 일했다. 아홉 시도 되기 전에 집안이 텅텅 비었다. 이렇게 넓은 집이었나. 혜란은 소파가 있던 자리, 침대가 있던 자리, 동혁의 책상이 있던 자리를 하나씩 눈으로 짚어 보았다. 그 자리들은 조금씩 눌리고 색이 바래 있었다. 손가락으로 문질러 봐도 시간의 자국은 지워지지 않았다. 이곳에 무엇이 왔었나. 우리는 무엇이 되었나. 잠시 그런 생각을 했다.

"쿵쿵."

성호가 현관문을 두드리며 고갯짓을 했다.

"나갈게."

혜란이 종종걸음으로 나오고 문이 닫혔다. 익숙한 잠김 벨소리와 잠금쇠 걸리는 소리가 들렸다. 잘 지내라는 인사 같았다.

여고 친구들이 거제에 왔다. 반갑다는 말이 쉽게 나오지 않았다. 혜란은 그 말을 대신해 있는 힘껏 미소를 지었다. 여름방학의 귀중한 하루를 자신을 보러 오는 데 써 준 친구들에게 혜란이 할 수 있는 최선이었다. 첫째 언니의 배려로 일을 쉬고 친구들과 하루를 보냈다. 바다를 보고 싶어 하는 친구들과 해수욕장에 갔다. 친구들은 밀려오는 파도 쪽으로 꽃망울 같은 비명을 터뜨리며 달려갔다가 발끝을 적시고 돌아왔다. 저런 게 재밌을까. 혜란은 친구들을 두고 슈퍼에 가서 아이스크림을 샀다.

"니는 바다 맨날 보니까 좋겠다."

정희가 말했다. 인선이 정희의 옆구리를 쿡 찔렀다. 조용해졌다.

"왜 애 말을 못하게 하노."

혜란이 말하자 그때서야 친구들이 다시 웃었다. 친구들을 배웅하고 돌아오던 길에 혜란의 기분은 처참했다. 정희의 말에 잠시 조용해졌을 때 친구들과 자신이 본 것이 떠올라서였다. 그들이 본 것은 서로의 손이었다. 볼펜을 쥐느라 손가락 마디에 굳은살이 생긴 친구들의 손과 설거지를 하느라 습진이 생긴 혜란의 손. 그 손들은 다시 맞잡기에 너무 멀어진 것 같았다. 그리고 그것에 대해 아무런 말도 하지 않았던, 어쩌면 못했던, 그 순간이 장면으로 남았다. 친구들과 다시는 만날 수 없으리라는 걸 혜란은 알았다.

이삿짐을 실은 대형 트럭이 앞장을 서고 혜란과 성호의 차가 그 뒤를 따랐다. 혜란은 조수석에 앉아 초록색 트럭에 그려진 로고를 보았다. 어깨에 짐을 멘 사람이 빠르게 뛰어가는 것을 단순한 선으로 그린 것이었다. 혜란의 머릿속에 다른 이삿짐센터의 이름들이 지나갔다. 비탈을 내려가다가 트럭 뒤를 들이받아 이사 비용만큼의 합의금을 물었던 날, 성호가 엉뚱한 방향으로 차를 몰아 이삿짐을 다 풀 때까지 다툰 날, 탑차의 잠금 장치가 풀려 성호의 난초 화분이 도로 위로 쏟아졌던 날, 그리고 또 많은 날들. 돌이켜보면 순탄했던 이삿날이 없었다. 이제는 저런 트럭의 뒤를 따라다닐 일이 없겠지. 부산 톨게이트를 지나며 혜란은 무릎 위에 놓인 손에 꼭, 힘을 주었다.

　스무 살 되었을 때 혜란은 다시 도시 구경을 했다. 서울에서 취직을
한 큰오빠가 가족들을 초대한 것이었다. 오빠는 회사 선배에게 빌린
봉고차를 끌고 나왔다.
　"언제 이래 다 커 가꼬…… 운전까지 배웠노."
　어머니는 저고리 고름으로 눈물을 찍었지만 혜란은 그런 감상에 젖
을 여유가 없었다. 말로만 들어 봤던 서울은 혜란이 경험한 세계의 상
식을 모조리 뛰어넘었다. 서울에 비하면 진주는 헐겁게 짠 어망(漁網) 같
았다. 오빠가 운전하는 봉고차를 타고 63빌딩, 경복궁, 남산타워를 정
신없이 구경했다. 다른 가족들은 꾸벅꾸벅 졸기도 했지만 혜란은 피곤
한 줄도 몰랐다. 차창에 이마를 대고 쉼 없이 바뀌는 서울의 풍경을 열
심히 눈에 담았다.
　"여기가 식당이라고?"
　"너무 비싼 데 아이가?"
　경양식 집에서 가족들은 놀랐다. 그것이 큰오빠를 더욱 즐겁게 했다.
잔잔한 음악이 흐르고, 테이블 사이의 간격이 넓고, 한 사람 몫의 음식
이 각각의 접시에 나오는 그 곳에서 혜란은 순간 멍해졌다. 물수건으
로 닦으면 새까만 기름이 묻어나는 손으로 제육을 집고 된장을 퍼 먹
던 시끄러운 사내들이 떠올랐다. 큰오빠가 잘게 자른 돈가스 접시를
혜란의 접시와 바꾸어 주었을 때에야 아, 여기가 식당이 맞구나, 생각
했다. 포크로 돈가스를 찍어 한 입 먹었다. 삼키고 싶지 않을 정도로 맛
있었다.
　"이러다가 내려가는 차 놓치는 거 아이가."
　식사를 마치고 터미널로 가는 길은 퇴근 시간이 지났는데도 꽉 막혀
있었다. 아버지가 시계를 보며 초조해했다.
　"괜찮아예. 남산터널만 지나면 금방 뚫릴 겁니다."

한강 위에 동동 뜬 가로등 불빛을 손가락으로 짚어 보고 있던 혜란은 오빠의 말에 정신이 번쩍 났다. 남산터널만 지나면 뚫린다. 그런 말은 진짜 서울 사람만 할 수 있는 말 같았다. 오빠는 이제 정말 서울 사람이 된 걸까. 혜란의 머릿속에 진주에서 삼천포로 돌아가던 열일곱의 어느 날이 떠올랐다.

부산에 들어서자 차는 한참을 오도가도 못 했다. 부산의 교통 체증은 예상한 것이었지만 혜란의 마음은 자꾸 끓었다. 집이 어디로 도망가는 건 아니지만 그래도 빨리 가고 싶었다. 집이 가진 온도와 채도와 향기 같은 것을 얼른 느끼고 싶었다. 그것이 내 것이라고 말하고 싶었다. 혜란은 초조한 마음으로 성호를 보았다. 더워서인지 얼굴이 조금 달아올랐을 뿐 별 생각이 없어 보였다. 무심한 사람. 언제부터인지 몰라도 말 수 적고 감정도 적은 사람이 된 성호에게 화가 났던 적도 많았다. 하지만 그것도 이제는 다 옛날 일이었다. 어쨌든 여기까지 함께 와 주었으니까, 그걸로 됐다. 충분하다. 이만하면 좋다. 혜란은 또 혼자서 마음을 풀었다. 그 사이 길도 풀려서 바다가 보이기 시작했다. 해운대였다. 그 곁에 찌를 듯 솟아 있는 혜란과 성호의 새집도 보였다. 매끄러운 배면의 곡선에서 전통의 미(美)가, 찬란히 반짝이는 통유리 외벽에서는 첨단의 미가. 광고에 나왔던 말 그대로였다. 하늘에 닿을 것 같은 67층짜리 초고층 아파트, 사람들은 그 건물을 '바벨탑'이라고 불렀다. 혜란은 그 말이 마음에 들었다. 빽빽한 통유리창들 중에서 어떤 것이 자기 것인지 혜란은 가늠해 보았다. 눈이 시렸다.

서울에 다녀온 뒤로 혜란에게 습관이 하나 생겼다. 가게 밖을 멍하니 바라보는 것이었다. 손님이 있으나 없으나 부지기수로 그랬기 때문에 둘째 언니에게 등짝을 얻어맞는 일이 잦았다.
"바빠 죽겠구만 뭐하는데!"

혜란도 그러고 싶지 않았는데 눈길은 자꾸 바깥으로 갔다. 가게 앞에 쏟아진 햇빛 속으로 한 걸음만 내딛는다면, 뒤도 돌아보지 않고 도망친다면, 어떨까, 어떻게 될까. 성호가 식당에 드나들기 시작한 게 그 즈음이었다. 각이 완만한 하얀 얼굴과 긴 손가락을 가진 성호는 다른 직원들 사이에서 눈에 띄었다. 그가 닦은 물수건에는 기름때가 묻어 있지 않았다. 허리를 꼿꼿이 세우고 정확한 숟가락질과 단정한 젓가락질로 밥을 먹었다. 늘 밥을 한 숟갈 정도 남겼는데 그 모습을 보고 혜란은 그가 여기 있을 사람이 아닌 것 같다고 생각했다. 밥솥 하나가 고장이 나는 바람에 유난히 정신없이 점심시간을 보낸 날, 손님이 모두 빠져나간 후에 성호가 왔다. 혼자였다. 아버지와 둘째 언니는 주방에서 설거지를 하고 있었다. 혜란이 성호에게 음식을 차려 주었다. 성호가 밥을 먹는 동안 혜란은 멀찌감치 앉아서 바깥을 봤다. 성호의 뒷모습도 살짝살짝 봤다.

"어디를 그렇게 봅니까."

성호가 어느샌가 다가와 밥값을 내밀었다. 혜란은 아무 말도 못했다. 지금 내 얼굴이 바보 같겠지. 그런 생각을 하자 얼굴이 발갛게 달아올랐다. 성호는 그런 혜란 옆에 잠시 서 있다가 식탁 위에 돈을 놓고 나갔다. 천원 지폐 세 장 아래에 쪽지 하나가 있었다.

'저 창원으로 갑니다.'

글씨체가 단정했다. 아래에 0551로 시작하는 전화번호도 있었다. 그 이후 성호는 매주 일요일마다 혜란을 보러 왔고 딱 1년 째 되던 날, 새로 맞춘 양복을 입고 와서 청혼을 했다.

아파트가 눈에 보이자 도착까지는 금방이었다. 오른쪽에 바다를 두고 달리게 되면서부터는 창문을 열었다. 바람에서 왠지 짭조름한 맛이 느껴지는 것 같았다. 해변의 모래 향기 같은 것도 날아왔다. 혜란은 손을 조금 내밀었다.

"그래. 내가 왔어."

나지막이 속삭이며 해운대의 바람과 악수를 나누었다. 내비게이션이 도착 5분 전을 알렸을 때, 이삿짐 트럭이 두 사람의 차 뒤로 이동했다. 아파트까지 이어진 길에 차도 사람도, 무엇도 없었다. 혜란의 심장이 빠르게 뛰었다. 성호가 아파트 입구의 경비실에 입주자 카드를 보여 주자 차단기가 올라갔다. 혜란은 집에 들어가 곧바로 통유리 앞에 섰다. 공중정원이 있었다. 분양 때부터 아파트의 자랑으로 소개되던 것이었다. 분수가 있는 자그마한 호수와 그것을 둘러싼 푸른 잔디, 우아한 벤치, 고즈넉한 오두막. 정원 위의 모든 것은 아파트 2층과 3층 정도의 높이에, 시공사의 말을 빌리자면, '떠' 있었다. 공중정원의 아래는 강화유리로 만들어진 투명한 기둥이 받치고 있었다. 내 집 앞의 공중정원! 환상의 자연 공간! 거창했던 광고 문구는 조금 과하다 싶은, 인공성이 강한 구조물이었지만 거기에서 오후를 보내는 사람들의 모습은 혜란이 그리던 여유와 닮아 있었다. 계절은 봄과 여름 사이. 혜란은 정원 쪽으로 손을 뻗었다. 그래요, 내가 왔어요.

좋아하긴 하지만 결혼까지는…… 청혼을 받던 당시에 혜란의 마음이었다. 혜란이 결혼을 결심한 것은 성호가 창원을 보여 준 다음이었다. 자신이 일하는 곳이 얼마나 믿음직한 곳인지, 그러므로 자신이 얼마나 믿음직한 사람인지 보여 주고 싶었던 성호의 의도가 아주 정확히 맞아떨어진 건 아니었지만, 혜란의 마음은 크게 흔들렸다. 창원에서 살고 싶다. 혜란은 신혼여행을 다녀올 때까지도 그 생각을 외면했지만 신혼집으로 들어가는 길에 결국 인정할 수밖에 없었다. 성호가 좋지만, 창원에 사는 성호라서 더 좋다는 것을. 서울에서 받은 오감의 충격이 아직 남아 있었지만 창원도 혜란을 행복하게 만들었다. 서울에는 차가 너무 많았어. 공기가 탁했지 아마. 이런 생각들을 하면 아쉬움도 조금은 가라앉았다. 바닷가 마을에서 빠져 나왔다. 그것도 좋아하는 사람과. 그걸로 만족할 수 있었다. 창원으로 이사를 하고 첫 일주일을 보내는 동안 혜란은 성호에게 이것저것을 부탁했다. 도청에 데리고 가줘. 8차선 도로를 보여 줘. 영화관에 가자. 경양식 집에서 저녁을 먹자. 성호는 그 부탁을 모두 들어주었다.

'이다지도 기쁜 날들일 수가.'

혜란은 찬장 높이 숨겨 둔 일기장에 그렇게 썼다. 그리고 바로 밑에 조그맣게 또 한 줄을 적었다.

'고마워.'

"고마워."

새집의 새 침대에서 혜란이 말했을 때 성호는 어리둥절해졌다. 나에게 고마울 게 대체 뭘까. 이 집에 살게 되어 고마운 것이라면 그건 앞뒤가 맞지 않는 말이었다. 그 집은 성호의 힘으로 산 것이 아니었다. 엄밀히 말해 집 면적의 대부분은 여전히 다른 누군가의 것이었다. 집에 들어오기 위해 준비한 돈도, 앞으로 갚아야 할 돈도, 그간의 성호가 벌어 온 돈으로 감당할 수 없는 것이었다. 기적에 가까운, 보통은 무리라고 하는 이사였다. 기적을 행한 것은 혜란이었다. 돈을 모은 것도, 공인중개사들과 친분을 쌓은 것도, 분양권을 따낸 것도, 그리고 앞으로 이집을 지탱할 아들을 만든 것도, 모두 혜란이 한 일이었다. 그러니 자신은 고맙다는 말을 들을 자격이 없다고, 성호는 생각했다. 설령 자신에게 그런 자격이 있다 해도 이제 그런 말은 듣고 싶지 않았다.

서울에 사는 큰오빠와 수원에 사는 작은오빠가 여름휴가 날짜를 맞춰 창원에 온 일이 있었다. 오빠들이 오기 일주일 전부터 혜란은 분주하게 움직였다. 동혁의 방과 짐방을 비우고 단순하면서도 기품이 있는 인테리어 용품들을 들여 놓았다. 성호가 회사에 가 있는 동안 시내버스를 갈아타고 다니며 신시가지에서 보여줄 만한 곳들을 찾아냈다. 경상남도에 처음 생겼다는 대형마트에서 시장을 보고 푸짐하게 상을 차렸다. 오빠들이 도착했다는 전화에 혜란의 마음은 부풀었다. 성호와 동혁의 손을 잡고 오빠들이 올라오기를 기다렸다. 그러나 문이 열리고 오빠들의 가족이 하나 둘 들어오는 동안 혜란의 마음은 입을 닫지 않은 풍선처럼 어지럽게 부유했다. 어른 네 명과 아이 세 명이 좁은 문을 차례로 통과했을 때, 그들의 신발이 현관을 꽉 채우고 복도까지 밀려난 것을 봤을 때, 혜란은 생각했다. 세상에, 우리 집 진짜 작네. 거실에 차린 저녁상에 둘러앉은 열 명의 사람들의 얼굴에 땀이 송글송글 맺혔다. 베란다의 바깥 창문까지 모두 열고 선풍기를 강풍으로 돌려 보아도 땀이 계속 흘렀다. 혜란이 내놓은 아귀찜, 갈비탕, 잡채, 산적, 소불고기, 두릅회, 두부김치는 무엇 하나 줄어들 기미가 없었다.

"란이가 우리 때문에 너무 고생한다."

이틀을 묵기로 했던 오빠들은 하루 만에 떠났다. 오빠들을 배웅하는 동안 혜란의 등줄기로 계속 땀이 흘렀다.

6월이 되면서 기온이 심상치 않게 올라갔다. 혜란은 성호가 집을 비운 낮 시간이 너무 길게 느껴졌다. 더위에 시간이 녹아 붙은 것처럼 하루가 가지 않았다.

"매년 이렇게 더워지니 어떻게 한담."

혜란은 TV에서 보았던 오존층 파괴, 복사열, 열섬, 엘니뇨 같은 말을 떠올렸다. 소파에 앉아 통유리 너머로 해운대를 보는 것이 시각적 위안을 주었지만 그마저도 오래 즐길 수는 없었다. 너무 더웠다. 블라인드를 죄다 내리고 에어컨을 켜야 청소도, 요리도 할 수 있었다. 집안일을 마치면 에어컨을 끄고 블라인드를 올렸다. 얼음물 한 컵을 들고 창밖을 내다보는 것이 혜란의 휴식이었다. 바다가 보이고 해변이 보이고, 공중정원이 보였다. 정원에 나온 사람들의 손에 커다란 부채나 휴대용 선풍기가 들려 있었다. 이 더운 날에 밖에서 왜, 생각하며 먼 곳으로 시선을 옮겼다. 정원의 뒤편은 해수욕장이었다. 너울너울 몰려왔다가 거품을 일으키며 빠지는 바닷물과 해변을 거니는 몇 명의 사람들에게서 여유와 평화가 보였다.

"그래. 바다가 좋기는 하지."

혜란은 혼잣말로 그렇게 말했다.

오빠들이 다녀간 이후로 창원의 어디를 가도 예전 같지 않았다. 혜란은 고민했다. 어떤 고민을 해야 할지 모르는 불안함에 대해 고민하다가 그런 날들을 반복하면서 두 개의 질문과 마주하게 되었다. 더 나은 삶이 어디에 있을까. 어떻게 하면 거기에 닿을 수 있을까. 동혁이 초등학교에 입학을 하던 즈음이었고, 학부모 모임에서 만난 다른 엄마들의 이야기가 혜란을 움직이게 했다. 이사할 곳을 알아보고 동혁에게 가르쳐야 할 것들의 목록을 짰다. 계산기를 아무리 두드려 보아도 성호의 벌이만으로는 혜란의 계획이 실현될 수 없었다. 학부모 모임에서 만난 희주 엄마의 소개로 보험 외판원 일을 시작했다. 성호는 달가워하지 않았다.

"지금도 큰 문제없잖아."

성호가 말했을 때 혜란은 대답 대신 노트를 보여 줬다. 주민등록상의 주소지와 삶의 질의 상관관계, 출신 학군과 인생의 성취 정도의 비례 곡선 등이 기록된 신문 기사가 빼곡히 스크랩된 것이었다. 성호의 눈동자가 깊은 터널의 한가운데처럼 변하는 것을 혜란은 볼 수도 있었지만 보지 않았다. 먼 곳을 보고 높은 곳을 보았다. 성호의 인맥을 바깥부터 헐어 가며 고객을 늘렸다. 집이 넓어졌고 동혁의 성적이 올라갔다.

최고 기온이 30도를 넘어갈 거라는 일기예보가 일상이 되자 곧 장마가 시작되었다. 더운 공기에 습기까지 더해지자 숨이 턱턱 막혔다. 작년까지는 이 정도로 힘들지 않았는데. 혜란은 바람이 잘 통해 시원하던 예전의 집을 떠올렸다. 기분을 망치는 생각이었다. 집이 바뀌어서가 아니라 올해 날씨가 유난스러운 거라고, 누군가 말해 줬으면…… 바라게 되었다. 하염없이 내리는 빗줄기 사이로 공중정원이 보였다. 다른 곳은 비어 있고 오두막 아래에 사람들이 모여 있었다. 이 비에 뭐하고들 있지? 다른 일을 해 봐도 그 사람들이 눈에 밟혀 결국 밖으로 나갔다. 빗줄기가 보기보다 더 거세서 우산도 소용없이 어깨와 발목이 젖었다. 오두막에는 혜란과 비슷한 또래로 보이는 여자들이 있었다. 혜란이 인사를 하기도 전에 그들은 엉덩이를 조금씩 움직여 자리를 만들어 주었다. 둘러앉은 그들의 가운데에는 얼음만 남은 일회용 커피 잔들이 있었다. 다들 단정한 옷차림에 무심한 얼굴을 하고 있었다. 손에는 책을 한권씩 들고 있었다. 혜란은 마음이 편해지는 것을 느꼈다. 그들이 내어 준 작은 자리에 무릎을 모으고 앉았다.

동혁의 중학교 진학을 앞두고 IMF가 터졌다. TV와 신문에서 올해의 유행어로 '명태'라는 단어를 선정했다. '명예 퇴직자'를 줄인 말이었다. 그리고 성호도 수많은 '명태' 중에 하나가 되었다. 동혁만 큰오빠의 집으로 주소지 이전을 해 놓고 서울의 국제중학교에 보내기로 한 시기였다. 성호는 염치없다는 얼굴로, 하지만 차라리 잘됐다는 얼굴로 동혁을 서울로 보내지 말자고 했다. 혜란은 그것만은 절대 안 된다고 날을 세웠다. 결국 동혁을 서울로 보내고, 두 사람은 양산으로 이사를 갔다. 달동네 초입의 지은 지 오래된 단층 주택이었다. 왜 하필 양산이었냐면, 사정이 좋아질 때 곧장 부산으로 이사를 하기 위해서였다. 열심히 살다 보면 인생의 궤도에서 어긋나지 않을 거라고, 성호를 격려했다. 성호는 입안에 뭔가 머금은 듯한 얼굴을 하고 고개만 끄덕였다.

비를 뚫고 오토바이가 달려 왔다. 비옷을 입은 배달부의 철가방에서 랩으로 두껍게 싼 칼국수 그릇과 김밥 접시가 탁탁 소리를 내며 나왔다.

"5만 2천 원요."

『시를 잊은 그대에게』를 들고 있던 여자가 신용카드를 꺼냈다. 사람들의 자연스러운 태도로 보아 아마도 그녀가 계산할 차례인 것 같았다. 카드 영수증을 놓고 배달부가 떠났다. 김치를 한 데 모아 담고 남은 접시가 혜란 앞에 놓였다.

"비 오는 날엔 칼국수잖아요."

옆에 앉은 여자가 손사래를 치는 혜란에게 칼국수를 담아 주었다. 다른 사람들은 혜란이 먼저 먹기를 기다리는 듯이 그릇을 놓고 혜란을 보았다. 인사를 하고 칼국수 한 젓가락을 들며 혜란은 이상하다는 생각을 했다. 이런 날 이런 데 있을 사람들이 아닌 것 같은데. 혜란은 실례가 되지 않을 만한 질문을 고르고 골랐다.

"여기에 자주 모이시나 봐요?"

"그럼요. 여기 참 좋잖아요. 좀 시원하고."

『사랑의 기술』을 들고 있던 여자가 대답했고 곧 조용해졌다. 혜란은 일순간 찾아온 고요 위로 빗소리가 크게 울리는 것을 듣고 얼른 그릇을 비웠다.

양산에서 김해까지. 집 주소가 바뀌는 동안 혜란과 성호는 네 번의 이사를 했다. 더울 때 덥지 않고 추울 때 춥지 않은 31평형 아파트까지 가는 동안 성호도 새 직장을 다니게 되었다. 하지만 혜란은 그 정도에 만족할 수 없었다. 동혁이 서울에서 좋은 대학에 다니게 되었으므로 부모로서 하루 빨리 부산에 가야 한다고 생각했다. 그것이 가족의 체면을 세우는 일이라 믿었다. '이달의 보험왕'에 석 달 연속으로 뽑힐 만큼 부지런히 일했고 인맥도 늘어났다. 그러나 이상하게도 흉금을 터놓을 사람들은 계속 줄었다. 조금 외롭다고 느낄 즈음 건강검진에서 유방암 전기 판정을 받았다. 회사는 혜란이 치료를 받는 동안을 기다려주지 않았다. 다시 집에 있게 된 혜란은 조급해졌다. 그런 혜란이 시작한 일이 부동산 정보 수집과 재테크 공부, 해운대 뷰를 가진 타워팰리스 분양권 획득이었다. 어마어마한 시간과 노력이 필요한 일이었다. 안정을 취해야 한다는 의사의 말도 들리지 않았다. 혜란은 돈과 시간의 반비례 관계를 아는 사람이었다. 부족한 돈을 시간으로 메우며 뛰어다닌 끝에 분양권을 따냈다. 그날 밤, 혜란은 좋은 술과 음식을 마련했다. 성호와 함께, 결국에 이루어 낸 성공을 자축하고 싶었다. 식사를 마친 혜란은 먼저 샤워했다. 새로 산 속옷을 입고 성호가 침실로 들어오기를 기다렸다. 식탁에 앉은 성호는 한참을 들어오지 않았다. 혜란이 깜빡 잠든 사이 성호는 이불을 끌어안고 잠들어 있었다. 혜란은 휴대전화를 켜서 새집의 사진을 보고 잠옷을 입은 뒤 잠을 잤다.

장마가 끝난 세상은 움직이는 모든 것들에게 천벌을 내리겠다는 의지를 가진 것처럼 타올랐다. 혜란은 거실 구석에 놓인 에어컨을 한 번 보고 고개를 가로저었다. 익숙한 동작으로 냉커피를 병에 담고 부채를 챙겨 공중정원에 갔다. 비 오는 날 만났던 사람들이 거기에 있었다. 혜란은 그 옆에 앉아 시집을 읽었다. 그곳의 모두가 뭔가를 읽고 있었고 서점에 가보니 시집의 가격이 제일 쌌기 때문에 고른 것이었다. 그들은 읽고 있는 것에 대해 이야기를 나누지 않았다. 혜란에게는 다행스러운 일이었다. 혜란은 시집을 오래 읽지 못했다. 어디가 끝인지 알 수 없는 문장들과 갑작스러운 자리에 놓인 단어들이 낯설기만 했다. 고개를 들어 보면 호수 가장자리에 낀 녹조를 걷어 내는 아파트 미화원의 지친 얼굴과 그의 옆에서 날아오르는 온갖 날벌레들이 보였다. 날벌레들은 오두막까지 날아왔다. 손을 빨리 놀려 쫓아 버리고 싶었지만 그럴 수 없었다. 그곳의 누구도 그런 행동을 하지 않아서였다. 집 쪽으로 고개를 들어보면 한숨이 나왔다. 1,338,210원. 전기세 고지서에 찍힌 숫자들이 혜란을 놓아주지 않았다.

'엄마 나 돈 좀.'

동혁의 문자메시지도 혜란을 쫓아다녔다. 통유리창을 향해 폭격처럼 쏟아지는 햇빛을 혜란은 망연히 바라보았다. 다시 시집을 펼쳤지만 한 줄도 읽어 낼 수 없었다.

해운대에 '바벨탑'이 생긴다는 소식은 성호도 익히 들어서 알고 있었다. 하지만 자신이 그곳에서 살게 되리라고 생각하지는 않았다. 그건 낯선 오지의 농담 같은 말이었다. 혜란이 비싼 술과 음식으로 가득한 상을 차려 놓고 당당한 얼굴로 분양권을 내밀었을 때, 그것에 대해 '우리의 성공'이라고 말했을 때, 성호는 아무 말도 하지 않았다. 혜란은 모든 일을 결과로만 말했다. 이사 갈 집을 구했다, 전세금이 올라서 돈을 부쳤다, 동혁이가 유학을 갈 것이다. 성호는 그런 것에 서운함이나 그와 비슷한 감정을 갖지 않게 되었다. 분양권을 봤을 때도 거기로 이사를 가려면 얼마의 대출이 필요한지, 이자는 어떻게 갚을 계획인지, 정확히 언제 가는지, 이 집은 어떻게 되는 건지, 궁금했지만 묻지 않았다. 먹은 음식에 비해 많은 술을 마셨고 그 기운에 취한 척, 속옷만 입은 혜란에게서 등을 돌리고 누웠다.

태풍이 한차례 지나가고 입주자 대표 회의에서 관리비를 인상하자는 안건이 통과되었다. 소형 태풍이었는데도 파도가 방파제를 가뿐히 넘어온 탓에 1층 입주민들에게 피해가 발생했고, 주차장과 공중정원의 급수장치가 파손되었기 때문이었다. 해변 조망권을 지키기 위해 방파제 높이를 1.2미터로 낮춘 것이 원인이었다. 시청의 끈질긴 설득에도 입주민들은 1.2미터를 고수했다. 시에 보낸 성명서에는 혜란과 성호의 서명도 들어갔다. 인상된 관리비를 보며 혜란은 계산기를 두드렸다. 숫자를 넣고 지우고, 숱이 적어진 머리카락 사이로 손을 깊게 넣었다. 땀이 계속 등줄기를 타고 흘렀다. 공중정원은 출입이 금지되어 있었다. 동혁은 열흘 전 3천 달러를 보내 달라고 한 뒤로 소식이 없었다. 성호는 매일 술에 취해 들어왔다.

"이 양반이 요즘 같은 때에 왜 자꾸 술이야."

혜란이 타박하면 성호는 개개하게 풀린 눈으로 말했다.

"그러게 왜. 그러게 대체. 왜!"

지역방송에서 「바벨탑은 무너진다」라는 제목의 다큐멘터리를 방영하자 입주자 대표 회의가 다시 열렸다. 방송에 항의하는 탄원서가 만들어졌다. 탄원에 동의하는 서명을 받으려는 간부가 매일 집에 찾아왔다. 혜란은 사흘 동안 집에 없는 척을 했지만 나흘째에는 결국 문을 열었다. 다시 일주일이 흘렀다. 보수 공사가 끝난 공중정원에 카메라 몇 대가 왔다. 다큐멘터리를 만든 곳과는 다른 방송국이었다. 리포터의 표정이 밝았다. 사람들은 아무 일도 없었다는 듯이 책을 읽고 유모차를 밀고 웃으며 대화를 했다. 혜란은 집에서 그 모습을 보았다. 한가로움을 되찾은 정원 뒤편으로 해수욕장을 가득 채운 파라솔이 보였다. 색깔도 모양도 제멋대로인 파라솔 아래에 수영복을 입은 사람들이 아무렇게나 누워 치킨을 먹고 맥주를 마셨다. 한때 혜란의 마음을 촉촉하게 해 주었던 바다에는 수백의 까만 머리통들이 떠 있었다. 카메라가 해수욕장 방향으로 사라지자 혜란은 시집을 챙겨 공중정원으로 갔다. 오두막의 사람들과 눈인사를 나눈 뒤 해수욕장을 등진 자리에 앉았다. 시집을 펼치고 사이에 끼워 둔 편지를 읽었다. 믿고 싶지 않은 것일수록 자꾸 보게 되는 이유는 뭘까, 생각하며 글자 하나하나를 떼어 내듯이 손가락으로 긁으며 읽었다. 그래봤자 달라지는 것은 없었다. 동혁의 귀국 날짜도, 그 아이가 술을 마신 채 운전을 하다가 사람을 쳤다는 사실도, 추방 명령과 학위 취득 취소 처분도, 장학금 반환 청구와 벌금도, 모두 그대로였다. 편지를 쥔 손에 땀이 찼다. 구겨 버리고 싶은 마음이 또 솟았다. 하지만 글자마다 느껴지는 동혁의 떨림과 절망이 혜란을 붙들었다. 혜란은 고개를 들어 주위를 보았다. 책을 읽는 사람, 커피를 마시는 사람, 바다를 보는 사람. 그들에게는 걱정이 없어 보였다. 혜란은 억울한 마음이 들었다. 소리를 지르고 싶었다. 나만 이래? 나만?! 혜란은 아주 오랜만에 '처참하다'라는 말을 떠올렸다. 혜란의 눈에 아파트가 들어왔다. 거대한 불판처럼 달구어진 유리 곡선 위로 아지랑이가 피었다. 혜란은 손을 뻗었다. 잡히는 것은 아무 것도 없었다. 등 뒤에서 파도 소리 대신에 비명 같기도 하고 고향 같기도 한, 행락객들의 소리가 들렸다. 날벌레 한 마리가 시집 사이로 날아들었다. 혜란은 시집을 꾹, 덮었다.

＊ 소설 속의 상황은 정희준 님이 쓰신 「바벨탑 해운대 : 욕망의 성취, 탐욕의 시작」(『릿터 4호』, 2017)에 수록된 정보에서 일부를 참고하였음을 밝힙니다.

이경란

연세대학교 국어국문학과 졸업
2018 문화일보 신춘문예 「오늘의 루프 탑」 당선
「페어웰, 스냅 백」 Axt 2018 3/4월호,
「연두」 실천문학 2018 봄호,
「요일 팬티 7종 세트」 문학의 오늘 여름호 발표

페어웰, 스냅백

이 경 란

동건은 유진에게 준 것을 깔끔하게 돌려받기로 결심했다. 이대로 끝내기에는 분했다.

"내일 나가지?"

헤어지기 전날 유진이 물었다. 밥 먹었냐고 물을 때와 똑같은 목소리였다.

"왜?"

동건이 되물었다.

"내가 나갈 순 없잖아."

"……"

동건은 무슨 말을 해야 하나 머리를 굴렸지만 결국 아무 말도 못 했다. 집은 유진의 것이었으니까. 상황을 곱씹을수록 비참해졌다. 동건은 어금니를 꽉 물었다.

동건은 유진이 자신을 망쳐놓았다고 생각했다. 유진과 함께하기 전에는 삶에 별 문제가 없었다. 서른다섯 해를 한결같이 겸손하게 살아온 덕분이라고 동건은 자부했다. 뭘 잘 모른다는 사실을 순순히 인정하는 태도가 겸손 아니겠냐고 동건이 말했을 때 유진은 천천히 고개를 끄덕였다. 동의라기보다는 그래, 네가 그렇지, 뭐, 이런 의미였다고나

할까. 말하자면 평화적 제스처인 셈이었다. 동건은 그것을 단단히 오해했다. 드디어 자신을 이해해주는 여자를 만났다며 퍽 감동했고 감동은 유진에 대한 순종으로 이어졌다. 동건은 이제 뭘 잘 모르는 사람에서 자신을 향한 유진의 애정을 아는 사람으로 거듭났다. 그것이 문제였다. 동건은 겸손함을 잃지 말았어야 했다. 적어도 유진의 마음을 다 안다고 자만해서는 안 되는 거였다.

동건은 계산기 앱을 열었다. 지난주까지 유진을 위해 쓴 돈을 계산하기 위해서였다. 삼년 간 쓴 금액치고는 약소하다고 할 수 있었지만 동건에게는 그렇지 않았다. 무엇보다도 커플링이 그랬다. 동건은 백지에 세로줄을 그었다. 왼쪽에는 동건, 오른쪽에는 유진이라고 쓴 다음 왼쪽부터 채우기 시작했다. (1) 커플링 328,000, (2) 지갑 299,000, (3) 향수 45000. 여기까지 쓰고 동건은 머리를 긁적였다. 뭔가 더 있었던 것 같은데 기억이 날 듯 말 듯했다. 꼭 선물만 돌려받으란 법은 없다고 동건은 마음을 다잡았다. 향수 아래에 (4) 밥값, 술값, 모텔비, 라고 쓰고 의자 등받이에 느긋하게 기댔다. 의자가 둔탁하게 삐걱거렸다.

동건이 유진을 만난 첫날, 둘은 족발 집에서 술을 마셨다. 누가 돈을 냈는지 기억날 리가 없었다. 오래전이기도 했고 취해서 필름이 끊겼기 때문이다. 주로 그랬다. 다음날 아침 눈을 떠보면 반은 동건의 방, 반의 반은 모텔 방이었고 나머지 반의반은 유진의 집이었다. 두 번째, 세 번째 만남을 더듬어봤지만 뚜렷하게 기억나는 건 장소 정도였다. 모텔비 옆에 괄호를 치고 안에 물음표를 넣었다. 동건은 종이를 뚫어지게 보면서 손가락으로 볼펜을 돌렸다. 볼펜 돌아가는 속도가 점점 빨라졌다. 동건의 머리도 덩달아 빠르게 돌아갔지만 헛도는 나사처럼 이렇다 할 소득이 없었다. 맥이 탁 풀리는 순간 볼펜을 놓쳤다. 동건은 바닥에 떨어진 볼펜을 발로 당겨 주운 후 (4)번 항목에 두 줄을 그었다. 탄탄한 중견기업 직원인 유진은 남자에게 계산을 미루는 타입이 아니었다. 정산을 하자고 들면 오히려 돈을 물어줘야 할 판이었다. 동건은 그 아래에 (5) 생활비, 라고 써넣고 볼펜 끝으로 종이를 톡톡 두들겼다.

유진의 집으로 들어가면서 동건은 월세의 공포에서 벗어났다. 동건은 월세보다 조금 적은 금액을 매월 생활비 조로 유진에게 건넸다. 동건이 부담한 돈은 고시원에서 혼자 쓰던 것보다 많았지만 어디까지나 생활비 명목으로 분류하자면 그랬던 것이고 월세는 굳은데다 용돈은 오히려 줄어들었다. 방 두 개짜리 유진의 집은 고시원에 살던 동건에게 호화주택이었다. 햇빛과 바람이 넉넉하게 들어왔고 심지어 욕조까지 있었다. 동건은 외출의 필요성을 별로 느끼지 못했다.

지난주에 새로 입주한 고시원 방을 둘러보았다. 낮은 천장, 발이 바깥으로 쑥 나오는 침대, 그리고 창문이 있었다. 입주 첫날 동건은 창밖으로 상체를 내밀고 담배를 피우려다 어깨가 창문에 끼는 바람에 애를 먹었다. 그것도 창문이라고 없는 방보다 십만 원 비쌌다. 유진의 집으로 들어가기 전에 동건은 창문이 없는 방에 살았다. 유진과 함께 산 이후로 동건은 변했다. 더 이상 창문이 없는 방에서는 살 수 없는 인간이 되었다. 그 점에 대해 보상받고 싶었다. 그러나 그것은 돈으로 환산할 수 없는 품목이었다. 동건은 어깨를 앞뒤로 번갈아 돌려봤다. 순전히 기분 탓이었겠지만 통증이 남은 듯했다. 동건은 잠깐 망설이다 생활비 위로 두 줄을 그었다. 유진은 그간의 생활비를 엑셀로 정리해서 오히려 더 내놓으라고 웃으며 통보할지도 몰랐다. 유진은 충분히 그럴 수 있는 사람이지.

아무리 마음을 달래 봐도 하루 만에 집에서 나가라고 한 일은 너무 심했다. 그 전날까지도 낄낄거리면서 한 침대에서 뒹굴었는데 말이다.

"그러게, 치우라고 했을 때 치웠어야지. 아니잖아? 네 집."

유진이 처음 네트 이야기를 했을 때 생글거리는 얼굴이었기 때문에 동건은 그다지 심각하게 받아들이지 않았다. 돌이켜보니 그것이 문제였던 것 같지만 아직 이해되지 않는 부분이 있었다. 그까짓 벽 하나, 그것도 그리 넓은 면도 아니고 안방도 아닌 작은 방의 벽에 철제네트 하나 설치한 일이 쫓겨날 만한 잘못이었는지.

"정말 이것 때문이야?"

동건의 물음에 유진은 여전히 웃는 얼굴로 응, 하고 대답했다.

"경고했지? 일주일이나 지났어."

유진이 선심 쓰듯 덧붙였다.

작은방의 벽면에 네트를 설치한 것은 모자를 보관할 장소가 마땅치 않아서였다. 유진의 옷장은 동건의 옷까지 걸려 있어 가득 찬 상태였다. 상자 안에 욱여넣은 모자의 챙이 뒤틀린 걸 보면 동건의 심사도 뒤틀렸다. 네트에 모자를 가지런히 걸고 나니 뒤틀린 심사가 스냅백의 챙처럼 판판해졌다. 동건은 옷을 대충 입는 대신 스냅백에 공을 들였다. 유진은 옷을 잘 입었지만 스냅백과 볼캡을 구분하지 못했다.

동건은 침대 옆 벽면에 걸린 스냅백을 봤다. 그중 세 개는 유진이 준 선물이었다. 오른쪽 칸에 스냅백이라고 적고 괄호 안에 3이라고 썼다. 동건은 다시 볼펜 끝으로 종이 위를 톡톡 찍었다. 정리하자면 동건이 사준 것은 커플링과 지갑과 향수, 유진이 사준 것은 스냅백 세 개. 자신은 유진에 비해 얼마나 다양한 선물을 했던가. 새삼 약이 올랐다. 향수는 얼마나 남았는지 모르겠고 지갑은 유진이 들고 다닐 테고 기껏해야 커플링 하나 건질 수 있겠다는 결론에 이르자 김이 빠졌다. 게다가 금액을 애초에 잘못 적었다. 바보냐. 동건은 혼잣말을 하며 숫자를 수정했다. 164,000. 유진이 순순히 돌려준다는 보장도 없었다. 어쩌면 커플링을 가져가고 스냅백 세 개를 돌려달라고 나올 수도 있었다. 그러기는 싫었다. 동건은 다시 벽에 걸린 스냅백을 봤다. 크롬하츠의 롤링스톤즈 콜라보 제품이 눈에 띄었다. 장바구니에 담았다 삭제하길 수차례 반복했던 물건이었다. 그때마다 믹 재거의 빨간 혓바닥이 어림없다고 놀리는 것 같았다. 생일 선물로 그것을 받았을 때 동건은 유진을 안아 올려 빙빙 돌렸다. 깔깔거리던 유진의 웃음소리가 곧 비명으로 변했다. 병원에서는 유진의 발뒤꿈치 뼈에 금이 갔다고 했다. 유진은 6주간 깁스를 하고 다녔다.

깁스 사건이 떠오르자 동건은 어깨를 으쓱했다. 그래서 뭐, 라는 기분이었다. 자신의 잘못은 아니었으니까. 동건은 기뻐서 사랑스런 유진을 안아줬을 뿐이었다. 유진이 기분을 내느라 다리를 쭉 뻗었고 하필, 열린 방문에 발이 걸렸을 뿐이었다.

"일부러 그런 게 아니잖아."

동건이 시무룩해진 음성으로 말했다. 진짜 미안해서 한 말이었다. 유진은 어이없다는 듯 코웃음을 쳤다.

"그 말은 내가 해야 아름다운 거지."

응급실에서 깁스를 하고 돌아온 새벽이었다. 유진의 말에 곰곰이 따져보니 자신이 실수한 것 같았다. 말로는 유진을 당할 수 없었다. 유진은 말뿐 아니라 모든 면에서 동건보다 우위에 있었다. 유진은 소득이 높았고 집주인이었고 부지런하고 예뻤다. 그런 유진이 어떻게 동건과 삼년이나 함께했는지 동건은 의아하기도 했고 이해가 되기도 했다. 유진에게 동건은 펫이나 다름없었다. 아니, 펫보다는 조금 나으려나. 아무리 다정해도 강아지와는 섹스를 할 수 없고 깔끔한 고양이도 집안 청소를 하지는 않으니까. 실제로 유진은 동건에게 귀엽다고 했고 쓸모 있다고 했다. 동건은 그때마다 우쭐해져서 새실거렸다. 유진은 펫의 털을 쓸어주듯 동건의 머리칼을 만져주었다.

펫보다 조금 나은 존재란 순전히 자신의 착각이었을 뿐, 유진에게는 펫만도 못한 존재였을 수도 있다고 생각하니 동건은 더욱 포기할 수 없었다. 동건은 볼펜을 쥐고 왼쪽 칸에 적힌 세 가지 항목을 노려보았다. 지갑은 아무래도 어려울 것 같아 가위표를 치고 커플링에 동그라미를 열 개쯤 쳤다. 정말 이것밖에 없을까, 동건은 관자놀이를 꾹꾹 눌러가며 집중했다. 한참을 끙끙대던 동건의 얼굴에 미소가 번졌다.

"그래! 소파가 있었지!"

동건이 소리치자 옆방에서 벽을 쾅쾅 두드렸다. 동건은 여유롭게 벽을 두 번 두드려 답해줬다.

소파는 천 소재로 이인조였다. 인터넷으로 주문한 소파는 약간의 조립이 필요한 상태였다. 동건은 하는 수 없이 십자드라이버로 나사를 하나씩 조였다. 조립을 끝냈을 때 물집 몇 개가 훈장으로 남았다. 그전 소파에 담뱃불 구멍이 났다고 유진이 몇 번이나 잔소리를 했기에 지른 소파였다. 유진이 소파 값의 반을 주지 않았다면 더 억울할 뻔했다. 소파에 주로 늘어져 있는 사람은 동건이었지만 유진은 선선히 반을 부담했다. 유진은 적어도 쩨쩨한 여자는 아니었다고 동건은 잠시 추억에 잠겼다. 그러다 흠칫 놀라 머리를 흔들었다. 이제 흔적도 없는 물집 자리가 다시 쓰라려오는 느낌이 들어 동건은 손가락을 문질렀다.

동건은 왼쪽에 소파 199,000이라고 적은 다음 괄호 치고 50%라고 썼다. 이제 돌려받기만 하면 된다는 생각에 약간 흡족한 마음이 들었다. 바로 메시지 창을 열고 자판을 쳤다. 내가 사준 것들 돌려받아야겠어. 너 바쁠 테니 택배로 보낼 필요는 없고, 가지러 갈게. 이렇게 쳤다가 바로 지웠다. 유진이 어떻게 나올지 예측할 수 없어서였다. 무엇보다도 한정판 스냅백을 돌려주기가 아까웠다. 솔직히 말하자면 스냅백 세 개의 가격이 유진에게 준 선물들보다 몇 배 비쌌다. 애써 무시하려 했지만 그것이 엄연한 사실이었다. 자칫하면 유진이 주거비까지 계산해서 엄청난 금액을 던질 가능성도 있었다. 게다가 유진이 메시지를 받고 도어록 비밀번호라도 바꿔버린다면 큰일이었다. 동건은 의자에서 일어나 고시원의 좁은 공간을 빙빙 돌다가 침대에 드러누웠다. 아무리 궁리해 봐도 방법은 하나였다. 몰래 들어가 뒤진다. 그러면 최소한 커플링과 쓰다 남은 향수와 소파는 가져올 수 있을 거였다. 향수와 커플링은 표시나지 않게 가져올 수 있겠지만 소파를 가져오는 것은 다른 문제였다. 그러거나 말거나 동건은 이제 상관없었다. 결심만으로도 유진만큼 똑똑해진 것 같아 힘이 솟았다. 커플링은 잘 두었다가 재활용할 수도 있을 거였다. 가령 미래에게 준다든가.

미래는 중학교 동창이었다. 그때 미래와 잘 되었더라면 유진에게 이런 굴욕을 당하지는 않았을 텐데. 미래와는 삼 년 내내 같은 반이었지만 그저 그런 사이였다. 십년도 훌쩍 지나 다른 동네의 편의점에서 만나리라고는 상상하지 못했다. 공무원 시험 준비를 하면서 노량진에 살기 시작한 동건은 시험을 포기하고 나서도 그곳을 떠나지 않았다. 밥값이 싼 식당과 고시원이 많아서였다.

"말보로 울트라 라이트랑 자동 하나요."

편의점을 둘러보며 주문을 하자 계산원이 말했다.

"똑같네."

동건이 계산원을 빤히 쳐다보았다.

"너, 여기 살아?"

어어, 계산원은 미래였다.

"아니, 여기 안 살아."

동건이 천 원짜리 넉 장을 꺼내놓았다. 동건은 그 동네에 살고 있었지만 고시원에 산다고 말하게 될까 봐 거짓말을 했다. 그리고 얼마 지나고 난 뒤 그런 순발력이 나쁘지 않았다고 자평하게 되었다.

"난 또. 여기 산다고."

미래는 꼭 며칠 전 만난 사람마냥 굴었다. 동건은 왠지 반가운 척해야 할 것 같은 의무감에 사로잡혀 말했다.

"야, 너 쌍수 했구나. 예뻐졌네."

동건이 미래의 얼굴을 가리키며 활짝 웃었다.

"눈치 없는 건 여전하다, 너."

미래가 담배 진열대에 등을 기댔다.

"어, 미안……"

동건은 담배와 복권을 집어 주머니에 넣었다. 미래가 팔짱을 낀 자세로 눈을 새초롬하게 떴다. 동건은 티셔츠에 손바닥을 문질렀다.

"거스름돈……"

동건이 쭈뼛거리며 말했다. 그 뒤로 동건은 담배를 살 때 일부러 미래가 일하는 시간에 맞춰서 갔다. 복권은 사지 않았다.

"이 동네 자주 오나 봐. 여기 안 산다며."

미래가 능숙하게 바코드를 찍었다.

"어, 그렇게 됐어."

"여친?"

"아니."

"없어?"

"없어."

"없구나."

"너는?"

"나도."

동건과 미래는 처음으로 풉, 하고 같이 웃었다. 마침 미래의 교대시간이 되어 둘은 미래의 원룸으로 갔다. 미래가 그러자고 했다. 돈 쓰지 말고 집에 가서 커피라도 마시자고. 원룸은 동건의 고시원과 반대 방향에 있었다.

"잘래?"

미래가 커피를 마시다 물었다. 동건은 막 머금은 커피를 컵에 도로 뱉었다.

"어? 어."

"먼저 씻을래?"

"어? 어."

욕실에 들어간 동건은 거울을 보며 중얼거렸다.

"이건 아닌데. 미래는 십년도 넘게 아는 앤데. 아직 사귀기로 한 것도 아닌데."

동건은 씻지 않고 도로 나왔다. 미래는 이미 침대 위에 있었다. 동건의 몸은 욕실에서 먹은 마음을 내던지고 벌써 침대로 슬그머니 기어들어가고 있었다.

"우리 1일 할까?"

옆에 누운 미래가 킥킥거리며 말했다. 싱글침대에서 미래와 밀착해 있었음에도 동건은 아직 어색했다.

"어? 어."

동건은 미래가 어떤 아이였나에 골몰하느라 대충 대답했다. 과거를 떠올려봤지만 별다른 게 없었다. 특별한 사건도 없었고 눈에 띌 만한 아이도 아니었다.

그때는 괜찮았다. 동건의 집은 잘 사는 편이 아니었지만 성실한 아버지와 다정한 엄마가 있었고 자신은 적어도 대학을 못 나온 아버지보다는 나은 인생을 살 수 있으리라고 믿었다. 막연한 믿음이었다. 그러니까 아버지는 대기업의 사원이 아니고 대기업이 있는 빌딩의 경비원이었지만 동건은 위층으로 올라가 대기업에 다닐 수도 있지 않겠느냐는 믿음. 그것이 발전하는 역사라는, 의심 없는 믿음. 아버지의 제복에는 금단추가 달려 있었고 모자에는 금테가 둘러져 있었다. 아버지는 출근해서 제복으로 갈아입고 근무했지만 모자만큼은 갖고 다녔다. 아버지가 모자를 품고 퇴근하면 엄마가 그것을 받아 TV 위에 올려놓았다. 화면 속의 세계는 아버지의 모자 아래에서 굴러갔고 번쩍거리는 금테는 사뭇 위엄이 있었다. 동건에게 아버지의 모자는 그 자체로 아버지였고, 엄마에게는 모자의 금테가 가족을 지켜주는 생명줄이었을 것이다. 아버지에게 그것은 무엇이었을까. 아버지가 그렇게 된 건 모자 때문이었다. 환승객이 가장 많다는 신도림역에서 인파에 떠밀린 아버지는 아차 하는 사이 선로에 모자를 떨어뜨렸다. 아버지는 그것을 주우러 뛰어내리는 데 일초도 망설이지 않았다. 아버지와 아버지의 모자는 형체를 알아볼 수 없는 상태가 되어 선로 위로 올려졌다. 신도림역에 가서 CCTV를 보고 온 엄마가 한숨을 쉬며 말했다.

"그게 뭐라고."

동건이 아버지가 근무하던 빌딩의 위층 대기업에 입사할 수 있을 만큼 자라기도 전에 동건의 집은 아래로 내려갔다. 한번 내려간 집은 동건이 서른이 되어도 올라오지 못했다. 어머니 혼자 사는 반지하 집의 TV 위에는 아무것도 놓여있지 않았다.

어쨌든 나쁘지 않을 것 같았다. 근데 너 뭐하냐고, 그런 질문을 하지 않아서 더 그랬다. 계약직에 보수는 낮고 비전은 없다는 말을 하지 않아도 되어 다행이었다.

미래의 숨소리가 골라지자 동건은 조용히 일어났다. 미래가 생각보다 담대하고 적극적이어서 동건은 좀 정신이 없었다. 주머니에서 담배를 꺼낸 동건은 재떨이로 쓸 만한 것을 찾느라 방을 둘러보았다. 작은 책장에 조그만 단지 같은 게 있었다. 뚜껑을 열어보니 흙이 조금 들어 있었다. 거뭇한 가루가 섞여 있는 게 재떨이가 분명해 보였다. 창문을 열고 턱에 기대 담배를 피웠다.

창밖으로 아이들이 재잘거리며 지나갔다. 엄마 둘에 아이 둘. 계집아이 한 명과 사내아이 한 명이었다. 아이들은 노란 체육복에 노란 모자를 쓰고 자그마한 가방을 메고 있었다. 엄마들은 아이들을 앞세우고 자기들끼리 수다를 떨었다. 동건은 몸속 어딘가 간질간질해졌다. 미래는 중학교 동창이지만 둘의 과거가 꼭 저런 모습이었던 것처럼 여겨졌다. 그래, 얘들아, 잘 지내렴. 인생은 알 수 없는 거란다. 너희도 나중에 편의점에서 우연히 다시 만나 우리처럼 될지 어떻게 알겠니. 동건은 아이들을 붙잡고 이렇게 말해주고 싶었다.

재떨이는 꽁초를 쑥 꽂기만 해도 불이 꺼졌다. 커피숍 흡연구역에 비치된 것처럼. 다음에 올 때는 커피 찌꺼기를 좀 가져다주어야겠다고 마음먹었다. 1일이라니. 실실 웃음이 났다. 어쩐지 잘 될 것 같았다. 조만간 고시원의 짐을 빼서 이곳으로 옮겨올 수도 있을까 싶어 동건은 옷장이나 신발장의 크기를 눈여겨보았다. 냉장고가 좀 작은 듯했지만 어차피 음식을 많이 해먹지는 않을 테니까 그럭저럭 지낼 수 있을 것 같았다. 여러 가지로 괜찮겠다는 생각이 들어 동건은 오랜만에 휘파람까지 불었다.

담배를 두 개비 째 피우고 껐을 때 미래가 일어났다. 동건은 어색함을 참고 미래에게로 다가가 안아주었다.

"창문 닫자. 추워."

미래가 동건의 등 위로 이불을 끌어올려 덮었다.

"어? 어. 연기 다 빠지면"

"왜 방에서 담배를 피우고 그래. 야만인처럼."

"야, 너도 피우면서 그래."

"나 담배 안 피워. 피부에 안 좋아."

"재떨이도 있던데."

"없어, 그런 거."

"에이, 있던데."

잠꼬대를 하듯 웅얼거리던 미래가 동건을 밀어내고 벌떡 일어났다. 동건은 균형을 잃고 벽에 머리를 찧었다. 미래가 창틀에 놓인 재떨이를 보고 비명을 질렀다. 동건은 찧은 데를 손바닥으로 문지르다 깜짝 놀랐다.

"야! 너 미쳤어?"

미래가 두 손으로 재떨이를 들고 부들부들 떨었다. 당황한 동건이 엉거주춤 일어났다.

"야, 미안. 이제 방에서 안 피울게. 화내지 마."

"너, 너, 지금 내가 담배 때문에 그러냐고! 아니 담배 때문이지! 그렇지!"

미래의 숨소리가 점점 거칠어졌다.

"그니까. 이제 밖에서 피운다고."

미래가 재떨이를 든 채 방안을 왔다 갔다 했다.

"야, 좀 앉아. 정신없어."

미래가 갑자기 주저앉아 엉엉 울었다. 한참 울다가 꽁초와 담뱃재를 가려내기 시작했다. 동건은 어이가 없었다. 방에서 담배 좀 피운 게 울 일인가, 1일부터 파란만장하구나, 생각했지만 1일이니까, 1일부터 퉁명스럽게 굴기는 좀 뭣했다. 동건은 다정하게 백 허그에 도전했다.

"내가 버릴게. 손에 냄새 배."

미래가 동건을 뿌리쳤다. 동건은 팔꿈치에 턱을 맞아 뒤로 나동그라졌다. 작정하고 때린 건 아니었으므로 화를 낼 수는 없었다. 무엇보다도 1일이었으니까. 동건은 화를 내는 대신 주춤거리며 미래에게 다가갔다. 미래가 재떨이를 동건의 눈앞에 들이밀었다. 동건이 보지 못한 쪽에 고양이 사진이 붙어 있었다.

"얘가 나랑 십 년이나 살던 애라고. 너 정말……"

미래가 울음을 뚝 그치더니 싸늘하게 말했다.

"나가."

동건은 황당했지만 일단 바지를 꿰어 입었다. 미래는 옷도 입지 않은 상태였다.

"나가라고!"

미래가 동건의 티셔츠를 현관 쪽으로 던지며 소리를 질렀다. 베개도 던지고 티슈 상자도 던졌다. 동건은 자신이 잘못한 건지 아닌지 판단이 되지 않았다. 미안하다고 말할까, 했지만 별로 미안하지 않아 그러지 않았다. 고양이 재나 담뱃재나. 주인이 나가라니 나가는 수밖에 없었다. 동건은 신을 신었다. 신발장 위에 얹힌 모자 두 개가 눈에 들어왔다. 나중에 알았지만 그건 스냅백이라고 불리는 모자였다. 동건은 하도 어이가 없고 억울해서 미래가 재떨이, 아니 고양이를 끌어안고 우는 사이 그것들을 슬쩍 쓰고 밖으로 나왔다. 벽에 부딪힌 머리가 아직도 욱신거렸다. 욱신거리는 중에도 머릿속에선 물건을 집어던질 때 흔들리던 미래의 가슴이 여전히 흔들리고 있었다. 동건은 자신의 머리를 쥐어박았다. 하필 부딪힌 곳이어서 악, 소리가 튀어나왔다.

일주일 만에 찾은 유진의 집은 익숙하면서도 낯설었다. 동건은 기도하는 심정으로 도어록 버튼을 눌렀다. 대범한 유진답게 비밀번호는 그대로였다. 동건은 유유히 방으로 들어가 화장대 서랍을 뒤졌다. 커플링은 상자에 얌전하게 들어있었다. 꺼내서 주머니에 넣었다. 향수병은 보이지 않았다. 반지를 건진 동건은 퍽 너그러운 심정이 되었다. 방에서 나와 다리를 길게 뻗고 소파에 기대앉았다. 눈을 감고 소파의 표면을 손바닥으로 천천히 쓸어보았다. 천은 골이 져있어 까슬까슬하면서도 포근했다. 동건은 그 질감을 좋아했다. 소파에서 유진과 엉겼던 감각이 되살아났다.
"벗지 말아 봐."
소파에 누운 유진이 말했다.
"뭐라고?"
동건이 반쯤 내린 바지를 잡고 그대로 멈췄다. 유진이 깔깔대면서 동건의 바지를 발끝으로 밀어 내렸다.
"그거 말고 이거 말야. 이 바보."
동건이 쓰고 있던 스냅백을 유진이 턱으로 가리켰다. 동건은 맨 몸에 스냅백만 쓴 상태가 되었다.
"너도 하나 쓸래?"
우쭐해진 동건이 역시 맨 몸인 유진에게 물었다.
"내가 왜? 난 그런 거 필요 없어."

유진이 진짜 웃기는 얘기를 들었을 때처럼 웃었다. 동건은 갑자기 머쓱해졌다.

"그럼 난?"

"넌 필요하지. 그거라도."

그거라도, 에서 동건은 빈정이 상했다. 상했지만 내색할 수 없었다. 그러기에는 자세가 매우 본격적인 상태에 돌입해 있었다. 동건은 못 들은 척 유진을 밀어붙였다. 유진이 비명을 질렀다.

"너 진짜! 눈 찔렸잖아."

동건은 멈출 수가 없어서 얼른 스냅백의 챙을 뒤로 돌렸다. 유진이 한 손으로 눈을 누르고 다른 한 손을 동건의 등에 두르면서 말했다.

"그렇게 하니까 진짜 귀엽다."

그 일이 생각나자 동건은 찔끔 눈물이 났다. 남의 집에서 너무 욕심을 부렸다는 후회가 밀려왔다. 유진이 하지 말라고 했을 때 말을 들을 걸. 소파를 슬슬 쓰다듬다 보니 굳었던 마음이 어느새 녹진해졌다. 동건은 승합차를 몰고 오기로 한 친구에게 오지 말라는 메시지를 보냈다. 친구가 바로, 장난하냐, 라고 답했다. 동건은 니은 두 개를 찍어 보냈다. 손바닥으로 얼굴을 몇 번 문지른 다음 동건은 일어나 작은방으로 갔다.

작은방의 벽은 비어 있었다. 위쪽에 못 자국 두 개가 선명했다. 못 자국에 손을 대 보았다. 이것만 아니었다면 유진이 자신을 내치지 않았을 거였다. 동건은 마치 심장에 구멍이라도 난 듯 손바닥으로 가슴을 문질렀다. 유진의 마음에는 아무 자국도 남지 않았을까 문득 궁금해졌다. 설마. 함께한 시간이 얼만데. 동건은 어쩌면 유진이 지금쯤 후회하고 있을지 모른다는 생각이 들었다. 그리고 이 집이, 너무 아까웠다. 고시원 방보다 조금 큰 작은방을 둘러보다가 동건은 유진에게 다시 시작하자는 말을 하기로 결심했다. 유진도 그 말을 기다리고 있을지 모르는 일이니까. 한번 그런 생각이 들기 시작하자 모든 정황이 그 생각을 뒷받침해주었다. 비밀번호를 바꾸지 않은 점과 커플링을 화장대 서랍에 그대로 둔 점이 특히 그랬다. 버리거나 처분할 수도 있었을 텐데.

그렇다면 유진이 홧김에 한 말을 진심으로 받아들인 자신이 문제였다. 동건은 아찔했다. 자존심 강한 유진은 뱉은 말을 번복하는 성격이 아니었다. 동건은 손끝으로 못자국을 지그시 눌렀다. 눈물이 맺혔다. 세수를 하기 위해 욕실로 들어갔다.

초인종 소리가 났다. 동건은 욕실문을 열고 누구냐고 소리를 질렀다. 택배였다. 받아두고 싶었지만 안 될 말이었다. 택배기사가 현관문을 쾅쾅 두들겼다.

"아무도 없……"

동건은 소리를 지르다 말고 손바닥으로 입을 막았다. 택배기사가 다시 문을 두들겼다. 이러지도 저러지도 못하는 사이 택배기사가 계단을 뛰어 내려가는 소리가 났다.

직장에서 잘린 후 요 몇 달 동안 동건은 유진이 주문한 물건들을 받아 챙기는 사람이었다. 아침 아홉시에 초인종을 누르는 사람은 택배기사밖에 없었다. 동건은 그때마다 운동복 바지를 다리에 끼우고 허리를 추어올리면서 물건을 받아두었다. 택배 기사는 아무 말 없이 물건만 전해주고 돌아섰지만 동건은 그의 등에 대고 이래 뵈도 실업급여 받는 사람, 이라고 말할 뻔했다. 딱 한 번 동건의 것이 배달된 적이 있었다. 유진의 선물이었다. 생일인가. 동건은 날짜를 꼽았다. 날짜도 요일도 금방 떠오르지 않았지만 생일이 아닌 건 확실했다. 동건의 생일은 여름이고 여름은 몇 달을 기다려야 했다. 포장 비닐을 벗기면서 동건은 '예이!' 하고 환호했다. 일리네어 스냅백 하와이안 한정판이었다. 그것도 동건이 갖고 싶었던 흰색. 동건은 그날 아침에 빵을 준 게 미치도록 미안해졌다.

"아, 아침부터 빵을."

식탁에 앉은 유진이 눈을 치켜떴다.

"그럼 저녁으로 주리?"

라고 동건이 응수했다. 유진이 무슨 말을 하려 하자 얼른 빵을 집어 오렌지 마멀레이드를 발라주었다. 동건은 오렌지 마멀레이드를 좋아했다.

"됐어. 달아."

유진이 동건의 손에서 빵을 뺏어 한 입 베어 물었다. 동건이 우유 컵을 내밀었다.

"아침에 우유 먹으면 배 아파."

유진은 먹던 빵을 내려놓고 일어났다.

"밥 먹자, 응? 밥, 국, 응?"

유진이 배를 살살 문지르면서 구두를 신었다. 그 전 주에 택배로 온 구두였다. 물론 동건이 받아두었다. 현관문을 닫기 전에 유진이 확인하듯 말했다.

"어렵지 않지?"

"어? 뭐?"

동건이 어리둥절해져서 되물었다.

"밥! 국! 참, 나…… 금붕어니?"

동건은 유진이 남기고 간 빵을 먹고 우유를 마셨다. 손에 묻은 오렌지 마멀레이드를 쪽쪽 빨며 다시 침대로 기어들어갔다. 침대는 아늑했다.

유진은 똑똑한 만큼 맺고 끊는 것도 분명했고 효율이 뭔지도 잘 알았다. 일리네어 스냅백 하와이안 한정판을 떠올리자 심장께가 뻐근해졌다.

동건은 찬물로 얼굴을 씻어내고 거울을 보았다. 거울 속의 얼굴은 어쩐지 수척해 보였다. 동건은 지난 일주일간 술을 좀 마셨을 뿐 잠도 잘 잤지만 갑자기 이별의 고통과 그리움으로 일주일을 앓은 사람이 되었다. 동건은 예상치 못했던 멜랑콜리한 기분에 사로잡혔다. 드라마에 나오는 애절한 사랑과 이별의 주인공이 된 듯해서 다시 눈가가 붉어졌다. 눈물을 참으려고 고개를 젖혔다 바로 했을 때 동건은 칫솔꽂이에 나란히 꽂힌 두 개의 칫솔을 발견하고 말았다. 눈을 비비고 다시 봤지만 분명히 칫솔은 두 개였다. 자신이 쓰던 것은 아니었다. 짐을 쌀 때 아무것도 남기지 말자고 동건은 독하게 마음먹었다. 칫솔은 물론 빨래통에 담긴 팬티까지 잊지 않고 챙겨 나왔었다. 칫솔을 빼들고 살피다가 욕실 장을 열었다. 포장이 뜯긴 일회용 면도기가 있었다.

"하!"

동건은 이제 다 알겠다는 듯 웃음을 터뜨렸다. 웃음소리가 욕실을 울렸다. 동건은 점점 더 크게 웃어대다가 나중에는 배를 잡고 바닥에 쭈그려 앉았다. 문틈으로 소파가 보였다.

"그러니까 저 소파에서 이놈과도 뒹굴었겠군. 내가 떠난 지 일주일이 안 돼서!"

동건은 칫솔이 '이놈'이라도 되는 듯 그것을 두 손으로 부러뜨렸다. 칫솔의 절단면은 불규칙하게 날카로웠다. 부러진 칫솔을 들고 나가 소파를 쿡쿡 찔렀다. 그것만으로는 분이 풀리지 않아 소파를 걷어찼다. 호흡이 가빠지고 이마에 땀이 맺혔다. 동건은 갑자기 바닥에 털썩 주저앉았다. 그러니까 자신이 떠난 지 일주일도 안 돼서가 아니라 그 전이었을 수도 있음을 알아차렸기 때문이었다. 동건은 부엌으로 달려가 칼과 가위를 가져 왔다.

"시팔, 내 소파라고!"

칼로 소파의 천을 찢고 가위로 오렸다.

"그 꼴을 볼 순 없다고!"

동건은 소파의 충전재를 헤집어 뜯었다. 충전재가 꼭 티슈처럼 술술 뽑혀 나왔다. 동건이 땀을 흘리며 소파에 매달려 있는 사이 주머니에서 반지가 빠져나왔다. 그것은 빙그르 바닥을 굴러 소파 아래로 들어갔다.

동건은 미친 사람처럼 소파를 차고 찢고 뜯다가 뚝 멈췄다. 충전재에서 피어오른 먼지 때문에 목이 따끔거리고 갈증이 났다. 냉장고에서 물통을 꺼냈다. 냉장고 문을 열어둔 채 물통에 입을 대고 벌컥벌컥 마셨다. 유진이 알면 기절할 일이었지만 그러거나 말거나. 목을 타고 물이 흘러내렸다. 동건은 바닥에 뚝뚝 떨어지는 물을 내려다봤다. 통쾌한 기분도 잠깐이었다. 냉장고 안쪽에 오렌지 마멀레이드 병이 보였다. 얼마 전 새로 산 것이었는데 푹 줄어 있었다.

"그놈이 내 오렌지 마멀레이드까지 먹었단 말야?"

병을 꺼내 바지 주머니에 쑤셔 넣었다. 가라앉던 분노가 다시 치솟았다. 동건은 이미 엉망이 된 소파를 뒤집어엎느라 끙끙거렸다. 땀이 쏟아졌다.

느닷없이 도어록 버튼 소리가 났다. 슈트 차림의 남자가 양 손에 비닐봉지를 들고 들어왔다. 남자와 동건의 눈이 마주쳤다. 남자는 놀라지 않았다. 망가진 소파와 바닥에 흩어진 충전재를 보고 눈살을 찌푸릴 뿐이었다. 놀란 쪽은 동건이었다. 남자는 느긋하게 식탁 쪽으로 가서 비닐봉지를 그 위에 올려놓았다.

"볼일 다 보셨어요? 이제 그만 나가시죠."

슈트가 턱으로 소파를 가리켰다. 동건은 네가 그놈이냐고 말하고 싶었지만 못했다. 대신 꾸벅 인사를 했다. 마침 슈트가 재킷을 벗어 식탁의자에 걸쳐놓았기 때문이었다. 슈트는 흰 와이셔츠 차림이었다. 와이셔츠는 몸에 꼭 맞아서 단단한 근육을 돋보이게 하는 스타일이었다. 동건은 무슨 말을 해야 할지 알 수 없었다. 이거, 실례했다고, 유진을 잘 부탁한다고, 이렇게 된 게 다 너 때문이라고 말하지 못하고, 슬금슬금 현관 쪽으로 갔다.

"그냥 가면 어떡해요."

"네?"

동건이 놀라서 되물었다.

"저건 가져가셔야죠."

슈트가 다시 턱으로 소파를 가리켰다.

"아, 네."

동건이 후다닥 달려가 소파를 끌기 시작했다. 슈트가 양손을 허리에 얹은 자세로 동건을 지켜봤다. 동건은 자기의 옷차림이 슈트와 비교되어 연탄불 위의 오징어처럼 초조해졌다. 동건은 목이 늘어질 대로 늘어진 티셔츠에 무릎이 툭 튀어나온 면바지 차림이었다. 허벅지에 불그레한 얼룩이 져 있었다. 불룩한 주머니에서는 오렌지 마멀레이드 병이 주둥이를 내밀고 있었다. 동건이 바지에 붙은 소파 충전재를 툭툭 털어냈다.

"이봐요. 나가서 터세요."

슈트가 미간을 꿈틀거리며 손을 내저었다.

"아, 네, 죄송합니다."

동건은 허둥대면서 소파를 현관 밖으로 끌고나왔다. 소파는 생각보다 무거웠다. 동건은 3층에서부터 끌고 내려온 소파를 주차장 구석에 부려놓았다. 다리가 후들거려 제대로 서있기조차 어려웠지만 숨을 고르며 옷을 털어냈다. 충전재에서 나온 먼지가 풀썩거렸다. 몸에 붙은 것들은 땀에 절어 잘 떨어지지 않았다.

익숙한 구두 소리가 가까워졌다. 동건은 그 소리를 잘 알았다. 재빨리 주변을 살폈으나 숨을 곳이 마땅치 않았다. 다급해진 동건은 등받이를 폴짝 뛰어넘어 몸을 바짝 쪼그렸다. 꼭 너무 구워진 오징어 같았다. 발소리가 갑자기 멈췄다. 심장이 웅크린 몸을 뚫고 튀어나올 듯 쿵쾅거렸다. 심장이 튀어나가지 못하게 양팔로 꽉 감싸 안고 숨을 죽였다. 마침내 유진이 계단을 올라가는 소리가 들렸다. 동건은 길게 숨을 내쉬었다. 소파를 버려두고 온 힘을 다해 뛰기 시작했다. 주머니에서 오렌지 마멀레이드 병이 떨어져 박살나는 소리가 들렸지만 뒤돌아보지 않았다.

동건은 미래가 일하던 편의점으로 갔다. 고시원으로 돌아온 후 처음이었다. 한 번 가볼까 했지만 내키지 않았다. 미래가 없을 거여서 그랬는지도 몰랐다. 동건은 지난 일주일간 문득문득 미래가 떠올랐다. 유진에게는 슈트가, 자신에게는 미래가 어울렸다. 고양이 재떨이만 아니었다면 벌써 둘 사이에 아이도 생겼을지 모른다고 생각하자 복권 열 장이 모두 빗맞았을 때보다 아깝고 허망했다. 동건은 코를 훌쩍이며 맥주와 천하장사 더블링 콰트로치즈를 계산대에 올렸다.

"말보로 실버랑 자동 하나요."

"웬 낮술?"

동건은 손등으로 눈을 비볐다. 계산원은 어어, 미래였다.

"무슨 일 있어?"

미래가 능숙하게 바코드를 찍으며 물었다. 동건은 그제야 땀에 젖은 티셔츠가 형편없이 더러워진 것을 알았다.

"어? 어. 나 우, 운동 시작했거든……"

동건이 말을 더듬었다.

"아직도 여기 살아?"

"어? 어."

"그거 내놔. 하나로 퉁쳐줄게."

미래가 동건의 스냅백을 가리키며 웃었다. 동건이 재빨리 스냅백을 벗어서 미래에게 건넸다. 갖고 있는 스냅백 중 가장 비싼 크롬하츠 롤링스톤즈 콜라보였다. 미래가 로고를 가리키며 혀를 길게 내밀곤 웃었다. 깊은 쌍꺼풀 옆으로 주름이 살짝 잡혔다. 동건은 미래를 따라 웃으며 손가락으로 가라앉은 머리칼을 세웠다. 머리칼은 착 달라붙어 잘 서지 않았다. 그래, 보너스 숫자도 있으니까. 동건은 용기를 내서 입을 열었다.

"우리 2일 할……"

방울 소리가 나고 아이가 들어왔다. 노란 체육복에 노란 모자를 쓴 사내아이였다. 미래가 계산대에서 나와 아이를 품에 안았다.

"아빠! 저 이제 들어가요!"

미래가 창고 쪽을 향해 소리쳤다. 창고에서 남자가 나왔다. 아이가 할아버지, 하며 달려갔다. 남자가 계산대 안으로 들어가고 미래가 아이의 손을 잡았다.

"나가자."

"어? 어."

동건이 대답하자 미래가 말했다.

"너 말고. 그럼 계산하고 가. 먼저 갈게."

"어? 어……"

아이가 미래의 머리에 손을 뻗었다. 미래가 크롬하츠 롤링스톤즈 콜라보를 벗어 아이에게 씌웠다.

　모자가 아이에게 잘 어울렸다. 아이의 뒤통수가 꼭 복권 숫자가 쓰인 공 같았다. 보너스 숫자가 유효하려면 여섯 개의 숫자 중 다섯 개가 맞아야 한다는 사실이 퍼뜩 떠올랐다. 동건은 손에 쥔 복권을 만지작거리며 아무래도 자동은 안 되겠다고, 노력을 좀 해보자고 다짐했다. 겸손하게.

명학수

1966년 출생
2018 조선일보 신춘문예로 등단

미친개의 처분에 관한 보고서

명 학 수

내가 탄 기차가 햇빛로 32단지에 도착한 시각은 오전 9시 8분이었다. 지정된 시각보다 8분 늦었는데 그것은 나의 게으름이나 실수가 빚어낸 오차가 아니라 기차의 배차간격과 운행시각 때문에 생긴 불가피한 차이였다. 역에서 단지 입구까지는 걸어서 5분 정도 소요되며, 기온, 풍량, 공기의 질 등은 현장에서 활동하기에 적당한 조건이었다.

햇빛로 32단지는 신도시 리빌딩 프로젝트의 초기 단계에서 발생했던 착오를 수정, 보완하여 안정화 단계로 들어설 무렵 조성된 소형 주택 단지다. 당시에 도시건설국과 기존 거주자들 사이에서 발생한 '행정적 마찰'을 우리 조직이 개입하여 해결했던 곳이기도 하다. 전체 세대의 70% 이상이 리빌딩 이전부터 살았던 주민들이며 모든 주민들은 67채의 세대별 단독주택에서 거주 중이다. 집집마다 열 평 정도의 마당이 있고, 이것이 개를 기르는 선택을 하는데 적지 않은 영향을 미쳐서, 결국 모든 세대가 개를 한 마리씩 소유하는 드문 현상이 일어난 것으로 보인다. 개들의 품종이나 연령, 암수 구분 등에 대한 정보는 전혀 없었다.

나는 기차에서 내리기 전에 가방을 열어 67개의 통지문이 빠짐없이 들어있는지 확인하고 주머니에서 녹음기를 꺼내 성능과 배터리가 정상인지 점검했다. 나는 현장에서 늘 녹음기를 사용한다. 녹음기에는 내 목소리뿐만 아니라 타인의 음성과 현장의 각종 소음들이 가감 없이 저장된다. 이 문서에서 큰 따옴표(" ") 안에 들어간 문장들은 그런 기록에서 인용된 것들이다. 저장된 음성의 주인들은 자신의 목소리가 녹음된 사실을 모른다. 이것은 비난의 여지가 있더라도 다소 불가피한 측면이 있는데, 처음에 나는 녹음기를 손에 들고 누구나 볼 수 있도록, 그래야만 음질이 좋을 것이라는 기술적인 고려에 따라, 최대한 말하는 자의 입 가까이로 가져갔다. 그러자 사람들은 뱉으려던 말을 도로 삼키거나 마구 쏟아내던 욕설을 더듬거리다 순한 말로 바꾸었고, 나중에는 내가 나타나기만 해도 대화를 멈추고 뿔뿔이 흩어졌다. 나의 녹음기가 현장의 상황을 왜곡하는 현상이 나타난 것이다. 나는 어쩔 수 없이 녹음기를 감춰야만 했다. 녹음된 음성 파일은 보고서와 함께 제출될 예정이다.

　자리에서 일어나 모자를 쓰고 플랫폼에 내려서자 역무원이 다가와서 가방을 들어주겠다며 손을 내밀었다. 하지만 그의 친절이 누구에게나 베풀어지는 일반적인 서비스가 아니었으므로 나는 거절했다. 함께 기차에서 내린 칠십대 노인은 내 모자와 가방을 훑어보더니 당황한 낯빛이 되어 달아나듯 저만치로 앞서갔고, 역에서 기차를 기다리던 사람들도 황급히 내게서 등을 돌리거나 일정한 거리를 두고 물러섰다. 내가 쓰고 있던 모자와 들고 있던 가방이 과거 우리가 보여주었던 행정적 능력을 그들에게 다시 상기시켰음이 분명했다.

　햇빛로 32단지에 도착해서 우선적으로 착수한 작업은 통지문을 세대주에게 직접 전달하는 일이었다. 나는 명부에 적힌 주소의 순서대로 그들을 방문했다. 예상치 못한 오류가 발생하는 걸 예방하기 위해 집 안에 들어서면 우선 개가 있는지 확인할 작정이었는데, 어느 집이든 현관문을 열자마자 사람보다 개가 먼저 달려 나와 짖어댔기 때문에 굳이 애쓸 필요도 없었다. 나는 세대주에게 통지문을 건넸고 나의 임무가 정상적으로 이행되었음을 인증하기 위해 세대주에게 통지문을 소리 내어 읽을 것을 요구한 뒤, 녹음기를 작동시켰다.

"햇빛로 32단지 주민들에게 아래와 같은 사실을 통지함. 하나, 햇빛로 32단지에서 기르는 개들 중에 미친개가 있으니 찾아내서 제거하기 바람. 둘, 미친개를 식별할 수 있는 건 햇빛로 32단지에 거주 중인 10대 청소년들뿐임. 단, 그들도 다른 세대의 개만 식별 가능함. 셋, 그들은 타인의 개에 대한 정보를 같은 세대의 구성원은 물론 누구에게도 발설해서는 안 됨. 법률적으로 타인의 재산권과 명예에 대한 훼손 행위가 될 소지가 있음. 넷, 미친개의 제거는 오직 미친개의 주인만 할 수 있음. 이를 어길 경우 법률적 분쟁의 여지가 있음. 다섯, 빠른 시일 내에 작업에 착수하기 바람. 만약, 상황이 조기에 종식되지 않을 경우 적절한 행정조치가 있을 예정임. 본 통지문은 전문가들의 엄격한 감수와 충분한 법적 검토를 거친 후 작성된 것임을 보증함. 작성 및 발신 국가관리국."

읽기를 마친 세대주는 의문으로 가득 찬 얼굴로 나를 바라보았다. 그의 얼굴 위에는 뭔가 묻고 싶은데 무얼 물어야 할지 몰라서 말문이 막혀버린 자의 막막함이 고스란히 담겨있었다. 나는 그의 심정을 이해한다. 나 역시 통지문을 처음 접했을 때 그랬으니까. 그래서 나의 상관인 부장에게 의문을 제기했을 때 그는 이렇게 말했다.

"거기에 그렇게 적혀있으면 그런 거야. 왜 그러냐고? 나도 몰라. 그러니 자네도 몰라야지. 이 일의 핵심은 그거야. 우리는 몰라야 돼. 명심해. 모른 척 하는 게 아니라 모르는 거야. 만약, 주민들이 똑같은 질문을 하면 솔직하게 말해. 모른다고."

따라서 통지문에 적힌 내용에 관한 한, 내가 아는 건 그들이 아는 만큼이고, 그들이 모르는 건 나도 모르는 사실이므로 내가 그들에게 해줄 수 있는 건 아무 것도 없었다.

67세대를 모두 돌아다니며 같은 작업을 반복한다고 생각하면 꽤 고단할 것 같지만 처음 다섯 집 정도만 무사히 전달하면 다음부터는 의외로 순조롭게 진행된다. 통지문을 받은 사람들이 이웃들에게 연락을 하고, 연락을 받은 사람들은 계획했던 외출을 포기하거나 이미 밖에 나가있더라도 세대주만은 서둘러 집으로 돌아와서 나의 방문을 기다린다. 그들은 내게 차나 식사도 권하지 않았다. 날씨를 묻거나 힘들지 않느냐고 위로를 하며 물 한 잔 건네는 경우도 없다. 이러한 그들의 응대는 나에게 큰 도움이 되었다. 한 집에서 그런 것들 때문에 지체하면 이후 작업에도 영향을 주고, 그러다 자칫 당일 내에 방문과 전달을 완료하지 못하면 전체 일정에 차질을 빚는다. 통지문 전달은 오전 9시 20분에 시작해서 오후 11시 40분에 종료되었다. 한 집도 빠짐없이 무사히 전달했으며 그 과정에서 불미스러운 사태는 한 건도 일어나지 않았다. 다만, 한 집에서 시간이 지체되는 일은 있었다. 그 집의 세대주가 대화는 가능하지만 한글을 읽고 쓰는 데는 서툰 인도인이어서 어쩔 수 없이 그의 한국인 아내가 통지문을 읽어야만 했다. 아내가 통지문을 읽는 동안 남편은 아내의 얼굴을 바라보고 있었고, 그들의 아들임이 분명한 소년은 옆에 앉아서 작은 개를 끌어안고 있었으며, 개는 금방이라도 내게 달려들 것처럼 으르렁거렸다. 아내가 읽기를 마치자 통지문을 건네받은 남편은 마치 아내가 제대로 읽었는지 확인이라도 하듯 두 눈을 부릅뜨고 A4 크기의 문서를 샅샅이 훑어보았다. 두 사람의 눈빛이 이전에 다른 집의 세대주들이 보여준 것과 동일했으므로 나는 그들이 내용을 제대로 인지한 것으로 판단했다. 세대주가 통지문에서 눈을 떼고 나를 바라보며 물었다.

"무슨 말인지 잘 모르겠군요. 우리 흰별이가 미친개라는 겁니까?"

나는 아무 말도 하지 않았다. 할 일을 마쳤으니 그대로 돌아서서 나오면 끝이었다. 하지만 소년이 내 대신 대답했고, 순간 인도인과 한국인의 혈통을 반반씩 이어받은 소년에 대한 호기심이 생겨서 발길을 멈추었다.

"아니야, 아빠. 그런 뜻 아니야."

개는 작은 혀를 내밀어서 소년의 손등을 핥고 있었다. 세대주의 아내가 물었다.

"그런 거지? 우리 흰별이는 괜찮은 거지?"

소년은 하얀 털로 뒤덮인 개의 등을 쓰다듬으며 대답했다.

"아니. 그런 것도 아니야. 아직은 몰라."

소년의 아빠가 자신의 무능을 스스로 드러내며 다시 물었다.

"그게 무슨 말이냐? 흰별이가 미친개일 수도 있다는 거니?"

"그럴 수도 있어. 하지만, 아닐 수도 있어. 그건 다른 개들의 상태에 달려있대. 만약 다른 집의 개들이 모두 정상이면 흰별이는 미친개가 되는 거야."

인도인 아빠와 한국인 엄마는 멍한 표정으로 나를 바라보았다. 세대별 가족 명부에 따르면 소년의 나이는 열한 살이었다. 하얀 개가 마치 자신에게 닥친 운명에 저항이라도 하듯 나를 향해 이빨을 드러내며 짖기 시작해서 나는 뒤늦게 본분을 깨닫고 서둘러 다음 집으로 이동했다. 나는 통지문 전달을 마친 후에 햇빛로 32단지의 관할 지구대에서 준비해 준 숙소로 가서 거의 14시간 만에 가방을 손에서 내려놓았다. 녹음기의 전원을 끄고 침대에 누웠을 때는 자정을 훌쩍 넘긴 시각이었다.

통지문을 받은 후, 주민들이 가장 먼저 찾아간 곳은 동물병원이었다. 그들은 수의사에게 개를 검진해달라고 요구했다. 갑자기 몰려든 사람들과 개들 때문에 당황한 수의사가 관할 지구대에 협조를 요청했고 경감이 달려가서 사람들을 말렸지만 아무 소용이 없었다. 어떤 주민들은 대도시까지 차를 몰고 가서 검사를 받기도 했다. 수의사의 검사만으로 안심이 되지 않은 몇몇 사람들이 경감에게 통지문을 내보이며 대책 마련을 요구했지만 경감은 자신의 권한 밖이라며 난색을 표했다. 주민들은 저마다 통지문을 손에 들고 모여서 걱정을 나누다가 주민 회의를 열어야 한다는 공감대가 만들어졌고, 마침내 통지문이 전달된 다음 날 정오 무렵에 단지 내에 위치한 실내체육관에서 모임이 이뤄졌다. 그곳은 평소 주민들이 배드민턴이나 농구 같은 운동을 하거나 자체적인 소규모 행사를 치르는 장소였다. 나는 모자도 쓰지 않고 가방도 없이 녹음기만 주머니에 넣은 채 경찰들과 함께 체육관으로 갔다. 나는 실내에 들어서자마자 녹음기를 작동시켰다. 예상대로 주민들은 잔뜩 화가 나 있었다. 통지문이 그들에게 남긴 불편은 대부분 의문에서 비롯되었지만 해결할 방법을 몰랐으므로 그것은 금세 불만으로 바뀌었고, 자신의 불만이 혼자만의 것이 아님을 알게 되자 결국 분노가 되었다. 그들이 쏟아낸 의문과 분노의 진술들은 욕설과 비속어들이 대부분이라 차마 옮기지 못했으니 현장의 목소리를 날 것 그대로 듣고 싶다면 함께 제출한 음성파일을 참고하기 바란다.

주민들은 나를 발견하고 입을 다물었다. 그것은 자신들의 생각을 들키는 게 두려워 방패삼아 내미는 침묵이 아니었다. 할 말도 많고 던지고 싶은 질문도 많지만 무엇부터 꺼내야 좋을지 몰라 망설이는 얼굴들이었다. 나는 분위기를 파악하고 그들이 헛수고를 하기 전에 미리 나의 입장을 밝혔다. 나는 이번 일에 관한한 당신들보다 아는 게 없다, 나의 임무는 관찰과 기록이며 아무런 권한도 부여받지 못했다, 나는 개도 기르지 않는다, 그러니 나는 당신들에게 아무런 도움도 줄 수 없다. 내 말이 끝나자 한 남자가 통지문에서 말하는 게 무슨 뜻인지 모르겠으니 설명해달라고 요구했다. 남자는 나에게 통지문을 건네주려 했지만 그 안에 적힌 문장들은 빠짐없이 내 머릿속에 들어있었으므로 나는 그저 떠올리기만 하면 되었다. 나는 그에게 한 단어씩 끊어서 천천히 들려주고 그 문장을 풀어서 부연 설명을 했다. 듣고 있던 남자는 내 설명이 채 끝나기도 전에 목소리를 높였다.

"나도 글 읽을 줄 압니다. 그 정도는 이해한다고요. 그걸 몰라서 그러는 게 아니잖아요."

그는 통지문을 내 턱 밑까지 들이대며 한층 격해진 목소리로 다그쳤다.

"여기 보면 10대 아이들만 미친개를 식별할 수 있다고 되어있는데, 그게 무슨 뜻입니까? 동물병원에서는 우리개가 정상이라는데 그게 다 헛소리란 말입니까?"

나는 부장이 내게 말한 것을 그대로 전달했다.

"통지문에 적힌 그대로입니다. 거기에 그렇다고 명시되어 있으면, 그런 겁니다."

남자는 거칠게 한숨을 뱉어냈고, 옆에 있던 다른 사내가 불쑥 나섰다.

"그러면, 병원에서도 못 하고, 10대 애들도 다른 집의 개만 식별 가능하면, 도대체 우리 개가 미친개인지 아닌지는 어떻게 알아냅니까?"

내 입에서 그의 물음에 대한 대답이 나오길 기다리는 건 그 남자만이 아니었다. 거기 있던 모든 주민들이 눈을 크게 뜨고 내 입만 바라보고 있었다. 나는 최대한 밝은 미소와 성의가 담긴 말투로 내 생각을 말했다. 나도 여러분을 돕고 싶다, 내가 할 수 있는 범위에서, 내가 아는 한도 내에서, 여러분이 자율적으로 문제를 해결하도록 돕겠다, 하지만, 그 질문에 관해서라면, 그건 나도 모른다. 무엇이 그들을 자극했는지 모르겠지만 일제히 사방에서 항의와 욕설이 쏟아졌고 주민들의 일부는 주먹을 휘두르며 나를 향해 거칠게 다가섰다. 경찰들이 다급하게 막아서서 나를 체육관 밖으로 끌어내지 않았다면 사태는 폭력적으로 변할 수도 있었다. 경감은 분위기가 가라앉을 때까지 밖에서 기다리는 게 좋겠다고 말했고 나도 동의했다. 그렇지만 상황은 쉽게 바뀌지 않았다. 경감은 오늘은 일단 주민들을 자극하지 않는 게 좋겠다고 말했다. 나는 경감에게 그래도 나의 임무를 포기할 수는 없으니 관찰과 기록 중에 기록만이라도 부탁한다고 말했다. 경감은 나의 부탁을 들어주었고 나는 그에게 녹음기 사용법과 주의사항을 알려주고 숙소로 돌아왔다. 경감은 해질 녘이 다 되어서야 회의가 끝났다며 녹음기를 돌려주었다. 저장된 파일 안에서 주민들은 처음에는 나를 무능한 허수아비로 낙인찍었고, 그러다 통지문의 무례와 무성의를 길게 헐뜯더니, 나중에는 우리 조직의 처사가 반생명적이라고 성토했다. 그들의 분노가 가리키는 표적은 명확했지만 그것을 통제하는 법을 몰랐기에 동력을 잃고 도중에서 추락하거나 방향 없이 헤매다가 엉뚱한 곳에 꽂히고 말았다. 경감의 전언에 의하면 다행히 그런 와중에도 통지문을 찢거나 구겨서 버리는 사람은 없었다고 한다.

주민들의 회의는 다음 날 정오에 다시 열렸다. 나는 일부러 30분쯤 늦게 실내체육관에 도착했다. 모자를 눌러 쓰고 텅 빈 가방은 손아귀에 단단히 움켜쥐었다. 그래서인지 일부 주민들만이 차가운 시선을 보냈을 뿐 대부분은 나를 멀리 했다. 실내에는 전날보다 훨씬 많은 사람들이 모여 있었다. 아마 거의 모든 세대주들과 그들의 자녀들까지 함께 참석한 것 같았다. 나는 체육관에 들어서자마자 주머니에 들어있는 녹음기의 전원을 켰다.

규모는 커졌지만 분위기는 크게 달라진 게 없었다. 주민들은 손때가 타서 너덜너덜해진 통지문에 코를 박고는 문장과 문장 사이를 미로처럼 헤매고 있었다. 그러다 고개를 들어 주위를 둘러보며 분통을 터트리거나 한숨을 내쉬었다. 그렇게 한 시간쯤 지나자 소음과 소란이 서서히 잦아들면서 문득 묵직한 침묵이 체육관을 가득 채웠다. 한시 바삐 걸음을 옮겨야 하는데 어디로 가야할지 몰라서 돌연 멈춰버린 정지의 상태. 바위처럼 꼼짝 않고 버티던 침묵에 균열을 일으킨 것은 어느 여자의 앙칼진 목소리였다.

"언제까지 이러고 있어야 되죠? 어제도 그랬고, 오늘도 이렇게 불평, 불만만 쏟아내면서 시간만 낭비할 건가요? 뭔가 해야 되잖아요."

여자의 말에 찬성하는 의견이 이어지고, 눈앞에 닥친 현실을 인정하고 빨리 실질적인 대책을 마련하자는 발언도 나오지만 논의는 거기서 뚝 멈추고 다시 소강상태가 되었다. 어느 노부인이 오랜만에 입을 연 듯 헛기침으로 목을 가다듬은 뒤 말을 꺼냈다.

"저는 통지문이 이해가 안 갑니다. 무슨 뜻인지 아무리 읽어도 모르겠어요. 누가 저한테 설명 좀 해주시겠어요? 뭘 알아야 대책을 마련하든지 하죠."

그러자 젊은 남자가 자신을 모바일 게임 업체에서 일하는 프로그래머라고 소개하고는 노부인의 말대로 일의 순서상 통지문의 내용을 올바로 이해하는 게 먼저인 것 같다며 자신이 알아낸 걸 공유해도 되겠느냐고 물었다. 그가 원한 건 대답이었지만 돌아온 건 질문이었다.

"애들은 뭡니까? 10대 애들만 미친개를 알아볼 수 있다는 게 무슨 뜻이죠?"

프로그래머는 나를 힐긋 보더니 대답했다.

"그건 모릅니다. 여기에 그렇다고 적혀있으니 그렇게 알고 따르는 수밖에요."

기다렸다는 듯 여기저기서 질문들이 나오기 시작했다.

"그럼, 여기 적힌 대로 아이들에게 모든 걸 맡겨야 하나요? 우리 애는 아무리 봐도 그 정도 지능은 아닌 거 같은데요."

"애들이 뭘 압니까? 우리도 모르는 걸 애들이 안다는 게 말이 돼요?"

다시 소란이 퍼졌다. 하지만, 프로그래머는 냉정을 잃지 않았다.

"알겠습니다. 그럼, 이렇게 하죠. 지금 여기 있는 10대 자녀분들에게 묻겠습니다."

그는 말을 멈추고 시선을 움직여서 아이들의 주의를 모은 뒤, 다시 말을 이어갔다.

"핵심은 이겁니다. 다른 집의 개가 미친개인지 아닌지 살펴보고 그걸 토대로 우리 개가 미친개인지를 판단해야 한다. 이게 가능하다고 생각하는 10대는 손을 들어 볼까요?"

상당수의 아이들이 손을 들었다. 프로그래머는 그 중 가장 어려보이는 소년을 지목해서 개를 등장시키지 않고 설명할 수 있느냐고 물었다. 소년은 고개를 끄덕였다. 그는 인도인 아버지와 한국인 어머니 사이에서 태어난 소년이었다.

"네 개의 모자가 있습니다. 모자들은 빨간 모자와 파란 모자가 섞여 있는데 몇 개씩인지는 아무도 몰라요. 나를 포함해서 이렇게 네 사람에게 모자를 하나씩 씌우면, 그럼, 다른 사람의 모자는 보이지만 내 머리 위에 있는 모자는 안 보입니다. 어쩔 수 없이 다른 사람의 모자를 잘 보고 내 모자가 무슨 색인지 알아내야 합니다. 만약에 나를 빼고 여기 세 사람이 모두 파란색이면 내 모자는, 당연히 빨간색. 세 명의 모자가 둘은 파란색인데 하나는 빨간색이라면, 그러면 내 모자는 파란색일 수도 있고 빨간색일 수도 있어요. 그래서 나는 빨간 모자를 쓴 사람을 유심히 봐요. 그의 입장에서 보면 파란모자가 두 개 그리고 내 모자인데, 내가 파란 모자라면 파란 모자가 세 개니까 그는 자기 모자가 빨간색이라는 걸 알 수 있죠. 하지만, 내가 빨간 모자라면 그 사람도 나처럼 당황할 겁니다. 그러니까, 저는 그 사람의 반응을 잘 보고, 그의 표정이 밝으면 나는 파란 모자, 그의 표정이 어두우면 나는 빨간 모자. 여기서 빨간 모자가 미친개."

인도인과 그의 아내는 박수를 쳤다. 프로그래머는 소년의 설명이 아주 쉽고 명쾌했다고 칭찬했다. 하지만, 모두에게 그런 건 아니었던 모양이다. 부모들은 자신의 아이가 소년의 설명을 이해했는지 확인하느라고 바빴다. 정작 아이들에 비하면 어른들의 학습효과는 제로에 가까

61

였다. 그들의 머릿속에는 오직 불만과 의심만 가득했다.

어떤 남자 : "그게 뭡니까? 과학적인 방법을 놔두고 우리가 왜 추리를 해야 하죠?"

프로그래머 : "과학으로는 불가능하기 때문에 이런 방법을 택한 거 아닐까요?"

다른 남자 : "누가 그런 방법을 택했죠? 우리는 선택한 적이 없는데요."

프로그래머 : (통지문을 들어 보이며) "선택은 저들의 몫이고 우리는 따라야만 합니다."

어떤 여자 : "우리 개는 정상이에요. 여기 진단서도 있다구요."

프로그래머 : "지금 상황에서 그건 아무 의미 없습니다."

다른 여자 : "왜요? 수의사가 정밀 검사한 게 가장 정확하지 않나요?"

프로그래머 : (한숨을 내쉬며 다시 통지문을 들어 보인다.) "여기 적힌 내용에 따르면, 논리적으로 그럴 수밖에 없습니다."

주민들은 통지문을 무시하고 거기서 벗어나려 했지만 뜻대로 되지 않았다. 시간이 가고 논의가 이어질수록 A4크기의 용지 위에 고딕체로 작성된 문장들이 단순한 메시지가 아님을 확인하게 될 뿐이었다. 내가 집집마다 방문해서 그것을 그들의 손에 직접 쥐어 줘야만했던 이유를 그들은 깨달았을까?

"우리는 이걸 믿고 따라야 합니다."

굵고 낮은 목소리를 지닌 중년 여자가 나섰다. 그녀는 자신을 변호사라고 소개했다.

"이 문서는 저들이 우리를 골탕 먹이려고 만든 함정일 수도 있지만 사실은 저들과 우리 사이의 계약서나 마찬가지입니다. 일단은 그대로 지키는 게 좋아요. 만약, 통지문에서 지시한 대로 따랐음에도 문제가 발생해서 우리에게 손해를 끼친다면 저들에게 책임을 묻고 손해 배상을 요구할 수 있는 강력한 증거물이 될 테니까요. 나중에는 이것이 우리를 지켜주는 보험증서가 될 수도 있습니다."

그리고 다시 길고 무거운 침묵. 체육관에 모인 주민들은 모두 평균 이상의 지능을 소유한 사람들이다. 하지만 그들 대부분은 무지와 편견에 발목이 잡혀서 좀처럼 이성적이고 합리적인 판단에 이르지 못했다. 다시 비슷한 질문이 반복되었고 프로그래머와 변호사는 그들을 이해시키느라 같은 대답을 수없이 되풀이해야 했다. 급기야 서로에게 짜증을 내고 무시하다 비난하며 갈등을 일으키더니 그런 답답한 상황을 견디지 못하고 자리를 떠버리는 주민들도 생겨났다. 그들의 회의는 그렇게 뚜렷한 성과 없이 끝나고 말았다.

다음 날 정오에 시작된 세 번째 모임에서는 프로그래머와 변호사가 회의를 주도했고, 일부 주민들이 거기에 의견을 보태며 따라갔다. 나머지는 가만히 지켜보기만 했다. 근본적인 의문이나 대안 없는 반대의사를 제기하면 즉시 야유를 받으며 묵살 당했다. 두 번의 모임에서 주민들이 깨달은 게 있다면 한시라도 빨리 이 상황에서 벗어나려면 입을 굳게 다물고 협조하는 수밖에 없다는 사실이었다. 긴 회의 끝에 결정된 '세부 행동 규칙'은 아래와 같다.

하나, 각 세대별로 10세 이상 20세 미만인 아이들 중 1인을 세대별 대표로 정한다.

둘, 대표는 일출 이후부터 일몰 직전까지 모든 집을 방문하여 개의 상태를 식별한다.

셋, 일출 이후부터 일몰까지 각 가정의 개는 '마당'에 있어야 한다.

넷, 일몰 이후부터 자정까지 개의 상태를 판단하여 개의 주인이 직접 제거한다.

다섯, 제거에는 관할 지구대에서 인증한 총기만 사용한다. 단, 총기를 지정된 용도 이외의 목적으로 사용할 경우 그에 상응하는 형사 처벌을 받게 되므로 주의할 것.

여섯, 위의 행동규칙들은 내일부터 시행되며, 미친개가 제거되었음이 입증될 때까지 지속적으로 유지된다.

모든 개들을 체육관에 한데 모아 놓고 십대들에게 살피도록 하자는 제안도 있었지만 작업이 완전히 끝나기까지 하루 이틀이 아니라 일주일이나 열흘 심지어 그이상의 시간이 걸릴 경우 그 방법이 훨씬 번거롭고 힘들 거라는 반론이 훨씬 많았다. 네 번째 항목에서는 어떤 주민이 일찍 잠자리에 드는 사람들의 편의를 고려해서 되도록 이른 시간에 제거를 끝냈으면 좋겠다는 발언을 했는데, 대다수 주민들이 당신 개가 미친개로 드러나면 그렇게 하라고 비난을 퍼부어서 한동안 말싸움이 벌어지기도 했다. '제거'라는 단어에 거부감을 표하는 주민들도 있었지만 그건 이미 통지문에서 사용된 표현이므로 그대로 쓸 수밖에 없었다. 정작 주민들을 괴롭힌 문제는 따로 있었는데 바로 미친개를 처리하는 방법이었다. 미친개를 찾아낸 후에 그것을 제거하는 방법을 결정하는 과정에서 우선적으로 고려된 것은 개에게 최소한의 고통을 줘야 한다거나 실행과정과 사후 처리에서 주민들에게 어떠한 후유증도 남겨서는 안 된다는, 생명 윤리와 인권의 문제 같은 것들이 아니었다. 그런 부분에 대한 지적이 전혀 없지는 않았지만 차후에 제기된 '현실적인 절차상의 문제들' 때문에 크게 주목받지 못했다. 가장 먼저 제안된 방법이 동물병원에서 안락사에 흔히 사용되는 약물을 이용하자는 것이었다. 하지만, 통지문의 네 번째 항목, '미친개의 제거는 오직 미친개의 주인만 할 수 있음', 때문에 제외되었다. 그 외에도 여러 방법들이 거론되었지만 제거에 필요한 인력, 장비, 비용, 시간 등을 고려했을 때 총보다 나은 것을 찾지 못했다. 사냥이 취미라고 밝힌 주민은 잔뜩 상기된 표정으로 총의 장점을 이렇게 설명했다.

"어떤 방법보다 빠르고 정확하고 간단합니다. 거기다 총성이 크게 울릴 테니 매우 극적이죠. 다른 방법들은 익숙해지는데 시간이 걸리지만 이건 초보자라도 쉽게 사용 가능합니다. 뒤처리도 간단하고요."

그의 말에는 일리가 있었다. 미친개의 식별 여부를 모든 주민에게 별도의 인력과 장비의 도움 없이 일시에 알릴 수 있다는 점에서 효율적이었고, 미친개의 제거를 주인이 직접 책임지는 것이니 차후에 법적인 분쟁이 일어날 여지도 없을 것이라는 점에서 덜 불안했다. 그리고 무엇보다 주민들 상당수는 이미 잔뜩 지쳐있었다. 그들은 쉽게 동의를 하지도 않았지만 그렇다고 흐름을 바꿀 만큼 뚜렷하게 반대의사를 드러내지도 않았다. 더구나 그들 대부분은 자신의 개는 절대 미친개가 아니라고, 그러니 어떤 방법이든 나와는 상관없는 일이라고 굳게 믿고 있었다. 분위기를 감지한 경감은 재빠르게 움직였다. 그는 필요한 총기는 얼마든지 확보 가능하다고 말했다. 지구대에서 보관 중이던 사냥용 엽총이 있고, 나머지는 총기의 판매와 대여를 하는 업체에서 협조를 받으면 되고, 비록 소수이긴 하지만 이미 엽총을 소지하고 있는 세대도 있었다. 경감은 개인지 늑대인지 분간할 수 없는 모형과 권총을 들고 나와서 시범도 보였다.

"명심하세요. 이건 여러분의 귀여운 반려동물이 아닙니다. 우리 단지의 평화를 위협하는 미친개입니다. 그래도 이놈이 불쌍하다는 생각이 들면, 이렇게 이마를 겨누고, 정확하게 쏘세요. 그러면 고통을 느끼기도 전에 숨이 먼저 끊어질 겁니다. 망설이지 마세요. 방아쇠를 힘껏 당겨서 단숨에 끝내야 합니다. 잊지 마세요. 여러분들이 쏴야하는 건 미친개입니다."

어떤 여자가 손을 들더니 물었다.

"꼭 그걸 사용해야 하나요? 저는 총을 만져본 적도 없는데요."

그녀의 딸로 보이는 여자 아이가 옆에서 그녀의 손을 꼭 잡고 있었는데 아이의 두 눈에는 이미 눈물이 가득했다. 옆에 있던 노인이 아이에게 다가가서 머리를 쓰다듬으며 말했다.

"걱정 마라, 얘야. 저건 미친개한테만 쓰는 거지 아무 개나 다 쏘라는 게 아니야. 너희 개는 괜찮을 테니 안심해라."

아이의 엄마는 당황한 듯 아이의 등을 쓸어주며 진정시키려 했지만 아이는 그 자리에 주저앉아서 울음을 터트렸다. 사람들은 경감에게 어린 애들도 있는데 뭐하는 짓이냐고 소리를 질렀다. 경감은 당황한 듯 권총을 집어넣더니 회의가 끝난 뒤에 총기 실습 교육을 할 테니 원하는 분들은 지구대로 오라는 말만 남기고 서둘러서 물러났다. 그의 퇴장이 어떤 신호인 것처럼 사람들은 이제 그만하면 됐다며 하나둘씩 자리를 떴다.

모든 준비는 순조롭게 진행됐다. 경찰은 각 세대별로 총기 1자루와 총알 2발을 나눠주었다. 불미스러운 총기 사고가 발생할 가능성은 경찰들 사이에서만 조용히 언급되었고 주민들은 총을 사용할 일은 없을 것이라는 근거 없는 믿음에 기대어 모든 걸 담담하게 받아들였다. 하지만 그들은 알고 있었다. 누군가의 총에서는 반드시 총알이 발사되어야 하고 어느 집의 개는 아무 영문도 모른 채 그 총알을 감당해야만 한다는 것을. 그렇지 않으면 햇빛로 32단지에 들이닥친 재앙은 끝나지 않을 테니까. 다만 그들은 그런 불행이 자신에게만은 절대 일어나지 않을 것이라고 믿고 있었다.

묘한 긴장감과 함께 첫날이 시작되었다. 나는 단지 내의 거리를 느긋하게 걸으며 주민들의 동태를 살폈다. 그들은 전날과 다름없이 기상을 하고 아침을 먹고 출근을 하고 학교에 갔다. 10대의 소년과 소녀들은 낮은 담장 너머로 마당에 있는 개들을 관찰했으며, 개들은 꼬리를 흔들며 그들을 반겼다. 개의 주인들 중 몇 명이 아이들에게 자신의 개에 대해 물었고, 아이들은 모른다고 대답했다. 그 때마다 어른들은 짜증을 냈지만 아이들의 모름이 무지의 표현이 아님을 그들은 몰랐다. 해가지면 개들은 마당에서 자취를 감추었고 가족들은 집안에 모여서 아이의 판단을 기다렸다. 거리에서 느껴지는 햇빛로 32단지의 저녁은 고요했지만 자정에 가까워질수록 긴장감은 고조되었다. 만약, 햇빛로 32단지에 미친개가 단 한 마리뿐이라면, 그 미친개를 기르는 세대의 10대 자녀는 다른 집의 개들이 모두 미친개가 아님을 확인했을 것이다. 자신의 개도 미친개가 아닐 수는 없으므로, 통지문에 따르면 반드시 미친개가 존재해야 하므로, 그의 개는 미친개일 수밖에 없다. 아이는 이런 추론을 부모에게 설명하고 부모 중 한 사람은 자정이 되기 전에 총을 사용해야 한다. 그럼, 나머지 주민들은 단 한 발의 총성을 듣게 될 것이다. 하지만 첫 날 자정이 지나도록 총성은 울리지 않았다. 그것은 미친개가 한 마리가 아니라는, 즉, 두 마리 이상이라는 뜻이었다.

둘째 날. 어떤 아이는 학교를 가고 어떤 아이는 학교를 빼먹었다. 부모는 자녀의 심정을 이해하고 결석을 허락했다. 지난밤의 긴장과 불안은 체육관에서 회의를 할 때 예감했던 것보다 훨씬 컸다고, 주민들은 서로에게 털어놓았다. 그들은 2,3일 내로 끝을 보기를 바랐다. 미친개가 만약 한 마리였다면 하루 만에 끝났을 것이다. 그렇게 생각했던 아이가 있었을지도 모른다. 아이가 보기에 자기 집을 제외하고 다른 집에 미친개는 한 마리였다. 그런데, 첫 날 총성이 울리지 않았다. 둘째 날, 학교도 가지 않고 종일 다른 집의 개를 살펴봐도 마찬가지. 그는 집에서 곰곰 생각한다. 첫 날 총성이 울리지 않았으니 미친개는 두 마리 이상이다. 그런데, 다른 집들 중에는 미친개가 한 마리. 그렇다면, 아이의 개는 미친개가 될 수밖에 없다. 그의 결론은 완벽한 논리를 근거로 한 합리적 판단이며, 두 번째 날 자정에 두 발의 총성이 울리면서 상황은 끝났을 것이다. 그러나 실제로 둘째 날은 지독할 정도로 조용했다. 주민들은 자정이 지나도 잠들지 못했다. 미친개가 세 마리 이상이라니. 그들은 다음 날에도 똑같은 과정을 반복할 걸 생각하며 뜬 눈으로 밤을 지새웠다.

셋째 날. 첫 날이나 둘째 날과는 전혀 다른 하루가 시작되었다. 아이들은 아무도 학교에 가지 않았고 어른들도 출근을 하지 않았다. 어른들은 아이들에게 두 눈 똑바로 뜨고 제대로 보라고 다그쳤다. 길 가던 노인이 곁눈으로 슬쩍 보고 지나는 아이를 붙들어서 장난하지 말고 성의 있게 하라고 야단을 치는 바람에 아이가 울음을 터트렸고, 급기야 아이의 아빠와 노인이 멱살을 잡고 몸싸움을 했다. 아이의 눈에 미친개는 몇 마리였을까? 만약, 두 마리였다면, 그럼에도 두 번째 날에 총성은 울리지 않았으니, 그건 미친개가 세 마리라는 뜻이고, 아이의 개가 미친개라는 결론에 도달 할 수밖에 없다. 하지만 어른들의 조바심에도 불구하고 세 번째 밤에도 총은 발사되지 않았다. 그건 미친개가 네 마리 이상이라는 뜻이다.

미친개를 찾는 작업이 시작되고 일주일이 지났다. 그동안 십대의 소년과 소녀들은 매일 똑같은 과정을 성실하게 이행했지만 아무 일도 일어나지 않았다. 총을 사용하지 않고 자정을 맞는 것이 어떤 의미인지 대부분의 주민들은 알고 있었다. 물론, 굳은 표정으로 나를 노려보며 이렇게 말하는 사람이 있기는 했다.

"당신이 우리 동네에 미친개가 있다고 그랬죠? 봐요. 아무 일 없잖아요. 괜히 헛소문 퍼트려서 불안감 조성하지 말고 당장 여길 떠나세요."

하마터면 그 주민에게 화를 낼 뻔 했다. 당신의 어리석음이 더 큰 불안감의 근원이라고 받아칠 뻔 했다. 하지만 아무 일 없이 하루가 지날 때마다 미친개가 한 마리씩 늘어나는 셈이라는 걸 그에게 납득시킬 자신이 없었기 때문에 나는 참았다. 제발 그가 다른 사람의 화는 건드리지 않길 진심으로 기도할 뿐이었다.

부장으로부터 전화가 왔다. 그는 정확한 상황을 알고 싶어 했다. 그는 나의 보고를 별 말 없이 듣기만 했다. 그는 상황에 큰 변화가 없으면 매주 전화로 보고하라고 지시했다. 상황에 변화가 없는데 뭘 보고하느냐고 반문했더니 그런 사실을 보고하면 된다고 말했다.

다시 또 일곱 번의 자정이 지났다. 해 질 녘이 되면 아이들은 길게 늘어진 저마다의 그림자를 끌고 집으로 돌아갔다. 아이들은 때로는 학교에 가고 때로는 결석을 했다. 아무 일 없이 평범한 하루가 지나갈 때마다 그들의 근심은 불어났고 그만큼 늙어갔다. 개들은 일몰부터 자정까지 내내 짖어댔다. 어느 한 마리가 시작하면 다른 집의 개들도 뒤를 따랐고 마침내 모든 개들이 한 마리의 괴물처럼 동시에 울부짖었다. 사람들은 개들을 말리지 않았다. 그것이 개들에 대한 최소한의 예의라고 그들은 생각했고, 어차피 자정이 되기 전에 그칠 수밖에 없을 것이기 때문이었다. 그러나 개들의 울음소리는 자정이 지나도록 그치지 않았다. 나는 개들이 우는 소리를 녹음해서 부장에게 들려주었다. 그는 개들이 점점 미쳐가는 것 같다고 말했다. 14일이 지났으니 미친개는 최소한 15마리 이상이라고 나는 보고했다.

21일이 경과했다. 적어도 22마리가 미친개일 것이라는 추론은 주민들 모두에게 악몽이 되었다. 이틀 전, 자정을 30여분 앞둔 시각에 한 발의 총성이 울렸다. 드디어 끝이구나, 하는 기쁨에 이어 기대감에 부풀었지만, 자정까지 발사된 것이 그것뿐이어서 사고였음을 직감했는데, 아니나 다를까 스트레스를 견디다 못한 세대주가 마당에서 하늘을 향해 방아쇠를 당겨버린 것이었다. 재산이나 인명에 피해가 생긴 건 아니어서 평소 같으면 구두경고로 끝날 사안이었지만 경감은 본보기를 보여주는 차원에서 조서를 꾸며 경찰서로 넘겼다. 아마 벌금형이 떨어질 거라고 그는 말했다. 세대주의 총기 사용은 금지 되었고 그의 아내가 대신 총을 넘겨받았다. 부장에게 그런 사실을 보고했더니, 부인이 있어서 다행이군, 이라고 말했다. 나도 동감이라고 대꾸했다. 하지만 그것이 실수였다는 사실이 확인된 순간, 많은 주민들이 그랬듯이 나 또한 분노가 치밀었다는 사실은 말하지 않았다.

또 일주일이 지났다. 언젠가부터 개들은 잘 짖지도 않고 울지도 않았다. 아마도 총소리를 들은 이후부터일 것이다. 그들은 집 밖에서 인간들과 어울려 산책을 하지도 못했고 거실의 소파나 주인의 침대 위에서 뒹굴지도 못했다. 그들은 24시간 내내 마당에서만 지냈다. 마당에서 먹고 마당에서 자고, 아마도 마당에서 최후를 맞게 될 것이다. 인간과 같은 일족인 것처럼 섞여 살다가 돌연 짐승의 처지가 된 것이다. 그들은 감정을 드러내지 않았다. 하소연도 하지 않았다. 그런 것이 아무 소용이 없다는 것을 천둥처럼 터져 나온 총성과 함께 깨달은 것일까? 나는 부장에게 전화를 걸어서 아무 일도 없었으며 미친개는 29마리 이상이 되었다고 보고했다. 그리고 개들이 짖지도 않고 살만 쪄서 걱정이라는 말도 덧붙였다. 부장은, 그건 내가 신경 쓸 일이 아니라고 말했다.

일주일 후, 단지 내에서 동물병원을 운영 중인 수의사가 나를 찾아와서 이사를 가고 싶은데 그래도 괜찮겠냐고 묻기에 이유가 뭐냐고 했더니 손님이 뚝 끊겼다고, 햇빛로 32단지는 물론이고 이웃 단지에서도 아무도 오지 않는다고 말했다. 어찌 보면 당연한 일이었고 그의 입장에도 동정이 갔지만 나는 단호하게 안 된다고 말했다. 일단 통지문을 수령했으니 거기 적힌 규칙들에 따라야만 하고, 그리고 무엇보다 만약 이사와 함께 그의 개도 떠난다면 그동안 그의 개를 포함해서 진행된 아이들의 추리와 계산은 무용지물이 되어 버리고, 수의사의 아이가 갖고 있던 관찰의 결과도 사라지는 셈이니, 결국 모든 걸 처음부터 다시 시작해야만 한다. 말 그대로 리셋. 과연 주민들이 그걸 받아들일까? 수의사는 나의 설명을 끝까지 듣고서 고개를 끄덕이더니 힘없이 중얼거렸다.

"그렇군요. 결국, 우리는 여기에 갇힌 셈이군요."

오해를 할 것 같아 밝혀두는데 저 말을 할 때 수의사는 손에 든 통지문을 보고 있었다. 미친개를 식별하는 작업이 시작되고 35번의 자정이 지나갔다. 미친개는 36마리 이상. 마침내 절반을 넘겼다. 나는 부장에게 전화를 걸지 않았다.

37번째 자정을 5분쯤 앞두고 갑자기 총성이 울렸다. 단 한 발뿐이어서 또 누군가가 밤하늘을 향해 헛되이 총알 한 개를 날려 보낸 게 틀림없다고 생각했다. 경감과 함께 총이 발사된 집으로 달려가 보니 마당 한복판에 총을 든 여자가 서있었고 그녀는 우리를 보자 흥분이 채 가시지 않은 음성으로 빠르게 내뱉었다.

"여기, 미친개요. 내가 미친개를 제거했어요."

여자가 손가락으로 가리키는 곳에 한 마리의 개가 쓰러져 있었다. 개의 몸이 얼룩무늬로 덮여 있었는데 개가 원래 갖고 있던 것인지 피의 흔적인지는 어둠에 가려서 분간할 수 없었다. 개는 꼼짝도 하지 않았다. 경감이 여자가 들고 있는 엽총의 총신을 움켜쥐고 하늘을 향하도록 비틀자 여자는 총에서 두 손을 떼더니 한 발 물러섰다. 열 걸음 정도 떨어진 곳에서 그녀의 딸이 이쪽을 바라보고 있었다. 여자가 들뜬 목소리로 말했다.

"이게 나를 물었어요. 이 미친 개새끼가 내 발을 물어서, 여기, 여기 좀 보세요."

여자는 신고 있던 슬리퍼에서 맨발을 빼내더니 앞으로 내밀었다. 나는 딸에게 다가가서 저 개가 너희 개가 맞느냐고 물었다. 딸은 고개를 끄덕였다. 어리석은 질문이지만 오로지 본능에 떠밀려서 저 개가 미친 개가 맞느냐고 물었다. 예상대로 딸은 고개를 가로저었다.

"아뇨. 몰라요. 아직 어느 쪽인지 확실하지 않아요."

여자는 펄쩍 뛰며 딸을 향해 소리를 질렀다.

"미쳤다니까. 나를 물었다고. 한 번도 아니고 두 번이나. 지금까지 쟤가 누구 문 적 있었니? 단 한 번도 없었잖아. 근데 이상해졌어. 갑자기 미쳐가지고 나를 문 거야."

딸은 차가운 말투로 여자에게 쏘아붙였다.

"이제 상관없잖아. 어차피 죽었는데, 뭐."

딸은 차갑게 돌아서더니 집안으로 들어가 버렸다. 경감은 여자를 지구대로 데려가서 조서를 작성했다. 동물 보호법 위반으로 처리될 거라고, 개였으니 망정이지 딸이었으면 어쩔 뻔 했냐고 그는 말했다. 나는 부장에게 사건을 보고했다. 그는 모든 작업을 중단하고 당장 철수할 것을 지시했다. 예상대로였다. 여자의 집을 제외한 나머지 66세대의 10대들 머릿속에서 축조되고 있던 논리의 성이 도미노처럼 순식간에 붕괴되고 말았으니, 어쩔 수 없다.

경찰은 날이 밝자마자 모든 가정에서 총기와 총알을 수거했고 나는 첫 번째 기차를 타고 햇빛로 32단지를 떠났다.

나는 오랜만에 돌아온 사무실의 내 책상에서 보고서를 작성하는 중이다. 지금은 자정에 가까운 시각이다. 나는 돌아오자마자 부장과 함께 국장이 주재하는 대책회의에 참석했다. 회의는 점심시간을 지나 퇴근시간 무렵까지 계속 됐고, 논의된 안건은 세 가지였다.

첫째, 예측 가능한 돌발변수와 그 대책은 무엇인가?

둘째, 미친개를 식별하는 과정에서 적용된 추론과정은 과연 타당한가?

셋째, 우리 조직의 개입 범위는 어느 정도까지인가?

부장은 내게 내일부터 열흘간의 휴가를 주었다. 그 열흘 동안 회의 내용과 이 보고서를 바탕으로 통지문이 수정, 보완될 것이라고 그는 말했다. 비록 '미친개를 제거'하려던 원래의 목표는 달성하지 못했지만, 이번 실패를 계기로 우리 조직의 업무 추진 방법이 좀 더 정교해질 것이라고 나는 확신한다. 나는 휴가를 마치고 돌아오면 다시 햇빛로 32단지로 투입될 예정이다. 그때 내 가방 안에는 더욱 빈틈없는 논리와 엄정한 규칙으로 작성된 66통의 통지문이 들어있을 것이다.

방미현

1982년 서울 출생
이화여대 경제학과 졸업
2018년 매일신문 등단
2018년 『현대문학』 4월호 신춘문예 특집에 「복화술 클럽」 개제

복화술 클럽

방미현

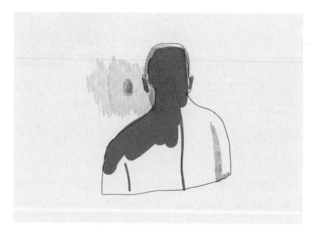

"말보로 레드 하나요."

또 뒤에서 말이 나왔다. 다행히 담뱃갑을 건네주던 아저씨는 휴대폰 게임 화면을 보느라 내 얼굴을 쳐다보지 않았다. 좀 더 긴장해야 한다. 요즘 들어 주의를 기울이지 않으면 말이 뒤쪽 입에서 나온다. 아, 뒤쪽 입이라니. 두 번째 입이라고 불러야 하나.

-공지사항 : 1월 16일(토), 선유도역 2번 출구 카페 이파네마, 참석 확정 인원 현재 6명

핸드폰 알림이었다. 내가 모임을 운영하는 유일한 이유는 나와 같은 사람들이 있는지 알아보기 위해서다. 뒤통수에 눈과 입이 생겨버린 불쌍하고 기괴하며, 생각하면 할수록 원인을 알 수 없는 증상을 가진 사람들이 어딘가에 있다면 만나고 싶었다. 좀비 영화의 마지막 생존자들이 라디오 주파수를 잡아 다른 생존자들을 찾는 방송을 내보내는 심정으로 나는 '복화술 클럽' 공지를 내걸었다. 이 경우에는 내가 좀비에 더 가깝다는 점이 다르긴 하지만. 모임을 만든 지는 3주가 조금 넘었고, 지금까지 회원 수는 아홉명이다. 하기야 이 괴기스러운 증상이 내성적인 성격과 상관관계가 있다면 나와 같은 부류의 사람들은 이런 모임용 애플리케이션에는 관심이 없을 것이다. 그럼에도 요즘 사람이 가장 많이 몰리는 곳이라는 이야기를 듣고, 난 이곳에 모임을 개설하기로 마음먹었다. 애플리케이션의 메인 화면에는 '부산 나이트 런(night run) 참가 : 완주 후 EDM 파티 GOGO,' '보드게임 마니아들의 토요일 정기 모임' 등의 모임 공지가 발랄한 톤으로 자주 올라왔다. 그 가운데 우리 모임의 건조한 공지를 나는 일주일에 한 번꼴로 올렸다. 항상 장소와 시간 같은 필요한 정보만을 알렸다. 연애 상대를 찾아 모임을 찾아오는 떠돌이들을 피하기 위함이기도 했고, 나와 같은 절박함을 가진 이들이라면 공지의 친절함 따위는 신경 쓰지 않을 테니 그래도 된다고 생각했다.

모임을 운영하다 보면, 나의 의지와 상관없이 사람들의 성격을 알게 된다. 매번 지각 하는 사람, 참석 여부를 일찍 확정 짓지만 잘 나오지 않는 사람, 매번 참석하지만 참석 의사는 가장 마지막에 전달하는 사람 등 아홉 명뿐인 회원들도 각자 행동 양상이 달랐다. 나는 모임 장이었고 그것보다는 점점 더 뒤쪽 얼굴이 신경 쓰였기 때문에 최소한 일주일에 한 번씩 모임을 열었다. 뒤쪽의 얼굴은 매일 매일 점점 더 모양을 갖춰갔다. 거울을 비춰보니 오늘은 눈꺼풀에 몇 가닥의 속눈썹이

자라 있었고, 눈동자의 모양도 더 또렷해졌다. 눈동자의 경우 시력과도 관계가 있는 것으로 추정된다. 뒤쪽 눈으로 보는 풍경 또한 점점 선명해지고 있기 때문이다. 솔직히 아주 가끔은 나중에 변이가 완성되면 취업에 유리해지는 것은 아닐까하는 생각이 들기도 한다. 눈이 네 개면 두 개인 사람들보다 시야가 넓다는 식으로 우겨볼 수 있을지 모른다.

복화술의 세계는 생각보다 넓었다. 알고 보니 애초에 복화술은 종교인들의 것이었다. 고대 그리스 아테네 신전의 여 사제가 처음 복화술을 사용했고, 그 시대의 사람들은 배에서 들려오는 목소리를 죽은 자들의 것이라고 믿었단다. 따라서 그 목소리와 대화함으로써 과거의 진실을 알게 되고, 미래의 일들을 예측할 수 있다고 믿었다. 내 목소리도 그러했으면 참 좋겠지만, 나에겐 두 개의 얼굴이 생겼을 뿐 특별한 능력은 생기지 않았다. 젠장. 물론 나의 관심은 복화술의 역사나 발전 양상을 향해 있지는 않았다. 혹시나 그 옛날 그리스 여 사제가 어느 날 뒤통수가 근질거려 손으로 긁적거리다가 자신의 뒤쪽 눈을 손으로 찌르고는 날카로운 통증에 시달린 적은 없는지, 머리카락 사이로 남들이 자신의 뒤통수에 대고 짓는 표정을 보고 놀란 적은 없는지가 궁금했다.

이 일이 일어난 후, 난 몇 가지 이유를 추측해 보았다. 그중 가장 유력한 가설은 나의 거주지와 관련이 있다. 나는 작은 소도시에 산다. 서울의 위성도시라고 불리는 곳 중 하나이지만 도시라고 부르기 민망한 이곳은 서울을 중심으로 회전하지는 않는다. 이 동네에는 돼지 농가가 많다. 돼지 분뇨의 냄새가 바람을 따라 이동하며 그 사실을 끊임없이 상기시킨다. 이곳에 돼지 말고 사람이 살고 있다는 것이 놀라울 만큼 악취가 날 때도 자주 있다. 나는 근질거리던 뒤통수에서 두 눈과 입으로 추정되는 틈 같은 것을 발견했을 때 돼지 집단 매몰지를 떠올렸었다. 몇 년 전 구제역 사태 때의 일이다. 이 동네 돼지 중 일부가 병에 걸렸고 그 때문에 병에 걸리지 않은 수천 마리의 돼지도 예방적 차원에서 땅에 묻혔다. 산채로 묻힌 경우도 많았다. 그리고 집단 매몰지마다 작은 파이프들이 묻혔고, 몇 년이 흐른 지금도 그 근처에서는 악취와 함께 하얀색 연기가 올라왔다. 작은 땅에 지나치게 효율적으로 살아있는 동물들을 많이 묻은 턱에 흙은 동물 사체를 제 방식대로 분해하지 못하고 있었다. 그때 만들어진 어떤 독성 물질이 흙이나 물, 공기를 통해 내 몸에 서서히 스며들었을지도 모른다는 게 나의 생각이다. 깨진 거울 조각 속에 비친 내 얼빠진 얼굴을 보고 있자니 기이하고 불길한 그 하얀색 연기가 생각났던 것이다.

*

If I had eyes in the back of my head
I would have told you that
You looked good
As I walked away[1]

잭 존슨(Jack Johnson)은 순진하다. 그리고 뒤쪽 얼굴이라는 것은 가져본 적이 없을 것이다. 하와이에서 태어나고 자란 잭 존슨 형은 몰랐다. 뒤쪽의 얼굴이라는 것은 그렇게 한가하게 노래하기 어려운 것이란 사실을. 존슨 형의 세 살짜리 아들이 한 말이란다. 만약 자신의 뒤통수에도 눈이 달렸다면 뒤돌아 걸어가며 아빠에게 '멋져요'라고 말해줬을 것이라고. 어린아이가 엄지를 치켜들고 웃는 장면이 떠오르는 이야기

---

1. 번역: 뒤통수에도 눈이 달렸다면, "당신 멋지네요."라고 뒤돌아 걸어가며 말해줬을 거예요.

다. 노래를 들으며 난 휴대폰의 메모장을 열어, 매일 아침 하나의 의식처럼 행하고 있는 뒤쪽 얼굴 관찰기를 작성했다.

- 어제와 비교해 동공의 윤곽이 또렷해짐. 빛에 반응.
- 입의 가로 길이가 일주일 사이 0.1cm 길어짐. 총 길이 3.7cm.

뒤쪽 얼굴을 보려면 미용실에서 뒷머리를 보여주는 방식을 따라야 한다. 세면대 거울을 앞에 두고, 오른손에 든 커다란 거울로 뒤통수를 비춰 앞쪽 거울에 비치는 상을 관찰하는 것이다. 처음 뒤쪽 얼굴을 본 날, 손에 든 거울을 놓쳐 깨뜨려 버렸다. 서양 미신에 따르면 난 앞으로 7년간 운이 나쁠 예정이다. 지금보다 더 나빠질 수 있는지 알 순 없지만, 인생은 원래 최악이라고 생각한 순간에 더 나빠지기도 하는 법이므로 도움이 되지 않는 실수를 저질렀다고 볼 수 있다. 무슨 일이냐고 묻는 엄마에게 그저 거울이 깨졌다고만 했다.

내 경험상 뒤통수의 눈으로 본 사람들의 얼굴은 멋지지 않았다. 카페나 식당에서 주문을 하고 돌아서면 서비스 정신을 발휘하며 웃어주던 사람들이 운이 좋으면 무표정, 운이 나쁘면 불쾌한 표정을 지었다. 돈도 돈이지만 그래서인지 요즘은 메뉴판에서 가장 만들기 쉬워 보이는 기본 메뉴만을 주문하곤 한다. 예를 들면, 아메리카노 같은 것 말이다. 엄마도, 같은 과 동기들도 예외는 아니었다. 우리는 평생 상대의 반쪽만을 보고 사는지도 모른다. 상대가 보여주고 싶어 하는 얼굴만을 보는 것이다. 어쨌든 존슨 형의 어린 아들이 상상하는 세상은 여기에 없다.

네 번째 모임에는 최종적으로 일곱 명이 참석했다. 40대 직장인이라고 자신을 소개한 달호수 님이 주말 출근으로 불참을 알린 대신에 새로운 회원인 외계인님이 참석했다. 크지도 작지도 않은 키의 그녀는 마른 체형이었다. 남색 야구 모자를 쓰고 있었다.

새로운 회원의 경우 복화술로 자신을 소개하도록 했고, 모임의 시작에는 회원마다 하나씩 고를 수 있는 퍼펫(puppet)을 담은 상자를 돌렸다. 유튜브(Youtube)로 찾아본 서양인 복화술 달인들은 모두 한 손에는 퍼펫을 끼고 있었기 때문에 이 정도 모임의 운영자라면 퍼펫 몇 개쯤은 가지고 있는 편이 자연스러울 것 같아 구매해둔 물건들이다.

"외계인입니다. 나이는 스물여섯 살이고, 휴학생입니다. 경찰시험 준비 중이에요. 잘 부탁드립니다."

그녀는 자신이 준비해온 보라색 외계인 모양의 퍼펫을 오른손에 낀 채 자신을 소개했다. 나보다 두 살이 많다. 그녀의 복화술은 완벽했다. 본인의 목소리보다는 조금 높은 음의 목소리로 자신을 소개했는데 발음이나 호흡이 나무랄 데 없었다. 자기소개가 진행되는 동안 나는 유심히 그녀의 입을 지켜보았지만 작은 움직임도 찾을 수 없었다. 희망적이다. 그녀는 퍼펫의 입을 끊임없이 움직였지만, 목소리에 비해 손동작이 뛰어나진 않았다. 나에게는 이런 작은 특징조차 매우 특별하게 느껴졌다. 물론 이것은 어디까지나 목소리에 비해 손동작이 놀라울 정도로 자연스럽지는 않다는 것이지 다른 회원들과 견주면 수준급이었다. 지금까지 모임장인 나를 제외하곤, 그러니까 실제로 입이 두 개인 나를 제외하곤 달호수님이 단연 뛰어난 기술을 보유한 회원이었지만 눈앞의 그녀와는 비교할 수 없었다. 이번에는 정말로 찾았는지도 모른다.

그녀도 혹시 우리 동네에 살까? 그녀의 뒤쪽 얼굴도 내 것과 같은 모양일까. 코는 없고 눈과 입만이 마치 두피에 생긴 작은 상처와 같은 모습을 하고 있을까. 경찰 공무원 시험을 준비 중이라면 노량진에 살지 않을지. 어쩌면 스트레스와 관련이 있는 증상일지도 모른다. 물어보고 싶은 것이 너무나 많다. 서울에 살면서 이런 일을 겪고 있다면 동물 사체로 오염된 토양이나 물이랑은 관련이 없다는 것인데, 도대체 원인이 무엇일까. 아니 그것 보다 우리는 앞으로 어떻게 해야 할까? 인생에 말도 안 되는 사건이 벌어졌다거나, 지독히 못된 인간을 만났을 때 우리는 정신을 바짝 차리고, '왜 이런 일이 일어났을까?'라는 질문보다는 '어떻게 대처해야 할까?'를 고민해야 한다던 명사의 말이 떠올랐다. 쉬운 일은 아니다. 난 언제나 이유를 찾아 헤맸고, 한참을 '왜'에 파묻혀 다른 생각을 하지 못했다.

모임을 마치고 지하철역으로 걸음을 옮기며 나는 자연스럽게 외계인님에게 다가갔다.

"복화술은 언제부터 하셨어요?"
그녀는 빠른 걸음을 늦추지 않았다. 눈빛은 건조했다.
"여덟 살 때였어요. TV에서 우연히 빨간색 인형을 손에 낀 아저씨가 말하는 것을 봤어요. 당연히 그땐 인형이 스스로 말을 하는 줄 알았고요. 어른들의 설명을 듣고 나서야 아니라는 걸 알았죠. 그때부터 목소리를 조금 높게 바꿔서 말하는 연습을 했어요. 목소리를 바꾸니까 원래는 입 밖으로 내지 못하던 말들도 할 수 있게 되어서…… 빠져들었던 것 같아요. 자유로운 기분이 들었어요."
이야기는 진짜 같았다. 그녀는 정말로 뛰어난 복화술자인지도 모른다. 아니라면, 모임에 나오기 전에 '예상 질문 및 답변'을 나열한 리스트를 만들어 그럴싸한 이야기를 준비했을까? 긴장을 늦출 수 없다. 나의 바람과 달리 그녀는 나와 같은 상황에 놓인 사람이 아닐지도 모른다.

"실례지만, 혹시…… 운영진으로 참여할 생각이 있으신가요? 처음 오셨는데 갑작스럽게 이런 제안을 드리게 되어서 일단 죄송합니다. 좀…… 잘하시는 분이 오시기를 기다리고 있었어요."

선부른 제안일까 두려웠지만 이런 속도로 뒤쪽 얼굴이 완성되어 간다면 지체할 시간도 얼마 남지 않은 것이 분명했으므로 물었다.

나는 그녀와 단둘이 이야기할 시간을 확보해야만 했다. 반드시. 그녀는 바로 답을 주지 않았다. 생각할 시간이 필요한 일이었다. 나도 동의하는 바였지만, 그 후로 며칠간 나는 한 가지 생각만을 했다. 어떻게 하면 그녀와 만날 수 있을까. 적절한 말이 떠오르지 않았다. 꿈에서도 나는 그녀를 만나 그녀의 긴 머리카락을 헝클어뜨리며 두 번째 얼굴을 찾아 헤맸지만, 잠에서 깨면 어김없이 아무 생각도 떠오르지 않았다. 어떤 말도 적절치 않게 느껴졌다. 자포자기한 심정으로 나는 아무런 설명도 없이 그녀에게 'If I Had Eyes'를 부르는 잭 존슨 형의 라이브 영상을 보냈다. 일종의 은유적 접근이라고 스스로 위로했다.

그녀에게서 답이 온 것은 내가 동영상 링크를 보낸 지 한 시간이 채 되지 않은 시점이었다. 운영진으로 참석하겠다는 대답이었다. 역시 그녀도 나와 같은 처지인지도 모른다. 요 며칠간 나는 문자 그대로 희망과 절망 사이를 오갔다. 어떤 사람들의 경우, 두 번째 얼굴을 발견한 순간 달려갈 부모나 친구와 같은 대상이 있는지도 모르겠다. 나의 경우는 그렇지 못했다. 일단 친구라고 부를 만한 대상은 없다. 적어도 이 일에 대한 비밀을 지켜주고 나와 함께 원인이든 해결책이든, 그런 것이 있다면, 고민해줄 존재는 없다. 엄마는 분명 내가 무언가 잘못해서 생긴 병이라고 내 탓을 할 게 분명했으므로 난 혼자 이 일을 해결, 아니 관리해 나가기로 했을 뿐이다. 그래서 그녀는 내게 중요했다. 어쩌면 이런 질문을 할 수 있게 될지도 모르니까.

"이제 우리는 어떻게 하면 좋을까요?"

*

나는 고민 끝에 아이보리색 스웨터와 즐겨 입는 진청색의 청바지를 입었다. 어제 준비해둔 의상이 왠지 마음에 들지 않았다. 꺼내두었던 맨투맨 티셔츠에 적힌 'So what?'이란 문장이 특히 적절치 않게 느껴졌다. 외출 직전 회색 비니를 꺼내 뒤쪽 얼굴을 보호했다. 날씨가 꽤 쌀쌀해졌기에 비니를 쓴 모습이 어색하지 않았다. 초겨울의 이른 한파가 고마웠다.

"노래 잘 들었어요. 비 오는 날 잭 존슨 노래를 듣고 있으면 세상이 살만한 곳일 수도 있겠단 생각이 들어요. 운영진 해볼게요. 대신 수업 있는 날은 도와드리기 어려울 것 같아요. 새벽부터 강의실 자리도 맡아야 하고 강의를 다 듣고 나면 녹초가 돼서 아무것도 할 수 없는 지경이 되거든요."

그녀는 보라색 외계인 퍼펫을 오른손에 끼고는 이야기를 이어나갔다. 원래부터 난 사람의 기분이나 비언어적인 의사 표현을 잘 읽지 못한다. 중학생 시절에는 스스로 자폐증이 아닌가 싶어 인터넷으로 자폐증의 다양한 증상을 찾아, 내가 겪고 있는 어려움과 대조해보기도 했다. 물론 결론 같은 것은 없었다. 엄마에게 자폐증 검사를 받아보고 싶다고 말한 적도 없다. 자라면서 내게 가장 어려운 게 있다면 엄마에게 무언가를 부탁하는 일이었다. 나는 엄마가 나의 생존을 도운 것만으로도 자신의 몫을 다 해냈다고 믿었다. 그녀의 애인이었던 남자는 내가 배 속에 있을 때 그녀를 떠났다. 나 때문이었을지도 모른다고, 나의 엄마가 된 그녀도 나도 생각했다. 같은 옷을 입고 같은 머리 모양을 한 채 생활하는 중·고등학교 시절 유독 나의 다름이 두드러지게 느껴졌었다. 사춘기가 시작된 아이들은 자신의 감정을 숨겼고 나는 그들의 표정을 읽지 못했다. 엄마의 표정도, 교사들의 표정도 마찬가지였다. 고등학교를 졸업했다고 나아진 것은 없었다. 단지 직접 얼굴을 대하고 의사소통을 해야 하는 상황이 많이 줄었다는 것이 위안이라면 위안이었다. 스마트폰을 이용해 톡을 주고받고, 명확한 감정을 드러내는 캐릭터 이모티콘을 주고받으며 내 약점을 조금은 숨길 수 있었다.

나는 역시 그녀의 얼굴을 해석할 수가 없었다. 다소 긴장되어 보이는 표정이 의미하는 바를 알 수 없었다. 내가 존슨 형의 노래 중 하필 그 곡을 선정하여 보낸 이유를 그녀가 과연 눈치 채고 이 자리에 나온 것인지, 아니면 자신과 같은 취향을 가진 또래와 모임을 꾸려나가겠다는 결심이 들어 내 앞에 앉아 있는 것인지 난 모른다.

이파네마 카페는 간단한 샌드위치류를 팔았다. 샌드위치와 나의 아메리카노, 그녀의 카페라테를 기다리는 사이 내 시선은 그녀의 뒤통수를 향했다. 빛나는 검은 머리가 덮고 있는 그곳에 그녀의 두 번째 얼굴이 있는 걸까? 그녀는 오늘은 모자를 쓰지 않았다. 가려야 할 얼굴 같은 것은 없다는 뜻인지도 모르겠다.

그녀는 카페라테를 마시겠다는 말 외에는 모두 오른손에 퍼펫을 낀 채로 말을 했다.
"그 노래, 사실은 슬픈 내용인 거 아시나요? 헤어지는 과정을 말하고 있잖아요. 시간이 약이 아니라는 이야기, 시간은 두 사람이 쓰러지고 망가지는 사이 그저 그곳에 멈춰 있다는 이야기가 나오는데 인상적이에요. 보통은 시간이 약이라고 하잖아요. 전 그 말을 믿지 않거든요. 어떤 고통스러운 시간은 머릿속에서 반복되고 또 반복되면서 점점 더 길어지거든요. 마음이 망가지는 사이 잔인하게 멈춰 서서 파괴를 방관하는 게 시간이라고 생각될 때가 있어요."

나도 모르는 사이 꽤나 집중해서 보라색 퍼펫의 입을 바라보고 있었다. 카페 내부가 더운 탓에 비니 속에 땀이 찼고, 그 때문에 뒤쪽 눈이 따가워지고 있다는 사실도 잊어버린 채 난 외계인의 오밀조밀한 얼굴에 빠져들었다. 무표정에 가까운 그녀의 얼굴에 담긴 메시지를 읽으려고 할수록 머리가 어지러워졌기에 어차피 퍼펫의 얼굴을 택할 수밖에 없었지만.

"저도……퍼펫 가져올걸 그랬나 봐요. 가지고 오실 줄 모르고……그냥 왔어요. 근데 그 노래요, 뒤통수에도 눈이 있다면……이라고 하잖아요. 그거 좀 어이없죠?"

"상상하기 어려운 일은 아닌 것 같아요, 좀 어이없을 수는 있어도. 그럼 눈이 네 개란 소리인가, 생각하다가 날개가 여섯 개 달리고, 다리는 네 개쯤 달린 닭들이 미국의 공장식 농장에서 길러지고 있다는 이야기를 들은 게 생각났어요. 유전자 조작으로 그런 게 가능하대요. 워낙 이상한 일들이 많이 일어나는 세상이니 구체적으로 생각해보면 좀 징그러울 순 있어도, 뭐, 그럴 수도 있다고 생각해요."

눈이 네 개일 수 있다고 생각한다는 것인가. 아니면 날개가 여섯 개 달린 닭이 존재할 수 있다고 믿는 것일까. 뭐가 그럴 수도 있다는 것인지는 모르겠지만, 보라색 외계인의 말은 대체로 흥미로웠으므로 그냥 두었다. 어쩌다 보니 내가 정말 보라색 외계인과 말을 하고 있는 것은 아닐까 하는 생각이 들 정도로 그녀는 거의 한 시간을 쉬지도 않고 묻지도 않은 것들을 말해주었다. 나는 약간의 추임새와 한두 개의 짧은 질문을 던지기만 했을 뿐이다. 그렇게 하여 내가 그녀에 관해 조금이나마 알게 된 것들은 다음과 같은 것들이다. 5년 전 이맘때 그녀는 사랑하는 할아버지를 잃었다. 할아버지는 부모보다도 그녀에게 가까운 존재였다. 그녀의 머리는 원래 곱슬머리고 지금은 스트레이트파마를 한 상태이다. 곧 다시 미용실에 가야만 한다. 보라색은 그녀가 가장 좋아하는 색이다. 대체로 맑은 날씨를 좋아하지만, 비 오는 날 음악을 들으며 차 한 잔 마시는 것을 좋아한다. 수험생활을 한 지는 대략 2년 정도 되었고, 주로 노량진에 사는 수험생 친구들과 달리 그녀는 부모와 함께 산다. 현재 그녀의 가족은 우리 동네에서 그리 멀지 않은 곳에 거주하고 있다. 매일 서너 시간을 길에서 보내며 그녀는 영어 공부를 주로 한다. 이 모든 다채로운 정보 중 주목할 만한 점은 그녀의 거주지다.

그녀가 만약 나와 같은 상태라면 나의 가설이 유효할지도 모른다. 산 채로 묻은 돼지들의 사체가 분해되는 과정에서 인간이 알지 못하는 독성물질이 만들어졌고, 몇 년간 주변의 토양과 물을 오염시킨 것이다. 그리고 몇몇의 특이 체질을 가진 사람들에게 이상 증상을 일으키는 물질이 서서히 지역 주민들에게 스며들었을 것이다. 경로는 아직 알 수 없다. 동물들이 묻히고 두어 달 남짓 되었을 때 장마가 찾아왔다. 그제야 사람들은 죽은 돼지들을 걱정했다. 구체적으로는, 돼지 사체가 부패하는 과정에서 나오는 침출수를 걱정했다. 그로부터 4년쯤 흘렀을까. 내 뒤통수에 눈 한 쌍과 입이 하나 더 생겼다. 만약 그녀에게도 이런 일이 일어났다면 지금이야말로 우리나라 사람들은 돼지 걱정을 해야 할지도 모른다.

여섯 개의 날개가 달린 닭이 네 개의 다리로 걸어 다니는 모습을 머릿속으로 그려보는데, 그녀가 얼굴을 붉히며 말을 멈추고 내게 물었다.

"요즘 이런 식의 목적 없는 수다를 떤 적이 없어서 제가 정신을 좀 놓았나 봐요. 죄송해요, 너무 제 얘기만 했어요. 벤트로님 이야기도 궁금해요. 어떻게 복화술 클럽 같은 것을 운영할 생각을 하셨어요?"
모임에서 내 닉네임은 벤트로다. 영어로 복화술을 뜻하는 벤트롤리

퀼리즘(Ventroliquilism)에서 따왔다.

"아, 한 달 전쯤 갑자기 복화술을 잘하게 되어서요. 저 같은 사람이 있는지 찾아보려고 시작했어요……. 절박했거든요."

"어떻게 하루아침에 복화술을 잘하게 될 수 있죠? 저야 어릴 때부터 쭉 좋아하던 것이니까 처음에는 형편없던 실력이 조금씩 늘긴 했지만. 비법이라도 있으신가요?"

"아니요, 사실 잘 하고 싶은 마음도 없었는데……어쩌다가 잘 하게 되었어요."

그녀는 눈을 동그랗게 뜨고, 이번에는 퍼펫도 내려둔 채로 나를 바라보았다. 그녀로서는 이해할 수 없는 이야기였기 때문일 것이다. 아니라면, 그녀의 머리는 지금 복잡하게 돌아가고 있을지도 모른다. 그녀도 나와 같은 상황이라면 말이다. 나는 한 걸음 더 나아가 보기로 한다.

"제가 비법이 있긴 한데, 보여드려야만 이해하실 수 있는 그런 것이거든요. 지금 선유도공원에 가면 사람이 많지 않은데 시간 되시면 가서 조금 보여드려도 될까요?"

어디서 생긴 용기인지 제어할 틈도 없이 말이 나왔다.

공원으로 가는 길에 나는 그녀와 멀찍이 떨어져 담배를 한 대 태웠다. 나도 그녀도 말이 없었다. 그녀는 보라색 퍼펫을 백팩에 집어넣은 후엔 한마디도 하지 않았다. 우리는 조용히 공원의 한쪽에 자리한 벤치에 앉았다. 평일 이른 오후 시간이라 그런지 적어도 시야에는 사람이 없었다. 멀리서 조깅하고 있는 남자 한 명이 지나가고 있을 뿐이었다. 나는 줄곧 쓰고 있던 비니를 벗었다. 요즘 들어 비니가 답답하게 느껴지는 것이 사실이다. 아마도 뒤쪽 얼굴이 점점 형상을 갖춰가면서 나타나는 현상 중 하나가 아닐까 생각한다. 뒤쪽 얼굴 관찰기에 추가할 내용이 생겼다.

처음에는 뒤쪽에 달린 눈과 입을 전혀 제어할 수 없었다. 그것들이 내 의지대로 조금씩 움직이기 시작한 건 지난주 초부터다. 물론 그렇다고 해서 갑자기 뒤쪽 입으로 말이 튀어나오는 상황이 더 이상 발생하지 않는다거나, 내 의지와 상관없이 뒤쪽 눈이 뜨이는 일이 없다는 것은 아니다. 다만 의지를 갖고 움직이려고 하면 뒤쪽의 입과 눈이 명령을 따르도록 훈련하는데 조금은 성공했다는 이야기다.

"어떻게 설명을 드려도 놀라시긴 마찬가지일 텐데요. 한번……보시겠어요?"

나는 고개를 돌려 뒤통수가 그녀를 향하도록 했다. 그동안 혼자 있을 때마다 연습한 대로 배에 힘을 주곤 뒤쪽의 눈을 뜨기 위해 앞쪽의 눈을 감았다. 나중에는 앞뒤의 눈 네 개로 동시에 앞쪽의 풍경과 뒤쪽의 풍경을 볼 수 있게 될 런지는 몰라도, 지금은 한쪽 방향을 선택해야만 한다. 뒤쪽의 눈을 뜨자 그녀의 얼굴이 나타났다. 그녀는 약간은 탁한 내 뒤쪽의 두 눈을 바라보았다. 분명 놀란 얼굴이었다. 그녀는 고개를 숙였다. 그리고 아마도 잠깐의 침묵이 이어졌다. 그녀의 대답을 기다리는 그 잠깐 동안 내 심장은 상체를 뚫고 나올 기세로 뛰었다. 나는 더는 그녀를 볼 수 없어 앞쪽과 뒤쪽의 눈을 모두 감고 고개를 숙였다.

"You look good, 멋지네요."

짧고도 긴 침묵을 깨고 그녀가 고개를 들며 말했다. 존슨 형의 노래에 나오는 가사를 그대로 옮긴 말이었다. 나는 누군가에게 이렇게 나의 뒤쪽 얼굴을 공개하는 상상을 줄곧 해왔다. 상대가 기절하거나, 너무 놀란 나머지 나를 공격하는 상황에 대해서도 시뮬레이션을 해본 적이 있다. 그러면서도 정작 상대의 얼굴은 상상해본 적이 없었다. 내 주변 사람일 것이라고 기대하지 않았기 때문이다.

"고마워요……. 고맙다는 말이 어울리는지 모르겠지만 고마워요."

갑작스러운 감사 인사에 그녀는 엷은 미소를 지으며 뒤돌아 앉았다.

그리고 손을 뻗어 윤기가 흐르는 검은 머리카락을 마치 커튼을 열어젖히듯이 반으로 나눴다. 그곳에 그녀의 두 눈과 입이 있었다. 내 것보다 더 또렷한 눈동자의 형태를 갖춘 두 눈과 얇은 입술도 있는 작은 입이 그녀의 뒤통수에서 나타났다. 짧은 순간이었지만 그녀의 뒤쪽 얼굴이 내 것보다 더 명확한 형태를 띠고 있다는 것은 알 수 있었다. 매일 관찰기를 작성하고 있는 뒤쪽 얼굴의 소유자라면 금방 알아차릴 수 있는 차이였다. 그녀의 뒤쪽 얼굴이 다시 머리카락으로 뒤덮였다. 중저음의 목소리로 그녀는 이야기를 이어갔다. 아니 시작했다.

"복화술은 원래부터 좋아했어요. 그래서 처음에 이 꼴을 보곤, 어쩌면 어른들 말대로 이 바보 같은 복화술을 너무 오랫동안 좋아한 대가인 줄 알았어요. 머리가 터질 듯 생각이 많아지는 밤에는 지나치게 나를 숨긴 탓이라고 생각하기도 했어요. 언제나 좋은 사람인 척, 가게 점원에게도, 같이 시험 준비를 하는 사람들에게도 잘 보이려고 노력했거든요. 심지어 길에서 마주치는 수많은 사람들에게도 좋은 사람이고 싶었어요. 항상 절박했다고 해야 할까요. 그래서 진실의 얼굴 같은 것이 뒤쪽에 생겨버린 것은 아닐까 생각했어요…"

"선하 씨, 선하 씨라고 불러도 될까요? 제 이름은 진준영입니다."

나는 회원가입을 받을 때 알게 된 그녀의 이름을 불렀다.

"네, 괜찮아요. 준영 씨."

우리는 준영과 선하로 다시 만났다. 초겨울의 추위도 잊은 채 벤치에 앉아 해가 지도록 이야기를 나눴다. 누구에게도 말하지 못한 비밀을 공유한 우리는 뒤통수에 얼굴이 생기기 전 각자의 인생에 일어났던 사건들을 서로에게 들려주었다. 그날 밤, 꿈에 돼지들이 나왔다. 해는 노란 그림자만을 남겨두고 사라진 시간이었다. 여린 분홍빛, 하늘빛, 보랏빛으로 물든 하늘을 배경으로 돼지들이 구름같이 떠올라 춤추고 있었다. 돼지들의 춤을 본 적은 없지만 분명 그것은 춤이었다.

*

　우리는 다음날 다시 만났다. 돼지들이 묻힌 곳과 겨울 바다 중 우리
는 겨울 바다를 택했다. 버스로　세 시간 가까이 달려 동쪽 바다를 끼
고 있는 작은 도시에 도착했을 때는 이른 오후였다. 우리는 둘 다 바다
를 본 적이 없었다. 삼면이 바다로 둘러싸인 작다면 작은 나라에 살면
서도, TV나 영화 속에 무수히 등장하는 바다를 두 눈으로 본 적이 없
다. 중학교 때는 메르스의 전국적 유행으로, 고등학교 때는 그 무렵 일
어난 수학여행 사고로 인해 학교 단위의 단체 활동이 취소되면서, 나
도 그녀도 바다를 볼 기회가 없었다. 가족여행을 가지 않는 가족 안에
서 자란 것이 그녀와 나의 또 다른 공통점이었다. 시내버스로 갈아타
도착한 해변에는 사람이 없었다.

　작은 화면에 갇히지 않은 바다는 광활했다. 막힌 데가 없고 너른 바
다가 눈앞에 존재했다. 나는 처음으로 광활하다는 단어의 뜻을 이해했
다. 겨울 바다는 흐린 하늘 아래 검푸른 색을 띠었다. 파도는 꾸준히 밀
려왔다 물러나기를 반복하며, 조금씩 모래사장을 침범했다. 묵직한 바
람에 때로 모래가 실려 와 얼굴을 때리기도 했지만 우리는 물러서지
않고 바다를 향해 걸었다. 레인부츠를 신은 그녀는 파도가 적신 모래
사장을 지나 바다에 발을 담근 채 이리저리 뛰어다니며 어린아이처럼
웃었다. 바다는 그녀를 웃게 했다. 나도 웃었다.

　한참을 바다 가까이에서 시간을 보내던 우리는 바람이 밀어주는 방
향으로 걸어, 모래사장이 끝나는 지점에 앉아 다시 바다를 마주했다.
그녀는 쓰고 있던 보라색 털모자를 벗곤, 긴 머리가 바람에 제멋대로
날리게 두었다. 그녀의 옆얼굴은 결연하다기보다는 설레는 표정을 짓
고 있었다. 나도 그녀를 따라 모자를 벗었다. 머리카락이 날리는 통에

뒤쪽 눈으로는 아무것도 제대로 볼 수 없었다.

"어쩌면 우리 같은 사람들이 더 생겨날지도 몰라요. 이미 더 있을 수도 있고요. 혼자 어쩔 줄 모르고 있을지도 모르고, 잡혀서 실험을 당하고 있을지도 모르죠. 전 요즘 자주 악몽을 꿔요. 누군가 밤중에 문을 두드려서 나가면 제 머리 위로 검은 자루 같은 것이 씌워지고, 어디론가 가죠. 다음 장면은 머리를 깎는 장면이에요. 두피에 차가운 칼날이 닿는 순간 잠에서 깨요."

그녀는 몸의 방향을 바꿔 이젠 뒤쪽 얼굴을 바다 쪽으로 한 채 꿈 이야기를 들려주었다. 나도 그녀를 따라 뒤돌아 앉았다. 뒤쪽 눈으로 바라본 바다는 안개가 내려앉은 듯 흐렸지만, 그만큼 부드러운 인상을 주었다.

"저도 꿈을 꿔요. 원래 꿈을 잘 꾸지 않는 편인데 이렇게 되고 나선 이상한 꿈을 자주 꿔요. 어떤 날은…… 꿈에서 온몸에 얼굴이 다섯 개쯤 생겨요. 머리에는 모자를 뒤집어쓰고, 옷으로 상체와 다리에 돋아난 얼굴들을 급히 가려요. 그렇게 외출을 하려고 문을 열다가 잠에서 깨기도 해요. 그런 꿈을 꾸는 날에는 일어나서 한참을 두리번거리다가, 거울 앞으로 가서 배와 다리를 확인해볼 때도 있어요. 문고리를 잡았던 감촉이나 터질 듯이 뛰던 심장박동 같은 게…… 너무나 생생해서 어느 쪽이 현실인지 헷갈리거든요."

그 무렵 내가 자주 꾸는 꿈 이야기였다. 그녀가 고개를 돌려 나를 바라보았다. 그녀의 뒤쪽 눈에 눈물이 맺혀 반짝였다. 역시 그녀는 나보다 앞선 변이과정을 겪고 있는 것이 분명하다. 지금까지의 관찰에 따르면 변이가 진행될수록 뒤쪽 눈의 기능도 점점 발달하기 때문이다.

"준영씨도 무섭죠? 저도 그래요. 왜 하필 내게 이런 일이 일어났는지도 모르겠고, 어떤 날은 너무 화가 나서 뭐라도 부수고 싶은 생각이 들 때도 있어요. 무기력하다가도 화나고, 두렵다가도 화나요. 시험 준비를 계속하고 있는 것은 일상을 지키기 위한 몸부림 같은 것이었어요. 오늘에서야 인정하는 꼴이에요. 지금까지의 일상은 이제 없다는 사실을. 필기를 붙는다고 해도 체력 시험에, 교육받으려면 합숙도 해야 하고요. 이런 상태로는 불가능해요.”

힐끗 쳐다본 그녀의 뒤쪽 얼굴은 머리카락과 뒤엉켜 낯익고도 낯선 모습이었다. 내 얼굴도 비슷한 모습이겠지. 다만 머리카락이 짧다는 것이 다를 뿐이다. 당분간 미용실에 갈 수 없으니 나도 점점 더 그녀를 닮아가겠지만 말이다.

“그래도 복화술 클럽은 계속했으면 좋겠어요. 준영 씨가 저를 찾았고, 어쩌면 더 만나게 될지도 모르죠.”

우리는 다시 말없이 바다를 바라보았다. 하늘과 맞닿은 수평선은 고요했다. 파도는 쉴 새 없이 덩어리진 채 밀려와 거품을 내며 산산이 부서졌지만, 먼 바다는 그건 자신과 아무 상관없는 일이라는 듯 잔잔하게 빛났다. 눈이 부셨다. 뒤쪽 눈으로 바깥의 풍경을 이토록 오래 바라보는 것은 처음 있는 일이다.

“실제로 보니까…… 달라요. 바다가 나오는 영상이나 사진을 그동안 정말 많이 봐서…… 안다고 생각했거든요. 바다가 생각보다도 더 넓게 느껴져요. 저 끝에 일본이 있고, 일본을 지나 하와이가 나오고, 아마 저 파도는 캘리포니아 연안에 가 닿겠죠.”

나는 말하며 존슨형의 노래를 떠올렸다. 일본 너머의 바다 한가운데 있는 하와이에는 잭 존슨 형과 이제는 사춘기에 접어들었을 그 아들이 살고 있을 것이다.

“하와이에 살고 있을 그 소년은 아직도 멋지다고 말해줄까요?

나는 몸을 일으켜 그녀를 향해 손을 뻗으며 물었다.

“네, 아마도.”

그녀는 내 손을 지지대 삼아 자리에서 일어섰다.

"우리 저기까지 한번 가 봐요."

그녀의 손가락은 모래사장 끝의 둔덕을 가리켰다. 우리는 한 걸음 한 걸음 바다와 평행선을 그리며 걸었다. 멀리 보이는 작은 둔덕 위에는 바위 틈을 뚫고 자란 소나무 몇 그루가 이쪽저쪽으로 휜 채 자라 있었다. 바닷바람을 맞으며 가지를 서로 맞댄 채 자란 조금은 기괴한 생김새의 소나무 무리였다. 가까이 가서 자세히 보고 싶었다. 그녀도 그랬나보다.

바람이 거셌다. 언젠가 책에서 보았던 으르렁거리는 바람이 우리를 향해 불어왔다. 모래사장은 끊임없이 우리의 발을 붙들었고 입속으로 모래가 날려 들어와 까끌거리며 씹혔다. 바람을 마주하며 걷느라 발걸음이 느려졌지만 우리는 때로 앞쪽 눈을, 때로 뒤쪽 눈을 떠가며 멈추지 않고 걸었다.

김용매

광주여대평생교육학과 졸업.
풍암고등학교 근무
무등일보 신춘문예 소설 당선

환삼덩굴

김용매

구불구불한 고샅길과 농로, 한옥이 많아 전형적인 시골 마을. 폭 좁은 개울이 흐르는 다리를 건너면 소나무 동산과 멀리 제석산이 보여 동양화 한 폭을 펼쳐 놓은 곳이 수정리이다.

현미는 그 풍경에 반해 남편, 석환의 선택에 가타부타하지 않고 엄지를 높이 치켜들었던 것을 두고두고 후회했다. 남편은 삼 년 내내 손수품을 팔아 공장 이전 부지를 찾다가 수정리를 만났다. 공장은 부지 신고만으로도 운영이 가능한 상황이라 매물로 나온 과수원은 안성맞춤이었다. 주민들이 민원을 제기할 수 있을까 모르지만, 마을 초입이며 동네와 적당히 떨어져 있어 크게 문제 될 소지는 없어 보였다. 땅도 그린벨트로 묶여 있어 가격이 싼 것도 한몫했다. 주택까지 매입해서 공장 이전과 살림집 이사를 했다. 이사 올 때 느꼈던 마을 풍경은 여전했다. 그런데 현미는 수정리에서 살아가며, 어떤 것들은 조금 떨어지거나 멀리서 볼 때 아름답다는 것을 깨닫게 되었다, 풍경이나 사람은 더.

"경우 엄마, 약국에서 전해 달라고 합디다."

퇴근해서 옷을 막 갈아입으려던 현미에게 마을 사람이 찾아왔다. 오일장에 갔던 마을 사람이 약국 심부름이라며 건네준 봉투에 청구서가 들어 있어 깜짝 놀랐다.

'부서 변경으로 바빴는데, 그 사이 남편에게 무슨 병이라도?'

현미는 약국에 전화해서 병명을 물어봤다. 약사가 개인정보라서 알려 줄 수 없다고 했다. 그렇다면 대금 지급도 못 하겠다고 하자, 약사가 한참을 머뭇거리더니 대답했다.

"좋아요, 대금 지급을 조건으로 알려드리죠. 연암댁이 공장 집에서 줄 거라고 하면서 수시로 진통제와 관절염약을 가져갔는데요."

"아휴, 십년감수라더니…… 난 우리 양반 약인 줄 알고……. 약사님, 대체 누굴 믿고 이십만 원이 넘는 약을 지어 줘요? 그것도 연암댁한테?"

"아무튼 약값 지급해주시기로 약속했으니, 믿고 입금 기다리죠. 이만 끊습니다."

현미는 석환에게 연암댁 약값 물어 주게 생겼다며 전화로 전후 사정을 설명했다. 석환은 무슨 사람이 그리 어수룩하냐고 지청구를 했다. 현미는 연암댁의 집으로 건너갔다. 그녀의 집이 보일 즈음, 파이와 함께 석환이 다가오고 있었다. 그와 동시에 낡은 창고 문이 열리면서 연암댁이 나왔다. 수건을 머리에 두르고, 지팡이를 짚고 비틀거리는 자세로 보아 금방이라도 세상을 떠날 것 같았다.

"아주머니, 이 약값요. 이것 어찌 된 일예요?"

현미가 차가운 얼굴을 하며, 문제의 청구서를 연암댁에게 건넸다.

연암댁은 현미가 건네준 청구서를 받자마자, 종이 네 귀퉁이를 수건 널 때처럼 양쪽으로 잡아당겨 평평하게 다듬었다. 그리고 현미에게 되밀었다. 현미는 그녀가 주는 종이를 벌레라도 집듯 엄지와 검지 끝으로 살짝 잡았다.

"……이것을 왜 나한테 다시 주세요?"

현미가 청구서와 연암댁의 얼굴을 어처구니없는 얼굴을 하고 번갈아 보는 순간이었다. 연암댁은 청구서를 다시 가져가서 현미의 눈 위로 추켜올리더니 놓아 버렸다. 종이가 공중에서 불규칙하게 낙하운동을 했다. 현미는 땅에 떨어지면 큰일이라도 날듯이 자신도 모르게 냉큼 채듯이 잡아 올렸다.

"오매, 시방 지금 그 이쁜 눈으로 봄시로도 그런 소리가 나오요? 저황소만 헌 개한테 물려서 포도시 안 죽고 살아 있는 것만 해도 천행이라서 축수하고 감사해야지라. 고까짓 약값에 떼로 몰려오다니, 허 참."

연암댁의 목소리가 살짝 떨리긴 했지만 당당했다. 현미는 지고 싶지 않았다.

"무슨 말 같지 않은 소리를 해요. 경찰까지 입회해서 따님이랑 시시티브이 확인했다면서요. 우리 파이가 물지 않았다는 거 아주머니 두 눈으로 똑똑히 봤을 텐데요."

옆에 있던 석환이 현미에게만 들릴 정도로 "잘못하다가는 노후까지 책임지란 말 나오겠네 젠장"이라고 하더니 입꼬리를 살짝 비틀며 웃었다. 석환은 요사이 연암댁이 풀 방구리에 쥐 드나들듯 검은 선글라스를 걸치고 나이에 어울리지 않게 쥐 잡아먹은 빨간색 주둥이로 읍내에 나다니는 이유를 알 것 같았다.

"내가 저 망할 개새끼한테 물린 거 사장님은 못 봤제라. 저 빌어먹을 시시티브이가 없는 데서 물렸은게. 잘난 씨씨티빈가 체체티빈가도 놓아 줄라면 동네에 전부 놔 줘야제. 눈 가리고 아웅이라고, 남 보기 좋은 데로만 놓고도 그려요."

연암댁의 목소리에 오기가 창창하게 묻어 있었다.

"허 참, 멋대로 연극하고, 황당한 소설까지 쓰시는데, 약값은 절대로 못 줍니다."

"그라시요. 정 그런다면, 병신 된 이 다리 질질 끌고 가서라도 지서에 고소해야 쓰것네. 사람들이 경우라곤 약에 쓸래도 읎당게. 허기사 공장 깨나 해서 사장인디, 우리 같은 무식헌 년들 사람으로나 보것어."

연암댁은 진양조장단 굴리는 소리꾼처럼 나불거리더니, 갑자기 몸을 돌리고 표변하여 소리를 질렀다.

"여기 사람덜 읎당가! 이사 온 것들이 동네 사람 후려잡네! 나 좀 살리쇼! 황소 만 한 개를 풀어놔서 사람을 거반 죽게 물었으면 치료라도 해 줘야제라. 아파서 참다 참다 못혀서 약값 몇 푼 외상하고, 갚아 달라고 했더니, 부부가 쌍으로 나서서 늙은 나를 숫제 사기꾼으로 몬단께, 동네 사람들!"

"경우가 없다고요? 예, 예, 우리 아들 경우가 집에 없기는 하죠. 병역 의무 다하느라 군대에 가서 나라 열심히 지키고 있거든요. 나도 말 좀 합시다. 아줌마, 우리 파이한테 물렸다고 했을 때 제가 못 본 체했어요? 엄살떠는 줄 뻔히 알면서도 아줌마 해 달라는 대로 다 해 줬잖아요. 고소하려면 고소하세요. 참 나 원, 사람이라면 양심이 있어야지. 아줌마 양심이는 가출을 했다요, 고기가 없어서 삶아 잡수셨소?"

석환도 지지 않고 맞받아쳤다. 그 사이에 현미가 청구서를 연암댁에게 내밀었지만 연암댁은 그 종이를 주먹밥 말 듯 쥐어 말더니 현미에게 던져 버렸다. 급기야 땅에 퍼질러 앉아 연암댁은 해수병을 앓는 사람처럼 기침을 연신해 대며, 꺼이꺼이 억지 울음을 울었다. 아니, 대성통곡을 했다. 현미는 연암댁이 측은해 한숨을 길게 내쉬고, 석환 몰래 청구서를 주머니에 살짝 넣은 채 연암댁 문 앞을 떠났다.

매서운 바람이 얼굴을 때렸지만 현미 등에서 땀이 났다. 연암댁이 공익신고로 과태료나 과징금의 20%를 보상금으로 받으면서, 농사짓는 것보다 훨씬 수익이 높다고 자랑했다는 마을 사람들의 이야기가 하나도 틀리지 않다는 것을 느꼈다. 연암댁이 몇 년 전, 옆 마을 주민이 구제역 걸린 돼지를 구덩이에 매립한 것을 찾아내서 공익신고를 했다. 가재 잡고 도랑 치는 격으로 보상금도 받고 군 신문에 실렸던 일화는 아직도 전설처럼 마을에 전해진다고 했다.

현미는 "이 좋고 아름다운 마을에 사는 사람들 중에 이런 사람이 있으리라고 꿈에도 생각해 본 적 없었어"라고 혼잣말로 중얼거리며 석환의 뒤를 따랐다.

대성통곡하던 연암댁이 석환 부부의 뒤통수에 악담을 퍼부었다.

"오메, 동네 사람들! 시방도 저 큰 개를 줄도 안 묶고 데리고 다니는 몰상식한 작자들 좀 보씨요. 우리 동네에 아주 암적인 존재가 이사 왔당게. 개새끼 풀어 놨다고 고소라도 해야지 이 억울함이 풀릴까 몰라! 내가 아주 억울해서 못 살겠소."

"고소하라고 해. 쓸모없는 잡초는 뿌리째 뽑지 않으면 또 자라고, 잘 못된 싹은 과감히 잘라야 하는 법이야……."

석환이 한참이나 이죽거렸다.

과수원 공터에는 잠시 방심하면 환삼덩굴이 주인행세를 했다. 뒤돌아섰다가 다시 보면 어느 틈에 싹이 돋곤 하는 환삼덩굴은 자칫하면 밭농사를 포기해야 할 정도로 모질고 끈질겼다. 특이하게도 네모진 줄기에는 거친 가시가 촘촘히 박혀 있고, 쉽게 끊지 못할 만큼 그 줄기가 억셌다. 손바닥처럼 생긴 이파리의 갈래에도 규칙적인 톱니와 거친 털이 수북했다. 그뿐만 아니라 생명력이 워낙 강하고 번식력이 좋았다. 환삼덩굴은 한 번 덩굴이 뻗기 시작하면 무엇이든지 휘감고 올라갔고, 저희 줄기들끼리 휘감고 땅 넓은지 하늘 높은지 모른 채 끝없이 번져서 한마디로 표현하자면 '악착' 그 자체였다. 줄기나 이파리에 살갗이 살짝 스치기만 해도 생채기가 나서 피를 보기 일쑤로 오랫동안 가렵고 고통스러웠다.

연암댁은 마을 어귀에 있는 석환의 공장이 눈엣가시였다. 생각만 해도 속이 체한 것처럼 더부룩했다. 과수원과 주택을 외지인, 석환이 사들였다. 그가 과수원에 건물을 지을 때만 해도 저장창고쯤으로 알았는데 공장이었다. 과수원 안에 자리 잡은 공장은 길가에서 잘 보이지 않았다. 석환 부부가 이사 왔을 무렵, 연암댁이 시댁과 다툼을 벌이느라 그런 공장이 들어서는 것을 주의 깊게 살펴보지 못했던 게 아쉬웠다.

연암댁은 마늘밭을 돌아보려고 밭에 나갈 준비를 서둘렀다. 사월이라 아침 공기는 차가웠다. 하지만 이런 추위에 몸을 도사리고 싶지 않았다. 손바닥만 한 밭뙈기지만 엄동설한을 이겨 내고 푸른 이파리를 칼날처럼 치켜들고 있는 마늘을 보면 왠지 모를 용기가 나고 기분이 좋았다.

창고를 열었다. 분은 돌쩌귀가 낡아서 자갈길 위에 마차 지나가는 소리를 냈다. 적막한 창고를 둘러보았다. 어둑했던 창고 안이 밝아지면서 눅진한 냄새가 코끝을 간질였다. 남편 체취가 남아 있는 농기구들을 보면 가시에 찔린 손톱 밑처럼 마음이 아렸다. 주인을 잃은 농기구들이 세월을 이기지 못하고 있었다. 삶이 지치고 우울할 때면 어둑한 창고 안으로 스며들 듯이 들어가서 한참을 앉아 있곤 했다. 벌겋게 녹슨 경운기가 다소곳이 엎드려 있었다. 중고 경운기를 샀을 때 기뻐했던 남편의 모습이 아직도 생생했다. 그는 새 경운기라도 되는 것처럼 기름걸레로 닦은 후 마른걸레로 닦으면서 '닦고, 조이고, 기름칠하자'라는 말을 입버릇처럼 중얼거리곤 했다. 연암댁은 남편 세상 떠난 것이 원통했지만, 이 경운기로 밭을 갈 수 없다는 것도 안타까웠다

연암댁은 남편과 함께 맏며느리로 시부모를 모셨다. 추석이 되면 선산은 물론 문중 산까지 벌초하고 시제까지 모시며 뼈가 녹아날 정도로 논일과 밭일을 했다. 시아버지는 큰아들이 고생하면서 집안을 지켰으니 재산 대부분을 물려주겠다고 했다. 시아버지가 돌아가셨지만, 시어머니가 계셔서 남편 앞으로 명의변경을 하지 않았다. 시동생은 명절 때만 얼굴을 내밀었다. 시동생은 상속재산 특별법이 생겼을 때 마을 사람들과 맞보증으로 시아버지 재산을 자기 앞으로 돌려 버렸다. 남편이 뒤늦게 그 사실을 알고 재산을 찾기 위해 마을 사람들을 찾아다녔다. 그런데 마을 사람들이 슬슬 피해 다니면서 남편을 만나 주지도 않았다. 마을 사람 한 명이라도 법정에서 진실을 증언하면 재판에서 이

길 수 있었을 터였다. 형 동생 하던 사람들이 하루아침에 변했다. 시동생이 돈으로 구워삶았을 것이다. 받아먹은 사람 못 이긴다는 말이 있다. 받아먹었어도 옳고 그름을 판단해야지, 그깟 돈 몇 푼 받아먹었다고 양심과 맞바꾼 마을 사람들을 연암댁은 경멸했다.

남편은 시동생과 오랜 다툼 끝에 스스로 목숨을 끊고 말았다. 죽음의 대가는 지금 살고 있는 집과 손바닥만 한 밭뙈기가 전부였다. 마을 사람들은 재산 때문에 형제간에 칼부림했다며, 독종 집안이라고 손가락질하고 연암댁을 따돌렸다. 마을 사람들은 이웃사촌이 아니라 원수였다.

고샅길에 나서자, 아침부터 고기 굽는 냄새가 시동생 집 담장을 넘어와 연암댁의 가슴을 비수처럼 찔렀다. 그녀는 몇 년 전까지만 해도 그 집에서 시부모를 모시고 살았다. 지금은 재산을 빼앗아 간 시동생 식구들이 귀촌해서 사는 중이었다. 연암댁은 그 집 앞을 지나갈 때마다 대문을 향해 침을 뱉곤 했다. 남편이라면 대문을 도끼로 몇 번이라도 부셨을 것이다. 그녀의 나지막한 한숨에 깊은 원한이 박혀 있었고, 입이 바싹 타들어 갔다. 기침까지 계속해서 터져 나왔다.

개울가에 삼백 년 된 마을 보호수인 왕버들이 자리를 잡고 있었다. 개울을 따라 늘어선 버드나무 가지에 연둣빛 기운이 희망처럼 내려앉아 있었다. 축대 아래에 환삼덩굴 싹이 보리 잎처럼 삐죽삐죽 뭉텅이로 솟아났다. 그 싹은 잎이 마주나며 자주색 줄기가 바람에 날아갈 듯 여럿해서 야생화처럼 보였다.

고샅을 지나자 석환의 집이 보였다. 연암댁은 다리를 건너가면서 시시티브이를 향하여 눈을 흘겼다. 잊을 만하면 마을에 농작물 도둑들이 나타났다. 석환이 시시티브이를 기부해서 마을 어귀와 고샅마다 설치했다. 시시티브이를 마을에 기부했으면 그걸로 끝내야지 연암댁과 시동생 집만 있다고 석환이 방향을 바꿔 버렸다. 연암댁 집은 시시티브이 사각지대였다.

"워메, 개는 주인을 닮는다더니 저 집구석은 주인이 개를 닮았당게, 영락없이."

연암댁은 석환이 철 따라 꽃놀이, 단풍놀이 등 야유회 때면 찬조금 내는 것을 알고 있었다. 명절마다 선물도 돌리고, 마을 사람들이 비료나 채소 상자를 공동구매하면 지게차를 이용해서 옮겨 줬다. 마을 사람들에게 환심을 사려는 석환의 마음이 눈에 훤히 보였다.

"내가 얻어먹었다고 판단력이 흐려질 사람은 아니다, 어림 반 푼도 없지."

연암댁은 코웃음을 쳤다. 밭에 나가는 길에 석환의 공장에 들를 생각이었다.

석환 부부와 연암댁 사이에 이런 사달과 분쟁이 시작된 것은 지난 설 연휴부터였다. 고향을 방문한 가족들이 밀물처럼 왔다가 썰물처럼 빠져나간 마을은 조용하다 못해 적막했다. 그날, 현미는 명절증후군에 빠져 기력을 잃고 있었다. 그러던 차에 어디선가 정체불명의 소리가 들려왔다. 환청증상은 아닌지 염려하며 주변을 살폈다. 된바람이 유리창을 무시로 흔들고 있었다. 잠시 귀를 기울이다가 잘못 들었던 소리일 거라며 눈을 감은 찰나였다. 조합되지 않은 사람의 목소리가 귀청으로 파고들었다.

"사람……라. 개……잡아……."

귀를 쫑긋 세우고 청각신경을 하나로 모았다. 분명히 사람의 음성이었다. 현미는 짚이는 것이 있어서 불에 덴 사람처럼 밖으로 뛰쳐나갔다. 눈이 녹아서 땅이 질퍽했다. 물에 흠뻑 젖은 개 한 마리가 큰길 쪽에서 어슬렁거리고 있었다. 거무튀튀한 때깔이 아궁이에 들어갔다 나온 모양새였다. 현미가 파이, 라고 부르기도 전에 꼬리를 흔들며 달려왔다.

"경우 엄마, 저그 저 개새끼한테 물려서 내가 정신을 잠시 놔 부렀당게. 아이고, 머리여, 삭신이여."

연암댁이 다리를 절룩거리며 나타났다. '설마 우리 파이가……' 현미는 파이의 목줄을 꽉 움켜쥐었다. 파이는 남이 건들지 않으면 함부로 으르렁거리지 않는, 여태까지 사람을 물은 적이 없는 순둥이였다. 그런데……. 하늘에서 금세 천둥·번개가 칠 것 같은 불길한 예감이 덮쳐 들었다.

"황소만 헌 개가 달려든께 피하려다 자빠져 부렸제. 하필이면 하수구 맨홀에 뒤통수를 찍었어. 하마터면 오늘 저승 열차 무임승차할 뻔했네. 아이고, 나 죽어."

연암댁이 뒤통수를 보여 주며 연신 앓는 소리를 토해냈다. 듬성듬성한 머리카락 속으로 빨간 부분이 보였다. 젖은 점퍼 뒤쪽에도 흙이 묻어 있었다.

"우리 파이가 이유 없이 사람을 공격하진 않았을 텐데……."

현미가 고개를 갸웃거렸다.

"뭣이라고, 글면 경우 엄마는 시방 내가 거짓말을 허고 있다는 것이여?"

현미와 연암댁이 실랑이를 하고 있을 때 석환이 다가왔다.

"아주머니, 우리 파이 때문에 놀라셨다니 죄송합니다."

석환이 연암댁에게 고개를 꾸벅, 하고 현미에게 병원에 모시고 가라고 했다. 그는 현미가 잡고 있던 파이의 목줄을 건네받으며 "에이, 정초부터 재수 더럽게 없네"라고 나지막하게 종알댔다.

"나, 그 정도는 아닌 것 같은디라, 그래도 사람 일은 모르지라이. 우리 딸헌테 먼저 물어보고라이. 아이고, 아파라, 사람 잡네."

연암댁이 저만큼 물러나서 딸에게 전화를 걸었다. 고개를 끄덕이고 아무 데나 침을 뱉으면서 통화를 하더니 전화를 끊었다. 현미가 재우쳐 병원에 가자고 하니까 차에 성큼 올라탔다. 병원에 도착하자 연암댁이 머리 엠알아이 촬영을 요구했다.

"무슨 엠알아이에요. 연고만 발라도 되지 않을까요?"

현미는 낮은 소리로 말했다. 연암댁은 엠알아이를 찍지 않았다가 이상이 있으면 누가 책임질 거냐고 소란을 피웠다. 결국 엠알아이를 찍게 되었다. 그때 석환에게 전화가 왔다.

"그러니까 마을 시시티브이 확인했는데, 연암댁 혼자 넘어졌고, 파이가 물지 않았단 말이지요!"

큰 소리로 말하는 현미 옆에서 연암댁은 못 들은 척 않는 소리를 높이기만 했다. 검사 결과 머리에 이상이 없었다. 연암댁은 그럴 리 없다며, 의사에게 약을 처방해 달라고 했다. 현미는 꺼림칙했지만, 많이 놀랐겠다 싶어 약국으로 가서 약을 지어 줬다. 며칠 후에는 연암댁에게 한우와 사골을 사다 주기도 했다. 그런데도 이런 사달로 번지기 시작했다.

현미가 파이 짖는 소리에 눈을 떴다. 아직 잠에 취해 있어선지 먼동이 희끄무레 밝아 방 안이 부옇게 보였다. 곧이어 현관문을 두드리는 소리가 불길하게 느껴졌다. 현미는 휴일이면 석환과 함께 늦잠을 자곤 했다. 잠귀가 밝은 석환의 미간이 찌푸려졌다. 그녀는 석환이 깰까 봐 조용히 일어나 침대 옆에 있는 카디건을 걸쳤다. 손빗으로 머리를 대충 빗질하며 현관문을 열고 나갔다.

연암댁이었다. 괭이를 짚고, 바구니를 왼손에 든 채 웃음 지으며 서 있었다. 불안감이 꽃샘바람처럼 현미를 스치고 지나갔다.

"경우 엄마, 우리 마을에서 공장을 운영해도 된다고 누구한티 허락받았소?"

"무슨 말씀이세요?"

현미는 불길한 마음을 다잡기 위해 두 발에 힘을 주며 연암댁을 똑바로 바라봤다. 나뭇가지들이 바람에 흔들거리고 있었다.

"집이 공장, 허가는 받고 허냐고라? 수정리 같은 청정마을에는 공장 못 차린다고 허던디."

연암댁은 목청을 높이며 암팡스러운 눈길로 현미를 쳐다봤다. 연암댁의 표정은 고양이가 궁지에 몰린 쥐새끼를 보는 것 같았다. 현미는 어떻게 대답해야 할지 갈피를 잡지 못하고 그녀를 쳐다봤다. 계란형의 거무스름하고 투실투실한 얼굴에 큰 눈동자로 미루어 젊었을 때는 제법 예뻤을 것이다. 육십 대 초반의 호리호리한 몸피였다. 어느 사이에 석환이 문을 열고 마당으로 나왔다. 그는 연암댁을 한 번 쏘아보더니 마지못한 아침 인사를 했다.

"여보, 아주머니가 공장 허가는 받았냐고 물어보네요."

"뭐라고?"

석환은 잠이 덜 깬 듯 하품을 하다가 기가 막히는지 마른기침을 두어 번 하고 마뜩잖은 눈길로 연암댁을 쏘아봤다.

"그게 궁금해서 새벽부터 마실질입니까?"

석환의 말에 연암댁의 표정이 약간 흔들렸지만, 고개를 재우쳐 심호흡했다.

"긍께, 그것이. 나는 생각이 많허서 말이라. 뭐가 궁금허면 잠이 안 온당께. 그래도 주민으로서 알 것은 알아야 쓰제라이. 또 마을 사람들이 요새 부쩍이나 기침에 해수기가 많아졌다고 그런 게. 거시기, 내가 비염이 있는디. 나도 아플까싶더랑께."

연암댁이 새초롬한 표정으로 석환을 마주 봤다. 석환은 주머니에서 담배를 꺼내 불을 붙였다.

"오늘은 아침부터 담배 피우게 만들어 줘서 고맙소, 연세도 지긋한 분이 남의 일에 관여하지 마시고 편히 만수무강하세요."

연암댁이 석환의 비꼬는 소리에 목청을 높였다.

"워매, 등잔 밑이 어둡다 등만. 사람들이 사장님 공장 땜시 살기 폭폭하다고 허는 말도 못 들었소? 암만해도 젊은 사람들이 귀가 어둔갑소."

연암댁이 '공장'을 힘주어 강조했다.

"아주머니. 식전부터 시비 걸지 마시고 그냥 가세요."

"저 가루는 멋이다요? 하긴 우리 같은 촌사람한티 가르쳐 줄 리 만무하제. 내가 이 공장 반드시 이전 시킬랑게. 어디 두고 봅시다이."

"중이 절 보기 싫으면 떠난다고, 아줌마가 떠나시면 되겠네. 그런데, 멀쩡한 공장 때문에 마을 사람들이 아프다는 공갈에는 책임을 지셔야 할 겁니다."

석환은 연암댁의 위아래를 훑어보며 얼굴에 핏대를 세우고 으르렁거렸다.

석환은 제조업을 하며 대형 농약 통을 생산했다. 공장에서는 간접가열 방식으로 플라스틱 가루를 녹여서 농약 통을 만들었다. 연암댁이 뜬금없이 찾아와서 플라스틱 가루가 들어 있는 자루를 가리키며 가려움증 운운했지만 그건 얼토당토않은 시비에 지나지 않았다. 플라스틱 원재료이기 때문에 환경에 영향을 미치지 않았다. 플라스틱 가루를 녹이기 위해 회전 성형을 할 때면 소음이 발생했다. 하지만 환경법에 저촉이 되지 않을 정도로 미미했다.

공장을 이전하려면 민원의 소지가 없어야 하고 배송에 필요한 도로, 지하수 활용이 가능한 장소를 찾아야 했다. 수정 마을로 공장을 옮길 때 이전 비용이 만만치 않았고 시간도 오래 걸려서 '공장 이전'이라는 단어를 생각만 해도 끔찍했다.

"아유, 두 분 다 참으세요. 여보, 아주머니한테 말 좀 부드럽게 하지 그래요."

현미가 두 사람 사이에 끼어들며 연암댁의 심기를 될 수 있으면 건드리지 않으려고 석환의 팔을 슬며시 잡아당겼다.

"굴러온 돌이 박힌 돌 빼낸다 등만, 내가 이 마을 토백이인디 왜 이사를 가. 흥, 두고 보장께라."

연암댁이 이죽거리며 거칠게 몸을 돌리는 순간 파이가 맹렬히 짖었다. 그녀는 파이를 향해 괭이를 휘둘렀다. 그 바람에 괭이가 대문 기둥에 부딪혀 텅, 소리가 났다. 현미는 가슴이 철렁 내려앉았다. 연암댁이 석환의 집을 나왔다. 한바탕 입씨름을 한 탓인지 조갈이 났지만 밭으로 향했다.

관절염에 걸린 다리가 뻣뻣해서 몇 번이나 쉬었다. 걸어야만 했다. 잠깐 쉴 때마다 아침에 봤던 딸의 얼굴이 떠올랐다. 결혼을 코앞에 둔 딸은 차려 놓은 밥상을 그대로 놓아둔 채, 이 옷 저 옷을 번갈아 입어 보며 맵시를 부리느라 정신이 없었다. 남편처럼 의지하던 딸마저 결혼해 버리면 영락없이 외돌토리 신세가 되고 말 터였다. 연암댁이 아득해지는 머리를 손바닥으로 지그시 눌렀다.

시퍼런 마늘밭에서 힘을 얻고 집으로 돌아왔다. 대문을 밀치자마자 딸의 목소리가 득달같이 밀려왔다.

"엄마, 그 공장에 다녀왔어? 어떻게 됐어?"

연암댁의 눈이 가늘어지며 입술이 한일자로 다물어졌다. 물을 연달아 마시자 조갈증이 풀렸다.

"적반하장이라고야, 나한테 포악을 떨어야 쓰것냐, 잉. 그래, 근다고 내가 쉽게 뒤로 물러설 말랑말랑한 인간이 아니제."

"아무튼, 엄마. 내가 자료 더 조사해서 알려 줄게. 엄마는 최근에 피부병이나 기침이 심해진 마을 사람들이 있나 살펴보세요. 나 오늘 그 사람과 서울에 함께 다녀오기로 했어."

"준비 잘하고 가거라. 난 마실 돔시롱 뭣이든 찾아볼랑게."

연암댁은 눈을 빛내며 밖으로 나갔다.

석환은 아침에 일어나 마을을 한 바퀴 돌고, 마을 뒷산에 올라 심호흡을 했다. 밤새 고요했던 숲들의 수런거리는 소리가 들렸다. 마을은 고요했고 개울을 흐르는 물소리가 음악처럼 들렸다.

운동을 끝낸 석환은 출근을 서둘렀다. 어디선가 까치 울음소리가 유난히 크게 들렸다. 까치가 전봇대 위에서 울고 있었다. 누군가 반가운 손님이라도 찾아올지 모른다고 생각하며 직원들보다 일찍 출근해서 공장 문을 열었다.

연암댁이 주변을 둘레둘레 살피며 석환의 공장으로 들어섰다. 컨트롤 박스 계기판을 보고 있던 석환은 인기척에 고개를 돌렸다. 공장 내부는 외부인 출입금지 구역이었다. 그는 연암댁에게 밖으로 나가라고 손짓을 했다. 까만 선글라스에 빨간 립스틱을 바른 연암댁이 다른 사람처럼 보였다.

"예말이오, 읍내 하나밖에 읎는 피부과에 수정리 사람들만 바글바글하다던디. 아, 저 가루가 그 가루인가. 저것 땜시 지금 기침이 나오는 것 같당게."

연암댁은 일부러 웃음을 날리며 공장 구석구석을 깐깐하게 살펴보았다.

"그라고라, 사장님 공장공해 뭐시라드라, 맞어. 공해배출업소라고 군청에 신고했어라."

"뭐라구요?"

연암댁은 아직 신고하지 않았지만 석환을 떠보기 위해 짐짓 거짓말을 늘어놓았다. 대부분 사람들은 신고했다고 하면 뭔가 협상하려고 했다. 딸이 알아본 바에 따르면, 제조 사업장은 대기·폐수·소음 발생 시 반드시 환경오염배출시설을 설치하게 되어 있었다.

"어허, 그만 돌아가시죠. 아줌마, 가라고요. 가."

석환은 연암댁의 말이 등줄기에 찬물을 끼얹은 것 같았다. 머릿속으로는 차분히, 차분히, 라고 반복하며 감정을 다스렸다. 그는 건조하게 말하며 주먹을 꽉 쥐고 심호흡을 깊게 했다.

"신고했단게 겁이 나서 그라고 주먹을 쥔다요. 잘 허면 한 대 치것소. 신고했다고 알려 주는 사람이 어디 흔하다요. 나처럼 대형 해머로 뒤통수 맞지 마시라고 미리 알려 주면 고맙다고 치하는 못 할망정……."

"어허, 뒤통수고 나발이고, 가라니까 그러네."

석환이 연암댁을 밀어냈다. 설마 신고까지 하랴 싶었다. 그녀의 까만 선글라스 때문에 눈동자를 볼 수 없었지만, 틀림없이 쥐새끼 눈을 닮았을 거라고 생각했다. 그녀는 약점을 잡은 것처럼 기고만장한 자세를 취하고 있었다. 석환은 아니꼽고 치사해서 견딜 수 없었으나 꾹 참고 있었다. 언제 기회가 닿으면 교활하고 쩨쩨한 쥐새끼를 납작하게 밟아 주겠다며 이를 악물었다.

연암댁은 딸에게 군청 게시판에 자신의 이름으로 석환의 공장 민원을 올리라고 말했다. 그리고 석환의 공장으로 찾아갔다. 석환의 눈에 당황해하는 빛이 가득하자 제대로 걸렸다 싶었다. 그런데 그게 아닌 것 같았다. 평소에 연암댁을 무시하던 사람들은 약점을 잡히면 즉시 꼬리를 내리고 경고만 해도 협상을 원했다. 그 순간 쾌감은 무엇보다 짜릿했다. 반응이 없으면 민원을 냈다. 마을 사람들은 무슨 일을 시작하려면 연암댁의 의견을 은근히 물어봤다. 예를 들면, 만약에 우리 마을에 전원주택이 들어서면 땅값이 오르고 고샅도 뻥뻥 뚫려서 마당까지 차가 들어갈 수 있게 된다는데 괜찮을까요, 라는 식이었다.

석환은 홧김에 플라스틱 대야를 발로 뻥 찼다. 대야가 떨어진 곳에 환삼덩굴이 나무를 감고 있었다. 그가 성큼성큼 다가가서 맨손으로 환삼덩굴을 닥치는 대로 쥐어뜯었다. 손등에 피가 맺히고 채찍으로 맞은 것처럼 긁혔다.

연암댁은 환삼덩굴을 맨손으로 쥐어뜯는 석환의 모습을 보며 만만치 않다는 것을 느꼈다. 딸이 알려 주기를, 그런 상황에서는 포커페이스가 중요하다고 했다. 딸은 '똑녀'소리를 들을 만큼 머리가 좋았다. 그녀는 그게 무슨 소리냐고 딸에게 물어봤었다. 딸은 속마음을 드러내지 않는 거라고 했다. 그런데 뭔가 모를 불안감이 치밀고 올라오는 통에 얼굴이 불콰해지기 시작했다.

'이럴 때 딸이 옆에 있었음사 내가 불안하지 않을 것인디……'

딸이 곧 결혼해서 곁을 떠나게 되면 세상이 허전하게 느껴질 터였다. 딸이 없는 노후는 남편을 잃은 것보다 상실감이 더 커질지도 몰랐다. 하지만 딸의 장래를 위해서 보내야 했다. 더군다나 혼기를 놓쳐서 '똥차'라는 소리를 듣고 있는 처지였다.

석환이 직원들에게 부품 조립을 지시하고 있을 즈음, 두 명의 사내가 공장 안으로 불쑥 들어왔다. 그들 꽁무니에 연암댁이 매달려 있었다.

"민원이 들어와서 확인하러 나왔습니다."

군청 직원들이었다. 그들이 공장을 둘러보며 사진을 촬영했다. 카메라 셔터 소리가 아무런 이유 없이 석환의 가슴을 옥죄었다.

"1세제곱미터 이상은 환경오염배출시설을 설치해서 운영해야 합니다. 기일 안에 환경오염배출시설을 설치하세요. 아니면 공장 영업 정지되고 폐쇄됩니다."

공무원들은 금형과 화로를 둘러보면서 지극히 사무적인 목소리를 토해냈다.

"사장님, 확실히 법을 어기셨는갑소. 어째야스까이."

연암댁은 입꼬리가 귀에 걸릴 정도로 웃음을 머금고 군청 직원들이 돌아다니는 곳마다 따라다녔다.

석환은 연암댁의 붉은 입술을 보며 적의를 느꼈지만 별다른 행동을 취할 수 없었다. 그들이 가고 나서 인터넷으로 환경오염배출시설 법령을 찾기 시작했다. 환경오염배출시설을 설치하려면 막대한 금액도 문제지만, 수시로 관리 감독을 받아야 했다. 신고하면 공장 운영이 가능했다. 바뀐 법령을 찾기 위해 국회도서관 전자도서관 자료까지 꼼꼼히 살폈다. 현미도 직장에 연차를 내고 석환이 필요로 하는 자료들을 찾았다. 자칫하면 공장이 파산하게 될지도 모를 상황이라서 공장을 정지시키고 모든 방법을 찾기로 했다.

석환은 연암댁에게 군청 환경과에서 만나자고 했다. 현미와 같이 서류를 들고 환경과에 들어섰다. 공무원들이 자리에서 일어나 인사를 했다. 때마침 검은 선글라스에 빨간 립스틱을 바른 연암댁도 도착했다.

"당신들 공장 영업 정지시키고 폐쇄한다던 그 잘나던 법적 근거 어딨어? 근거를 내놔 봐."

석환은 사무실이 울릴 정도로 목에 핏대를 세우고 소리를 질렀다.

"아니, 눈으로 봐도 먼지가 많이 나고 민원도 있어서……."

석환이 책상 위에 있던 화분을 머리 위로 높이 들어 바닥에 팽개쳤다. 화분 깨지는 소리가 사무실을 덮쳤다. 깨어진 화분 조각과 흙이 사방으로 널렸다. 연암댁이 움찔하며 손으로 얼굴을 가렸다. 한순간 정적이 흘렀다.

"선생님, 진정하시고 말씀해 보십시오. 무슨 일이신지?"

환경과장이 자리를 권했지만 석환은 그대로 서 있었다. 현미가 석환의 팔을 잡고 다독였다. 사람들의 눈과 귀가 석환을 향해 모였다.

"법령이 이렇게 버젓이 있는데 뭐, 공장 이전? 폐쇄? 업무담당자가 법령도 안 읽어서 법적 근거 대답도 못 해. 내가 신문사에 보도자료 보내고, 방송국에 기사 제공해서 취재 요청할 거야!"

석환이 법령을 그들 앞에 던졌다.

"어, 어디서 찾았습니까? 그 법령 좀 읽어 봐도 될까요."

공무원들이 바닥에 떨어진 법령을 주웠다. 그들은 연암댁을 흘깃거리더니 법령에 눈길을 돌렸다.

"읽어 보면 뭐해, 간접가열방식에 의한 플라스틱 제조업은 원재료를 사용해서 환경오염배출시설이 없어도 된다는 것을, 우리 집사람이 찾아냈어. 내가 농약 통을 발명했을 때보다 더 기뻤어. 당신들 잠을 생각하니, 십 년 묵은 체증이 내려가!"

"사장님 폐쇄 통보는 없던 일로 하고, 그 언론 건은 저하고 이야기 좀 하십시다. 사장님 브이아이피 민원실로 좀 모시고 가게."

환경과장의 지시에 공무원들이 발 빠르게 움직였다.

"사탕 주면 울음 그치는 초등학생으로 보이요, 내가? 아직 상황 파악을 제대로 못 하고 있구먼. 나, 그동안 공장을 가동하지 못한 것에 대한 민형사상책임으로 당신들 고소할 거야."

석환은 공장의 사활이 걸린 문제를 씹던 껌 버리듯 툭 뱉어 버린 그들을 용서할 수 없었다. 공장 폐쇄를 말하기 전에 돌파구를 찾아보자고, 빈말이라도 한마디만 했어도 이처럼 화가 나지는 않았을 것이다. 그들에게 자신이 당한 고통만큼 갚아 주고 싶었다. 석환이 그들을 싸잡아 노려봤다.

연암댁은 자신과 상관없는 일인 체하며 슬며시 몸을 돌렸다. 출입구를 향해서 한 발자국 두 발자국 걸음을 옮겼다.

"민원인 아줌마, 어디 가세요. 아줌마 때문에 고소당하게 생겼는데 이제 어떻게 할 거예요?"

공무원이 연암댁 뒷덜미를 낚아챘다.

"내가 뭘 어쨌다고 그래싸요. 환경정화는 군수 역점사업 아니요. 내가 뭔 딴 마음 먹었겠소. 나 군수님한테 상 받은 사람이여. 구제역 신고해서. 마을 깨끗이 하려고 공장 조사를 좀 해 주라고 헌것밖에 읎는디. 일은 군청에서 다 혔제."

연암댁은 누가 뭐라고 하던 이곳을 속히 떠나고 싶었다. 다리가 욱신거리고 기침이 걷잡을 수 없이 터져 나와서 제정신을 차릴 수 없었다.

"아줌마, 사람 괴롭히는 것이 그렇게 좋던가요. 아줌마가 그러니까 마을에서 환영받지 못하죠."

연암댁 민원에 시달렸던 공무원이 불만을 쏟아 냈다. 연암댁은 몸을 바르르 떨다가 잠시 멈칫하더니 서서히 선글라스를 벗었다. 선글라스를 접어 주머니에 넣었다. 그리고 가볍게 코웃음을 치며 말했다.

"나나 된께, 웬수들 얼굴이라도 보고 살았단께. 딴 사람덜 같았으면 진작 휘발유 뿌리고 불 질렀을 거여. 딸이 결혼 며칠 앞두고 친정아버지가 칼부림한 독종 집안이라고 파혼까지 당했어라. 그 말 어디 누구 입에서 나왔겠소. 하룻밤 사이에 온 마을 사람들이 등을 돌리고 언제 봤냐는 식이여. 그래 좋아요. 늙은 년 공짜밥 먹게 곧바로 처넣든지, 고소를 하등가, 고발을 하등가! 맘대로 해 보시오. 훌륭하신 공무원님들, 공장, 마을 주민들. 허긴 가막소가 우리 집보다 좋을지 알기나 알겠소. 거기 들어가면 좋은 것 하나 있겠네, 더러운 사람들 안 보고 살아서 좋을 법하고, 다 죄지은 놈들이지만 지 양심은 알 것 아니야. 나한테 죄짓고도 양심을 속이는 사람들이 있는데."

연암댁은 목이 타는 듯 조갈이 났다. 기침이 또 터져 나왔다. 이런 게 임에서 무참히 패배하고 싶지 않았다. 그녀는 허리를 꼿꼿이 세운 채 또박또박 관절염이 있는 다리를 한 번도 절지 않고 걸어가다가 출입문을 활짝 열고 돌아섰다.

"흥, 나는 그래도 뒤통수는 안 친 사람이야, 인생 살아 보랑께. 눈에 보이는 칼 보다 숨어서 쏘는 화살이 더 무섭지, 암."

연암댁은 엄동설한을 이겨 낸 칼날 같은 시퍼런 마늘 이파리가 생생하게 다가오는 듯했다. 올해 수확할 마늘은 여느 해보다 매운맛이 깊을 듯싶었다.

열린 출입문으로 세찬 바람이 불면서 연암댁의 모습이 우주를 짊어지고 나가는 것 같았다. 사무실에 있는 모든 사람들이 그녀의 뒷모습을 물끄러미 바라보고 있었다.

현미는 쏟아지는 한낮의 햇살 앞에 당당히 걸어가는 연암댁의 모습이 멀리서 봤던 수정리의 이리 구부러지고 저리 비틀어진 소나무, 비비 비틀어졌지만 절대 죽지 않을 소나무처럼 보였다. 튼튼한 나무에도 절대 지지 않을 환삼덩굴 같았다.

이정연

1958년 양구 출생
2018년 한라일보 신춘문예 소설부문 당선

사십사 계단

이정연

성호가 사십사 계단을 오르기 시작했다. 나는 계단을 올려다보았다. 까마득하다. 성호는 노란 머리칼을 흔들며 한꺼번에 두 계단씩 뛰어 올라갔다. 성호가 계단에서 멈췄다. 성호가 뒤따라 오르는 내 쪽으로 돌아섰다. 나를 두 팔로 안았다. 노란 머리칼이 내 얼굴을 덮으며 흩어 졌다. 담배냄새가 남아있는 입술이 내 입술 위에 포개졌다. 나는 성호 의 냄새를 마음껏 탐했다.

"열 계단마다, 한 번씩 뽀뽀를 하자."

성호가 말했다.

"누가 먼저 할 건지 가위보로 정해."

"그걸 꼭 정해야 돼?"

"당근."

내 말에 성호가 침을 찍 뱉었다. 성호가 내뱉은 침에 거품이 섞여 나 왔다. 성호의 입 주위에는 흰 거품이 조금 묻어 있다. 빡세게 당도를 투 입할 때는 껌이 최고라는 성호는 지금 자일리톨 껌을 두 개나 씹고 있 다.

"가위, 바위, 보."

나는 가위고 성호는 보를 냈다. 나는 성호의 귓바퀴를 살짝 물었다.

"야, 입에다 해."

"나는 네 귓불이 제일 섹시한데."

"씨바, 씨바."

성호의 입 안에서 괴어 있던 당분 섞인 침이 튀어나왔다. 성호가 손으로 입가를 쓱 닦더니, 내 젖가슴 위에다 문질렀다. 내가 몸을 앞으로 내밀어 젖가슴을 더 둥글게 만들었다. 성호가 내 젖가슴을 움켜쥐었다. 나는 키득 웃었다. 두 번째 가위바위 보에서는 성호가 이겼고, 내 입에 살짝 키스를 했다. 세 번째에서는 내가 이겼고 나는 다시 성호의 귓불을 잘근 물었다. 성호가 '어어, 했다. 네 번째는 비겼다. 갑자기 성호의 혀가 내 입 안으로 쑥 들어왔다. 내 혀와 성호의 혀가 입안에서 엉겼다. 자일리톨 당분 속에 두 개의 혀가 미끈거리며 서로를 감았다.

어느새 공터였다. 공터에는 깨진 술병 조각이 굴러 다녔다. 빈 술병이 여기저기 나뒹굴었고 흩어진 담배꽁초가 발밑에 밟혔다. 발이 미끄러졌다. 납작하게 말라죽은 쥐의 시체가 발밑에 있었다. 발로 걷어찼다. 계단 위에는 익숙한 냄새가 떠돌아다녔다. 유령처럼.

중앙시장 안에서 깨를 볶는 고소한 냄새, 어묵을 기름에 튀기는 냄새, 닭 강정 만드는 냄새, 한약 달이는 냄새가 바람을 타고 실려 왔다. 내일은 '전통시장의 날'이어서 상인들이 관광객을 맞을 준비를 하고 있다. 요즘 시장 안에서 파는 닭강정과 호떡은 관광객들이 줄을 서지 않고는 살 수 없는 인기 상품이다. 나도 언젠가 성호가 사 온 닭강정과 호떡을 먹어 보았는데 닭강정의 감칠맛과 호떡맛은 내가 맛본 음식 중 갑이었다.

사람들은 중앙시장 끝자락에 있는 사십사 계단을 '사' 자가 두 개나 들어가 있는 '재수없는 곳'이라고 하지만 '사사파'들에게는 이 지상에 유일하게 존재하는 자유로운 공간이다. 사십사 계단 꼭대기 공터에도 사람들이 살았던 흔적이 있다. 아직도 허물어진 폐가 하나가 만지면

풀썩 내려앉을 듯한 몸짓으로 간신히 서 있다. 봄이면 썩어 내려앉은 지붕 사이에서 민들레가 노란 얼굴을 내밀었다. 풀숲에서 까망이가 뛰쳐나왔다. 까망이는 내가 사십사 계단에서 만난 까만 들고양이다. 나는 까망이를 안아주었다. 까망이가 내 손을 핥더니 식빵 굽는 자세로 엎드렸다.

성호가 그나마 깨끗한 곳을 찾아 풀 속에 드러누웠다. 나도 성호 옆에 나란히 누웠다. 성호가 내 목을 휘감아 안고 몸 위로 올라왔다. 성호는 부드러운 내 몸속으로 자신의 뻣뻣한 물건을 성급하게 밀어 넣었다. 우리는 오래된 연인들처럼 서로의 몸을 탐했다. 따뜻한 액체가 아랫도리를 흥건하게 적셨다. 내 몸의 실핏줄이 부풀어 오르는 기분이었다. '그냥 너를 안고 있으면 사는 게 무섭지 않아.' 성호가 내 귀에 대고 속삭였다. 노란 머리칼이 내 이마를 덮었다. 혀를 내밀어 성호의 이마에 돋은 땀을 부드럽게 닦아주었다. 짭짤했다.

"좋아?"

성호가 물었다. 나는 대답 대신 성호의 귓불을 입으로 핥아주었다.

"돈 벌면 뭐 하고 싶어?"

성호가 물었다.

"내가 돈을 벌 수 있다는 것만도 신나. 어디든 너랑 함께 떠나고 싶어."

성호가 담배를 꺼내 입에 물었다. 이번에는 내가 성호에게 물었다.

"너는 왜 돈 버는데?"

"돈이면 만사형통이니까. 엄마 집으로 기어들어가는 상상은 생각만도 비참해."

"마루 밑에 들어가 덜덜 떠는 기분보다 덜 비참할 걸."

내가 말했다. 누구는 '인간을 사랑하는 인간이 되라'고 하지만 나는 그 말을 개뿔이라고 생각한다. 내가 기억하는 최초의 인간은 초등학교 때 술에 절어 세상을 버린 아빠다. 아빠는 알코올의 힘을 빌려 네 살밖에 안 된 나를 집 마당으로 내동댕이쳐 앞니를 다 부스러뜨렸다. 벤치든 망치든 집에 있는 연장은 가리지 않고 휘둘렀고 심지어는 야구방망이로 나를 후려치기도 했다. 서쪽 하늘에 저녁노을이 물들기 시작하면 내 심장은 빠른 박동으로 온 몸을 두드리며 지옥의 시간이 다가오고 있다는 것을 알려주었다. 엄마와 나는 아빠를 피해 마루밑에 기어들어가 새벽이 올 때까지 덜덜 떨었다. 나는 버림받은 개였다. '사사파'에는 그런 애들이 수두룩했다.

'사사파'들은 - 사람들은 우리를 그렇게 불렀다- 계단 끝 공터에 이르러서야 섹스를 하고 담배를 피우고 술을 마셨다. 지난번 십층 아파트에서 떨어져 죽은 여중생도 '사사파'였다. 그 아이도 임신 중이었다는 소문이 돌았다.

"야, 성호."

어둠 속에서 영철이의 목소리가 들렸다. 노르스름한 가로등이 계단을 올라오고 있는 영철이의 모습을 비췄다. 영철이가 원숭이처럼 어기적거리며 계단 끝을 넘어 공터로 들어왔다. 영철이는 아저씨들처럼 헐렁한 바지를 입고 있었다. 아이들은 영철이의 아랫도리에 덜렁거리는 물건을 핫도그라고 불렀다. 얼핏 보기에도 영철이의 심볼은 영화관에서 먹는 뉴욕 핫도그만 했다. 핫도그를 발음하다가 핫의 모음을 '어'로 길게 끌며 소리 내는 바람에 아이들은 그날로 '도' 음절을 빼고 허그라고 불렀다. 아이들은 영철이를 보면 '허그 허그' 하고 불렀지만 영철이는 짜증스러워하는 낯빛이 아니었다. 오히려 재미있어 했다.

"야, 허그, 이리 와."

성호가 소리 질렀다. 영철이는 우리가 진짜 반갑다는 듯이 풀썩 앞에 와 앉았다. 영철이는 성호가 없을 때 공터에 서 있는 내 등을 슬그머니 껴안기도 했다. 그럴 때마다 나는 영철이의 정강이를 걷어차곤 했다. 그러면 영철이는 멋쩍게 웃으며 물러났다. 영철이는 여자애들에게 치근덕거리기는 하지만 해코지를 하지는 않았다. 덕분에 여자애들은 영철이를 꺼리지 않았다. 영철이가 헐떡이는 숨을 가라앉혔다. 주머니에서 담배 하나를 꺼내 불을 붙였다.

"사십사 계단도 이제 폐쇄된다는데 모피나 왕창 훔쳐서 한몫 크게 잡는 게 어때?"

영철이가 한 손에 담배를 들고 우리를 향해 말했다.

"어떤 놈이 여기를 폐쇄한대?"

성호가 눈앞에 있는 적들을 후려칠 것처럼 목소리를 높였다.

"방법 없잖아, 경찰이 두드려 패서 내쫓는다는데."

영철이가 패배자의 목소리로 말했다. 시장 번영회에서 사십사 계단을 폐쇄하는 것을 적극적으로 건의했다는 소문이 있다. 관광객을 유치하는데도 인상이 좋지 않고 우범지역이 옆에 있으면 장사가 될 리 없다는게 시장상인들의 주장이라고 했다. 일이 더럽게 되었다. 우씨. 픽하면 우리를 걸고 넘어지는 치들 때문에 한시도 편할 날이 없다. '사사파'들의 숨통을 죄는 것들에게 악마의 저주가 강림하기를.

"새꺄, 기회가 문제지. 한 번 힘껏 달려 한몫 챙겨서 토껴버릴까?"

성호가 엄지와 검지를 딱 소리나게 맞부딪치며 과장되게 말했다. 사실, 모피를 훔쳐 팔아먹자는 제안을 처음 한 것은 영철이었다. 아니다. 영철이는 마음은 있었지만 움직이지 못하는 우리에게 불을 지핀 것뿐이었다. 게다가 옷 수선가게 아저씨의 응원도 한몫했지만. 하여튼 영철이의 제안 덕분에 모피를 훔칠 계획을 세울 수 있었다. 그래도 성호는 영철이에게는 우리가 모피 훔칠 계획이 있다는 말을 당분간 하지 말라고 했다. '짜샤, 치사하게 숨길게 뭐냐.' 나는 웅얼거렸다.

성호가 '넌 어때' 하는 식으로 나를 보고 눈짓을 했다. 진짜 내 마음은 보관실에 있는 모피를 몽땅 훔쳐 팔아 돈을 들고 스페인의 말라가 해안으로 날아버리고 싶었다. 비치체어에 길게 누워 바다를 바라보다가 수영을 하고 바케트에 치즈를 끼워 우물거리면서 해질녘까지 빈둥거리고 싶었다.

"굿굿굿 아이디어, 손에 코 안 묻히고 코 풀면 더 좋지만."

내 말에 영철이가 박수를 치며 킬킬거렸고 성호가 가볍게 눈을 흘겼다.

〈모피 비너스〉에는 여러 매장에서 팔다 남은 모피들이 화물로 가죽부대에 담겨져 오기 때문에 분류작업과 입고 정리는 꽤 시간이 걸렸다. 성호와 나는 그 기회를 잘 이용하기로 했다. 게다가 한창 세일이 진행 중인 지금 같은 때는 다시 안 올 좋은 기회였다. 옷 수선가게 아저씨는 들키지만 않게 조심하라며 얼마든지 모피를 가져오라고 했다. 아저씨는 목소리를 낮춰 말하며 전략적으로 한탕하면 목돈 좀 만질수 있을 거라고 우리를 부추겼다. 그럴 때마다 성호와 나는 돈을 벌 수 있다는 생각에 흥분했다. 성호와 나, 둘 다 돈이 필요했다. 학교를 때려 치고 〈모피 비너스〉에서 모피를 나르는 성호는 집을 나와 고시원에 살고 있고 나는 〈모피 비너스〉에서 살고 있지만 언제 일터에서 잘릴지 알수 없는 노릇이었다.

내 옆에 웅크리고 있던 까망이가 박수소리에 놀라 야옹거리며 달아나려 하자, 영철이가 꼬리를 꽉 잡았다 놓아주었다. 까망이가 잡풀 속으로 달아났다. 나는 까망이를 위해 먹이를 챙기고 시간이 날 때마다 안아주었다. 까망이를 팔에 안고 털을 쓰다듬어 주면 까망이는 가르릉거리며 눈을 감았다. 가르릉거리는 소리를 들을 때마다 나는 포근한 보금자리에 도착한 기분이었다. 내가 '야옹야옹' 하고 소리를 내자, 잡풀 속에서 까망이가 뛰쳐나왔다. 나는 가방 속에 넣어 가지고 온 구운 생선뼈를 꺼내 놓았다. 까망이는 〈모피 비너스〉 옆의 〈고갈비 식당〉에서 얻어 온 생선뼈를 내 다리 사이에 엉덩이를 들이밀고 앉아 오도독 씹어 삼켰다. 까망이 등의 털을 손으로 쓰다듬었다. 생선뼈를 다 삼킨 까망이가 내 손을 핥았다. 간지러웠다. 키득키득 웃음이 나고 아랫도리가 저릿저릿했다. 까망이는 혀를 낼름 내밀었다 들이밀고는 섹시한 걸음으로 걸어다녔다. 요즘 까망이는 배가 볼록했다. 애기를 가진 모양이

119

었다. 손으로 까망이의 긴 등뼈를 쓸어 주었다. 내 손길에 까망이가 등뼈를 쑥 위로 올렸다. 고혹적인 등뼈였다. 까망이를 보고 있으면 보드라운 아기의 볼이 그리워졌다.

〈마리의 집〉은 '싱글 맘'들의 쉼터였다. 사람들은 '미혼모의 집'이라고 불렀다. '싱글 맘'이라고 불러주면 좋을 것을 굳이 '미혼모'라고 부르는 건 뭐냐, 싶었다. 하지만 나 같은 인생들을 아기 낳을 때까지 품어 주었던 그곳을 이름 때문에 시비 걸 생각은 없다.

나는 임신 일곱 달째 집을 나왔다. 왜 대책 없이 그 지경까지 버텼냐고 하겠지만 달리 방법이 없었다. 경식이 오빠가 간신히 돈을 구해 왔을 때는 병원에서도 이미 칠 개월이 넘어 손을 쓸 수 없다고 했다. 경식이 오빠는 내 몸에 들어와 즐길 때는 눈치 볼 거 없이 화끈하더니, 오빠의 정액과 내 난자가 만들어낸 소중하지만 위험한 선물을 모르쇠 했다. 내 닦달에 돈을 구한다고 경식이 오빠가 바쁘게 움직이는 사이 시간이 흘렀다. 나는 복대를 둘러 나오는 배를 누르고 집을 나올 궁리만 했다. 새벽마다 일을 나가는 엄마는 딸 뱃속에서 커가고 있는 생명체의 존재를 알 길이 없었다.

〈마리의 집〉에서의 일과는 청소, 기도, 요가, 성경읽기, 외부 강사의 교양 강의 듣기, 자유시간으로 비교적 단순했다. 외부 강사들은 은근히 우리를 개과천선해야 될 대상으로 생각했다. 나는 사는 일이 댁들처럼 편안했으면 여기까지 오지도 않았을 거라고 소리를 내지르고 싶었다. 방 한 칸에서 엄마와 있는 것도 싫고, 엄마가 돈이 없어 쩔쩔매는 꼴도 싫고, 학교에서 폐휴지처럼 구겨져 있는 것도 싫고, 모두 싫은 것 투성이인데 날 좋아하는 경식이 오빠와 사랑을 나누는 것이 이 세상 무엇보다 좋았다고 말이다. 경식이 오빠가 애기 낳고 결혼해서 살자고 했으면 난 그렇게 살았을 거다. 학교를 다 때려치우고라도 말이다. 우리 애기랑, 경식이 오빠랑 나랑 살았으면 내 인생은 샛별처럼 빛났을 것이다. 하지만 현실은 달랐다. 엄마가 경식이 오빠 부모를 찾아갔을 때 오히려 엄마는 호되게 당하고 왔다. 계집애가 어떻게 몸을 굴렸길래 그 모양이냐는 둥, 다시는 우리 아들 만날 생각도 하지 말라면서 아기는 입양을 보내든지 맘대로 하라고 했단다. 엄마는 눈이 퉁퉁 부었다. 난 그 뒤로 경식이 오빠 얼굴을 보지도 못했다. 경식이 오빠의 아빠는 소문이 퍼질까봐 엄마에게 돈을 쥐어주며 빨리 나를 시설로 보내라고 했다. 그 후로 엄마는 사람 목소리만 들으면 깜짝깜짝 놀랬다. 이후, 나는 사랑 따윈 믿지 않기로 했다. 이 사막 같은 지상에서는 안전한 사랑도, 완전한 사랑도 꽃을 피우기는 영 글러 먹었다. 제기랄. 치사하고 더럽다.

〈마리의 집〉에서는 같은 처지의 아이들 대여섯 명이 함께 방을 썼다. 내가 태어날 애기를 걱정할 때마다 〈마리의 집〉에 있는 다른 아이는

"까짓 거 베이비 박스에 던지면 그만이지."

베이비 박스를 쓰레기 박스 말하듯 시니컬하게 내뱉었다. 비상구 없이 꽉 막힌 상황이 우리를 자조적으로 만들었다. 물론 입양조건으로 돈을 내거는 아동복지 재단들도 있었다. 나는 아동 복지재단에 전화를 걸어 상담을 했다. 상담소마다 제시하는 조건은 달랐다. 'A상담소가 오십이라면 저희는 오십 더 써서 백으로 할게요.' 이 인간들은 내 뱃속의 아기를 놓고 경매를 붙였다. 재수 똥이다. 돈이면 다 되는 이런 세상은 망해버리는 게 낫다. 어쨌든 나는 아기를 무사히 낳고 〈마리의 집〉을 빠져나왔다. 지금으로선 아기를 찾을 계획은 없다. 가능하지도 않다.

〈마리의 집〉을 나오자, 내 마음은 아기가 빠져나간 자궁처럼 허전했다. 갈 곳이 없었다. 나는 지방도시인 이곳, L시로 무작정 버스를 타고 왔다. 알림방 신문에서 일자리를 찾으며 전화를 했지만 선뜻 나를 써 주겠다는 사람은 나타나지 않았다. 조급한 마음으로 구인광고를 찾다가 '급구함, 청소, 매장정리, 여자 원함, 〈모피 비너스〉.' 라는 광고가 눈에 들어 왔다.

도심 상가에 있는 〈모피 비너스〉는 쇼윈도우 전면에 '여름대박세일'

이라는 대형광고를 내걸고 있었다. 매장 안으로 들어가 일자리를 구한 다고 하자, 당장 세일시즌이 닥치고 맞춤한 일손을 구하지 못한 사장은 나를 보고 좋아라했다.

〈모피 비너스〉 사장은 다른 모피 숍에서 팔다 남은 상품들을 다 거두어 여름 한철에 대박세일을 했다. 아울렛 매장이 없는 이 도시에서는 사장의 역시즌 공략이 먹혀들었다. 이리저리 메이커 숍을 돌던, 디자인이나 색상이 뒤떨어지는 모피는 여기에 다 모여 들었다. J모피나 T모피 같은 대기업 제품에서, 듣지도 보지도 못한 중소기업 제품까지 흘러들어 왔다.

사장은 간단한 면접만으로 나를 쓰겠다면서 매장 뒤에 붙은 방으로 안내했다. 내가 머물 곳은 모피 보관실 옆에 붙어 있는 두 평 남짓한 작은 방이었다. 해야 할 일이란 수선한 옷들을 비닐에 넣어 가지런히 걸어두거나, 분류해서 옷 수선가게에 맡기는 것, 손님이 오면 실장의 지시에 따라 손님의 몸에 옷을 피팅하는 것이었다. 매장 청소는 기본이었다. 나는 컴퓨터에 입고 물품을 입력해 넣거나 청소, 커피 심부름, 판매, 어떤 일이든 가리지 않고 했다. 시급은 육천 원을 밑돌았지만 잠잘 방이 있다는 것만도 다행이었다. 여름에 반값 세일로 이월 상품을 처리해야 하는 매장은 허드렛일이 많았다. 낮에도 줄줄이 켜 놓은 조명을 견뎌야 하는 내 눈알은 밤이 되면 쓰라렸다.

영철이가 이대로 헤어지기 싫다며 순대국을 먹으러 가자고 했다. 영철이의 성화에 우리는 사십사 계단에서 내려와 중앙시장 순대국 골목으로 갔다. 이 골목에는 주로 할머니들이 오래 전부터 장사를 해왔다. 골목 입구에서부터 큰 가스불 위에 커다란 솥이 걸리고 돼지머리가 삶아지고 있거나 국이 설설 끓었다. 간판이 보였다. 〈할머니 순대국〉, 〈장터 순대국〉, 〈돼지 순대국〉. 이름도 재미있었다. 삶은 돼지 머리에 눈이 갔다. 돼지 코가 징그럽고 재미있었다.

우리는 〈할머니 순대국〉으로 들어갔다. 특히 영철이는 〈할머니 순대국〉의 단골이었다. 성호와 내가 일이 끝난 시간에는 문을 여는 가게들이 없는데 이 순대국 골목에는 열 시 이후가 가장 달아오르는 시간이었다.

성호, 영철이와 함께 〈할머니 순대국〉으로 들어섰을 때는 손님들이 한창 술판을 벌이고 있는 시간이었다. 식당 안에는 흙이 여기저기 묻은, 싼 등산화 여러 켤레가 놓여 있었다. 막일을 하는 아저씨들의 신발이었다. 우리는 순대국 두 그릇과 모듬 순대 하나, 소주 두 병을 시켰다. 영철이는 주방에 가서 순대국도 받아오고 냉장고에서 술도 꺼내왔다.

막일 하는 아저씨들이 우르르 순대국집을 빠져 나갔다. 우리만 남아 소주를 세 병이나 더 마셨다. 순대국집 할머니는 뜨거운 김이 나는 국물을 국자에 담아 국물이 줄어든 그릇에 부어 주었다. 그리고는 지폐로 불룩한 앞치마 주머니에 두 손을 넣은 채로 벽에 기대앉아 꾸벅꾸벅 졸았다. 영철이는 제 집처럼 냉장고를 열고 소주도 가져오고 열무김치도 덜어 왔다.

할머니가 잠을 깬 시간은 새벽이었고 우리는 꾸역꾸역 돼지 순대와 소주로 창자를 채웠다. 이윽고 졸다가 깬 할머니가 빨리 집으로 돌아가라며 우리를 내몰았다.

영철이와 헤어진 뒤로 성호와 나의 관심사는 '모피 한 건'에 꽂혀 있었다. 〈모피 비너스〉 여사장과 실장언니가 도끼눈을 뜨고 매장을 감시하기 때문에 틈새를 파고들기가 어려웠다. 하지만, 모피가 대량으로 들어오는 세일기간에는 어쩔 수 없이 감시가 느슨해지기도 했다. 나태하던 우리의 욕망에 불을 지른 것은 역시 영철이었다.

야호! 목돈이 생겼다. 모피를 훔쳐 파는 데 성공했다. 성호와 내가 이런 대과업을 수행하기 위해서는 각별한 주의와 노력이 필요했다.

사장과 실장이 전국 모피의류 판매협회 모임으로 자리를 비운 날이었다. 사장과 실장은 세일 판매 우수업체로 상을 받게 됐다면서 들떠 있었다. 덕분에 우리에게 기회가 온 셈이다.

타당, 끽. 급정거하는 오토바이 소리가 들렸다. 나는 쇼윈도우 밖을 내다보았다. 방금 마네킹 발치에 놓인 실크 스카프를 가지런히 접어놓는 중이었다. 성호가 쇼윈도우 안의 나를 쳐다보았다. 나는 마네킹 왼쪽 어깨로 흘러내린 모피를 치켜 올리며 손을 흔들었다. 성호가 검은 레이싱 글러브를 낀 손으로 오토바이 핸들을 비틀었다. 머리가 노랬다. 성호의 시선이 팬티와 브라만을 걸치고 붉은 여우 모피를 입은 여자 브로마이드에 걸렸다. 성호가 유리문을 열고 들어서며 검은 레이싱 글러브를 낀 두 손을 마주쳐 탁탁 소리를 냈다. 성호가 수선한 모피를 신고 와 보관실의 행거에 걸었다. 나는 성호를 따라 들어갔다. 보관실 안은 어둡고 찐득하게 더웠다. 죽은 짐승의 털가죽 냄새가 열기를 타고 훅, 코 속을 후볐다. 보관실에 들어설 때마다 섬뜩할 때가 있다. 털가죽이 벗겨진 밍크, 붉은여우, 양, 수달, 족제비, 너구리, 담비, 비버, 토끼, 물개가 목을 죄는 인간의 손에서 마지막 탈출을 하는 가당치 않는 상상이 블링블링했던 내 기분을 블루블루하게 끌어내렸다.

성호가 뒤따라 들어왔다. 성호는 손바닥으로 천천히 벽에 걸린 모피를 차례로 쓸어내렸다.

"이건 라쿤 털, 이건 어린 양의 껍질, 이건 앙고라, 라이터로 확 붙이면 잘 타겠다."

성호가 장난스럽게 모피에 라이터를 들이댔다. 팔꿈치로 성호를 세게 밀쳤다. 어, 비틀거리며 성호가 밀려났다. 모피 하나가 바닥에 떨어졌다.

"이건 스칸디나비아산 붉은 여우털이야. 털이 길고 부드러워서 여자들이 혹 반하는 물건이야."

성호가 으스대듯이 말했다. 성호가 모피를 집어 올려 행거에 걸었다. 붉은 여우모피는 탐스럽고 매혹적이있다. 아름다운 모피를 얻기 위해 동물들을 산 채로 껍질을 벗긴다고 사장은 말했다.

성호가 내 몸을 벽쪽으로 밀어붙였다. 성호의 노란 머리칼이 부드러운 양모처럼 흔들렸다. 바지를 뚫고 튀어 나올 듯한 두 다리 사이의 돌출이 느껴졌다. 성호의 입김이 가죽 냄새와 뒤섞여 얼굴로 몰려들었다. 노란 머리카락이 얼굴을 핥으며 지나갔다. 성호의 몸이 나를 압박해 왔다. 나는 성호를 안았다. 보관실 벽을 따라 걸려 있는 밍크 털에 성호의 뒤통수가 파묻혔다. 죽은 짐승의 털과 사람의 털이 뒤섞였다.

보관실을 먼저 나와 매장에 서 있는 내게 성호가 흰 모피를 들고 나와 내 어깨에 걸쳐 주었다. 모피는 아랫단이 플레어로 퍼지는 스타일이었다. 나는 어깨에 모피를 걸치고 거울 앞에서 오른쪽 다리를 꺾어 폼을 잡았다. 불빛이 털 사이로 스며들었다. 구슬이 박힌 듯 모피의 털이 반짝였다.

"어때?"

"어얼, 멋있는데."

나는 아프리카 섹시 댄스를 추듯이 엉덩이를 흔들었다. 엉덩이로 성호의 불룩한 바지 앞을 톡톡 치며 자극했다.

"이걸로 해."

성호가 말했다. 뭘, 하는 표정으로 성호를 쳐다보다 나는 확, 깨달았다. 오늘은 한 건하는 날이라는 것을. 파박, 감이 왔다. 나는 작은 가위 끝으로 세심하게 흰 모피의 상표를 잘라내었다. 그리고는 성호가 가져온 입고 물품표에서 흰 모피를 빼고 번호부분을 흰색 수정테이프로 문질러 지운 다음 번호를 다시 쓰고 복사를 했다. 컴퓨터를 켜고 흰 모피 입고 번호를 슬쩍 빼고 입력하지 않았다. 대신 컴퓨터 화면에 뜨는 입고번호의 순서는 잘 맞춰 놓았다. 이만하면 훌륭했다. 마지막 세일 때문에 미쳐 돌아가는 와중에 흐름을 타고 어물쩍 넘어가야 한다. 나는 성호와 하이 파이브를 했다. 성호가 가죽부대를 가져와 흰 모피를 담았다. 성호는 비밀스럽게 모피를 옷 수선가게 주인에게 덤핑으로 넘겼다. 옷 수선가게 주인은 하룻밤이면 완전히 다른 물건을 만들어 팔 수 있는 재주가 있다고 큰소리쳤다고 했다.

돈이 생겼고 한 달에 한 번 있는 휴일이었다. 성호와 손을 잡고 맥도 널드가 문을 열자마자 뛰어갔다. 코카콜라와 더블버거를 사서 입이 째 지도록 밀어 넣었다. 프라이드포테이토에 토마토케첩을 듬뿍 뿌려 손 가락에 묻은 케첩을 핥아가며 먹어댔다.

배를 채운 다음에는 호숫가에 있는 〈포에버 랜드〉로 바이킹을 타러 갔다. 성호와 나는 소리를 지르면서 바이킹을 즐겼다. 해적처럼 과감하 게 서로의 입술을 훔치기도 하고 소리를 꽥꽥 질러대기도 했다. 바이 킹이 하늘에 닿을 듯 치솟을 때마다 도시는 우리의 발밑에 무릎을 꿇 었다. 호숫가의 물결이 발끝에 찰랑였다. 위험하고 아찔하고 짜릿한 기 분이 혈액 속에서 팡팡 거품을 터뜨리는 듯했다. 바이킹이 높이 치솟 을 때 멀리 〈무비 몰〉의 대형 간판이 우리를 유혹했다. 이런 유혹에 우 리는 버티지 않고 복종하는 미덕을 지녔다.

〈무비 몰〉에서는 영화가 상영되기 전에 뉴욕 핫도그를 하나씩 먹었 다. 빅 사이즈 팝콘과 찬 맥주를 한 캔씩 들고 영화를 보았다. 영화 제 목은 〈사랑에 관한 이상한 상상〉이라는 프랑스 영화였는데 어떤 장 면에서는 지루하기도 했다. 이럴 때를 대비해서 언제든지 성호의 손 이 내 허벅지 안쪽을 자극하도록 나는 무릎 사이를 열어 두었다. 성호 는 능력자다. 시시한 장면들에선 내가 심심하지 않게 팬티 안쪽에 손 을 넣어 내 보드라운 살을 만져 주었다. 스포르찬도, 포르테시모, 포르 테, 피아노의 세기로 스타카토를 두드렸다. 그럴 때 나는 찬 맥주를 홀 짝거리며 성호의 발랄한 애무를 즐겼다.

영화를 보고 나서 로비에 앉아 성호의 등에 손을 넣었다가 도드라진 상처의 감촉 때문에 깜짝 놀랐다. 손을 성호의 등줄기 쪽으로 올리니 얼이맞은 상치기 손가락에 느껴졌다.

"아프겠다."

내가 어두운 목소리로 말하자 성호가 말했다.

"괜찮아, 생각할수록 열 받네. 급습을 해서는 방어할 틈도 없이 후려 친다니까, 이렇게 골프채로 얻어맞다가는 언제 골통이 부서질지 몰라. 우리 엄마가 공 하나는 잘 날리거든. 특히 벙커에 빠진 공을 잘 날리지, 나같이 벙커에 빠진 놈 말이야. 하긴 로프로 묶어 놓고 때리던 때보다야 낫긴 하지. 씨팔, 이런 얘기 기분 더러워."

보험세일즈를 하는 성호 엄마는 집을 나온 성호를 예고 없이 습격해 서 후려친다고 했다. 비밀리에 방을 옮겨야겠다고 성호가 말했다. 성호 엄마는 성호가 다시 집으로 들어오기를 바라지만 성호는 그럴 생각이 전혀 없다고 했다. 그래도 오라는 데가 있는 성호가 개털 같은 나보다 낫다.

세일기간이 며칠 남지 않자, 사장은 50프로에서 80프로 세일로 작전 을 바꿨다. 아침부터 손님들이 밀려들었다. 손님들 몸에 옷을 피팅하다 보면 온 몸이 무너질 지경이었다. 더위에 무거운 짐승의 털을 들고 이 손님 저 손님 쫓아다니는 일은 버거웠다. 털을 빼앗긴 붉은 여우처럼 비참한 기분이었다. 천정 위에서 내리비치는 형광 조명은 눈알을 쓰라 리게 했다. 파김치가 되도록 모피를 들고 다녔건만 사장은 하루 결산 을 하면서 매출이 별로 안 된다고 투덜거렸다. 실장 언니가 나를 째려 보았다. 내가 희생양이 되어야 하나 보다. 사장의 눈빛도 내게로 쏠렸 다.

"야, 손님들이 옷을 걸치면 섹시하다는 말은 기본으로 나와야 하고 설원 병원장 사모께서는 이런 걸 두 벌씩이나 사셨다는 둥, 사고 싶은 맘이 들도록 부추겨야지, 멍충이처럼 뻣뻣하게 서서 멋있네요, 멋있네 요만 연발하고 있어."

사장은 말벌처럼 나를 콕 쏘았다. 킬힐로 사장의 눈가를 콱 찍어주고 싶었다. 콱 찍어주는 김에 할 수만 있다면 아예 갑,갑,갑 하고 문신이라도 새겨주고 싶었다.

손님의 쇼핑 욕구를 오래 지속시키기 위해 손님이 들어오면 재빨리 원두커피나 냉녹차를 권했다. 손님이 모피를 둘러보는 사이 행거 사이로 슬쩍 들어가 입구 쪽으로 등을 돌리고 열심히 상품을 홍보했다. 돈 때문에 망설이는 손님들에겐 카드 할부를 적극 권했다. 다 아는 셈법인데도 내가 나서서 12개월 할부 가격을 얘기해 주면 손님들은 갑자기 얼굴이 밝아졌다. 탐은 나지만 가격 때문에 망설였던 손님들이 적극적으로 모피에 관심을 갖기 시작했다. 손님들은 거울 앞에서 입어보다 한숨을 쉬며 행거에 걸어 두었던 모피를 꺼내 다시 몸에 걸쳐 보았다. 나는 그 순간을 놓치지 않았다.

"정말 사모님 옷이네요, 핏이 죽여요. 실루엣도 좋고요."

손님들은 나의 달콤한 유혹에 지갑을 열고 카드를 내밀기도 했다. 카드를 긁고 모피를 큰 가방에 담아 매장 출입문까지 손님을 배웅했다.

"멋지게 입으시고요, 또 들르셔서 커피 한잔하세요."

〈명품모피 80프로세일〉이라는 형광색 문자가 잠자는 도시를 향해 세일세일세일이라고 눈을 부릅뜨고 외치고 있었다. 내일도 곧 세일이 끝날까 안달하는 여자들이 모피를 사기 위해 이 숍으로 몰려올 것이다. 손님들은 까다로웠다. 나는 그들을 놓치지 않기 위해 부지런히 행거 사이를 뛰어다니고 촉수 높은 형광등 아래 킬힐을 또각거리며 발등이 꺾이지 않을까 걱정해야 했다. 사장은 팔십 프로 세일에 재고품을 모두 팔아 볼 전략을 생각하느라 바빴다. 나는 고객명단을 꺼내 메시지를 날리고 매장에 놀러 오시라고 전화를 걸었다.

성호와 〈모피 비너스〉를 나오다 입구에 머리를 긁적이고 있는 홈리스 아저씨를 발견했다. 아저씨의 머리는 기름이 흘러 떡이 되어 있었다. 오랫동안 씻지 않은 손가락이 새카맣게 반들거렸다. 비오는 날, 아저씨 옆에 나서면 시린내가 코를 찔렀다. 아저씨는 〈모피 비너스〉에서 내버린 종이박스를 정리해 고물상에 갖다 주고 번 돈을 술 마시는 데 다 썼다. 그리고는 지나가는 사람들을 불러 세워 손을 벌리거나 먹을 것을 구걸했다. 성호와 내려오는 나를 발견한 아저씨는, 늘 그렇듯이 '먹을 것 좀 사 줄 수 있어?' 하고 물었다. 아저씨의 말을 들은 성호는 건너편 편의점으로 가서 카스테라와 흰 우유를 사왔다. 성호가 아저씨의 시커먼 손에 카스테라와 우유를 들려주자 아저씨는 목울대를 울리며 우유를 마셨다. 부드러운 카스테라가 아저씨의 손에서 부서졌다. 카스테라를 입에 넣은 아저씨의 몸이 자벌레처럼 움츠러들었다.

"생각보다 따뜻하다 너."

"너나 나나 저렇게 되는 것 순간이야, 소문도 없이 죽지 않으면 다행이라니까, 존나 끔찍해."

성호의 말이 천만 번 옳다고 생각했다. 이미 집을 나온 나와 성호는 돈이 떨어지면 몸을 뉘일 곳도 없고 먹을거리도 구하지 못할 것이다. 뉴욕의 지하터널에서 홈리스들이 그들만의 지하세계를 구축하고 산다는 신나는 얘기도 이 '헬조선'에서는 어림도 없는 일이다. 젠장할. 불이라도 확, 질러버리고 싶다.

킬힐을 신은 채, 두 손에 모피를 들고 옷 수선가게를 들락거려야 하는 일은 죽을 맛이었다. 옷 수선가게 아저씨는 은근히 언제라도 좋으니 모피를 빼내 올 수 있느냐고 물었다. 재봉틀을 돌리다 멈추고 제안을 하는 아저씨의 목소리는 내겐 일종의 협박처럼 들렸다. 너도 연관되어 있다는 것을 다 안다는 듯이.

"다음 건은 언제야?"

하는 아저씨의 입에서는 점심으로 먹은 짜장면과 양파냄새가 났다. 옷 수선가게 아저씨가 사장에게 입을 나불댈까봐 간이 졸아들었다. 그 생각만 하면 매장에 서 있다가도 종종 허든거리기 일쑤였다. 불안을 떨쳐 버리기 위해 마음 한편에서는 '성호와 크게 한탕 벌이고 스페인

행 비행기를 타고 날라버리면 되는데.' 하고 막연한 꿈을 꾸기도 했다. 성호에게 세일기간이 끝나기 전에 빨리 한 건 크게 하자고 얘기를 안 한 것도 아니었다. 성호는 '기다려' 하고 대답은 해 놓고도 움직이려 하지 않았다. 모피는 부피만도 커서 물건을 숨기기가 쉽지 않기 때문에 성호의 도움 없이 나 혼자 모피를 훔치는 것은 힘든 일이었다. 기동성이 있는 성호는 언제든지 모피를 숨겨 다른 곳으로 옮길 수 있었다.

"대박세일 때 한탕해야 대박나지."

수선가게 아저씨가 돋보기 안경을 내려뜨리고 일을 하며 말했다. 나는 아저씨가 한눈 파는 틈을 타 옷 솔기를 뜯는데 사용하는 송곳 하나를 슬쩍해서 가방에 집어넣었다. 뾰족한 물건은 뭐라도 하나 있으면 든든하다. 은근슬쩍 나를 재촉하는 옷 수선가게 아저씨의 말을 뒤로 하고 수선한 모피를 찾아 양손에 들었다. 팔이 빠질 것처럼 아팠다. 성호가 물건을 찾아오긴 하지만 급히 옷을 찾는 손님 때문에 이런 심부름을 가끔 해야 했다. 한 번에 모피 두 벌을 들고 걷다보면 팔에 통증이 오곤 했다. 허리를 펴고 걸었다. 매장에서 뻣뻣하게 서 있던 다리를 바쁘게 놀리느라 붉은 색 보도블록 틈새로 킬힐 굽이 툭툭 빠졌다. 몸이 앞쪽으로 굽혀졌다. 내리막길에서 넘어지지 않기 위해서 허리근육에 힘을 줬다. 앞으로 쏠릴 것 같은 자세 때문에 콧등에 땀이 솟았다.

〈모피 비너스〉 실장은 내가 시간을 지체할까봐 한눈팔지 말라고 눈치를 주곤 했다. 발뒤꿈치가 아팠다. 유리문을 밀치고 들어서니 서늘한 냉기가 소름이 돋도록 밀려들었다. 일찍 오네, 이 분들이 기다리고 계셔. 실장이 경찰 둘을 가리키며 말했다.

나를 기다리던 경찰 둘이 영철이의 행방을 물었다. 사장과 실장은 셋이 붙어 다니더니 '이제 어쩔 거냐'는 표정으로 나를 째려보았다. 영철이의 오토바이가 중앙시장 공용화장실 근처에서 발견되었다고 했다. 순대국집 할머니가 집을 판 날 숨겼다고 했다. 순대국집 할머니는 벽에 기대어 목을 꿰고 갈에 밎아 죽어 있었다고 했다. 힐미니의 현금다

발도 사라졌다고 했다. '사사파' 아이들은 모두 경찰의 의심을 받았다. 경찰은 영철이가 범인이라고 단정짓는 모양이었다.

성호와 나도 경찰서에서 진술서를 써야했다.

"이참에 아주 사십사 계단을 폐쇄해 버려야 돼."

경찰은 목소리를 높이며 진술서를 작성하는 우리 사이를 쑤시고 다녔다. 볼펜으로 내 무릎의 맨 살을 콕콕 찌르기도 하고 구두발로 성호의 발을 통통 찼다.

"쓰레기 같은 놈들이 모여서 오줌이나 내깔리고. 풍기문란하게 구는 꼴, 더는 못 봐. 돈 훔치려고 사람 목숨이나 노리고."

경찰이 소리를 질렀다.

나는 영철이가 사람을 찔러 죽일 인물은 못 된다고 생각했다. 돈이 필요하면 눈에 뵈는 게 없겠지만 그래도 영철이가 잔인한 인간은 아니라고 생각했다. 그렇지 않아도 이번 건은 영철이와 같이 크게 한판 해서 돈을 나누자고 성호와 얘기한 적이 있었다.

"영철이, 그 새끼, 어디서 계집애를 오토바이 꽁무니에 달고 열나게 달리고 있는 거 아냐?"

영철이를 성가셔하던 성호였지만 지금은 영철이가 걱정되는가 보다. 나는 영철이가 정말 순대국집 할머니를 죽이고 돈다발을 빼내 튀어 버린 것인지 억울한 누명을 쓴 것은 아닌지 혼란스러웠다. 못마땅한 짓을 할 때마다 내가 시퉁한 표정으로 소리 지르면, 멋쩍어 하며 비실비실 물러나던 영철이가 지원세력도 없이 혼자서 사람을 죽였다는 게 이해하기 어려웠다. 그것도 단골로 다니던 〈할머니 순대국〉집 주인이라니. 그것이 사실이라면 몹시 불행한 일이라고 생각했다.

하지만 사람들이 우리 '사사파' 모두를 사람이나 죽이는 몹쓸 놈들로 보는 시선에는 분노가 솟았다. 태어날 때부터 사람이 다르다느니 하는 헛소리를 해대며 우리를 몰아칠 때, 내 내면에는 세상에 대한 복수심이 들끓었다. '사사파'들의 아픔에는 관심도 없던 인간들이, 사건이 터지자 가장 쉬운 논리로 우리를 다 안다는 듯이 떠들어대는 꼴은 참아 주기 힘들었다. 사태를 피상적으로 바라보는 일만큼 천박하고 역겨운 것은 없다.

오늘 경찰이 급습할 거라는 소문이 아이들을 사십사 계단으로 불러들였다. 오후가 되면서 '사사파'들이 공터로 몰려들었다. '사사파'들은 자신들의 마지막 안식처인 사십사 계단을 지키기 위해서 모여들었다. 나와 성호도 사십사 계단에 올라왔다. 계단 입구에는 장사꾼들이 내다 버린 무, 배추, 나물 쓰레기들이 허술한 무덤을 이뤄 썩어가고 있었다. 배추 시래기 속으로 쥐 한 마리가 빠르게 사라졌다. 채소가 썩는 냄새가 났고, 계단 바깥쪽에 자란 키 큰 풀들이 계단 안쪽으로 넘어와 발에 휘휘 감겼다. 엉켜있는 잡풀에 발목이 걸렸다.

공터는 아무렇지도 않게 뱉은 '사사파'들의 담배연기, 침, 이빨 사이로 내뱉은 욕, 발자국 소리를 투정없이 받아들였다. 여기저기 아이들이 누웠던 자리가 보였다. 체육복이 삐죽 나와 있는 책가방도 하나 팽개쳐져 있다. 소주병 밑에 죽어있는 고양이가 검은 털 사이로 시뻘건 내장을 내밀고 있다. 소주를 마신 '사사파'들이 죽어가는 고양이를 상대로 다트놀이를 한 모양이었다. 위액이 식도를 통해 올라오는 것처럼 비위가 상했다.

피융. 휙휙. 냐옹냐옹. 찍찍. 클클. 까르르. 돌멩이질하는 소리, 휘파람 부는 소리, 고양이 우는 소리, 병 깨지는 소리, 히스테릭하게 우는 소리, 웃는 소리, 욕하는 소리가 공터를 부풀어 오르게 했다. '사사파'들이 공터에서 난장을 치고 있다. 바람은 그 위에 중앙시장에서 데리고 온 돼지머리 삶는 냄새, 소 내장 볶는 냄새, 생선 내장 썩는 냄새를 풀어 놓았다. 투덜대며 깡소주를 입에 털어 넣거나, 계단 밑으로 오줌을 내깔기는 아이들도 있었다. 어둑한 공터 한쪽에서는 작은 연인들이 서로의 몸을 껴안고 풀 위를 뒹굴었다.

"허그다."

성호가 소리쳤다. 영철이었다. 반가움에 눈물이 쏙 빠져나왔다.

"너 어떻게 된 거야, 짭새들이 열라 찾던데."

"재수 꽝이야, 된통 얻어터졌어. 내가 할머니를 왜 죽여? 알리바이를 증명해도 두드려 패기만 하는 짭새들 몽땅 죽여버릴 거야."

영철이가 정강이를 걷어보였다. 핏줄이 터져 죽죽 금이 가 있었다. 영철이가 쇠공이 달린 줄을 휘휘 내둘렀다.

계단 아래가 시끄러웠다. 경찰차들이 계단을 에워쌌다. 경찰이 메가폰을 들고 모두 내려와 집으로 돌아가라고 방송했다. 소리는 웅웅거리며 사십사 계단 위까지 도착했다.

"돌아갈 집이 없다."

성호가 야유하듯이 소리쳤다. 성호의 말이 끝나자마자 아이들이 돌 수제비를 아래를 향해 날렸다. 다시 경찰의 메가폰 소리가 들렸고 아이들이 우우우우우, 함성을 내질렀다. 경찰들이 손에 방망이와 방패를 하나씩 들고 계단을 뛰어 올라왔다. 테이저 건을 든 경찰도 보였다.

"총으로 쏘겠다 이거지? 어디 한 번 해봐. 여차하면 뛰어내리면 되지 겁날게 뭐야?"

성호가 곧 떨어질 사람처럼 사십사 계단을 내려다보았다.

"씨팔, 좆 빠지게 도망가게 생겼네."

성호 옆에 서 있던 남자애가 피우던 담배를 던지며 말했다.

"한 번 붙어 봐!"

담배를 던진 남자애가 가방 속에서 긴 쇠사슬을 꺼내 흔들었다. 잭나이프를 펴거나 쇠공을 꺼내드는 '사사파'들도 있었다. 토끼사냥을 하듯이 경찰이 '사사파'들을 한쪽으로 몰았다. 몇몇 아이들은 둔덕을 타고 내리굴렀다. 공터에 서 있던 '사사파'들이 우우, 하고 소리를 지르며 한쪽으로 몰리다가 버티고 섰다. 아이들이 경찰 쪽으로 돌아섰다.

"여긴 우리 영토야, 해볼 테면 해봐."

성호의 목소리가 들렸다. 성호가 잭나이프를 꺼내 들고 경찰에게 덤벼들었다. 영철이가 쇠공을 휘 내둘러 경찰을 위협했다. 영철이의 쇠공이 턱, 경찰의 머리를 쳤다. 경찰이 방망이를 들어 영철이를 후려치려고 하는 순간, 뒤따라 온 경찰이 테이저 건을 영철이의 팔뚝에 쐈다. 영철이가 전극으로 팔뚝이 마비되었는지 주저앉았다. 영철이의 근육이 전극으로 마비되었다.

"힘빼, 조용히 해."

경찰이 영철이를 끌며 위협조로 말했다.

"이거 뭐야, 야, 동영상 찍어 올려, 짭새들 죽여버릴 거야."

성호가 소리 질렀다. 다른 남자아이가 핸드폰으로 영철이의 고통스런 얼굴을 찍었다. 경찰이 영철이를 질질 끌고갔다. 경찰들이 몽둥이로 아이들을 후려치며 아래로 내몰았다. 아이들이 흩어졌다. 성호가 잭나이프를 들고 영철이를 끌고 가는 경찰을 위협했다.

"다 죽여라, 죽여."

성호의 목소리가 어둠 속에서 조각조각 깨지고 있었다. 경찰은 몽둥이로 성호의 등짝을 후려갈겼다. 순간, 성호의 등줄기에서 피가 흘렀다.

"안돼, 멈춰."

나는 소리 질렀다. 까망이가 나를 쫓아왔다. 까망이의 불룩한 배가 걱정됐다. 경찰들이 들고 있는 몽둥이로 까망이를 후려치거나 방패로 내리찍을 것 같았다. 까망이를 놓쳤다. 나는 헉, 숨을 들이마셨다. 까망이가 야옹거렸다. 눈에 띄는 돌멩이를 발로 찼다. 까망이가 놀라 뛰었다. 나는 이를 앙다물고 눈을 크게 떴다. 까망이가 배를 출렁거리며 뛰어가다 굴렀다. 작은 진동 때문에 돌이 굴러 까망이를 덮쳤다. 까망이가 자지러지게 울었다.

"별 요망한게 신경쓰게하네."

나를 쫓아오던 경찰이 돌덩이를 까망이 쪽으로 날렸다. 까망이 울음소리가 날카롭고 짧게 들렸다. 나는 돌덩이에 배가 납작하게 눌린 까망이를 안고 뛰었다. 까망이의 배에서 검붉은 피가 흘러나와 내 팔을 적셨다.

"거기 서."

경찰이 몽둥이를 들고 쫓아왔다. 나는 내리굴렀다. 돌멩이가 몸 위로 떨어졌다. 까망이를 놓쳤다. 피 묻은 돌을 주워 경찰을 향해 던졌다. 돌은 내 눈앞에 떨어졌다. 외등이 꺼졌다. 발등이 꺾였다. 아프다. 경찰이 내 한쪽 팔을 잡았다. 주머니 안에서 송곳을 꺼내 손에 쥐었다. 경찰이 내 팔을 잡아끌었다. 송곳으로 경찰의 팔뚝을 내리찍었다. 피가 튀었다. 나는 송곳을 꼭 쥐고 둔덕 아래를 향해 뛰었다.

낭 은

2014년 『월간문학』 등단

죽은 자들을 위한 에르미타

낭   은

요양 병원은 P 도시의 서쪽 끝에 있었다. 대도시인 P 도시는 주변에 여러 위성도시를 두고 있는데 그중 하나가 내가 사는 A 시였다. 병원은 두 도시의 경계에 있었다. 하지만 주변에는 인가는커녕 그곳을 지나쳐 가는 대중교통 수단 하나 없었다. 그러기에 내가 몇 년째, 학습지 교사 일을 하기 위해 P 도시로 출퇴근했는데도, 그런 곳이 있다는 것을 알지 못했다. 폐허처럼 방치된 곳에는 예전에 사람이 살았던 흔적이 여기저기 남아있었다. 시멘트로 아치 모양을 이룬 버스 정류장이 사람 허리만큼의 잡풀 더미 속에서 겨울 햇살을 받고 있었는데, 아치의 가운데에 쓰인 '서안 마을'이라는 검은색 글씨는 이미 많이 탈색되어 가까이 다가서야 보일 정도였다. 도로에서 움푹 들어간 곳에 납작하게 내려앉은 허름한 양철 지붕의 집들도 있었는데 거의 뼈대만 남은 흉측한 모습이었다. 창호지가 벗겨져 창살만 남은 문이 잡초가 무성한 마당에 뒹굴고 있었고, 방 안에는 버리고 간 장롱이나 쓰레받기 등이 보였다.

달리는 택시 안에서 그 풍경들을 바라보니, 마치 고대의 유적지거나 아니면 종전이 이루어진 곳에 온 느낌이었다. 가깝거나 먼 과거의 흔적들은 민지민 뒤집어쓴 채 여기저기 어지럽게 널려 있었다. 어떤 이유로도 나와는 연관이 없는 곳이기에 철저하게 이방인이 된 느낌이었다. 척박하고 황폐한 땅에 있는 요양병원과 시립묘지는 매일매일 일에 쫓겨 살아가는 내게는 실감이 나지 않는 곳이었다. 그렇게 나와는 먼 거리에 있던 곳이 선뜻 내게로 다가왔을 때, 낯선 풍경이 참으로 생경스러웠다.

기사는 택시에서 내리는 내 등 뒤에다 의미심장한 말을 남기고 가버렸다. 여기가 '죽음의 땅'이라네요. 그 말을 들은 뒤로는 저녁에 이쪽으로 오는 손님을 만나면 괜히 등골이 오싹해요. 요 옆이 시립묘지 그리고 그 뒤로 고개를 넘어가면 왕릉이 있어요. 성묘하러 오는 사람을 태운 적이 있는데, 그 사람들도 그러더라구요. 죽음의 땅이라구요. 하지만 내 눈에는 버려진 땅으로 보였다. 시의 도시개발 사업에 편입되어 원주민들이 떠났지만, 예정대로 집이 들어서지 못하고 있었다. 주택경기가 사양길로 접어든 지 오래였고, 무엇보다도 개발사업이 진행되려면 시립묘지 이전이 우선되어야 할 문제였다. 베란다 창밖으로 공동묘지가 보이는 곳에 들어와 살 사람이 있겠는가?

처음 그곳에 갔을 때가 11월 말이었다. 주변은 대부분 갈대숲이었다. 바람이 불 때마다 바짝 마른 갈대들이 실낱같은 몸을 서로 부대끼면서 이리저리 휘청였는데, 그때마다 수런거리는 소리가 들리는 듯해서 흠칫 뒤를 돌아보곤 했다. 기분이 묘했다. 그건 마치 신비한 생명체의 기운을 느끼게 하는 힘이 있었다.

내가 그 병원을 찾게 된 이유는 대학 병원에서 퇴원 권고를 받았기 때문이었다. 더는 우리가 해드릴 것이 없습니다. 집으로 모시고 가서 편히 지내게 하세요, 라는 말을 하는 담당 의사의 표정은 지극히 사무적이었다. 여명은 20일입니다, 란 말도 덧붙였다. 나는 그 말을 듣는 순간 가슴이 덜컥 내려앉았다. 말기 암 선고를 받은 지 2년이 흘러서 엄마의 죽음은 기정사실이 됐고 어느 정도 마음의 준비가 되어있다고 여겼으나 담당 의사의 시한부 선고는 마치 죽음이란 단어를 처음 학습한 어린아이처럼 두려움으로 다가왔다.

그건 아마도 20일이라는 숫자 때문인지도 몰랐다. 20일이란 숫자는 피상적인 생각에 불과했던 죽음을 구체적으로 받아들이게 했다. 누구나 죽는다는 보편적 사실을 넘어 죽음 이후의 세계에 대해 생각하게 했고, 그것은 나에게 원초적인 공포를 불러일으켰다. 간혹 퇴근 후에 병실에 들르면, 엄마는 침대에 누운 채, 나를 바라보면서 희미하게 미소 지었는데 그럴 때면 나도 모르게 흠칫하면서 한 걸음 뒤로 물러났다. 엄마의 얼굴에는 혈색이 사라졌고 얼음처럼 차가운 기운이 푸르게 서려 있었다. 침대 위에 누워있는 엄마의 얼굴은 그동안 내가 봐왔던 얼굴이 아니었다.

집으로 모실 수는 없었다. 내가 일을 하기도 했지만, 설령 그렇지 않더라도 혼자서 임종을 감당할 자신이 없었다. 나는 컴퓨터 앞으로 다가앉아 'A 도시 맘 카페'를 클릭해 들어갔다. 가끔 궁금한 일이 있으면 그런 방법으로 해결한다. 별로 아는 사람도 없는 나 같은 사람에게는 그보다 더 좋은 방법이 없었다. 처음 이사 와서 치과 갈 일이 생겼을 때도, 카페를 통해 치과는 어디가 좋은가요, 라고 물었다. 그러면 어디 치과는 간호사도 친절하고 의사도 성의껏 잘하더라 혹은 어디는 무조건 임플란트를 권한다더라, 라는 내용이 자세히 올라왔다.

'임종이 가까운 말기 암 환자 보호잡니다. 제가 일을 해서 집에서 모실 수가 없어요. 적당한 병원 좀 알려주세요.'라고 입력하자, 느리지만 댓글들이 올라오기 시작했다. 대부분은 지방에 있는 호스피스 병원을 알려줬으나, 가까운 곳에 그런 병원이 있다는 댓글이 눈에 띄었다. '엠마누엘 병원'이요. 서안로에 있어요. 여기서 멀지 않아요. 국도를 따라가다 보면, 붉은 벽돌로 된 건물과 낡은 2층 건물이 마주 보고 있는데 2층 건물이 병원이에요. 찾기 쉬워요.

그리고 또 하나의 댓글도 눈에 띄었다. 환자 보호자를 위해서 할 말인지는 모르겠습니다만 그냥 참고로 알아두세요, 로 시작된 글은 꽤

길었다. 댓글을 단 사람은 자신이 몇 년 전에 스페인 북부 소리아 지방의 쿠이야 카브라스에 있는 네크로폴리스를 다녀온 이야기를 했다. 네크로폴리스란 '죽은 자들의 도시' 즉 공동묘지를 말하는데, 네크로폴리스의 그늘진 한쪽에는 바위에 새겨진 죽은 자들을 위한 에르미타가 있었다고 한다. 로마네스크 양식인 아치 형태의 문인데, 산 자는 들어가지 못하지만 죽은 자들은 들어갈 수 있다는 얘기가 전해진다고 했다.

그런데 서안로의 시립묘지를 가본 후에는 자신이 본 스페인의 네크로폴리스가 자꾸 떠오르더라고 했다. 고대도시에서는 보통 시 외곽의 서쪽에 공동묘지를 두었는데, 서안로의 시립묘지도 정말 대도시인 P도시의 서쪽이라는 것. 언덕바지를 꽉 메운 시립묘지와 폐허처럼 방치된 곳에 아치 형태로 남은 '서안 마을'이란 정류장은 에르미타를 떠올리게 했다고 한다. 그런 음침한 기운이 도는 곳으로 굳이 갈 필요가 있겠냐며 다른 병원을 알아보라는 충고의 글이었다.

그러니까 요양병원이 위치한 곳이 자신이 본 스페인의 네크로폴리스와 흡사하니, 공동묘지 안으로 걸어 들어가는 짓은 하지 말라는 얘기였다. 기가 막혔다. 어느 할 일 없는 사람이 사이버상에서 장난질을 치는 거라고. 사이버상에서는 그런 사람들이 종종 있다. 자신이 아는 것을 총동원해서 악의적으로 해석해놓아야 직성이 풀리는. 그것이 상대방에게 어떤 상처를 주는지는 아랑곳하지 않고, 자기 일이 아니라는 이유로 함부로 지껄여도 된다고 여기는 무리가.

설령 그의 조언이 진심에서 우러나온 것이라고 하더라도 그런 배려에 귀를 기울일 만큼 나는 여유롭지 못했다. 싸고도 가까운 병원에 대한 유혹을 뿌리치기 어려웠다. 보험도 없는 엄마의 암 투병 비용으로 지난 2년간 나는 2천만 원을 대출했다. 지금 전세로 사는 오래된 빌라의 전세자금대출로. 대출 비용을 제하고 나면 나는 머지않아 더 먼 외곽으로 가서 월세나 원룸으로 내려앉아야 할 판이다.

임종이 가까운 환자들이 모인다는 병원은 국도변에서 조금 더 들어가야 했다. 멀리서 보기에는 붉은 벽돌로 지은 시립묘지 관리실과 마주 보고 서 있는 것처럼 보였으나 막상 내려보니, 두 건물 사이는 생각처럼 가깝지 않았다. 멀리서 보니 가까워 보인 것이다. 하긴 어떤 멍청이가 요양병원과 시립묘지를 바짝 붙여 지어놓았겠는가. 건물 입구로 들어서니 넓은 공터가 먼저 보였는데, 주차장이었다. 주차장이 그렇게 넓은 것을 보니, 예전에는 제법 번성했던 모양이다. 지금은 블록 사이로 비집고 나온 잡초가 무성했다. 제대로 관리가 되고 있지 않았다. 재정이 그리 넉넉하지 않다는 걸 알 수 있었다. 서너 대 주차된 차도 모두 의료진들의 차일 것이다. 나는 썩 내키지 않는 발걸음을 옮기기 시작했다.

　낡은 2층 건물은 겉보기에도 쇠락한 기운이 완연했다. 흰 페인트칠이 벗겨진 외벽은 얼룩처럼 군데군데 맨살의 시멘트가 드러나 을씨년스런 기운을 자아냈고 병원 입구의 나무 간판 위에 쓰인 '임마누엘 병원'이란 검정 고딕체의 글씨만이 선명해서, 마치 흑백 화면 속에서 그것만이 '페이드인' 되면서 밝아지는 듯한 착각이 들었다. 임마누엘이 '신이 함께한다.'는 뜻이니 마지막 여정으로 이곳을 찾는 이들에게는 그 이름만으로도 위안이라는 생각이 들었다.

　안으로 들어갔다. 서향 건물이라 아침인데도 어두컴컴했다. 건물 안으로 한 발을 내딛고는 한동안 가만히 서 있었다. 어둠에 익숙해질 시간이 필요했다. 안내라고 쓰인 곳이나 원무과를 찾아보려고 두리번거렸다. 양쪽으로 늘어선 병실 복도의 가운데에 원무과가 있었다. 막 그리로 향할 때였다. 환자복을 입은 노인 한 분이 어두운 복도를 천천히 걸어 나오고 있었다.

　나는 그분이 정말 어둠 속에서 갑자기 튀어나오기라도 한 것처럼 섬뜩했다. 노인은 약간 구부정한 자세로 고개를 숙인 채 걸어 나오고 있었다. 링거병이 걸린 스탠드에 의지한 채였다. 불현듯 인생이란 한바탕 꿈인 듯 흘러가 버리는 것이라는 생각이 들었다. 원무과에서 간단히 입원에 대해 문의한 뒤 엄마를 모셔오겠다는 말을 하고 돌아서 나왔다.

엄마는 병원을 옮기게 됐다는 말을 듣고는 반색을 했다. 대학 병원에서 동네 병원으로 옮긴다는 것을 병세가 호전된 것으로 믿었다. 엄마는 늘 그랬다. 어떤 문제가 생기면 믿고 싶은 대로 믿어버렸다.

2년 전, 말기 암 선고를 받고 병원에 입원했을 때도 그랬다. 작은아버지가 오셨다가 가시면서 형수님은 참 대단한 분이에요, 라는 말을 남겼다. 나는 그 말을 듣자, 귓불이 빨개질 정도로 민망했다. 하지만, 엄마는 그 말을 두고두고 곱씹으면서 흐뭇해했다. 당신이 정말 대단한 삶을 살아오셨다는 착각에 빠져서 몇 날을 보냈다. 간병인에게 자신이 어떻게 살아왔는지를 누누이 얘기하면서.

자신이 그 옛날에 여고까지 나온 사람이라는 것과 빳빳하게 풀 먹인 하얀 옷깃의 교복을 입고 나서면 옆의 남학교 학생들이 가다가도 멈춰서서 한 번쯤 쳐다보고 갔다는 말을. 그 학교 학생이던 남편이 집까지 쫓아와서 하도 구애를 하는 바람에 어쩔 수 없이 결혼했다는 말, 결혼 후에도 자신을 얼마나 위했는지 모른다는 말까지. 엄마가 그렇게 예쁜 얼굴이 아니어서 그 말을 다 믿지는 못하지만, 두 분 사이가 좋았던 것만은 사실이다.

작은아버지가 왜 병중의 엄마에게 그런 가시가 돋친 말을 꼭 해야만 했는지를 이해하지 못하는 것은 아니다. 그건 분명 부지불식간에 튀어나온 말일 것이다. 엄마가 사기를 당한 뒤에 적지 않은 빚을 갚아준 것에 대한 울화가 아직도 남아있다는 증거였고. 하긴 어떻게 그걸 잊을 수 있겠는가. 아무리 돌아가신 형님의 가족들을 외면할 수 없어서 한 일이지만, 작은아버지에게는 평생을 피땀 흘려 모은 돈이었을 테니 말이다.

그 남자한테도 그랬다. 열 살이나 어린 총각이 과부에게 접근해왔을 때는 어떤 꿍꿍이가 있을까에 대해 의심해봤어야 했다. 길 건너편으로 큰 상가가 들어오는데 그곳에 점포 하나를 사두면 큰돈이 된다는 말을 의심 없이 믿어버렸고, 아버지의 유일한 유산인 집을 팔아서 그 남자에게 선뜻 건네고 말았다. 나는 30년이나 지난 지금도, 그 일을 생각하면 상실감으로 괴로웠다. 지금 서 있는 이곳이 내가 서 있을 곳이 아닌 것 같고, 버스를 잘못 타고 너무 멀리 온 것만 같았다.

만약 버스를 제대로만 탔다면, 하는 가정을 수없이 하면서 지새운 밤들이 얼마나 많았던지. 그런 밤이면 어김없이 살아나던 기억의 파편들. 댓돌 위에 못 보던 남자 구두와 나란히 놓여있던 엄마의 빨간 슬리퍼를 봤을 때의 치밀어 오르던 분노. 푹푹 찌는 무더위 속에서도 굳게 닫혀있던 안방 문. 남자의 구두를 집어 들어 닫힌 방문을 향해 힘껏 던져버리자, 제대로 앞섶을 여미지도 못한 채 얼굴을 빠끔히 내밀던 엄마의 당혹스러워하던 얼굴과 검게 그을린 피부와 숯검댕이처럼 짙은 눈썹 아래 부숭한 눈두덩을 치켜뜨던 남자의 얼굴.

내가 집어 던진 구두를 주워들고도 당당함을 잃지 않고, 가스나 성깔 한 번 대단하네! 라는 말을 내뱉고 돌아서던 남자를 노려보다가 달려가서 본 안방 풍경. 요 위에 나란히 놓인 두 개의 베개와 등을 보인 채 웅크리고 앉아서 흐느끼던 고쟁이 차림의 엄마. 엄마! 왜 그러는 거야! 하며 울면서 엄마의 어깨를 거칠게 흔들자, 엄마의 두 손이 힘없이 풀리더니 미처 단추를 채우지 못한 블라우스가 젖혀지면서 드러난 하얀 젖가슴.

엄마는 그 남자에게 사기당한 후, 그 충격으로 집 밖으로 나오지 않았고 우리의 삶은 질풍처럼 밀어닥치는 가난에 집요하게 갉아 먹히면서 한없이 누덕누덕 기워져야만 했다.

분명 자신이 밀기 임이라는 사실과 식사를 제대로 못 하니, 병이 많이 진행됐음을 알 텐데도, 엄마는 퇴원해서 나갈 것이라고 철석같이 믿는 눈치였다. 어쩌다가 오는 방문객이 맛있는 것이라도 사드시라고 봉투라도 주고 가면 얼른 침대 매트리스 밑에 숨겨뒀다. 간병인은 그 사실을 혀를 끌끌 차면서 알려줬다. 사실 석 달밖에 못산다고 했을 때는 친인척들과 엄마의 얼마 안 되는 동창들이 몰려와서 칠십이라는 나이는 죽기에는 이른 나이라며 안타까워했지만, 2년이란 시간이 흐르면서 모두 발길을 끊었다. 이제 남은 방문객이라고는 가끔 동네 교회에서 오는 심방 팀이 고작이었다.

간병인은 오랫동안 쉬다가 다시 일하게 됐다는 중년의 여자였다. 그래서 그런지 엄마를 지극정성으로 돌봤다. 늘 누워만 있는 엄마를 번쩍 들고는 매일 샤워실로 가서 목욕을 시켰다. 엄마는 그걸 아주 고마워했다. 그래서 내가 병실로 들어설 때면 엄마의 시선은 제일 먼저 내 손에 머물렀다. 당신이야 식사를 제대로 못 하니 병원에서 나오는 미음이면 됐지만, 간병인 몫의 먹을거리를 챙겨오라는 무언의 압박이었다.

간병인은 나를 경외의 시선으로 쳐다봤는데, 나는 그런 눈빛이 부담스러웠다. 엄마는 누군가와 말문을 트게 되면 먼저 나에 대한 말을 언급했다. 하나뿐인 딸이 공부를 꽤 잘했다는 말, 그래서 산동네 아이들을 모아 과외를 했는데, 동네 아주머니들이 서로 자기 자식도 가르쳐 달라고 돈을 들고 왔다는 말, 또 그렇게 번 돈으로 지금까지 자신을 부양하며 사는 효녀라는 말까지. 그게 꼭 나를 자랑스럽게 생각해서 하는 말이 아니라는 것쯤은 익히 알고 있다. 그건 허다한 사람들이 갖지 못한 그런 특별한 딸이 당신에게는 있다는 자긍심을 드러낸 치기 어린 말이었다.

그리고 마지막에는 꼭 쟤가 아들이라우, 아들! 이라는 말을 덧붙였다. 내가 그 말을 얼마나 싫어하는지 잘 알면서도 엄마는 그만두질 않았다. 어찌 보면 그 말은 평생 돈 한 푼 벌지 않으면서 쉰이 코앞인 딸

자식 시집도 안 보내고 등골만 빼먹는다고 손가락질하는 무리를 향한 항변이기도 했다. 아들이니 부모 봉양하는 것은 당연한 것 아니냐고. 엄마가 결혼하란 말을 한 적이 있는지는 기억나지 않는다. 사실 평범한 외모에, 남자 앞에만 서면 얼굴이 빨개지면서 말 한마디 못하는 숙맥인, 가난한 산동네 처녀에게 결혼은 쉬운 일이 아니었다.

그 날은 다른 주말처럼 내가 병실을 지키는 날이었다. 주말에는 간병인이 집으로 가기 때문에 내가 병원에서 잤다. 아침에 일어나서 병원 복도의 중앙에 있는 화장실을 다녀오는 길이었다. 화장실 맞은편에는 간호사 카운터가 있는데, 야간 당직 간호사 한 명이 차트를 내려다보고 있었다. 간호사는 나의 기척에도 아무런 반응을 보이지 않았다. 나는 당직 간호사가 서 있는 바로 위의 커다란 원형 벽시계로 눈길이 갔다. 아침 6시 반이었다. 복도는 비어 있었고, 양쪽으로 늘어선 병실들은 문이 닫힌 채였다.

병실로 발길을 옮기려다가 엘리베이터의 도착 음이 들려서 발길을 멈췄다. 고개를 돌려보니, 복도 맨 끝에 있는 화물용 엘리베이터의 문이 열리는 소리였다. 그리고 그들이 나타났다. 나는 얼른 벽 쪽으로 몸을 붙인 뒤, 그들을 주시했다. 이동용 침대를 사이에 두고 두 명이 걸어오고 있었다. 건장한 사내들이었다. 그들이 손을 뻗으면 천장에 손바닥이 닿을 정도로 장신이었고 체격도 좋았다. 그들은 흰 가운을 입고 얼굴 전체가 가려질 정도로 큰 마스크를 쓰고 있었다.

마스크 위로 드러난 눈빛을 보는 순간 섬뜩했다. 두 눈이 정면을 향하고 있으면서도 아무것도 응시하지 않는 듯이 보였다. 그들은 옆 병실로 들어갔다. 옆방 환자가 새벽에 운명한 모양이다. 그들은 병원 지하에 있는 장례식장의 장의사들이다. 누군가 돌아가시면 병원 측에서 그들에게 알렸고 그러면 그들이 병실로 올라와서 그다음 일들을 처리한다. 그건 이 병원에 입원할 때 원무과 직원에서 들은 얘기었나. 나도 엄마의 임종 후의 모든 일을 병원 장례식장에 맡기겠다는 서류에 서명했다.

그리고 며칠 후였다. 간병인은 퇴근해서 온 내게 지난 주말에 옆방 환자가 죽은 것을 아느냐고 물었다. 나는 그 날 아침에 본 것을 얘기했다. 장의사들이 그 병실로 들어가더라고. 그러자 간병인은 희한한 얘기를 들려줬다. 옆방에 입원해있던 환자가 당뇨 합병증으로 신장이 망가질 대로 망가진 환자였다는 말을. 거기까지는 특별한 얘기가 아니어서 그러냐고 대수롭지 않게 듣고는, 엄마의 동정을 살피는 일에 열중했다. 엄마는 3일째 혼수상태였다. 얼마 남지 않았음을 알 수 있었다.

글쎄, 그 집 고등학생 딸이 제 아버지가 돌아가시기 몇 시간 전에 신기한 일을 경험했다네요, 로 시작된 간병인의 말은 쉽게 믿기지 않는 얘기였다. 고등학생 딸이 말한 내용은 다음과 같았다.

그 날은 제가 아버지의 곁을 지키는 날이었어요. 가족들 모두 일이 있기 때문에 당번을 정해서 아버지 곁을 지켰거든요. 아버지는 누군가 꼭 곁에 있어야 해요. 신장이 망가져서 소변 줄을 달았는데, 혹시 몸을 뒤척이다가 소변 줄이 빠질 염려가 있어서요. 아버지를 간호하다가 우연히 창밖을 보게 됐어요. 아마 7시쯤 됐을 거예요. 저녁 먹고 나서 얼마 후였으니까요. 창밖은 야구장 조명탑에 불이라도 켜놓은 듯이 환했어요. 그 환한 빛 속에서 너른 평야가 펼쳐져 있는 것이 보였어요.

나무 한 그루 보이지 않는 평야였어요. 그때, 멀리서부터 조그마한 점같이 작은 물체가 여러 개 눈에 들어왔어요. 그것이 무엇인지 궁금해서 주시했죠. 그랬더니 그것이 조금씩 움직이기 시작하는 거예요. 그러다가 점차 빠른 속도로 다가오면서 형체를 드러냈어요. 사람들이었어요. 한 십여 명가량? 가운데에 긴 직사각형 모양의 상자를 들고 양쪽에서 걸어왔어요. 그런데 그들이 입은 옷이 특이했어요. 모두 똑같았는데, 영화에서나 볼 수 있는 옛날 그리스인들의 옷 같았어요. 하얀 천 조각 하나로 온몸을 감싸서 길게 늘어뜨려 입는 옷이요.

그들의 얼굴을 보려고 했는데, 이상하게도 보이지 않았어요. 아니, 제가 눈이 나빠서 그런 게 아니에요. 난 분명 그들을 바라보고 있는데, 머릿속에서는 아무것도 인식이 안 되는 거예요. 참, 그런 일이 일어날 수 있다니! 과연 그럴 수 있을까요? 하지만 제가 그 날 경험한 것은 분명히 그랬어요. 눈이 크다거나 작다거나 쌍꺼풀이 있다거나 초승달 모양의 눈이라는 표현을 할 수 없었어요. 심지어 그들이 동양인인지 서양인인지조차 알 수 없었어요. 저는 그들을 가까이에서 빤히 바라보고 있었는데도 말이에요. 그들은 그냥 제 눈엔 이미지였던 거예요.

그들이 내 곁을 빠른 속도로 스쳐 지나갔는데, 그때, 그들이 들고 있던 직사각형 모양의 상자를 자세히 봤어요. 상자는 비어 있었어요. 상자는 안에서부터 바깥으로 하얀 실크로 덮여있었는데, 한눈에 봐도 고급스러운 천이었어요. 표면에서 은은한 광택이 흘렀어요. 전 그런 천을 이제껏 한 번도 본 적이 없어요. 부드러운 천이 미끄러질 듯이 늘어져 있었어요. 그리고는 끝이었어요. 창밖은 다시 예전처럼 어둠 속에 잠겨 있었고요.

그런데 갑자기 혼수상태에 빠져 있던 아버지가 상반신을 벌떡 일으키더니 "어서 옵쇼!"라고 큰소리로 외치고는 다시 눕는 거예요. 두 눈을 감은 채로요. 처음엔 깜짝 놀랐지만, 곧 대수롭지 않게 여겼어요. 잠꼬대한 것이라고 여겼거든요. 아마 예전에 식당에 갔던 일을 무의식중에 떠올린 것이고 그곳에서 웨이터에게 대접받던 것을 흉내 낸 것으로 생각했어요.

그리고 전 그 일을 잊어버렸어요. 그다음 날 새벽에 갑자기 아버지의 숨이 거칠어졌는데, 평소와 다른 모습이었어요. 얼른 간호사를 부르고 식구들한테 연락하느라고 경황이 없었어요. 당직 의사 선생님이 오셔서 돌아가셨다는 말을 했을 때는, 정말 덜덜 떨렸어요. 무서워서요.

염을 할 때, 가족들은 모두 들어오라고 했어요. 안 들어갈까 하다가 들어갔어요. 아버지잖아요? 신장이 나빠져서 거무스름한 아버지의 얼굴은 평화스러워 보였어요. 생각보다 앙상하게 뼈만 남아있어서 가슴이 아팠지만요. 장의사가 관을 들고 들어왔는데 저는 그때 정말 기절할 것 같았어요. 바닥에 털썩 주저앉아서 엉엉 울어 버렸어요. 제가 본 모습과 똑같았어요. 어떻게 그런 일이 일어날 수 있는지……. 울먹이면서도 주변에 모인 가족들에게 말했어요. 제가 저걸 봤다고요. 아버지가 돌아가시기 바로 전날에 그 사람들이 저 관을 들고 오는 걸 봤다고요. 가족들 모두 작은 탄식을 하며 같이 울었어요.

저는 그 전에는 입관식을 한 번도 본 적이 없거든요. 하지만, 아버지의 입관식을 보고는 머리를 망치로 맞은 것처럼 모든 게 선명해졌어요. 제가 본 것과 아버지의 어서 옵쇼, 라는 외침은 흩어졌던 퍼즐 조각을 맞춘 것처럼 비로소 하나의 형상으로 꿰어 맞춰졌어요. 제가 본 직사각형의 상자는 관이었고 그것을 들고 오는 십여 명의 사람들은 천상으로부터 내려온 천사들이었어요. 혼수상태에서 어서 옵쇼, 라고 한 것은 아버지가 그들을 맞이하는 것이었고요.

아이는 흐느꼈고, 주변에 모여선 사람들은 경악을 감추지 못했다고 한다. 입관하기 위해 관이 들어왔는데, 관에는 시신을 감쌀 종이가 관의 안쪽에서부터 바깥쪽으로 펼쳐져 있었다. 바로 그 아이가 전날 저녁에 본 실크 천으로 덮인 직사각형 모양의 상자와 똑같은 모습이었다. 그 이야기는 병실 전체로 퍼져나갔고, 사람들은 섬뜩한 마음으로 이곳이 정말 죽음의 땅이 맞는 모양이라며 수군거렸다고 했다.

이야기를 다 듣고 난 후, 어디까지가 진실이고 어디까지가 상상력에 의한 것인지를 알 수가 없었다. 우선, 아이가 말한 창밖의 풍경이 이해되질 않았다. 갑자기 주변이 환해지면서 넓은 평야가 보였다는 말부터 이치에 맞질 않았다. 12월 중순의 저녁 7시쯤이었다면, 주변은 분명 암

흑 속에 잠겼을 것이다. 이곳은 밤이면 병원에서 새나가는 불빛 말고는 찾아볼 수 없는 곳이었다.

사실 그 아이가 본 것은 어쩌면 왜곡된 기억에서 비롯된 이야기일 수도 있다. 그 아이에게는 아버지의 죽음이 충격이었을 것이다. 그 또래의 아이들은 죽음을 목격하거나 경험해본 일이 거의 없을 테니까. 그런 아이의 무의식중에 죽음에 대한 간접 경험들이 하나하나 모여서 상상의 나래를 폈을 것이다. 본인은 생시라고 주장하지만, 분명히 잠깐 졸았을 것이다. 학교를 다녀왔으니 피곤했을 것이다. 게다가 아버지의 소변 줄을 보는 무료한 시간은 졸음을 불러오기에 충분했다. 그래야만 이야기의 앞뒤가 맞는다. 꿈속이라면 어떤 일이든 일어날 수 있으니까.

나는 또한 이야기 중에서 한 가지 의문을 떨쳐버릴 수 없었는데, 어서 옵쇼! 라고 한 아버지의 말투였다. 아이는 한 달간이나 혼수상태에 빠져있던 아버지가 그렇게 우렁찬 목소리를 낼 수 있다는 게 정말 놀라웠다고 했다. 기껏 링거를 통해 기본적인 영양공급이나 받던 환자가 장정처럼 힘차게 소리를 지르다니. 더구나 그 목소리에는 반가움이 잔뜩 묻어나 있었다고 한다. 마치 그들이 오기를 학수고대했던 것처럼. 나는 이 부분에서 이해가 안 됐다. 이승을 떠나는 마당에 자신을 데리러 온 천사인지 저승사자인지는 모르지만, 그들을 반긴다는 게 말이다. 강력한 힘에 짓눌린 나머지 체념에 의한 외침이 아니라 기다리고 기다리던 사람을 만났을 때의 기쁨의 외침이었다니! 하지만 그건 산 자에게는 영원히 불가해한 영역이다.

"오늘 중으로 떠나실 겁니다."

젊은 인턴은 허리를 깊숙이 숙이고는 침대 위에 누워있는 엄마의 동공을 손가락으로 열어보면서 말했다. 그것은 마치 감기입니다. 편히 쉬면 곧 나을 겁니다, 라는 말로 오인할 정도의 예사로운 어조였다. 그의 얼굴에서는 언뜻 '아직 안 가셨네.' 하는 표정도 읽혔다. 그만큼 엄마의 임종은 의료진에게조차도 자연스럽게 여겨질 정도였다.

나는 드디어 올 것이 오고야 말았구나, 하는 참담한 심정으로 해쓱한 엄마의 얼굴을 내려다봤다. 엄마의 거친 숨소리가 병실을 가득 채웠다. 생각했던 것처럼 무섭지는 않았다. 여기는 병원이었고 나는 혼자가 아니었다. 내 곁에는 간병인이 있었고 병실 밖의 복도에는 오가는 의료진들이나 사람들의 말소리가 들려왔다. 도움을 청하면 금세 사람들이 달려올 것이다.

바로 그때, 엄마가 눈을 떴다. 엄마의 의식이 다시 돌아올 줄은 꿈에도 생각지 못했다. 곁에 있던 간병인은 재빠르게 의사를 부르러 뛰어갔다. 엄마의 동공이 유난히도 맑아 보였다. 마치 어린아이와 같이 세상 모든 근심이 사라진 사람처럼 보였다. 지금 생각해보니, 그때 이미 엄마의 육신은 이승을 떠나고 있었던 게 아닌가 생각된다.

오른팔을 천천히 올렸는데, 누군가를 부르는 손짓이었다. 엄마의 시선은 나를 비껴갔다. 나를 부르는 것이 아니었다. 병실엔 나 말고는 아무도 없는데…… 무언가 할 말이 있는데, 나를 쳐다볼 기력조차 없어서 그러는 모양이라고 생각해서, 엄마 곁으로 바짝 다가가서 손을 잡았다. 그러자 엄마는 내가 잡은 손을 빼면서 미약하나마 고개를 저었다. 그러면 누구를 부르는 것이란 말인가? 엄마의 행동은 마치 이 병실 안에 나 말고 누군가 있는 것처럼 보였다. 엄마의 시선을 따라가 봤다. 침대에서 바라보이는 곳은 창밖이었다. 거기에 뭐가 있다고. 그저 12월의 시린 하늘만 보일 뿐인데.

그런데도 한동안 팔을 들고 계셨다. 어서 오라는 듯이. 팔을 들 힘도 없을 텐데…… 간절한 눈빛이었고 파리한 얼굴에 미소마저 번지고 있었다. 편안한 웃음이었다. 한동안 갈피를 못 잡고 우두커니 서 있었다. 대체 창밖을 보면서 저렇게 환하게 미소 짓는 이유가 뭘까, 하면서 창밖을 뚫어지게 바라봤다. 잔뜩 찌푸린 하늘 아래로 스산한 풍경이 펼쳐졌다. 언덕바지 위로는 군데군데 소나무가 하늘을 향해 뻗어있었고, 황량한 벌판에는 누런 갈대와 마구 자란 잡풀들이 서로 엉키듯 우거져 있었다.

그 을씨년스런 풍경은 칠십 평생 우여곡절을 겪으며 살아온 엄마의 마지막 가는 길을 보는 듯해서 나도 모르게 애달픈 상념에 젖어 들게 했다. 하지만, 이내 그 풍경의 속성을 꿰뚫어 보다가 허탈해졌다. 지금은 황막한 모습이지만 시간이 지나면 이곳에도 봄이 올 것이다. 폐허처럼 방치된 땅 여기저기서도 푸른 생명의 기운이 힘차게 돋아날 것이다. 세상은 그대로 건재할 것이고, 변하는 것은 없다. 나조차도 엄마의 죽음을 잊고 살아가기에 바쁠 것이다. 세상의 숱한 죽음들은 그저 소리 없이 사라질 뿐이다. 죽음이라는 의식이 이처럼 아무렇지도 않게 치러지리라고는 생각지 못했다.

그런 나를 나무라기라도 하듯, 바로 그때 나의 뇌리를 번개처럼 스치고 지나가는 것이 있었다. 나는 나도 모르게 '아'하는 감탄사를 터뜨리면서 몸의 중심을 잃고 말았다. 엉킨 실타래같이 엄마의 이해할 수 없는 일련의 행동들 속에서 어떤 깨달음을 얻었는데, 그건 결코 내가 한 일이 아니었다. 무언가 알 수 없는 힘이 세상 밖의 섭리를 엿볼 수 있게 이끈 것이다. 엄마는 누군가를 만나고 있었다. 아주 반가운 사람을. 아버지는 엄마를 용서한 것일까? 그럴 것이다. 그러니 마중까지 나오신 게 아닌가?

간병인이 레지던트를 이끌고 병실로 들어섰다. 그는 엄마를 내려다보면서 콧등으로 미끄러진 안경을 한번 치켜 올렸다. 그러더니 퉁명스럽게 한 마디 던졌다.

"이미 운명하셨습니다. 여기 호흡기가 아직 멈추지 않는 것은 몸에 남아있던 약 기운 때문입니다."

그 말을 듣는 순간, 창밖으로 시선을 돌려 무언가를 찾기 시작했다. 회백색 하늘 아래 매서운 바람만이 헐벗은 나뭇가지들을 휘젓고 다녔다.

이다경

경북 영주 출생
한양여자대학교 문예창작과 졸업
2015년 『한국소설』 신인상
제2회 경북일보 문학대전 소설부분 수상

배웅

이 다 경

어머니와 나는 중앙시장 상가건물 안을 열 바퀴도 넘게 돌았다. 쫓기는 사람들처럼 앞만 보고 걸었다. 햇살이 눈부셨던 탓에 오래된 상가 안은 더욱 어둑했다. 좁은 통로를 따라 지나다니는 동안 가게 주인 몇몇이 눈인사를 보냈다. 어머니는 알아보지 못했고 나는 인사를 주고받을 여유가 없었다. 나를 잡은 손이 땀으로 미끄러질 때마다 어머니는 손아귀에 힘을 주며 다잡았다. 어머니의 악력이 그렇게 센 줄은 예전에는 몰랐다. 가끔 어머니는 쓰러질 것처럼 휘청거렸다. 그럴 때면 걸음을 늦췄지만 나도 모르게 또 빨라졌다. 어머니는 입술을 꾹 다물고 불안한 눈빛으로 표정이 잔뜩 굳어 있었다. 나는 나대로 쿵쿵거리는 가슴이 진정되지 않았다. 심호흡을 하고 스스로 다독여보기도 했지만 자신감이 점점 오그라들었다. 이제 어디로 가야할지, 아무 생각도 나지 않았다. 잠시 걸음을 멈추고 숨을 내쉬었다.

"저 짝인 것 같십니더. 저번에도 그리로 갔십니더."

급기야 아무 말 없이 나를 따르던 어머니가 손을 들어 빛이 들어오는 건물 입구를 가리켰다. 목소리도 어머니의 것이 아니었다. 윗사람에게 보고할 때나 쓰는 말투처럼 딱딱하고 단호했다. 엎친 데 덮친 격으로 앞이 캄캄했다.

"어, 엄마, 괜찮아. 나도 알고 있어. 잘 안다니까."

나는 태연한 척 말했다. 그러나 이미 어머니의 나침반은 자력을 잃고 헤맸다.

"저번에도 저짝으로 갔다가 이짝으로 해서 요짝으로 갔십니더. 거기가 저어 짝으로 가면 나오고…… 또 거기로 돌아서 저어기로 가서……"

어머니는 기어이 눈을 감고 손으로 머리를 누르며 바닥에 주저앉았다. 어머니는 불안을 견디지 못하고 팽팽하게 늘이던 고무줄을 놓치듯 정신을 놓쳐버린 것이다.

"엄마, 머리 아파?"

머리카락이 듬성듬성 빠진 어머니의 머리를 만져보았다. 두피는 말랑말랑했고 따뜻했다. 역시 손끝으로 불뚝거리는 감촉이 있었다. 또 시작이었다. 손가락만한 애벌레가 두피 아래로 기어 다니는 것 같은 섬뜩한 감촉. 아버지는 이 현상을 두고 혈관이 미쳐 날뛰는 거라고 했는데, 정말 이럴 때 어머니는 온전한 정신이 아니었다. 십여 년 전부터 두통을 앓아온 어머니는 정기적으로 뇌 사진을 찍어왔다. 사진 속의 뇌는 벌레가 파먹은 것처럼 군데군데 까맣게 비어 갔다. 의사는 알츠하이머라는 기억장애가 진행 중이라고 했다. 지난 봄 정기검진 때 의사는 이제 병원에 오지 않아도 된다고 했다. 말기에는 약을 먹어도 효과가 없다고 했다. 두통이 올 때는 안정제, 잠이 안 올 때는 수면제를 먹는 수밖에 없었다. 이후로 두통은 잦아졌고 머릿속의 피 흐름은 더 격렬해져갔다. 어머니는 무쇠로 된 커다란 집게가 머리를 사정없이 누르고 조이는 것 같다며 고통스러워했다.

아버지는 이런 순간을 가장 두려워했다. 지난 봄 어느 초저녁에 한숨 자고 난 어머니가 옆에 누워있는 아버지를 보고 칼을 들고 덤빈 것도 그런 순간이었다. 경미야! 경미야! 다급하게 부르는 아버지 소리에 나는 집에 불이 난 줄 알았다. 안방으로 뛰어가 보니 아버지가 손에 피를 흘리고 있었고 어머니는 영문을 모르는 표정으로 달달 떨고 있었다. 아버지를 찔러 놓고 피를 보자 정신이 든 것이다. 지난해부터 어머니 머릿속에는 아버지가 사라졌다. 수십 년 동안 한 이불을 덮어온 사람이 머릿속에서 단숨에 깡그리 지워진다는 게 가능한 일일까? 어머니와 아버지는 지워진 기억과 살아있는 현실로 맞부딪쳤다.

시작은 이러했다. 어머니가 방으로 들어서는 아버지를 보고 깜짝 놀라며 누구냐고 물었다. 아버지가 어이 없어하며 웃어넘기자 어머니는 기가 막히고 분했단다. 어머니는 생뚱맞게 나타난 '낯선 침입자'를 잘 타일러 내보내려 했으나 그는 고분고분 하지 않았다. 어머니는 '나이도 지긋하고 멀쩡한 사람이 남의 집에 허락도 없이 들어와 앉았다.'며 보이는 사람마다 붙들고 하소연하며 쫓아내 달라고 했다. 어머니에겐 어떤 논리도 설득도 통하지 않았다. 사람들은 어떻게 도와줘야할지 몰랐고 어머니는 혼자 외로운 투쟁을 벌이기 시작했다. 그 뒤로 아버지는 함께 티브이를 보다가, 밭에서 들어오다가, 혹은 자다가 내복바람으로, 떠밀리고 쫓겨났다. 그날은 아버지가 참지 못하고 손바닥으로 어머니 머리를 내리쳤다.

"이 여편네가 왜 이래? 미쳐도 단단히 미쳤구만. 정신 차려!"

평소 같으면 어머니가 쓰러져서 죽은 척하고 있었을 텐데 그때는 달랐다. 이미 어머니의 머릿속에는 피가 흥분하여 우왕좌왕 좌충우돌하고 있었다. 어머니는 벌떡 일어났다. 비틀거리며 주방으로 걸어가서는 싱크대 안쪽에 달린 칼집에서 식칼을 뽑아들었다. 칼을 들고 달려드는 어머니의 모습은 아버지에겐 영락없이 낯선 침입자였다. 나중에 의사한테 들은 얘기지만 배우자를 알아보지 못하는 것이 치매 말기의 첫 증상이었다. 어머니의 행동은 나날이 심해졌다. 그릇을 던지고, 문을 부수고, 낫을 쳐들었다.

"내 집에서 나가, 사람이 염치가 있어야지, 여기가 어디라고 턱하니 들어와 앉았어? 나잇살이나 먹은 양반이 부끄럽지도 않나? 그만큼 살게 해줬으면 됐지, 빨리 나가!"

어머니는 눈을 부릅뜨고 아버지를 향해 소리쳤다. 젊은 시절에 찍은 사진과 옛날 일을 들려주며 남편임을 증명해도 그때뿐이었다. 착하고 순해보이던 어머니의 인상은 증오와 불안으로 일그러졌다. 아버지만이 문제였다. 아버지가 눈에 안 보이면 괜찮았다. 그래서 어머니가 미간을 찌푸리며 눈에 초점이 흐려지는가 싶으면 아버지가 어디론가 숨어버리는 수밖에 없었다. 막무가내로 우리 위에서 군림해온 아버지가 쩔쩔매는 모습을 보면서 나는 속으로 고소했다. 아버지 눈치 때문에 어머니를 말리는 척 했지만 속으로는 응원하고 있었다. '엄마, 잘하고 있어. 계속해, 계속!'

그런데 지금 어머니는 상가 통로에 주저앉아 버렸다. 폭탄을 껴안은 기분이다. 너는 생각이란 걸 좀하고 살아라, 골이 텅 비어설랑은. 아버지가 내게 습관처럼 내뱉던 말이 절로 떠오른다. 그 말이 맞다. 내 골은 텅 비었고 어머니 골은 병들었다. 그러니까 이러고 있지. 짧은 순간에 별별 생각이 다 스친다. 사임당 요양원에서 어머니 손을 왜 잡았을까? 그냥 두고 나왔어야 했는데, 어머니가 손을 내밀자 나도 모르게 덥석 잡아버린 것이다.

"경미야, 나는 도저히 여기 못 있겠다. 제발 날 데리고 집으로 가 주라!"

믿기 어려울 정도로 그 때 어머니의 모습은 온전했고, 나는 그 간절한 어머니의 눈빛을 외면할 수 없었다. 하지만 요양원에서 나오자마자 어머니의 눈동자는 방향을 잃고 헤매고 있었다. "엄마, 일어서봐."

엄마 겨드랑이에 손을 집어넣고 일으켜보려 하지만 어머니의 몸은 바위덩어리처럼 무겁다.

"에구, 그 어른 이리로 모시게."

마침 통로에 있는 이불가게 주인이 나와서 어머니를 부축했다. 가게 안쪽에 작은 마루가 깔려 있었다. 예전에 어머니와 한두 번 들렀던 기억이 났다. 가게 주인은 키가 작고 살집이 넉넉한 여자였다. 예순을 넘긴 것 같았고 어머니보다는 훨씬 젊어 보였다. 주변의 가게 주인들이 어슬렁거리며 다가와 이 작은 소란을 지켜보았다. 더러는 혀를 끌끌 차며 안타까운 시선을 보내기도 했다.

"그 깔끔하던 양반이 어쩌다 이렇게 됐을까. 내 이 어른을 잘 알지. 예의 바르고 야무진 사람이었는데."

"장바구니 만날 잊어버리고 헤매 다니더니만 …… 아직 한창 나인데, 니가 막둥이지? 어머니 잘 모셔라."

나는 얼굴을 들지 못했다. 무슨 큰 잘못이라도 저지른 기분이었다. 어머니는 오십여 년 동안 이 시장을 이용해왔다. 내가 어릴 때만 해도 중앙시장은 읍내에서 쇼핑 일 번지였다. 하지만 대형마트가 들어서고 신시장이 생기면서 사람들의 발길이 뜸해졌다. 상가 건물 안에는 이불집과 야채가게, 잡화점, 그리고 수선집 정도가 남아 있었다. 가게 주인들은 이곳에서 몇 십 년 동안 장사를 해온 사람들로 어머니 또래의 노인들이거나 중년이었다. 어머니는 이곳에서 장을 보고 돌아오다가 물건들을 잃어버리기 일쑤였고, 돈 계산을 잊어버렸고, 나중에는 무엇을 사야할지 몰라서 시장 한가운데서 멍하니 서 있다 돌아오곤 했다. 나는 어머니의 머리를 지압하기 시작했다. 뒤통수로 꽂히는 시선들이 거북스러웠다. 핸드백 속에서 휴대폰 벨이 급하게 울렸다. 액정에 집 전화번호가 떴다. 동시에 아버지와 오빠와 올케언니의 성난 얼굴들이 떠올랐다. 얼결에 휴대폰을 꺼버렸다. 내가 무슨 짓을 한 것인가. 또다시 가슴이 쿵덕거렸다.

어머니는 며칠 전부터 예민해 있었다. 서울에서 오빠 내외가 내려온 것이다. 그저께 화원에서 퇴근해 집으로 와보니 오빠와 올케언니가 있었다. 오빠를 마지막으로 본 것이 사년 전인지 삼년 전인지 기억조차 가물거렸다. 오빠는 아버지를 좋아하지 않았다. 누군들 아버지를 좋아할 수 있을까. 아버지는 술이 지나쳤다. 게다가 목재상부터, 정미소, 철물점까지 여러 가지 일에 손을 댔으나, 말만 사업이지 제대로 꾸준히 해 본 일이 없었다. 빚을 내서라도 시작은 거창했고 성실함이라고는 없는 탓에 나날이 빚만 늘어갔다. 친척들도 외면하고 발걸음을 끊은 지 오래였다. 아버지는 주변의 분위기 같은 건 아랑곳하지 않고 수시로 벌거벗은 감정을 드러내는 사람이었다. 어머니와 나는 그럴 때마다 죄라도 지은 사람처럼 숨죽이고 있어야했다. 오빠가 도시 여자와 결혼하여 서울에서 살게 되고 바빠서 자주 내려오지 못하게 되자 아버지는 술을 마시고 밤마다 전화를 해댔다. 처음엔, 애들 잘 크느냐, 일은 잘하고 있느냐면서 점잖게 시작했다. 들어도 그만 안 들어도 그만인 이야기를 한 밤중에 삼십분 이상 들어야 한다는 건 고문일 것이다. 오빠의 반응이 시원치 않으면 본론으로 들어갔다. 아무리 회사일이 바쁘기로서니 부모 얼굴 볼 시간도 못 낸단 말이냐, 부모를 아예 저버릴 것이냐는 등 소리를 지르고 억지를 부렸다. 어머니가 말리다 수화기로 얻어맞은 적도 있었다. 맨 정신으로 전화를 하라며, 오빠가 전화기를 뽑아버리거나 거칠게 응대하면, 화살은 어머니와 내게 날아왔다. 나와 어머니는 공벌레처럼 몸을 말고 숨죽여 날밤을 새우곤 했다. 다음 날 술이 깨면 아버지는 지난밤의 일을 기억하지 못했다. 오빠가 문제인지 아버지가 문제인지 모르지만 해가 갈수록 오빠가 내려오는 횟수는 줄어들었다.

오빠는 언제나 서먹하고 어려웠다. 오빠와 나는 한집에서 같이 살았던 적이 별로 없었다. 어머니는 나를 마흔 둘에 낳았다. 내가 걸음마를 배울 때 오빠는 벌써 서울에서 유학 중이었고, 공부가 끝난 뒤에는 대학에서 만난 여자와 결혼하여 자리를 잡았다. 원래 오빠와 나 사이에 형제가 더 있었는데, 하나는 갓난쟁이 때 폐렴으로, 하나는 열 살 무렵에 연탄가스로 잃었다 했다. 오빠는 나를 어떤 여동생으로 생각하고 있을까. 아니 동생으로 생각이나 하고 있을까. 어렸을 때 나는 체구가 작고 비쩍 마른데다가, 어른들이 하는 말귀를 잘 못 알아들어서 형광등이라는 별명을 가지고 있었다. 거기다가 학교 성적표에는 모든 과목이 양, 가 일색이었다. 비고란에는 해마다 '성격은 온순하나 이해가 느리고…라는 문구가 씌어 있곤 했다. 집안에서 똑똑하고 잘 생겼다고 소문난 오빠에 비하면 볼품없고 한심하기 그지없는 아이였다.

나는 오랜만에 내려온 오빠를 똑바로 쳐다보지 못하고 외로 꼬며 슬며시 훔쳐보았다. 오빠는 정수리가 훤히 드러나게 머리가 빠져 있었다. 올케언니는 나잇살이 불어 보기만 해도 숨이 찼다. 결혼 초기에는 수줍어하고 자주 못 와서 미안해하기도 했는데, 지금은 독거노인 집에 봉사하러 온 주부교실 여자처럼 자애롭고 여유로운 얼굴이었다. 아버지는 그리던 님을 만난 듯 벅찬 감동을 사뭇 누르는 기색이 역력했다. 마주 앉아 대화하는 모습도 그렇고 모여 앉은 가족 분위기가 화기애애해 보이는 것도 난생처음 보는 광경이라 당혹스러웠다. 그간 아버지와 오빠의 관계는 늘 위태로웠고 그 사이를 어머니가 요령껏 이어왔다. 그런데 대화를 잠깐 들어보니 어머니는 더 이상 낄 필요가 없었다. 아버지와 오빠는 어머니 얘기를 하고 있었다. 어머니는 한쪽 구석에 깔린 이불 위에 짐짝처럼 다소곳이 앉아 있었다. 대화를 알아듣지도 못했을 텐데 왠지 긴장한 표정이었고 바짝 굳어있었다. 어머니는 오랜만에 온 아들을 알아보기나 했을까. 물론 아주 잘 아는 척 반겼을 것이다. 나는 어머니의 연기가 뛰어나다는 것을 잘 안다. 어머니는 자신이 치매환자임을 감추기 위해 대화를 알아듣는 척 하고, 질문에는 무조건 좋은 쪽으로 대답하거나 웃음으로 받아 넘기고, 주변사람들의 행동을 따라한다. 그러면 대게는 속아 넘어갔다. 엉거주춤 인사만 하고 나오려는데 아버지가 목덜미를 낚아채듯 나를 불렀다.

"경비 앉아라! 오늘 같은 날은 좀 일찍 와야지. 생각이 그렇게 없냐.

얼른 가서 차라도 좀 내오고, 뭐 없냐? 맥주라도 사 오던지……."

아니 오빠가 내려오는 날이라고 말이나 했냐고, 내뱉지는 못하고 이빨로 씹었다. 올케언니가 손을 저으며 말렸다.

"괜찮아요. 이제 주무셔야죠."

그러자 아버지는 한결 누그러진 목소리로 말했다.

"그러면 너는 네 방 깨끗하게 치우고 이불이나 깔아 놔라. 오늘밤은 언니 오빠가 거기서 잘 거니까. 넌 이방에서 자고."

괜히 들여다봤나 싶었다. 아버지를 대할 때마다 빨리 돈을 모아서 독립해야겠다는 생각뿐이다. 아버지는 오빠 앞으로 무슨 서류봉투를 건넸다.

"과수원 옆으로 개발한다고 길도 나고 해서 땅 값이 많이 올랐다니까 대출도 꽤 될 거다. 아무튼 니들이 잘 알아서 하겠지만 항상 조심하고. 뭐니 뭐니 해도 월급쟁이가 최고니까 니는 회사에서 나가라고 할 때까지 붙어 있어야 한다. 에미는 그 편의점인지 슈퍼인지 기왕 하기로 했다니까 열심히 해봐라. 하루 이십사 시간 문을 연다니 잠도 못자고 고생은 되겠다만, 네 말대로 경미를 데려다 앉혀도 될 것이고."

"걱정 마세요. 아버님, 다 조사해서 하는 일이라 기본은 할 거에요. 저희들 계속 교육받고 연구도 많이 하고 있어요. 어차피 이이 퇴직도 얼마 안 남았는데 나중에 같이 하게 되면 점포를 두 개로 늘릴 수도 있어요. 그렇게 되면 아버님 용돈은 따블로 될지도 몰라요. 호호."

올케언니 말에 아버지가 흐뭇한 미소를 지었다. 나를 데려 간다니...나는 어디를 가겠다고 말한 적이 없다. 그리고 아버지가 오빠에게 건넨 서류봉투는 어머니가 그 동안 목숨 걸고 지켜냈던 땅문서 같았다. 그걸 지키느라 아버지의 행패를 다 받아내고 어떤 땐 도망도 다니고 며칠씩 집밖으로 떠돈 적도 있었다. 그 땅은 어머니가 젊었을 때 배를 내다 팔아서 샀다고 들었다. 어머니는 한 푼이라도 더 받기 위해 도매상에 넘기지 않고 종이에 싼 배를 노점에 놓고 팔았다했다. 뿐만 아니라 상품가치가 좀 떨어지는 배는 즙을 내서 돈을 만들었다고 했다. 그런 생각이 들자 나는 갑자기 머릿속이 복잡해졌다.

방을 치운 뒤 식구들은 곧 잠자리에 들었다. 나는 안방으로 가서 어머니 옆에 누웠다. 그런데 어머니가 잠을 자지 못하고 계속 뒤척거렸다. 화장실도 몇 번 들락거렸고 어둠 속에 홀로 우두커니 앉아 있었다. 밤에 잠을 푹 자지 못하면 어머니 상태가 분명히 좋지 않으리란 걱정을 하며 나는 잠을 청했다.

과수원에 하얀 배꽃이 피기시작하면 어머니는 배 밭에서 살았다. 거름을 주고, 풀을 뽑고, 조롱조롱 달린 배를 솎아내고, 그 많은 배를 종이로 하나씩 싸주었다. 어머니는 온종일 뜨거운 햇볕아래서 일하면서도 그늘을 찾아 한 번 앉는 법도 없었다. 종이주머니 속의 배들이 나날이 굵어지면, 어머니의 얼굴이 배꽃처럼 환하게 밝아졌다. 어떤 날은 하얀 달빛이 배 밭에 내려앉을 때가지 밭에서 일을 하곤 했다. 종이 주머니가 불룩해지면 아버지도 배 밭에 나와 사다리에 올라가 배를 따는 일을 도왔다. 그때만큼은 여느 부부들처럼 두 사람이 두런두런 얘기를 나누기도 했다. 어머니는 18살에 이 마을로 시집와서 배 밭에서 살다가 배 밭에서 늙었다.

다음날 아침 밥상머리에서 아버지가 말했다.

"어머니 깨끗하게 씻겨라. 오늘 요양원 들어가니까."

뜬금없는 소리였다.

"에? 요 요양원이 어디에요? 어머니 혼자 들어가요?"

아버지는 언제나 그렇듯이 내 말 따위는 무시하고, 무슨 선언문 낭독하듯이 하고 싶은 말만 했다.

"너희 오빠하고 언니가 어렵게 자리 마련했다. 그러니까 사람이 노릇하려면 배워야한다. 노인요양보험이라는 법이 새로 생겨서 이제 네 어머니도 요양시설에 들이갈 수 있게 됐디. 나라에서 비용을 대폭 대주고 나머지는 언니가 알아서 다 대기로 했다. 그런 좋은 법이 생긴 줄도 모르고, 네 엄마는 엄마대로 나는 나대로 고생이 말이 아니었다. 언니가 서울에서 많이 알아보고 준비해왔으니 너는 언니 말씀 잘 듣고 하란 대로 잘해라. 요양시설도 제일 좋다고 소문난 사임당 요양원이다. 대기자가 줄을 섰다는데 네 언니가 기술적으로다 잘 알아봐서 한자리 뚫어 놨다. 그러게 사람은 죽을 때 까지 배워야 하는 거다. 아무리 세상이 좋아져도 눈귀가 깜깜하면 생고생이다. 애, 에미야, 뭐 준비할 거 있으면 경미한테 시켜라.”

어떤 곳에 가더라도 이 집구석보다는 낫겠지만 뭔가 찜찜했다. 무슨 깜짝 이벤트도 아니고 이게 뭐람. 게다가 요양원으로 들어가는 사람은 어머니인데 정작 어머니는 무슨 일이 벌어지는지도 모르고 앉아 있었다. 아버지는 아버지대로 평소와 달리 뭣에 씌운 사람처럼 목소리가 들떠 있었다. 아무래도 정상 컨디션이 아닌 듯 했다. 어머니 때문에 혈압도 높아지고 우울증 약도 처방받았다더니 거짓은 아닌 모양이었다. 그때였다.

“그게 무신 말이여? 날 어디로 보낸다는 거여? 너희들 나를 보내려고 꿍꿍이 하는 거 다 알지. 난 절대로 이 집에서 안 나간다.”

어머니가 잔뜩 화난 얼굴로 단호하게 말했다. 그러면 그렇지, 어머니가 이십사 시간 내내 정신이 나가 있는 건 아니다. 특히 자신의 신상에 대한 눈치는 치매와 상관없이 백단이다. 이가 없으면 잇몸으로 먹는다고 어머니는 사라진 기억들의 빈자리를 눈치로 때운다. 모두 무슨 음모를 꾸미다 들킨 얼굴이었다. 오빠와 언니는 당황한 기색이었으나 아버지는 가차 없이 어머니를 윽박질렀다.

“쓸데없는 소리 작작해! 이 기회 놓치면 당신이나 나나 방법은 하나밖에 없어. 나는 당신 손에 죽을 것이고 당신은 굶어 죽을 것이야. 직장 다니는 애들이 어렵게 시간 만들어서 내려 왔는데 골치 아프게 그러지 마. 애들이 오늘 서울 올라가야하니까 서둘러. 경미야, 빨리 니 엄마 옷

입혀라!"

"이 영감탱이가 나를 쫓아내고 이 집 차지하려고 애들까지 불렀구만. 절대 그렇게는 못해! 너희들 나를 병신으로 알고 마음대로 하지만 나도 알건 다 알지. 내가 이, 이……뭐냐(어머니는 두 주먹으로 가슴을 쾅쾅 쳤다.) 그것을 마음대로, 나를 멀리 보내고, 안 돼, 내가…… 배를 리어카에 신고 가서 팔아 산 땅인데……절대로 안 돼. 맞다. 저 영감탱이, 저 영감탱이가 내 자는 사이에 도둑놈같이 이 집에 들어와 버린 거지."

어머니는 생각대로 말이 나와 주지 않자 얼굴 핏줄이 터질 것처럼 벌게지며 답답해했다. 머릿속이 또 꼬여버린 모양이다. 잘 나가다가 옆길로 새더니 레퍼토리가 시작됐다. 눈엔 핏발이 서고 콧구멍이 벌름거리고 이빨이 으르렁 드러난다. 침입자가 나갈 때까지 이어질 것이다. 올케언니가 어머니를 달랬다.

"그러면 어머니, 오늘은 그냥 요양원이 어떤 덴가 구경만 하고 오십시다. 나들이 삼아 가보자고요. 어머니 마음에 안 들면 그냥 돌아올 거예요."

그러나 어머니 귀에 그런 말이 들릴 리가 없었다. 어머니는 계속 악다구니를 쓰며 아버지를 때리려하고, 아버지는 어머니 등을 쿡쿡 밀며 문 밖으로 몰아댔다. 오빠는 곤혹스러운 표정으로 어머니를 바라보다가 소란을 피해 마당으로 나가 버렸다. 올케는 한 손으로는 어머니 어깨를 다른 한 손으로는 어머니 손을 잡고 마당으로 데리고 나갔다. 아버지가 어머니를 승용차 안으로 밀어 넣자 시동이 걸리고 이내 차가 출발했다. 뒷좌석에 아버지와 올케언니 사이에 어머니가 앉았다. 오빠는 입을 굳게 다문 채 차를 몰고 마당을 나갔다. 나는 넋이 나간 사람처럼 차의 뒷모습을 바라보고 서 있었다.

어머니는 이상하게도 오빠 앞에서는 순한 양이 되었다. 무슨 종교의 교주 내하듯 절대직이고 맹목적이다. '남편복은 없어도 아들이 있어서

지옥 같은 생을 살아낸다'는 말을 나는 지겹게 들어왔다. 정신이 오락 가락 하면서도 오빠 앞에서는 있는 체면 없는 체면 다 차리며 어려워 하고 조심했다. 아버지와 그렇게 티격태격할 때도 나를 끌어들였지 오 빠는 절대 끌어들이지 않았다. 오빠에게 궂은 꼴 안보이려 애쓰는 걸 보니 나는 심통이 났다. 오빠는 고개만 돌리고 있으면 되었다. 그래도 떠나고 보니 씻겨드리지 못한 것이 마음에 걸렸다. 아침저녁으로 어머 니가 꼭 씻어야하는 곳이 두 군데 있다. 입속과 항문이었다. 어머니는 틀니를 끼고 있어서 입 냄새가 심했다. 게다가 이제는 뒷일을 본 뒤 닦 는 것도 잊어버렸다. 첫인상이 중요한데 냄새 때문에 시설에 있는 사 람들이 코를 틀어막고 어머니를 함부로 대하면 어쩌나 신경이 쓰였다. 왠지 치울 의욕이 나질 않아서 밥상도, 어질러진 방도 그대로 두고 화 원으로 가버렸다.

어머니는 이불집 안에서 내쳐 삼십 분쯤 단잠을 잤다. 이불집 주인이 사다준 우황청심원까지 먹고 나니 무슨 일이 있었는지 다 잊어버리고 평온한 모습이었다. 우리는 시장을 빠져나왔다. 시장 앞 로터리 중앙에 서 있는 시계탑이 보였다. 시계는 세 시를 가리키고 있었다. 이불집 주 인이 끓여준 국수를 먹은 덕분에 배까지 든든했다. 그냥 가겠다고 해 도 점심때가 됐다며 기어코 상을 내왔다. 로터리에서 길은 세 갈래로 갈라졌다. 동쪽과 서쪽, 그리고 안동으로가는 남쪽, 집으로 가려면 서 북쪽으로 한 시간은 족히 걸어야했다. 서쪽으로 버스를 타고 삼십 분 쯤 가면 어머니가 들어갔던 사임당 요양원이 있다.

내가 요양원으로 가야겠다고 결심한 것은 냄새 때문이었다. 출근해 서 화원 안을 정리하는 내내 꽃에서 어머니 특유의 역한 냄새가 풍겨 나왔다. 나중에는 냄새가 화원에 가득차서 욕지기가 치밀었다. 그 때문 에 손을 놓쳐 비싼 화분까지 하나 깨고 말았다. 아침부터 당숙한테 야단을 맞았다. 당숙네 화원서 일을 한 지는 삼 년째 접어든다. 당숙에게 요양원에 가겠다고 말했다. 당숙은 어련히 알아서 잘 하는데 네가 왜 나서느냐며 못마땅해 했지만 어쩔 수 없었다. 나는 하던 일을 내던지고 요양원으로 가는 버스를 탔다. 어머니의 냄새를 맡아보지 않은 사람은 이해할 수 없을 것이다. 입에서는 녹 냄새와 상한 음식이 뒤섞인 냄새가 나고, 몸에서는 지린내와 똥 냄새가 풀풀 풍긴다. 아무도 어머니 옆자리를 참지 못한다. 어머니는 왕따를 당할 것이고 어쩌면 매질을 당할지도 모른다. 그건 체면을 중요시하는 어머니에게 치명적이다.

사임당 요양원은 도로에서 한참 들어간 곳에 있었다. 그 시설 때문에 길을 낸 듯 차 한 대가 겨우 지나갈 정도의 길이 시멘트로 포장돼 있었다. 길 옆 돌담 너머에서 뻗어 나온 무성한 나뭇가지들이 살랑거릴 뿐 주변은 고요했다. 너른 벌판에 집이라고는 사임당 요양원 뿐이었다. 심호흡을 하고 입구와 이어진 상담실 앞에서 서성거리고 있을 때, 어머니와 눈이 마주쳤다. 어머니는 복도 벽에 부착된 지지대를 잡고 입구 쪽을 향해 서 있었다. 상담실에서 분홍색 조끼를 입은 직원이 나왔다. 막상 직원을 보자 뭐라고 말을 꺼내야 될지 몰라서 쭈뼛거렸다. 나는 처음 보는 사람 앞에서는 말을 잘 못한다. 긴장을 하게 되면 말을 더듬기까지 한다. 직원이 어떻게 왔느냐고 물었다. 어머니 몸에서 냄새가 나니 신경 써 달라고 해야 할지, 올 때 목욕을 못하고 왔으니 씻겨 달라고 해야 할지, 그냥 어머니를 보러 왔다고 해야 할지, 갈팡질팡 하고 있을 때, 구세주처럼 어머니가 다가왔다. 어머니는 얼굴이 벌겋게 상기되어 있었다. 반가운 마음에 어머니를 불렀다.

"어, 엄마……"

"이 멍충이 같은 것, 왜 이제사 왔어. 하는 짓이 그 모양이니까 만날 그 모양 그 꼴이지……"

어머니는 눈을 사납게 치뜨면서 화를 냈다. 그 동안 나를 무척이나 기다렸나보았다. 직원이 상냥하게 웃으면서 어머니 어깨를 두 손으로 잡고 다독거렸다.

"따님 되세요? 어르신이 많이 기다리셨나 봐요. 어르신, 따님이 참 조
신하게 생겼네요."

어머니가 진정이 되자 직원은 내게 눈을 깜빡거렸다. 무슨 뜻인지 알
수는 없었지만 느낌이 싫지는 않았다. 어머니는 내게 손을 내밀었고,
나는 얼떨결에 어머니 손을 잡았다.

"어르신들이 처음에 오시면 다 힘들어 하세요. 아무래도 낯선 곳이
다 보니. 같이 차도 마시고 뜰에서 산책도 하시면서 어머니 마음 편하
게 해드리세요. 조금 있으면 점심 식사가 시작되니까 그 시간에 맞춰
서 들어와 주시고요."

직원은 목례를 하고 다시 상담실로 들어갔다. 어머니를 보는 순간
내 계획 같은 건 뒤죽박죽이 돼버렸다. 하긴 처음부터 무슨 계획이 있
어서 간 것도 아니었다. 어머니와 헤어질 때 인사도 제대로 못했고, 이
것저것 머릿속이 복잡해서 달려갔던 것뿐이다. 어, 이게 아닌데, 하면
서 나는 어머니와 정문을 빠져 나왔다. 아니다, 어머니가 나를 정문 쪽
으로 끌었다는 게 맞을 것이다. 차를 탔고, 시계탑 앞에서 내렸고, 누가
볼세라 무작정 상가 건물로 뛰어 들어가면서도 잡은 손만은 서로 놓으
려하지 않았다.

우리는 다시 걸었다. 아니, 어머니는 아무 생각도 없이 나를 따르고
있는 것이다. 내 발길은 동쪽도 서쪽도 아닌 북쪽을 향하고 있었다. 집
으로 가는 방향도 아니고 요양원으로 가는 쪽도 아니었다. 요양원에서
는 어머니가 사라졌다고 집으로 연락을 했을 것이고, 집에서는 지금
어머니와 나를 찾으려고 난리가 났을 것이다. 어머니와 나는 이렇게
막다른 골목에서 도움 안 되는 얼굴을 맞대고 있을 때가 많았다. 우리
가 왜 막다른 골목으로 몰리게 됐는지도 알 수 없었고 알려고 하지도
않았다.

걱정하던 일이 터지고 말았다. 어머니의 걸음이 어기적거리며 느려졌다.

"엄마, 화장실 가고 싶어?"

"아니여."

어머니가 상을 찡그리며 고개를 저었다. 하지만 어머니 낯빛이 점점 창백해졌다. 주변에는 들어갈 만한 건물이 없었다. 고개를 들고 찾아보니 저만치에 시외버스 터미널 건물이 보였다. 어머니 손을 잡고 터미널 쪽으로 갔다. 그러나 어머니는 몇 걸음 안가서 제자리에 서 버렸다. 곤혹스러운 표정이었다. 나는 억지로 어머니 손을 끌었다. 다행히 터미널에는 사람들이 그리 많지 않았다. 밀고 당기며 겨우 화장실로 들어갔다. 바지를 내리자 냄새가 훅 끼쳤다. 팬티에 변이 묻어있었다. 어머니를 변기에 앉혀놓고 팬티를 빨았다. 젖은 팬티로 엉덩이를 닦고 쓰레기통에 버렸다. 어머니는 엉덩이를 내게 맡기게 되자 의기소침해져서 아이처럼 고분고분했다. 일을 끝내자 기운이 빠져서 대합실 의자에 누워버렸다. 어머니가 따라와서 내 발치에 앉았다. 살짝 잠들었다가 부스럭 거리는 소리에 눈을 떠보니 어머니가 신문지로 나를 덮어주고 있었다.

"엄마는 나한테 병주고 약주고 ……이게 뭐야."

"………"

어머니 눈이 빨개지면서 눈물이 고였다.

"엄마 왜 울어? 옛날 생각나서?"

어머니는 고개를 끄덕거렸다. 나도 코가 시큰해졌다. 이럴 때 어머니 피는 잔잔하게 흐르고 있을 것이다. 그러다 어머니는 생각난 듯이 말했다.

"야야, 날 저물기 전에 집에 가야지."

"엄마는 집이 뭐가 좋다고 자꾸 집에 가재? 난 가기 싫어!"

"집에 안 가면 어딜 가냐?"

"엄마, 요양원으로 이사가! 엄마 옛날부터 친구랑 오순도순 살아보는
게 소원이라고 했잖아. 거기 가면 친구도 사귈 수 있어. 아버지 얼굴 보
면서 괴로워하지 않아도 되고, 가스레인지 만지다 불 날까봐 걱정 안
해도 되고. 오빠가 돈 대준다잖아."

"요양원이 뭐꼬?"

"어제 갔던 데 있잖아."

"어제? 아무데도 안 갔어."

"아버지랑 오빠랑 같이 차타고 갔었잖아."

"그게 무슨 말이냐, 나는 그런 델 가본 적이 없다."

"그럼 지금 갈 거야?"

"지금 어떻게 가냐? 이사 가려면 짐도 싸고 아버지한테 얘기도 하고,
정리할 게 얼마나 많은데. 아무리 좋다 해도 다 절차가 있는 거지. 그렇
게 마음대로 하는 거 아니다."

"그래 알았어. 엄마, 우리 짐 싸러 가자."

나는 어머니 손을 잡고 집으로 가는 버스를 타기 위해 터미널 밖으
로 나왔다.

조용한 아침이었다. 어머니는 붕어자물통을 빼고 궤를 열었다. 시집
올 때 장롱대신 가져왔다는 소나무 궤였다. 궤는 내가 들어가 앉아도
될 만큼 컸다. 궤 속에는 어머니가 아끼는 옷과 물건들이 들어 있었다.
그런데 궤 문을 아래로 내리자마자 안에 쌓여있던 것들이 쏟아져 내렸
다. 뒤적여보니 입다가 쑤셔 넣은 팬티와 양말, 내복, 수건, 빨지 않은
여름 옷 같은 것들이었다. 내 것도 있었고 아버지 것도 있었다. 어머니
가 잘 갈무리 한답시고 수시로 집어넣었으리라. 뒤에서 지켜보던 아버
지는 빨래 감이 쏟아져 내리자 혀를 차며 나가버렸다.

"쯧쯧쯧, 그것 봐라, 어디 하나 제대로 된 게 있나, 정리는 무신."

어제 나는 태어나서 처음으로 아버지에게 내 의견이랄 수 있는 말을

했다. 집으로 돌아왔을 때, 나는 아버지의 험악할 대로 험악해진 얼굴이 폭발하기 전에 소리쳤다.

"아버지, 어, 엄마 짐은 엄마 손으로 저, 정리해야죠. 그래야 엄마가 이사를 갈 수 있죠. 지, 짐을 다 두고 이사 가는 사람이 어디 있어요!"

그러자 기적처럼 아버지 입에서 피식, 하고 김빠지는 소리가 났다. 멍한 표정으로 변해가더니, 짐은 무신……하면서 슬그머니 돌아앉아버렸다. 오빠와 올케는 예정대로 상경하고 없었다.

어머니는 궤 속의 물건들을 소중한 듯 하나씩 꼼꼼하게 살펴보았고 나는 입을 만한 것들을 골라주었다. 맨 밑바닥에는 어머니가 시집올 때 해온 연분홍 한복이 고이 접힌 채로 들어 있었다. 유행이 지나도 한참 지난 그 한복을 어머니는 버리지 않고 간직하고 있었다. 엄마, 이제 이런 한복은 내다 버리세요. 입지도 않잖아. 오래전 옷 정리를 해주면서 나는 어머니에게 말했다. 그런 소리하지 마라, 이래봬도 이 한복은 고급진거고 네 외할머니가 가마 속에 넣어 준거다. 젊었을 때 이걸 입고 나가면 곱다고 다들 쳐다봤다, 라고 하면서 어머니는 수줍은 듯 입가에 미소를 지었다. 내가 보기에는 모두 재활용 수거함에 갖다 넣어야할 옷들이 대부분이었다. 헌 양말 속에서 만 원짜리 지폐가 여러 장 접힌 채 나왔다. 어머니가 모아둔 돈이었다. 보자기 속에서도 천 원짜리 다발이 나왔다. 복주머니에는 동전들이 가득 들어 있었다.

"엄마, 이게 웬 횡재래? 이러니까 엄마가 짐을 정리해야 한다고 그랬구나?"

"그람. 이게 다 내가 몰래 모은 거여."

어머니는 만 원짜리 지폐 두 장을 바지 주머니에 집어넣더니 나머지를 모아 나에게 주었다.

"나는 이것만 있으면 된다. 나머지는 다 너 가져라."

"엄마, 고마워."

"그까짓 꺼 얼마 된다고. 더 많이 주지 못해서 미안허지."

어머니는 모처럼 뿌듯한 미소를 지었다. 치매 걸리기 전의 어머니 같았다. 번듯한 옷들을 골라 가방에 담았다. 그리고 더운 물로 목욕을 하고 외출복 중에서 가장 화사한 옷을 입혀드렸다. 어머니는 무늬가 요란하지 않으면서도 연한 분홍색을 좋아했다. 이제 차를 타고 가기만 하면 됐다.

마당에서 어머니는 자꾸만 두리번거렸다.

"저, 저기 그... 뭐냐, 인사라도 하고 가야지. 이제 가면 또 언제 와질지 모르는데."

아버지를 찾고 있었다. 나는 아버지가 일부러 모습을 보이지 않으려 한다는 걸 알고 있었다. '낯선 침입자'를 보고 그저께처럼 어머니가 흥분하면 곤란했다. 그런데 오늘 어머니의 상태는 여느 때와 달랐다. 모든 걸 어머니의 말대로 따라야 할 것 같았다. 꼭 그래야만 될 것 같다는 생각이 강하게 들었다. 어머니는 어떻게 알았는지 이미 집 모퉁이를 돌아 뒤뜰로 가고 있었다. 아버지를 불렀다.

"보소."

그제서야 뒤뜰 한 켠에 쭈그리고 앉아 있던 아버지가 엉거주춤 일어나 나왔다.

"저어, 나 이제 갑니더."

아버지는 예상치 못했던 어머니 행동에 놀란 듯 했다.

"어, 그래. 이제 갈라고?"

"그 동안 이 못난 사람하고 살아줘서 참말로 고맙습니더. 다음에 언제 이쪽으로 다니러 올 수나 있을지 모르지만, 잘 있으소."

어머니는 다시는 오지 못할 먼 데로 이사 가는 사람처럼 예를 갖춰 인사했다. 아버지와 어머니는 마주 섰지만 서로 시선을 맞추지 못했다. 어머니는 눈을 살짝 내리 깔았고, 아버지는 시선을 어디다 둬야 할지 몰라 안절부절 못했다.

"아, 아버지도 엄마한테 뭐라 말 좀 하세요. 아니, 미, 미안하다고 하세요. 그냥 무조건 미안하다고. 엄마가 알아듣든 못 알아듣든 미안하다고 하세요!"

갑자기 어디서 그런 용기가 나왔는지 나는 아버지를 향해 말했다. 그제야 어색한 듯 아버지는 몇 걸음 더 앞으로 나가 어머니를 바라보았다.

"그, 그래 미안하오. 성질 고약한 나하고 사느라 고생 많았소. 어딜 가는지 그저 건강하고..."

어머니는 미소를 짓는 건지 울음을 참으려 하는 건지, 입 꼬리는 올라가 있었지만 경련이 이는 듯 파르르 떨렸다. 슬쩍 고개를 돌린 아버지의 눈가가 벌게졌다. 나는 가방을 들고 대문을 나섰다. 어머니가 내 뒤를 따랐고, 아버지가 손을 흔들어 어머니를 배웅했다. 과수원에는 하얀 배꽃이 떨어지고 있었다.

임옥희

2015년 계간 『문학나무』 단편 「뻐꾸기의 고뇌」로 등단
소설가협회 회원

신장병동에서 있었던 일

임옥희

요즘 들어 남편은 말할 때 호흡이 가빠지고 숨소리도 거칠어졌다. 거친 숨소리는 불길한 예감마저 들게 한다. 더 두고 볼 수 없어서 병원 예약 날짜보다 2개월이나 앞당겨 의사를 찾아갔다. 의사는 신장 말기 징후가 보인다며 몇 가지 검사를 하게 했고, 오후면 검사 결과가 나온다는 말도 잊지 않았다. 이렇게 빨리 결과를 볼 수 있었던 적이 없었다. 의사의 배려인지, 병의 심각성인지 모를 일이다. 채혈실 간호사는 동글동글하고 작은 유리병에 남편의 피를 네 대롱이나 뽑았다. 뽑은 핏속에 남편 몸의 이력이 다 들어 있을 것이다. 오후에 검사 결과가 나온다고 했지만, 딱히 기다릴 만한 장소가 마땅치 않았다. 어디로 갈까, 잠시 망설이다가 보호자들과 환자들의 휴식 공간으로 만들어진 잡목 숲으로 발길을 돌렸다. 발걸음은 땅에서 떨어지지 않을 듯 무거웠고, 의사의 말은 귀 언저리에서 떠나지 않았다. 처음 신장 이식 때처럼 공여자가 친인척이라면 정말 좋겠는데……. 어디서 신장 공여자를 찾아야 할지 난감하기만 하다. 그렇다고 신장 산다고 신문광고를 낼 수 있는 상황도 아니다. 어떻게 하면 좋을는지, 도대체 방법이 떠오르지 않아 멍하니 앉았는데, 휴대폰 알람이 방정맞게 울렸다. 알람 소리에 의자에서 튕겨 나오듯 벌떡 일어났다. 진료실 쪽으로 가면서 의사가 말한 대로 정말 이식한 신장마저 또 망가진 것일까? 답답한 마음이 진정되지 않았는데, 진료실 앞에 도착했다. 진료실 출입문 벽 쪽 전광판에는 남편 이름이 쓰여 있었고, 의자에 앉자마자 호명하는 간호사를 따라 진료실 안으로 들어갔다. 의사는 검사 결과지를 보며 이식받은 신장 사구체가 망가진 상태라며 담담하게 말을 이어갔다. 염려하던 부분이 현실로 확정되었다. 언젠가는 투석할 날이 올 거라고 생각은 했었다. 막상 의사의 말을 듣고 보니, 버팀목이 허물어지는 소리가 몸 전체를 흔들었다. 의사 앞에 등을 꼿꼿이 세우고 앉았던 남편은 등뼈가 꺾어지듯 어깨가 내려앉았다. '무슨 남자가 이렇게 겁이 많아.' 하면서 핀잔이라도 주고 싶었지만, 입술만 으스러지도록 깨물었다. 의사는 작은 눈으로 안경 너머 나를 뚫어져라 쳐다본다.

"이식은 혈육 간에 주고받는 것이 가장 성공률이 높습니다."

장성한 자녀들이 가장 신장 조직이 잘 맞을 거라는 말로 들렸다. 그렇다고 의사가 남의 자식을 두고 이래라저래라 할 권리는 없다. 신장 공여자가 언제 나타날지 모르는 일이라. 시급한 것은 몸속 독소부터 뽑아내는 일이라며 나를 째려본다. 의사는 간호사에게 몸짓으로 다음 해야 할 일을 지시했다. 간호사는 신장실과 연락하여 투석할 요일과 시간 예약을 잡아 주었다. 집으로 돌아온 나는 외출복도 갈아입지 않았다. 거실 소파에 앉아서 희미한 기억을 더듬더듬 들추며 손가락으로 셈을 해 보았다. 정확히 열흘 모자라는 10년이다. 10년 전에 있었던 일이 새삼스럽게 떠올랐다.

큰 시누이가 모임을 주선했고 무슨 일로 모인다는 것도 이미 다 알고 있었다. 어차피 누가 일의 매듭을 지어야 할 형편이다.

"오늘 점심 먹자고 한 것은 우리 중에서 신장조직이 가장 잘 맞는 사람이 신장을 공여하면 어떨까 해서……."

이런 상황에서 무슨 말을 어떻게 꺼낼 수 있는 형편이 아니다. 누가 신장을 공여하겠다고 한다면 모를까. 분위기는 서먹서먹하다 못해 냉기류가 흐르기 시작하였다. 큰 시누이 남편은 분위기를 바꿔 보려는 듯 소파에 앉은 순서대로 의견을 말하자고 했다. 서로 눈치만 보고 선뜻 말을 꺼내지 않았지만, 눈빛만큼은 반들반들하였다. 반들거리는 눈빛은 머릿속이 약삭빠르게 돌아간다는 증거다. 어쩔 수 없어 말문을 트기 시작한 것은 큰 시누이 남편이다.

"올봄에 어머니가 뇌졸중으로 쓰러져 거동이 불편하셔서 ……."

말이 채 끝나기도 전에 둘째 시누이가 말을 가로채다시피 하였다.

"아이들이 초등학교 저학년이라 엄마의 손길이 꼭 필요해요."

'꼬옥'이란 말에 힘을 주었다. 시동생은 직장 이동으로 새로운 업무를 파악해야 되고, 오랜 시간 자릴 비워둘 수 없다는 둥 경쟁적으로 열을 올렸다. 결국은 혼인 안 한 막내 시누이에게 눈길이 쏠렸다. 눈치 빠른 막내는 결혼 못 한 것도 억울한데 신장까지 내줘야 하느냐고 악을 바락바락 썼다. 그래도 남이 아닌 한 뱃속에서 태어난 동기간의 신장 조직이 가장 잘 맞을 거라고 돌아가면서 한마디씩 거들었다. 딸린 식구도 없으니 홀가분할 수 있다며 잔인하게 밀어붙이기까지 하였다. 그럼 결혼 안 한 것이 무슨 죄냐고 따지고 들었다. 그 말에 모두 죄인이 된 듯 막내의 눈을 피하고 입은 굳게 다물었다.

"만에 하나 일이 잘못되면 내가 희생양이 되라는 말이에요? 나의 존재가 이 정도 가치밖에 안 돼. 결혼 못 한 것도 서러운데 금쪽같은 내 몸 한쪽을 내놓으라고. 이런 억지가 어디에 또 있어. 피붙이도 다 소용없네. 남남이 되는 첫걸음이 동기간이구나. 편들어 줄 자식 하나 없다는 것이 원통하고 분해."

발은 동동 구르며 눈물을 펑펑 쏟기 시작했다. 달래는 피붙이는 없었다. 달래기보다 말을 붙일 수 없었다. 실컷 울도록 내 버려두었다. 시간이 한참 지난 후에 막내가 휴지로 눈두덩을 꼭꼭 누른다. 얼굴에는 체념과 절망의 빛이 가득하다.

"그래, 나는 딸린 식구가 없으니까."

그 말 한마디로 모두 고민에서 벗어났지만 힘든 일이 해결됐다고 함박웃음을 웃으며 칭찬할 처지는 아니다. 서먹하고 냉랭했던 분위기는 온화하고 화목한 분위기로 흐르고 있었다. 큰 시누이가 고맙다는 말은 하였지만, 막내와 시선은 맞추지 못했다. 그저 손잡고 침통한 표정으로 등만 토닥일 뿐이었다. 그때 누구의 입에서 나온 말인지는 몰라도 의사에게 공여자가 있다고 알리자며 깜죽거렸다.

"그래요! 그렇게 하자!"

무슨 구호처럼 외치며 모두 동의를 하였다. 그 말속에는 막내가 혹마음이 바뀔는지 모르기 때문에 확실히 말뚝을 박아 놓자는 속셈이다. 막내 시누이를 위로한답시고 함께 병원으로 몰려갔다. 정말 겉으로 보기에는 띠앗 있는 집안이다.

신장이식은 남의 천금 같은 몸뚱어리 한쪽을 내놓으라고 해야 하니, 난감하기 이를 데 없는 고약한 병이다. 차라리 암이라면 죽든지 살든지 둘 중 하나다. 이번 일로 인격이라는 가면 속에 감추어져 있던 각자의 이기심이 드러났다. 띠앗 있는 남매들끼리 서로 오고 간 말들은 각자의 가슴에 생채기로 남았다. 그 생채기는 한동안 회복될 기미가 보이지 않았다.

막내가 수술에 필요한 모든 검사를 하는 동안 보호자처럼 꼭 붙어 다닌 사람은 역시 큰 시누이였다. 막내 시누이 덕분에 신장이식 수술이 시작되고 면역 억제제를 먹으면서 10년 동안 잘 버티어 왔다.

지금은 신장 내어 줄 동기간은 아무도 없다. 나는 남편에게 아들딸이 장성했으니 넌지시 말 해 보라고 하였다.

"십오 년 동안 생물학적 자식이지. 아비 노릇한 것이 없는데, 무슨 염치로 ……."

차라리 죽는 게 났다고 볼멘소릴 한다. 자식에 대해 애틋함이 생각났는지 눈가에 촉촉한 물기가 어리었다. 왜 눈물 흘리느냐며 붉은 눈을 쏘아 보았다. 내 가슴 한구석에는 이 세상 사람이 아닌 남편 본처에 대한 시기와 질투가 아직도 남아 있었다.

남편은 무슨 대단한 결심이나 한 듯 목소리까지 가다듬느라고 흠흠거렸다. 무슨 말을 하려나 내 귀는 당나귀 귀가 되어 있었다.

"돈으로 해결 할 수 있는 일은 그래도 쉬운 일이지. 불본 돈 없으면 죽음이지. 신장은 돈을 주고 구하는 일은 어디까지나 거래니까 뒷말이 없어. 일주일에 세 번씩 하루에 네 시간 동안 투석한다는 것은 삶의 질이 떨어지지."

'왜 이런 말을 할까?' 내 말은 아랑곳하지 않고 전처 자식만 두둔하는 것이 서운했다. 자신의 생명 유지를 위해 자식을 끌어들인다는 것은 정말 싫겠지. 그렇다면 돈으로 해결하고 싶은 모양이라고 나름대로 결론을 내렸다.

"당신 좋은 대로 하세요. 돈 때문에 반대한다는 소릴 듣고 싶지 않아요. 화장실 벽에 신장을 사고판다는 전화번호 몇 개가 버젓이 낙서처럼 적혀 있어서 참고 될까 해서 휴대폰으로 사진 찍어 왔어요."

남편은 엉뚱하게 장기 밀매에 가담하고 싶지 않다며 손사래까지 쳤다. 어떻게 하고 싶다는 것인지 내 머릿속 생각이 뒤엉키기 시작하였다. 그러면서 병원에 접수된 순서를 기다리다가 그냥 죽을 것 같다며 무척 조급해한다. 나의 아둔한 감각으로 전혀 감을 잡지 못해서 어정쩡한 태도를 보였다.

"중국에 가면 신장을 쉽게 구할 수 있다는데……."

남편 입에서 흘러나온 말은 너무나 뜻밖이라 감당이 되지 않았다. 신장이식 수술이 무슨 자동차 타이어 갈아 끼우는 것이냐고, 언짢아하며 성을 냈고, 이것도 장기 밀매가 아니냐며 따지고 들었다. 어쩌면 성낼 일도 아니다. 친구 정숙은 무릎관절로 고생할 때 중국에 가서 줄기

세포 주사를 맞았다고 자랑삼아 했던 말이 생각났다. 줄기세포 주사와 신장이식은 다르지만, 정숙을 통해 거간꾼을 만날 수 있는 끈이 될 수 있다. 한국에서 신장을 구할 수 없다면 중국으로 못 갈 이유도 없다. 한 가지 걱정은 중국에서 신장 이식을 받는다면 의사의 기술이 훌륭하고 약품 성능이 좋은지 궁금할 뿐이다. 능력있는 거간꾼을 소개받는다면 생각보다 일이 쉽게 풀릴 수도 있을 것이다. 신장내과 간호사가 알려 준 대로 일단 코디네이터 간호사를 찾아가서 의논 해 보기로 했다. 방 앞에는 상담실이라는 팻말 붙은 것이 왠지 눈에 거슬렸고 생뚱맞기까지 하였다. '그렇지' 내가 지금 상담하러 온 것이 아닌가. 고개를 갸우 뚱하면서 문을 두드렸다. '들어오세요.' 하는 소리를 듣고 안으로 들어섰다. 코디네이터 간호사는 막 외출에서 돌아온 사람처럼 출퇴근할 때 입는 옷을 입고 있었다. 병원 일에 종사하는 사람은 흰 가운을 입고 있는 것이 머릿속에 박혀 있는데 일상복 입은 것이 눈에 설기만 하였다. 실내를 찬찬히 살펴봤다. 옷걸이에는 간호사들이 입는 흰 가운이 걸려 있었다. 환자가 아닌 공여자들도 들락거리고 공여 받을 보호자도 들락 거린다고 생각하니, 상담실 팻말과 흰 가운을 안 입은 것도 이해가 되었다. 신장공여자와 신장을 받을 자를 서로 연결해 주는 코디네이터 간호사들의 공간이다. 이곳은 확실히 병원 안의 외딴 방이다. 이런 곳이 있다는 것은 신장이식환자 보호자가 아니면 알 수 없는 공간이다. 간호사는 하던 일을 멈추고 일어서며 소파에 앉으라고 권유한다. 마주 앉으며 무슨 일로 왔느냐며 묻는다.

"남편이 신장이식 수술을 하고 싶다고 합니다."

"일단 접수해 놓겠습니다. 뇌사자가 있을 때 접수 순서대로 하지만 조직검사가 가장 잘 맞는 자에게 넘어가는 것은 잘 아시죠?"

접수 대장의 일련번호는 수만 명이 기록된 숫자다. 이렇게 많은 숫자를 어느 천 년에 차례가 다가올 것인가. 상담실에서 나오며 신장이식은 멀고 먼 이야기 같았다. 입맛을 쩝쩝 다셨다.

화장실에서 찍어 온 휴대폰 속의 전화번호를 꺼내 보며 고민에 싸였다. 전화해서 가격이라도 알아볼까. 자칫 잘못해서 사기를 당하면 어쩌나. 장기 밀매꾼으로 오해를 받아 경찰에 붙들려 가면 어떡하나. 머릿속이 복잡하였다. 어쨌든 신장을 공여하겠다는 사람이 나타날 때까지 어쩔 수 없이 투석하는 수밖에 없다.

투석하는 첫날이다. 투석실에는 삼십여 개나 되는 침대. 그 왼쪽으로 호스를 껴안고 서 있는 사람처럼 투석기가 있었다. 투석실 간호사는 넘겨받은 기록일지를 보면서 남편에게 먼저 체중계 위로 올라가라고 했다. 10년 전에 했던 혈관 수술 자국을 꾹꾹 눌러 본다. 아직 탄력이 살아있어서 다시 수술할 상황은 아니라고 말한다. A형 간염 보균자냐고 다시 한번 확인 한다. 남편은 고개만 끄덕인다. A형 간염 환자들만 투석하는 자리에 누웠다. 남편의 혈관을 뚫고 들어 가는 주삿바늘은 영락없이 뜨개질하는 코바늘 수준이다. 사람 몸속에 있어야 할 피가 몸 밖으로 나와서 투명한 고무호스 속에서 빙글빙글 돌면서 핏속 노폐물을 걸러내고 몸속으로 다시 들어간다. 끔찍스러운 상황에 고개는 옆으로 돌렸다. 내 눈에 들어온 옆자리에는 까까머리 학생이 투석하고 있었다. 지난날 건강하고 활달했던 시절은 까마득히 잊어버리고 현실을 받아들이는 자세. 어려운 일은 극복할 수 없을 때는 받아들이는 것도 하나의 현명한 처사이다. 이런 상황에도 학생 어머니는 병원 어디서 검정 쌀로 밥을 지어 왔다. 밥에서 김이 모락모락 나는 것은 어머니의 따뜻한 사랑이 피어오르는 것 같았다. 학생은 밥상 위를 손으로 더듬거리며 밥숟갈을 집어 들었다. 밥을 뜨면 그 위에 반찬 올려놓는 것은 어머니의 몫이다. 눈이 보이지 않는다는 것을 그제야 알아차렸다. 또 다른 한쪽에는 철가방 들고 온 아저씨가 짜장면을 어느 투석환자 앞에 내려놓았다. 이런 분위기에 익숙하지 않아 끔찍하고 슬픈 현실을 보며 온몸이 시려왔다. 남편은 길고 굵은 주삿바늘이 혈관 속에 꽂힐 때 지친 듯 눈을 감았다. 나는 멀뚱멀뚱 앉아 있기도 그렇고, 까까머리 환자 어머니에게 말을 걸었다.

"학생은 고등학교 몇 학년이세요."

"학생이 아니고 서른셋이에요."

"아! 실례했어요. 언제부터 아팠어요."

"중3 때 학교에서 신체검사를 받았어요. 담임선생이 신장에 문제가 있으니 큰 병원에 가서 꼭 진찰을 받으라고 신신당부했어요. 큰 병원에서 약을 타다 먹었지요. 아들 방에 청소하러 들어가면 질겁하면서 밀어내도 왜 그런지 몰랐죠. 가끔 약 잘 먹느냐고 물으면 잘 먹고 있다고 능글거렸어요. 고등학교 때 어느 날, 책상 서랍 속을 정리하는데 먹지 않은 약봉지가 가득 들어 있었어요. 내가 아들 관리를 잘못한 탓이랍니다."

어머니는 손으로 가슴을 치는데 얼굴은 웃고 있었다. 웃고 있는 얼굴은 얼마나 괴로움을 참고 견디어 낸 아픔의 웃음일까? 아들은 엄마 잘못이 아니라고 소릴 꽥 지른다. 소리 지른 것이 미안했는지 허공에 눈길을 꽂고 히쭉 웃었다. 웃음 속에는 어머니에 대한 미안함과 고마움이 묻어났다. 고등학생 시절에서 성장이 머문 앳된 얼굴은 살짝 짓궂은 구석도 있었다.

투석을 시작한 지 보름 정도 지났을 무렵이다. 투석실에 신장내과 의사와 코디네이터 간호사가 남편 있는 쪽으로 걸어왔다. 나는 침대를 등받이 의자처럼 세웠다. 남편은 등을 기대고 앉아서 의사를 맞이한다. 의사는 조심성 있게 나직한 말로 신장 공여자가 있다고 말하며 내일 당장 이식에 필요한 검사를 하자고 했을 때, 남편은 귀를 손으로 문질렀다. 그것은 잘 못 듣지 않았고, 기쁜 일이 있을 때 하던 버릇이다. 나는 하늘이 도운 일이라며 생글거렸다. 투석실의 몇몇 보호자 시선이 남편에게 머물렀다. 투석하는 환자들을 생각하면 혼자 기뻐할 수만 없는 입장이다. 신장을 공여하겠다는 사람이 어떤 사람인가 궁금했다. 혈육이 아니면 신장을 주는 사람이나 받는 사람이나 신상은 알려 주지 않는 것이 이곳의 불문율이다.

남편이 신장이식을 받기 위해서 입원을 했고, 정밀 검사는 신속하게 끝났다. 특별한 일이 없으면 검사가 끝난 다음 날 수술할 계획이 잡혀 있었다. 신장조직이 잘 맞아서 수술이 성공적으로 이루어지기를 간절히 바라며 전등을 껐다. 잠자리에 들려고 할 때 주치의를 늘 따라다니던 수련의가 심각한 얼굴로 병실에 들어섰다. 웬일인가? 뭔가 심상치 않은 일이 있는 듯하여 촉각이 곤두섰다.

"이렇게 늦은 시간에 무슨 일로 ……."

"검사 결과 혈액형 하나만 일치해요. 수술은 당분간 보류합니다."

이 말만 남기고 서둘러 병실을 나갔다. 이건 무슨 날벼락 맞을 소린가? 정신이 얼떨떨했다. 남편 얼굴은 하얗게 질리고 손가락이 파르르 떨렸다. 떨리고 있는 손가락을 내 두 손으로 힘껏 잡고 눌렀다.

"뭘 그렇게 절망하세요. 기회란 내가 잡으면 기회이지만 지금은 기회가 아니에요. 몸이 투석하는 새로운 환경에 적응한 다음 수술해도 늦지 않아요. 혈액형 하나만 일치한다고 이식받는다는 게 께름칙해요."

십 년 사이 의학이 눈부시게 발전했더라도 혈액형 하나만 믿고 수술을 한다는 것은 전문가가 아닌 나도 인정 못 하는 부분이다. 조직이 잘 맞는 사람이 나타날 수 있다며 안심시키려 했지만, 헛수고였다. 남편은 슬픔과 절망 속에 며칠을 보냈다. 그러던 중 의사는 느닷없이 이식 수술을 진행하겠다고 나섰다. 사람의 목숨을 담보로 뭘 하겠다는 것인가. 의사의 의도가 무엇인지 도통 감이 잡히지 않았다. 혹 의사가 어떤 함정에 빠졌나. 누구에게 무슨 말을 들었는가. 고개를 흔들며 그럴 리가 없어. 의사를 믿어야지. 혼자서 별별 생각을 다 하고 있었다. 남편에게 이런저런 이유를 대면서 좀 더 살펴보고 이식받자고 했지만, 내 말은 손톱도 들어가지 않았다. 신장조직이 반이라도 맞아야만 이식을 하는 것이지 혈액형 하나 맞는 것으로 신장 이식한다는 것은 죽음의 길로 들어서는 지름길이라고 벌컥 화를 내기도 했다. 남편은 나와 의사가 대면하는 것조차 꺼렸다. 혹시나 중간에서 훼방꾼 노릇을 할까 두려웠던 것이겠지. 나는 궁금한 것이 많았다. 궁금하기보다 의심스러운 점이 나를 지배하고 있었다. 남편 앞에서는 말 못 하고 의사를 따라 나갔다. 혈액형 하나만으로 정말 수술해도 괜찮으냐고 코맹맹이 소릴 했다. 그 말속에는 만약 잘못되면 책임질 수 있느냐는 뜻도 포함되었다. 의사는 신장이식 수술은 혈관 이어주는 수술이라며 자신감을 보였다. 혈관 잇는 수술은 의사라면 누구든지 잘 할 수 있겠지. 거부반응이 문제지. 거부반응이 뭐겠어. 생뚱맞은 것이 몸속으로 들어온다면 죽자 살자 밀어내는 것이 몸 속 면역체계 아닌가.

이미 주사위는 던져진 것이다. 내일 좋은 수술결과를 바라면서 어느 새 두 손을 합장하고 있었다. '하느님·부처님·천지신명이시여!' 하며 눈 감고 기도를 시작했다. 남편이 듣기에도 내 기도가 정상이 아닌 것 같았는지 당신 이상해졌다며 옆으로 돌아눕는다. 하기야 신앙심이 부족하다고 해도 그렇지. 나만의 절대적 존재가 있어야 하는데, 생각나는 대로 읊어댔다. 그만큼 절박한 마음의 상태였고, 어떻게 해서든지 남편의 생명줄을 붙들고 싶었다.

내일을 위해 일찍 잠자리에 들었다. 설핏 잠이 들었다. 어둑하면서 끝이 보이지 않은 공간에 들어섰다. 나뭇잎 하나 없는 메마른 꼬챙이 같은 나뭇가지마다 초롱불이 위험하게 여기저기 매달려 있었다. 왜 하필 초롱 불빛으로 어둠을 밝히고 있지? 섬뜩한 느낌이 온몸으로 파고들었다. 나도 모르는 사이 손에는 초롱불이 들려 있었고, 한발 한발 조심스럽게 초롱불을 걸 수 있는 나뭇가지를 찾아다녔다. 낮은 곳에는 초롱불이 호박석 같이 은은한 불빛으로 주위를 밝히고 있었다. 한 참 헤맨 끝에 구석에 있는 나무 꼭대기에 자리 하나를 발견하였다. 초롱불을 들고 조심스럽게 나뭇가지를 잡으며 꼭대기까지 올라갔다. 나뭇가지에 힘겹게 초롱불을 걸었다. 나무에서 다 내려오지도 않았는데, 초롱불을 걸었던 나뭇가지가 부러져서 땅에 떨어지는 순간 초롱불은 박살났다. 박살 난 조각을 들고 어찌할 바 몰라 울다가 잠이 깼다. 이번 수술은 예후가 좋지 않다는 것을 암시한 것인가. 꿈치고는 묘한 꿈이다. 기분이 꿉꿉했던 탓으로 뜬눈으로 밤을 밝혔다. 오전 7시. 수술실로 가야 된다며 건장한 남자 한 사람과 간호사가 병실로 왔다. 간호사는 침대에 꽂힌 폴 대의 주사액을 하나하나 점검이 끝난 다음 수술실로 침대를 움직이기 시작했다. 남편 머리맡에 바투 서서 침대 모서리를 잡고 따라갔다. 수술이 성공적으로 끝나면 또 다시 십 년은 거뜬하다며 주절거렸다. 남편 표정은 여느 때보다 밝았다. 수술실이라고 쓰인 문이 자동으로 스르르 열렸다. 무슨 삶과 죽음의 경계선 같았다. 나는 큰소리로 잘하고 오라고 외쳤다. 환자가 잘하고 싶다고 잘되는 것도 아닌데, 얼토당토않은 말이 불쑥 튀어나왔다. 어젯밤 꿈 때문에 불안증이 엉뚱한 말로 표출된 것이다. 수술은 준비과정과 무균실로 옮겨질 때까지 무려 열 시간 가까이 걸린다. 초조한 마음으로 보호자 대기실에서 서성대고 있다가 누가 부르는 듯 병실 밖으로 뛰쳐나왔다. 남편과 함께 검사결과를 기다리던 잡목 숲으로 무엇에 홀린 사람처럼 빠른 걸음으로 가서 의자에 털퍼덕 주저앉았다.

"무슨 놈의 팔자가 이리 사나운가. 전생에 무슨 죄를 지어서 평생 남편 때문에 애를 태워야 하나."

신파조 여배우의 넋두리처럼 읊으며 눈물 콧물을 휴지로 찍어냈다. 젊은 시절 결혼식장에서 공자, 맹자 말씀이 아닌 주례사가 언뜻 머리를 스치고 지나갔다.

"검은 머리가 파 뿌리처럼 하얗게 될 때까지 함께 행복하게 살아야 된다."

촌스럽고 우스꽝스러운 주례사가 지금 와서 보니 정말 명언이다. 그때는 상투적이고 TV 코미디 시간에나 볼 수 있는 말을 왜 하나 비웃으며 코웃음까지 날렸다. 그러던 주례사가 한때는 나를 조롱하는 말로 들렸고, 새빨간 거짓말이라고 마음속으로 우겼던 시절도 있었다.

별 시답지 않던 주례사는 지금 나에게는 명품 주례사가 되었다. 부부가 서로 알콩달콩 사는 것이 지극히 평범한 일 같지만 그것은 위대한 일이다. 지나간 일들이 주마등처럼 가슴을 찌르고 지나간다. 첫 번째 남편에게는 소박을 맞았고 두 번째 남편은 교통사고로 하늘나라로 갔다. 지금의 남편은 세 번째이다. 어젯밤 꿈자리에서 초롱불이 박살나서 울었던 행위가 눈앞에서 자꾸만 아른거렸다.

수술 후 무균실에서 한 달 동안 남편은 지루하고 힘든 병상 생활을 꿋꿋하게 견디어 냈다. 일반 병실로 옮겨왔지만, 출입이 엄격히 규제된 곳이다. 처음 일주일간은 간호사가 24시간 상주했다. 나는 면회사절 팻말이 붙은 병실 문 앞에서 '여보!, 나 왔어.' 하며 병실 문을 두드렸다. 안에서 '으응' 하는 소리는 지난밤에 별일 없었다는 신호로 받아들였다.

입원실은 신경정신과 병동과 붙어 있었다. 철망 속으로 보이는 외인 출입 금지라고 쓰인 빨간 글자는 나를 긴장하게 했다. 철망 안쪽에는 사회와 단절된 사람들만 모아 놓은 곳 같아 기분까지 으스스하였다. 병실 복도 의자에 앉아 있으면 철망 쪽에서 들려오는 소리는 누구에게 분노하는 것인지. 억울함을 표출하는 욕설과 울부짖음은 여과 없이 복도까지 들린다. 증상이 가벼운 사람들은 식사 후에 개인 운동량에 맞추어 서너명씩 짝을 지어 운동을 하고 병실로 들어갔다. 그 중에 한사람이 나를 힐끔 거리며 쳐다보고 병실문에 면회사절이란 글자를 보더니 그 사람이 말을 걸어왔다.

"아저씨가 입원하고 계세요?"

"네."

"저는 이틀 후면 퇴원합니다."

"축하드립니다."

병원 생활이 얼마나 힘들었으면 퇴원한다는 것을 잘 알지도 못하는 나에게 알리고 싶었을까. 환자는 싱글벙글 기분 좋은 얼굴로 가던 복도를 빠른 걸음으로 걸어간다. 무슨 사연이 많아서 신경정신과에 왔을까. 저렇게 잘 생기고 교양도 지식도 풍부해 보이는 청년이……

공연히 남의 일에 신경을 쓰고 있었다. 그 청년이 지나간 다음 혼자서 복도를 지키는 사람처럼 되었다.

이젠 내가 당당하게 보호자로서 병실을 지키게 되었다. 지루하고 힘든 병원 생활이라 하루빨리 퇴원할 날만 기다렸다. 남편은 가끔 머리가 아프고 어지럽다며 머리를 두 손으로 감싸 쥐고 괴로워하였다. 의사는 피 검사에서 전해질이 부족하다며 거기에 상응하는 처방을 했다고 한다. 처방 해 준 약 먹은 후에도 드릴로 머리를 뚫는 것 같다며 소리 질렀다. 수시로 몸에서 뿜어낸 열기는 불덩이처럼 화끈거렸다. 옆에서 보는 내 콧잔등에도 땀이 송골송골 돋아났다. 남편은 그 많던 머리숱이 하룻밤 자고 나면 거무스름하게 베개의 색깔을 바꾸어 놓았다. 이건 독한 약 성분 때문이야. 세포가 죽어 가고 있다는 증거야. 동갑내기 남편은 육십 대 할아버지가 되었고 뼛속까지 병마는 파고 들어갔다. 이식한 신장이 거부반응을 일으키니 재수술해야 되나 말아야 되나 의사의 고민도 커져가고 있었다. 오늘이 고비인 것 같다. 말이 쉬워 재수술 운운했지만, 눈앞이 캄캄하였다. 신장 구하기도 어렵고 수술비용도 만만치 않다. 다시 투석하는 일이 있어도 생명만큼은 지켜야 한다는 생각이 퍼뜩 들었다.

"이식한 신장을 떼어 내면 목숨은 구할 수 있어요?"

의사는 떼 낸다고 생명을 보장하는 것이 아니라고 단호하게 말했다. 그럼 뭐야, 생명줄이 끝날 때까지 과정을 지켜보겠다는 말인가? 남편은 일주일 계속 머리가 깨진다고 몸부림쳤다. 강력한 진통제도 소용없었다. 하루가 다르게 탄력 없고 푸석푸석한 얼굴로 변해갔다. 벌써 한 달 가량 먹고 싶다고 청하는 음식을 병원 밖에서 포장해 날랐다. 포장 음식마저도 한 숟갈 입에 대면 그것으로 끝이다. 나는 남편이 밥을 먹지 않는다고 버럭 화를 내기 일쑤였고, 나도 밥이 목구멍으로 넘어 가지 않았다. 잠은 뜬 눈으로 새우는 것이 보통이고 어쩌다 잔다고 해도 토끼잠을 잤다. 하루 종일 잠자는 시간은 두세 시간 자는 것이 고작이다. 잠을 푹 잘 수 있다면 머리 통증도 금방 달아날 것 같았다.

"수면제 좀 주시면……"

"수면제를 드시면 큰일 납니다."

나도 합세하여 수면 유도제를 달라며 어린아이처럼 졸랐다. 의사는 금방 자신이 한 말을 입에 침도 마르기 전에 허물어 버렸다. 약은 조금만 주겠다고 하며 무슨 일이 일어나도 책임질 수 없다는 말만 늘어놓았다. 곧 간호사가 약을 가지고 왔다. 남편은 손으로 침대 시트를 쓰다듬으며 바르게 펴고 비질하듯 쓸어내린다. 며칠 동안 집을 비우는 아낙네처럼 주변 정리를 확실히 하였다. 약을 먹고 이불은 목까지 끌어올려 덮었다. 이집트 파라오가 관속에 있는 자세를 취한다. 그리고 눈을 감는다. 의사의 처방이 소화제였는지 10여 분 동안 잠을 잤다. 무엇에 몹시 놀란 사람처럼 눈을 번쩍 떴다. 눈은 멀뚱멀뚱 주변을 살피더니 '내가 죽지 않고 살았느냐고.' 묻는다. 얼마 전에는 양지바른 곳에 영원히 잠들고 싶다고 했을 때, 두통의 괴로움이 얼마나 컸든가를 짐작할 수 있었다.

간호사는 새벽마다 흡혈귀처럼 시간만 되면 피를 뽑아 간다. 주삿바늘은 꽂으려야 꽂을 자리도 없는데 용하게도 피 한두 방울은 꼭 뽑아 간다. 피를 뽑지 못하는 것은 간호사의 자존심 문제라고 생각하는 것 같았다. 소변량은 하루가 다르게 줄어들기 시작하더니 급기야 소변은 한 방울도 나오지 않았다. 남편에게서 살 썩는 냄새랄까. 하여튼 냄새가 풍겼다. 일이 이 지경까지 이른 것은 의사의 잘못된 판단 때문이다.

어찌 전문가가 생명이 오가는 수술을 혈액형 하나만 일치한다고 덤벼들 수 있을까? 이렇게 큰 수술을…… 투석만 했어도 목숨이 위태로운 지경에 이르지 않았을 터인데 속으로 의사를 원망을 했다. 이것도 운명이라고 믿어야 되나하는 생각으로 혼자서 눈물을 흘렸다. 눈물 흘리는 것만으로 서러움이 풀리지 않았다. 사람이 뜸한 곳에서 소리 내면서 울고 나니 가슴에 얹혀 있던 무엇이 좀 내려가는 듯했다. 협진 의사였던 간 담당 의사는 좀 더 솔직하였다. 퇴원하여 집에서 가족들과 오순도순 시간을 보내며 먹고 싶은 것 마음껏 먹으라고 했다. 남편의 생명줄이 얼마 남지 않았으니 마음의 준비를 하라는 뜻이다. 그즈음 남편의 정신도 오락가락하였다. 나는 혼자서 지뢰밭을 걷는 듯해서 무서웠다. 남편 돌보는 일도 힘에 부대끼어 간병인을 구하였다. 그 후는 집에서 혼자 자고 병실로 갔다. 오늘만큼은 집에서 혼자 잘 수 없었다. 친구 정숙에게 전화 했다.

"야! 오랜만이다. 웬일이야!

"오늘 우리 집에서 같이 좀 자자. 무서워서 그런다."

"왜 무슨 일 있어? 남편이 옆에 있잖아!

"남편이 병원에 입원 중이야. 벌써 일 년이 다 되어 간다."

화상 전화 속의 정숙의 눈은 동공이 확장되었다. 오늘은 시골에 있어 못 가고 내일 오후면 너의 집에 도착할 수 있다는 말을 하고 전화를 끊었다.

나는 그동안 병원에 살다시피하여 집안에 화초들이 시들시들했다. 화분에 물을 주고 정숙을 기다렸다. 약속시간에 벨소리가 나서 얼른 현관 문을 열었다. 정숙은 다리를 살짝 절뚝거리며 거실로 들어섰다. 오랜만에 본 친구가 반가워 손을 덥석 잡았다. 우리는 소파에 나란히 앉았다. 자리에 앉자마자 숨 돌릴 틈도 주지 않고 묻지도 않은 말을 했다.

"간병인의 기본금이 하루 8만 원인데 워낙 힘든 환자라 하루 10만 원을 달라고 한다."

푸념 섞인 말을 했다. 내가 한 말이 공허하게 되돌아올 뿐 정숙에게는 전달이 안 된 듯 아무런 대답이 없었다. 정숙과 서로 연락 없었던 만큼 중간중간 대화가 끊어졌다. 그럴 때 마다 TV를 건성으로 보고 있었다. 남북 정상이 만나 서로 손 잡고 환하게 웃는 사진이 화면을 가득 채우고 있다. 북한이 진정으로 핵 프로그램을 중단할까. 엉뚱한 생각하다가 다시 정신을 차렸다. 지금껏 죄지은 일 없이 착하게 살았다며 정숙에게 동의를 구하였다. 정숙은 풍선에서 바람 빠지듯 피시식 웃었다. 두 번째 남편과 사이에서 낳은 아들, 딸이 어린이집 다닐 때다. 현재의 남편과 혼인 한다고 했을 때, 정숙은 물론이고 친인척까지 나를 징그러운 동물 보듯 했다. 자식을 버리고 결혼하는 것도 아닌데, 주변은 온통 인정머리 없는 인간으로 취급했다. 친구들에게 따돌림 당하고 알게 모르게 내가 소속되어 곳에서 서서히 배제되었다. 오로지 남편과 아이들만 내 편이라 생각하고 정숙과 몇 친구하고만 소통하며 지냈다. 남편 복이 없어 첫 남편에게 한 달 만에 소박데기가 되면서 결혼생활은 찌그러졌다. 첫 단추를 잘 끼워야만 된다는 말이 나를 두고 하는 말 같았다. 그 말은 내 인생의 어두운 그림자처럼 평생을 따라 다녔다. 정숙 앞에서 예전에 하던 버릇대로 남편에 대한 사랑 타령을 늘어놓았다. '또, 또, 또⋯⋯.' 하며 나무라듯 말을 막았다. 정말 사랑이었을까? 남편 하나 얻고자 했던 욕심이었을까? 그래도 남편과 함께한 세월은 탄탄대로였고 또한 즐겁고 나름대로 행복한 시간들이였다고 말을 했다. 밤이 이슥해서 잠자리에 들었지만 잠이 오지 않았다.

"너네 남편은 어디가 아픈가?"

"신장이식한 것이 거부반응이 일어났어."

"병원에서는 뭐라고 그래."

"가망이 없다고 한다."

"너 팔자도 보통 팔자가 아니구나."

"팔자? 응, 그래도 남편에게 나름대로 최선을 다 했고, 마지막 가는 길도 지킬 수 있다는 것이 행복해. 이 아파트를 담보로 대출 받아서 병원비 충당했지만, 생명줄은 하늘이 잡고 있으니 인간의 힘으로 어떻게 할 수 없더라."

"그래 너에게 어떤 믿음이 필요한 것 같다. 어떤 종교를 하나 선택해서 종교생활 해 봐."

"알았어. 이번에 병원에서 겪어보니 나의 미약한 힘으로 아무것도 할 수 없더라. 우울한 이야기보다 신장 병동에서 일어났던 이야기 하나 해 줄까? 어떤 사람은 종교적인 자비와 사랑으로 아무런 조건 없이 선뜻 신장을 내 놓는가 하면, 아버지가 아들에게 신장을 내 놓으라고 거래를 하기도 한다. 형제간에 신장조직이 가장 잘 맞아서 신장을 공여한다고 하고서는 막상 수술할 시간에 나타나지 않아서 환자를 실망 시키는 일도 있었어. 인간의 가장 성스러움과 이기주의와 사악한 모습들이 신장이식 병동에서 일어 나고 있어."

아침 일찍 병실로 올라갔다. 간병인이 먼저 인사를 하고 창문 쪽으로 비켜 서 있다. 나는 정숙이가 왔다고 남편에게 말했다. 남편은 미동도 하지 않고 혀 밑에 사탕을 놓아둔 것처럼 웅얼거렸다. 나는 얼른 '바쁜데 병문안 와줘서 고맙다.' 라고 한다는 말을 전해 주었다. 그 말도 내 말이지 남편의 말은 아니다. 의사가 아침 회진하는 시간이다. 기분이 좀 어떠하냐고 남편에게 물었다. 남편은 손가락만 살짝 올렸다. 의사의 눈은 슬픔에 잠긴 듯 나가면서 손짓으로 나를 불렀다. 환자의 곁에 꼭 붙어 있어라는 말을 남기고 다음 환자에게로 갔다. 팔뚝에 난 붉은 반점이 많이 없어졌다며 남편의 팔을 쓰다듬었다. 정숙도 '희망을 가지세요.' 했다. 나는 13층에서 창밖 아래로 내려 다 보았다. 창밖은 쏟아지는 햇살과 여릿여릿한 연초록의 나뭇잎은 살아 움직이는 생명체 그 자체였다.

김찬숙

강원 평창 출생
세명대학교 국문과 대학원 졸업(현대문학 전공)
2015년 부천신인문학상 등단
현 다니엘종합병원 부원장

남향 南向

김 찬 숙

차창으로 가을 햇살이 깊게 파고들어 맏언니인 은조 언니의 머리 위에 머문다. 길은 끝없이 이어지고 가로변의 코스모스가 들녘의 갈꽃과 어울려 가을 향취를 풍긴다. 언니와 함께 고향을 찾은 건 작년 가을 이후 처음이었다. 공원묘지에서 소주 몇 잔을 들이켰던 언니는 차에 타자마자 혼곤한 잠에 빠졌다. 차가 국도에 접어들 때 즈음 언니는 퍼뜩 깨어나 창밖을 두리번거렸다. 그러고는 곧장 창문을 내리고 담배를 입에 물었다.

"공기부터 달라 시골은."

"또 피우려고?"

"은수 그년, 죽을 똥 살 똥 살더니 그리 빨리 가려고……."

은조 언니는 가슴이 부풀만큼 연기를 깊숙이 빨아들이더니 연신 기침을 해댔다. 그러면서 또 죽은 둘째 언니 타령이다. 은수 언니가 쓰러졌다는 소식을 들은 건 봄이 시작 될 무렵이었다. 교육청 서기관이었던 언니는 국장으로 승진하기 위해 새벽마다 시장 부인이 다니는 배드민턴 동호회에 나갔고 경리과장으로서 매일 야근도 마다하지 않았다. 오죽하면 친성엄마 사십구재에노 노지사배 배느빈턴 대회에 나간다고 빠진 억척이었는데, 결국 퇴근하다 뒷목을 잡고 쓰러져 영영 일어나지 못했다. 언니의 사인은 뇌출혈이었다.

"언니, 담배 그만 피우면 안 될까?"

"인정머리 없는 년. 내가 오죽 애달프면 이러겠나. 됐다, 담배 맛도 안 난다."

"그나저나 아버지에겐 뭐라 하지……."

운전을 하면서도 아버지 걱정이 앞섰다. 구십 초반의 아버지는 아직 둘째 언니의 죽음을 모르고 있었다. 작년 가을 아버지와 둘째 언니 사이에 큰 싸움이 있었고 서로 다시는 보지 않겠다며 단단히 별렀다. 기어이 엄마 장례식에서조차 서로를 피하더니 이제는 영영 만날 수 없게 되었다. 그렇다 하더라도 누군가는 아버지에게 언니의 죽음을 알려야 하기에, 우리는 삼우제를 지내고 곧장 아버지가 계신 봉평으로 차를 몰았다. 은수 언니의 머리카락과 함께.

언니의 장례 절차를 두고 시댁 식구들과 우리 자매의 주장이 팽팽히 맞섰다. 형부는 우리가 끝까지 욕심을 부린다고 했다. 조카들도 가세해 우리 엄마는 우리가 알아서 하겠다며 선을 그었다. 결국 우리는 언니를 화장해 시댁의 묘지에 묻겠다는 형부와 조카들의 눈을 피해, 언니의 머리카락을 몰래 잘라 왔다. 머리카락만이라도 엄마가 계신 태기산 자락에 묻어줄 요량이었다. 우리는 은수 언니가 죽어서라도 그렇게 좋아하던 엄마 옆에 있길 바랐다.

차창 밖으로 '메밀의 고장 봉평'이라고 적힌 이정표가 눈에 들어 왔다. 그 곁엔 어김없이 메밀꽃이 심어져 있었고, 다분히 의도적으로 심어진 꽃은 어딘가 처량 맞아 보였다.

"너도 한대 피울래?"

언니는 좌석 깊숙이 몸을 파묻은 채 넌지시 물었다. 나는 고개를 가로 저었다. 내게는 술은 마셔도 담배는 안 피운다는 철칙이 있었다. 언니는 곁눈질로 나를 흘깃거리더니 예의 그 잔소리를 늘어놓기 시작했다.

"니는 술버릇 못 고칠 거면 차라리 담배를 피워라. 이게 사람을 차분하게 만들어준다니깐."

"……."

"남자들한테는 빌미를 주면 안 돼, 빌미를. 알았나?"

집 나간 남편은 자주 나의 술버릇을 문제 삼았다. 내 술버릇이 고약해서 집에 들어가기가 싫다는 것이었다. 얼마나 떠벌리고 다녔는지 그게 은조 언니의 귀에까지 들어간 모양이었다. 나는 술만 마시면 치약을 온몸에 묻혔다. 치약이 더럽혀진 몸과 마음을 정화해준다는 믿음이 언제부터 내 머릿속에 자리 잡고 있었는지는 모를 일이다. 치약 범벅이 된 채 깨어나는 날들이 반복되었고, 남편은 그런 나를 경멸스런 눈으로 내려다봤다. 일말의 애정이나 안타까움이라곤 찾아볼 수 없는, 나를 뼛속깊이 증오하고 원망하는 눈이었다.

무엇이 나를 조급하게 만드는 것일까. 정을 붙인 이들이 하나 둘 세상을 떠나고 제 시간에 오는 기차처럼 정확했던 생리주기는 자꾸만 연착하며 머지않아 폐경이 올 것임을 예고한다. 남편 옆에서 화사하게 웃는 젊은 여인은 이제 막 피어난 듯 하고, 우연히 들여다본 내 음부는 오래 물을 주지 않아 시든 꽃 같다. 아이들은 더 이상 나를 찾지 않고, 뜨지 않았으면 했던 태양이 어김없이 떠오르고, 이번 생의 민낯은 이미 완전히 들통 났음에도 화장을 하는 날들이 계속된다. 여느 날처럼 보정 속옷에 살을 구겨 넣다보니 문득 쉰이었다.

조수석에 앉은 언니는 멀뚱히 앞만 바라보고 있다. 전방엔 산을 끼고 도는 구불구불한 회색 도로가 끝없이 이어졌고, 나보다 먼저 이 모든 순간을 지나 온 언니의 옆모습은 죽은 엄마와 놀랍도록 닮아 있었다.

"언니, 미안해."

"……니가 미안할 게 뭐 있나. 바람피운 놈이 잘못한 거지. 니는 잘못한 거 하나 없다."

"아까는 내가 빌미를 줬다디니."

"그건 속상해서 하는 말이고⋯⋯. 나한테 동생은 이제 니 하나뿐인데, 내가 약 먹었나."

우리는 더 이상 아무 말도 하지 않았다. 멀리 해가 악을 쓰듯 빛을 발하고 있었다.

그때 나는 찌는 더위 속에서 걸레질을 하고 있었다. 늦은 밤까지 먹지도 자지도 않고 닦고 또 닦았다. 땀방울이 목선과 가슴골을 타고 흘러내려 바닥에 동그란 죄를 지었다. 나는 스스로를 자책하며 장판이 해질 정도로 걸레질을 했다. 집 안 곳곳에 묻어 있는 남편의 체취를 지우기 위함이었다. 남편 옆에서 화사하게 웃고 있는 젊은 여자가 떠올랐다. 남편이 구한 오피스텔 소파에서 그이와 정사를 벌이는 젊은 여자의 가느다란 허리와 엉덩이의 곡선이 밤마다 나를 찾아와 괴롭혔다.

원채 깔끔스럽고 자기관리가 철저한 사람이라 나 말고는 찝찝해서 어디가 섹스도 못할 줄 알았는데, 어쩌면 그가 나를 더 지저분한 여자로 생각하고 있었는지도 몰랐다. 배신감에 치가 떨렸다. 미친 듯이 가슴을 쥐어뜯고 소리를 질러보아도 몸속에서 엉킨 것이 풀리지 않았다. 수면제 없이는 잠들 수 없는 나날, 내 곁에 누군가 있었다고 속삭이는 텅 빈 옷장, 그리고 마흔 일곱의 여름이었다.

*

나이를 먹는다는 것은 얼마나 많은 망각의 강을 건너는 과정일까. 그리고 그것이 망각의 물인 줄도 모르고 자꾸만 떠마시게 되는 이 목마름, 내 젊음에 대한 보상도 없는 이 상실감은 어떻게 설명해야 하는 것일까. 어린 시절, 어느 여름날 오후에 막연하게 고향 동네 어귀를 걷다가 그 자리에 정신을 잃고 쓰러졌을 때 느꼈던 그 현기는 앞으로의 삶에 대한 막연한 암시였을까.

그런 면에서 죽은 은수 언니는 나와 달랐다. 언니는 우리 집에서 가장 반듯하게 살아가는 모범생이었다. 학교 선생을 하던 형부를 만나 착실히 살림을 꾸렸고, 고시 공부를 하면서도 아이 둘을 별 탈 없이 키워냈다. 언니 삶의 가장 큰 굴곡이 죽음이라는 사실이 나를 종종 감상에 젖게 했다. 왜 언니는 뒤를 돌아보지 않았을까. 돌아보지 않으니 후회할 일도 없었겠지만, 다만 몇 개의 이정표로 기억되는 삶이란 얼마나 쓸쓸한가.

멀리 차창 밖으로 새떼가 날아간다. 그 대열이 질서정연하다. 유독 아버지에게 박하던 은수 언니는 죽을 때도 아버지를 제쳐 갔다. 순하디 순한 엄마를 대신해 아버지를 다그치고, 구십 노인이 저지른 크고 작은 일들의 해결사 노릇을 하던 언니였다. 살날이 얼마 남지 않은 노인네니 이해하자는 맏언니나 나와 다르게, 은수 언니는 아버지의 방종을 두고 보지 않았다. 두 사람의 기 싸움에 있어 우리는 철저한 방관자였다. 아버지와 은수 언니의 마지막 만남은 작년 가을로 거슬러 올라간다.

"아니, 아버지! 보청기 하라고 준 돈을 다방 년한테 주면 어떻게 해! 아버지는 듣고 싶지도 않아? 자꾸 왜 그러냐구!"

아버지는 언니의 말을 잠자코 듣고 있다가 이내 오른쪽 눈썹을 씰룩이기 시작했다. 그건 아버지가 언니의 말을 못 알아듣고 있다는 뜻이었다. 언니는 울화통이 터지는 지 주먹으로 제 가슴을 팍팍 내리쳤고, 아버지는 그런 언니를 곁눈질로 흘겨보며 뭐라 뭐라 중얼거렸다. 간간히 년, 소리가 들려오는 것으로 보아 은수 언니의 욕을 하고 있는 게 분명했다. 와중에도 은조 언니는 그래도 울 아버지가 남자긴 남자인 모양이라며 연신 웃었고, 은수 언니는 그런 큰 언니의 명치를 팔꿈치로 쿡 찌른 뒤, 그럼 어머니는 여자가 아니냐며 되받아쳤다. 은조 언니는 할 말이 없어졌는지 엄마의 눈치를 살피다 이내 발바닥을 긁적거렸다. 엄마는 누런 이를 드러내며 실없이 웃고 있었다. 하지만 그 웃음이 진심이 아니라는 것쯤은 누구나 알 수 있었다. 아버지를 맡겨달라고 은수 언니에게 전화를 건 것도 엄마였으니. 아버지는 그런 엄마의 속을 아는지 모르는지 자신의 앞에서 주거니 받거니 떠들어대는 자식들의 모습을 멍하니 바라보고 있을 뿐이었다.

재작년 쯤 부터 아버지의 귀가 급격히 나빠지기 시작했다. 나이가 들어 자연스레 발병한 노인성 난청이라는 게 의사의 소견이었다. 어쨌든 한 번 나빠지기 시작한 귀는 점점 심해져 갔고, 이제는 몇 번이고 되묻고 되물어서야 간신히 알아들을 수 있는 정도에까지 이르렀다. 워낙 말하기를 좋아하고 떠돌아다니기를 좋아하는 노인네니 귀가 안 들리는 게 얼마나 답답했을까. 결국 아버지는 은수 언니를 졸라 자신의 귀 좀 들리게 해달라고 협박 아닌 협박을 했고, 직장까지 찾아와 졸라대는 귀 먹은 노인네의 행태에 형부 몰래 거금 삼백만 원을 고스란히 내주었다. 그러나 일주일 뒤 아버지가 다방 마담에게 홀려 삼백만 원을 홀랑 뺏겼다는 엄마의 제보로, 우리 세 자매는 결국 한 자리에 모였다.

은수 언니는 참다못해 자리를 박차고 일어섰다.

"안되겠어. 내가 가서 돈 돌려받고 올게. 어디 빼먹을 게 없어서 귀먹은 노인네 보청기 할 돈을 넘봐."

아버지는 언니가 무슨 말을 했는지 알아듣지도 못하면서, 여전히 날카롭게 날이 서 있는 동물적 육감으로 흘러가는 판세를 대충 읽어낸 듯 했다. 상황 파악이 된 아버지는 냉큼 자리에서 일어나 거세게 반발하며 언니를 뜯어 말리기 시작했다. 내가 좋아서 준 거라느니, 내 체면을 좀 생각해보라느니, 일주일 뒤에 돌려받을 거라느니……

"하이고오. 아버지. 구십 먹은 노인네가 다방 들락날락 거리면 사람들이 욕해요, 욕. 딸뻘인 여자들이랑 뭘 어쩌려고 그래요. 가서 저희가 잘 타이를 테니까 아버지는 여기서 가만히 계셔요. 알았죠?"

은수 언니가 힘주어 말하자 아버지는 잠시 침묵하다가, 그럴 바엔 차라리 자기가 직접 전화를 넣겠다며 바지 주머니로 손을 집어넣었다. 지퍼가 닳아 허리띠로 간신히 고정시킨 양복바지가 한 번 출렁하더니 곧 낡은 폴더 형 휴대폰이 아버지의 손에 딸려 나왔다. 아버지는 당당한 태도로 무수히도 눌러왔을 전화번호를 척척 눌러갔지만, 몇 번 통화 연결음이 이어지자 이내 손을 벌벌 떨기 시작했다. 곧 휴대폰 너머로 앵앵대는 여자의 목소리가 울려 퍼졌고, 은수 언니는 아버지의 휴대폰 가까이로 귀를 갖다 댔다. 척 들어도 산전수전 다 겪었을 목소리였다. 엄마에게만은 언제나 강경하고 단호하시던 아버지는, 고작 핸드폰 너머의 목소리 하나에 수줍은 소년마냥 쭈뼛대고 있었다. 엄마는 그 꼴을 더는 못 보겠는지 냉큼 고개를 돌렸다.

"어, 어……. 황 마담."

통화가 계속될수록 아버지의 어깨는 점차 움츠러들었고, 아버지는 이해하지 못한 말들을 다 이해한 척 기계적으로 고개를 끄덕였다. 자식들의 눈치를 살피던 아버지는 잠깐만, 잠깐만 하며 이내 방문을 닫고 나갔다. 문이 닫히자마자 엄마는 줄곧 닫고 있던 입을 열었다.

"지 버릇 남 못 준다고, 옛날이랑 똑같아. 저 양반은."

엄마의 말에 나와 은조 언니는 정말 여러모로 대단한 노인네라며 슬쩍 농을 던졌다. 그러자 은수 언니는 우리 둘에게 날카로운 눈초리를 보냈다.

"니들 아버지에게 시집을 갔던 게 열여덟이여."

엄마는 염불처럼 운을 뗐다. 아버지는 장가 든 지 얼마 되지 않아서부터 집 밖으로 나돌아 다니기 시작했단다. 아흔의 나이에도 저리 혈기왕성한데 그땐 어땠는지……. 엄마는 고개를 설레설레 저었다. 지난 육십여 년의 결혼생활 중 선명하게 기억하는 것이라곤, 시어머니의 모진 시집살이와 신랑 없는 방을 지키며 들었던 개구리의 울음소리뿐이라고 넋두리를 했다. 결국 스물도 채 안된 나이에 뒷방 늙은이 취급을 받던 엄마는, 아버지의 관심을 얻기 위해 무던히도 애를 썼다. 그 어린 나이에, 낯선 집에서 낯선 신랑과 낯선 시어머니 사이에 껴 엄마가 느꼈을 시리움과 외로움을 떠올리자니 괜히 가슴이 뭉클했다. 가끔씩 집에 들렀던 아버지는 습관처럼 엄마를 찾았고, 엄마는 기다렸다는 듯 덥썩덥썩 아이를 가졌다.

어쩌면 우리를 키워냈던 건 애틋한 모정이 아니라 질긴 오기였을지도 몰랐다. 엄마는 총 일곱 명의 아이를 임신했고 그중 우리 셋을 낳았다. 그러는 동안 아버지의 관심은 엄마에게 일곱 번 짧게 들러붙었다 떨어졌고, 세 번 길게 들러붙었다 떨어졌다. 슬픈 산수 놀음이었다.

엄마는 지난 세월을 떠올리며 헛헛 웃음을 흘렸다. 별안간 방문을 열고 들어온 아버지가 꼭 오줌 싼 초등학생마냥 제 발등만 내려다보며 무어라 중얼거렸다.

"황 마담이 다음 달에 준대."

아버지의 말에 방 안은 재차 시끄러워졌다. 은수 언니는 내 이년을 당장 만나고 오겠다며 문 쪽으로 걸어 나갔고, 그 뒤를 은조 언니가 따라 붙었다. 후다닥 뜀박질을 하는 언니들과 용케 그걸 알아채 언니들을 잡으러 뜀박질을 하는 귀먹은 아버지를, 엄마는 열린 문틈으로 불구경하듯 바라보고 있었다. 나 또한 그들을 따라 '은하수 다방'이라는 간판이 달린 곳까지 뜀박질을 했다. 내가 다방에 들어갔을 땐 이미 은수 언니와 황 마담이라는 여자가 팽팽히 대치 중이었다.

"세상에 별 개놈, 잡놈 다 붙어 먹은 나 황 마담이야. 니들이 떼거지로 와도 눈 하나 깜짝 안한다 이거야. 배운 것들이 괜히 욕보지 말고 아버지 간수나 잘해, 이년들아. 애비 쓰라고 준 돈이면서 왜 이제와 참견질이야?"

"아이구! 그래서 구십 노인 돈을 떼먹어요? 경찰 불러야겠네."

"경찰? 그래 불러 봐. 네 년들이 노인네 돈이나 몇 푼 쥐어줄 줄 알았지. 뭘 해줬다고 지랄이야."

"넌, 지금 나한테 년이라 했어요? 이 여편네가!"

"그래 년이지, 놈이냐. 성질 같아선 쌍판을 확 다 긁어놓으려는 거, 네 년 아버지 얼굴 봐서 참는 거야."

애초에 결과가 정해진 싸움이었다. 여중, 여고, 여대를 나와 국가의 녹을 먹고 사는 범생이 은수 언니가 산전수전 다 겪은 황 마담을 말싸움으로 이길 수 없는 노릇이었다. 황 마담은 은수 언니의 당황한 기색을 보고는 신이 났는지 과장된 몸짓으로 위협을 해댔다. 결국 언니의 분풀이는 아버지에게로 향했다.

"아이구! 아버지 나 다신 아버지 얼굴 안 볼래요. 이제 나한테 돈 달라고 오지도 마세요."

은수 언니는 괜스레 욕만 잔뜩 먹고 그 길로 집을 나섰다. 그게 아버지와 은수언니의 마지막 대화였다. 요즘도 아버지는 서러운 눈물을 뚝뚝 흘리며 귀가 안 들린다고 쭝얼거렸다. 그러나 이제 와 누구에게 보청기 이야기를 하겠는가. 은수 언니도 없는 마당에…….

*

우리가 봉평 집에 도착한 때는 오후 네 시였다. 집안은 고요했다. 은조 언니는 집 안의 불을 켜고 냉장고를 열어보았다.

"이 노인네는 도대체 뭘 먹고 사는 거야. 도무지 사람 사는 집 같지가 않아."

"걱정 마. 아버지가 어디서 굶어죽을 위인은 아니잖아."

나는 거실 한 편 엄마가 늘 앉아있던 자리에 엉덩이를 붙였다. 그 자리에 앉는 것만으로 마음이 춥고 헛헛했다. 엄마는 이곳에 앉아 얼마나 긴 세월을 죽였을까. 그저 눈을 깜빡이고 허공을 바라보는 것만으로 해가 지고 잠이 오고 다시 해가 뜨는 것을 지켜보면서, 삶이란 얼마나 무용하고 헛헛한 것인가 생각하면서…….

금방이라도 엄마가 영문을 모르는 얼굴로 '니, 뭔 일 있나?' 하고 무심히 물어올 것 같았다. 생전에 내 남편에 대한 신뢰로 똘똘 뭉쳐있던 엄마는 내가 친정을 찾을 때마다 '세상 사람들 다 문제 있어도, 니 서

방만큼은 속 안 썩일 끼다'며 실실 웃었다. 그러면서 '니가 좋다고 간 시집이다. 그저 한때 바람인기다. 읍내에 가 메밀국수나 먹자.'며 나를 다독였다. 참 태평했던 노인네. 이제 그녀는 없다.

은조 언니는 아버지를 찾아 다방에 가 보자고 했다. 우리는 차를 끌고 봉평 읍내 중심가까지 이동했다. 읍내 '뚱뚱상회' 앞에서 우리는 그 옛날 숨 쉬는 게 불편할 정도로 거대하고 뚱뚱했던 강 씨 아저씨를 만났다. 아저씨는 어느새 왜소하게 쪼그라 들어있었다. 은조 언니는 냉큼 달려가 인사를 건넸다. 잠시 갸웃거리던 아저씨는 곧 들고 있던 박스를 내려놓고 은조 언니의 손을 맞잡았다. 너 은조 아니가?

"맞아요. 얘는 젖 떼러 태기산에서 둘째한테 업혀 다니던 가예요. 은파!"

"참 세월 빠르다……. 참, 울기도 많이 울었제. 아마 우리 집에 자다가 쫓겨 그 밤에 태기산으로 갔댔지. 어지간히도 울더니."

은조 언니는 강 씨 아저씨와 인사 나누곤 활기찬 장 풍경에 기분이 좋은지 주위를 두리번거리며 실실 웃었다. 죽은 엄마만큼이나 태평한 언니였다. 시장은 떠들썩했다. 온갖 종류의 약초와 잡화, 먹거리가 있고 한편에는 그 동안 길렀던 닭, 강아지를 내다 팔려는 할머니들이 모여 앉아 있었다. 강아지의 맑고 큰 두 눈과 할머니의 두 눈이 닮아 있는 것을 보고 우리는 한참을 웃었다.

멀리 산골의 저녁 해가 저물어 가고 있었다. 어린 시절, 아버지는 우리 세 자매를 데려다 봉평 시내 여기저기에 셋방살이를 시켰다. 남의 집 셋방살이에도 은수 언니는 전교 일등을 도맡아 했더랬다. 누가 뭐래도 은수 언니는 우리 집의 실질적인 맏이였고 자랑이었다. 우리는 은수 언니가 있어 마음껏 골목을 헤집고 다닐 수 있었다. 봉평 시내를 언니와 함께 걷고 있자니, 다시금 그 시절로 성큼 다가가는 듯했다. 그리고 멀리 시장의 뒷골목 어귀에서 나는 보았다. 검게 그을리고 잉잉거리는 생명력을 지닌 어린 나를……

우리가 골목 어귀에 허름히 자리 잡은 은하수 다방에 들어섰을 때, 마침 요란스런 빨강 레이스의 원피스를 입은 다방 여자가 다방을 나서고 있었다. 월규 할아버지 보셨나요? 라는 물음에 여자는 당연하다는 눈인사를 건네며 문을 잡아 주었다. 여자는 족히 쉰 살은 되어 보였다. 그때 다방 가장 구석진 자리에 앉아있는 아버지가 보였다. 아버지는 들리지 않는 귀를 아가씨 뺨에 갖다 대고 열심히 듣는 척을 하며, 손으로 슬쩍슬쩍 어깨선을 훔쳤다.

"하이고, 참 아무리 나이를 먹어도 변함이 없네. 어이가 없네."

은수 언니의 빈자리를 은조 언니가 메우려는 듯, 언니는 심기 불편한 눈빛으로 다방 아가씨를 쏘아보았다. 그때 우리를 본 아버지의 눈빛이 휙 변했다.

"웬일이여, 니들이?"

"웬일은요. 아버지 보려고 올라왔죠."

"일 없어, 돌아가. 여그 가스내들이 니들보다 낫다. 은수 고년은 아직도 안 온다던? 모진 년. 소갈머리 하구는. 에비 죽으면 나타 날려나. 에구! 모진년. 내가 식모살이 하는 걸 서울서 데려와 공부시켜 강원도 살림을 주무르게 만들었고만. 고, 돈 몇 푼에 애비를 동네 챙피 주고. 지가 뭔 낯짝으로……."

와중에도 아버지는 은근히 은수 언니 자랑이었다.

"김 양아! 우리 둘째 년이 초등학교 졸업하고 지 이모에게 속아 서울에 공부하러 간다고 가더니만 겨우 식모살이하고 있기에, 내 쫓아올라가 애들 이모도 패버리고 은수를 빼와 봉평에서 학교 보냈다는 거 아니냐. 내 덕에 오늘날 지가 강원도 학교 살림을 주무르는 경리과장이 됐는데, 그깟 돈 몇 푼 때문에 삐져서 나타나질 않는다. 참 내, 매일 쌍화탕 타주고 모닝커피 가져오는 니들이 낫지. 저것들 키워봐야 다 아무 소용없다."

"아이고, 아비지는 히구한 날 모진 딸년 자랑이네."

그때 멀찍이서 듣고 있던 황 마담이 대화에 끼어들었다.

"고, 나한테 모질게 하던 년은 안 나타났네?"

그에 아버지는 귀가 안 들리는지 주위를 두리번거리며 입만 오물거렸다. 그 모습을 가만 보고 있던 은조 언니가 결심한 듯 크게 소리쳤다.

"아버지! 은수가 갔어요. 멀리! 아주 멀리! 엄마 옆으로"

그 말을 듣자 나도 모르게 입을 틀어막았다. 나중엔 아예 아버지에게서 등을 돌리고 서서 눈물을 훔쳤다. 등 뒤에서 들려오는 아버지의 목소리가 애달팠다.

"자는 또 뭐가 그리 슬프다고 저러나? 김 양아! 내가 틀린 말 했나?"

은조 언니가 손짓발짓까지 해가며 은수 언니 소식을 전했으나, 아버지는 눈만 끔뻑거렸다.

"자가 뭐라 하나? 김 양아, 누가 어델 간다고. 은파가 어디 먼데 간다고 우는 게야?"

은조 언니의 말에 황 마담도 아가씨도 침묵이었지만, 아버지는 아직도 상황을 파악하지 못하고 자꾸 김 양을 보며 되물었다. 누구도 선뜻 나설 수 없는 안타까운 광경에 황 마담은 이내 이마를 짚으며 곡소리를 냈다.

"하이고, 아버지는 어쩌라고. 눈만 뜨면 둘째 딸년 자랑인데. 아이고! 울 아버지 어쩌나. 저 노인네 불쌍해서 어쩌나. 내 못산다. 아주. 우리 할배 쓰러질 긴데. 아이고."

다방이 점차 상갓집 분위기로 바뀌는 것 같아 은조 언니의 옆구리를 찔렀다. 언니, 우리 여기서 이러지 말고 엄마 묘로 가자. 응? 은조 언니가 힘겹게 고개를 끄덕였다. 아버지는 주변 눈치를 살피더니 곧 쓰고 왔던 모자를 챙겨 자리에서 일어났다. 우리는 서둘러 아버지를 모시고 다방을 나섰다. 그리고 근처 슈퍼에서 처음처럼 두 병과 대구포를 사들고 운전석에 올랐다. 황 마담은 우리 차가 시야에서 사라질 때까지 내내 손을 흔들었다.

아버지의 코란도 승용차는 벌써 우리를 앞질러 가고 있었다. 마을 사람들은 아흔을 훌쩍 넘긴 노인네의 운전 때문에 골치를 앓고 있었다. 차와 함께 한 세월이 반평생인지라, 차를 뺏는 건 곧 죽으라고 하는 것과 같았다. 아버지의 검은색 코란도는 오래되어 그저 굴러가는 게 신기하기만 했다. 운전석 쪽 창문은 어중간한 위치에 걸려 올라가지도 내려가지도 않았다. 아버지는 그 창문에 왼팔을 얹고 한손으로 운전대를 잡은 채 언제나 삼십 킬로의 속도로 달렸다. 아버지의 코란도를 따라 나와 언니가 탄 차, 관광객들이 타고 온 외지 차들이 줄을 이어 달렸다. 뒤에서 본 아버지의 모습은 젊은 청년처럼 당당해 보였다.

"휘파람을 불면 아줌마들이 막 달려들었을 거야. 아버지."

"언니, 말도 마. 팔십 초반까지 나한테 비아그라를 구해 달라고 했어. 본인이 쓸 게 아니라고는 하는데 분명 아버지가 썼을 거야. 그나저나 아버지에게 어떻게 말을 꺼낸다."

엄마에게 가는 길은 아득했다. 꿈속을 지나는 것처럼 황혼이 지고 있었다. 붉은 구름의 대열이 왼편으로 열심히 움직이고 있었다. 나는 묘한 흥분에 휩싸였다. 서녘하늘이 붉게 물들자 옆에 있는 은조 언니의 뺨도 유난히 붉어 보였다. 앞장 서 달리는 아버지는 마음 깊은 곳에서 요동치는 거대한 열기를 가까스로 누르며 어디론가 떠나는 사람 같았다. 고개를 돌려 오른편의 산을 바라보자, 엄마의 그을린 얼굴을 쳐다보며 안겼을 때의 형용할 수 없는 따스함이 느껴졌다. 그 거대한 품 안에 속속들이 들어찬 골짜기는 엄마가 산나물 보따리를 등에 지고 황혼을 배경으로 귀가하던 때의 실루엣 같았다.

작년 늦가을에 돌아가신 엄마가 입원하고 있는 병실에서 은수 언니는 생전 처음으로 일주일간 휴가를 내어 꼭 붙어 있었다. 담관암으로 한 달밖에 살 수 없다는 대학병원의 진단으로, 엄마는 내가 근무하는 병원의 특실을 독차지하고 있었다. 은수 언니는 그 옆에서 엄마에게 밥도 먹어주고 노래도 불러주며 일주일간 갖은 정성을 쏟고는 인상으로 돌아갔다. 임종을 보러 오라는 전갈에 은수 언니는 엄마와 나 사이에는 다 약속이 있었다며 돌아가시면 연락하라 했다. 일주일 간 엄마와 인사를 다 해두었다 해도, 사람 마음이 그러기 쉽지 않은데 은수 언니는 흔들림이 없었다. 사십구재에도 나타나지 않았다. 그리고는 얼마 후 혼수상태에 빠져 버린 것이었다. 사람이 죽을 때 가장 좋아하는 사람을 데려간다고 하더니 엄마가 이번에도 은수 언니를 선택한 모양이었다. 엄마가 죽고 충격을 받은 아버지가 얼마 안 가 죽을 거라 여겼던 우리들의 예상과 달리, 아버지는 아침마다 이십 리 길의 엄마 산소가 있는 태기산 중턱까지 꽃을 갖다 놓으며 꿋꿋하게 살고 있었다. 다방과 엄마의 산소를 번갈아가며.

 내게 태기산은 보이지 않는 어떤 결계가 쳐진 곳 같았다. 벗어날 수 없는, 벗어나려고 애썼지만 발버둥 칠수록 다시 돌아오게 되는 그런 곳이었다. 옛날 태기산 자락 화전민 마을에 시집온 엄마는 전기도 들어오지 않는 곳에서 은수언니와 나를 데리고 살았다. 우리는 늘 한 데 모여 아버지를 기다려야 했다. 아버지가 우리에게 준 것은 목숨 하나뿐이었다. 그래서 우리는 절대로 남자에게 기대지 않으리라고, 나 스스로의 힘으로 살아가리라는 강박관념 속에 살았다. 그 때문이었을까. 남편은 나의 고집과 일에 대한 집착에 넌덜머리가 난다고 했었다.

 열여덟에 시집을 와 갖은 고생을 다한 엄마가 그토록 벗어나려 한 곳에 묻히는 게 맞는 것일까 싶었지만, 돌아가시기 전 '막내야, 절대 화장 하지마라. 나는 불이 싫어.' 라는 말에 우리는 이 태기산 자락에 엄마를 묻었다. 엄마의 산소는 태기산을 뒤로하고 남향을 향해 팔을 벌린 것처럼 햇살을 맞으며 자리 잡고 있었다.

 "니 애미가 오랜만에 심심치 않겠어. 참, 산소에 조화를 사와야 하는데. 바람에 쓸려 꽃이 너무 초라해. 산꽃은 헤퍼. 금방 시들어. 변화 없는 인조 꽃이 요즈음은 진짜 같더라고. 그리고 내가 면에 가서 니 엄마 산소까지 시멘트 쳐 달라고 한 달을 졸라서 엊그제 공사가 끝났어. 참 좋은 세상이여. 나라에서 이렇게 산길을 고속도로로 만들어 불고……."

아버지는 산소에 도착하자 끊임없이 중얼거렸다. 얼마나 말을 하고 싶었을까. 붉은 노을을 등진 아버지가 밝게 웃었다.

"요기 요 자리가 내 자리여. 꼭 합장해줘."

"엄마가 싫다 할 텐데요."

"에고, 저 세상에서 잘 해 줄거구만. 웬 놈의 풀이 이리도 잘 자라는 지. 어여 절들 해라."

아버지가 맨손으로 풀들을 쥐어뜯었다. 푸른 힘줄이 툭 불거졌다 수그러들었다. 나는 가져간 호미로 엄마 산소 앞 묘지석 옆에 땅을 팠다.

"뭐여, 보석이라도 묻는 거?"

아버지는 혼자 중얼거리더니 곧 돗자리에 올라앉았다.

"거 술 한잔 남은 거주라. 가득 따라."

"아니, 아버지 술 안 드시잖아요. 웬일이에요?"

은조 언니의 물음에 아버지는 대꾸도 않고 한잔을 단숨에 비웠다.

"한 잔 더, 막내 술 잘하지? 니도 한잔 받아라."

"아버지, 저 술 먹고 데모한다고 신발짝 날린 거 기억나요?"

내 농담에 헛웃음을 짓던 아버지는 곧 웃음을 거두었다. 그러더니 한참 제 미간을 매만지다가 갑자기 눈물을 뚝뚝 흘렸다. 그 광경을 본 언니와 나는 아무 말도 하지 못하고 고개를 떨어뜨렸다. 나뭇가지에 앉아있던 새가 고개를 갸우뚱하다 공중으로 치솟았다. 나뭇잎의 흔들림이 옆으로 번져가며 웅성거리는 소리를 냈다. 모든 것을 알아챈 숲이 소란해지는 동안, 아버지의 왜소한 어깨가 위아래로 들썩거렸다. 은조 언니는 말없이 아버지의 빈 잔에 술을 따랐다. 아버지는 가장 아끼던 피붙이의 죽음을 온몸으로 견뎠다.

"그래 둘째 어데다 묻었나."

아버지가 오랜 침묵을 깨고 입을 열었다.

"은수, 화장 했어요……."

"화장을 했다고? 아녀, 여기에 묻어 줄 거여. 내 당장 올라 갈 거구만. 데려 올 겨. 옛날에도 내가 서울 가서 데려왔어. 얼마나 고마워했는데. 여태 너들은 뭣하고 있었어. 느이 피붙이 태기산에 묻어야지, 이것들 아⋯⋯."

태양이 힘겹게 서녘하늘로 넘어가고 있었다. 아버지의 붉은 눈처럼 묘지가 황혼에 물들어 처참하게 보였다. 연거푸 마신 술 때문인지 아버지는 웃는 듯도 우는 듯도 한 표정으로 끊임없이 앓는 소리를 냈다.

"에고, 에고⋯⋯."

그러고는 술기운인지 이내 자리에 누워 버렸다. 나또한 커피 잔에 따라 마신 소주 탓인지 얼굴이 붉어지고 열이 올랐다.

"에고, 나도 모르겠다."

나도 아버지를 따라 누워 버렸다. 그러자 저 멀리서 엄마가 다래 보따리를 굴리며 산을 내려오는 모습이 보였다. 그 너머로 곱사등이처럼 힘겹게 걸어오는 은수 언니가, 은수언니의 등에 업혀 '안흥동 젖 떼러 가요' 하며 끊임없이 조잘거리는 내가 보였다. 저녁 해가 우리 뒤로 따라 붙었다. 이제 태기산은 모든 결계를 풀고 봉인을 해제하려는 듯 불타고 있었다. 멀리 남향으로 마지막 햇살이 찾아들었다.

김채강

서울 출생
국어국문학과 졸업
『한국소설』(2017년 2월호) 「구름 위를 달리는 자전거」 등단

미카엘

김 채 강

무영은 지하철을 탈 때마다 긴장의 끈을 놓을 수 없었다. 창자처럼 꼬인 서울의 지하철은 낮에도 편안하게 앉는 여유를 허락하지 않았다. 옆 사람과 허벅지가 닿지 않게 하려고 잔뜩 힘을 주어도 소용없었다. 낯선 남자가 옆에 앉으면 신경이 쓰였다. 남자들은 나이와 비례해 다리를 벌리는 각도가 넓어지곤 했다. 여자라고 해서 마냥 편하진 않았다. 의식하지 않으려 해도 타인의 체온이 팔과 다리를 통해 미적지근하게 전달되는 건 께름칙했다. 다리를 외로 꼬자니 구겨 신은 빛바랜 운동화가 도드라져 보였다. 서서 가면 불편한 마음을 덜겠지만 무영은 그러지 않았다. 딱딱한 공용 의자 끝에 엉거주춤하게 엉덩이라도 걸쳐야 할 만큼 몸이 무거웠다. 건물 청소를 시작한 후로 관절 마디마디가 쑤신다는 게 이런 거구나 싶었다. 꾸벅꾸벅 졸다 옆 사람에게 기대게 될까 봐 눈에 힘을 줬지만 소용없었다.

낮 두 시. 굴속을 빠져나와 달리기 시작한 전동열차 안으로 비춰든 햇살이 무영의 치떴다 감기는 눈꺼풀 위를 무심히 뛰어다녔다.

지하철 개찰구를 빠져나오자 상가에서 음식 냄새가 훅 끼쳤다. 무영은 얼굴을 찡그렸다. 위가 쓰리고 신물이 올라왔다. 새벽 세 시에 출근 준비를 하며 우유 한 잔을 마신 게 다였다. 무영이 일하는 곳은 지은 지 이십 년이 넘은 노후한 건물이었다. 일 층에는 상가가 있어서 드나드는 사람이 많고 층마다 있는 화장실은 개방형이라 치우고 돌아서면 다시 난장판이 돼 있었다. 물을 내리지 않거나 양변기 커버에 오줌 방울을 뿌려놓고 가버리는 여자도 있었다. 거무튀튀한 생리혈이 적나라하게 드러난 생리대를 치울 때마다 무영은 마스크 너머로 비릿한 냄새를 맡았다. 쓰레기통이 조금만 차도 바닥에 뭉친 화장지가 굴러다녔다. 더 곤란한 건 변기가 막힐 때였다. 덮개가 얌전히 닫힌 변기는 복불복 서바이벌 게임 같았다. 뚜껑을 열어젖힐 때는 습관처럼 눈을 질끈 감곤 했다.

건물 청소 일을 시작하면서 정확히는 공동화장실을 청소하면서부터 무영은 식욕을 잃어갔다. 일터에서는 과자 한 조각 입에 들어가지 않았다. 전날 밤 취객이 쏟아놓은 토사물을 새벽부터 치우는 날은 종일 밥을 먹지 못했다. 세제와 함께 사용하는 싸구려 락스 냄새도 지독했다. 쓰는 양이 많다 보니 눈이 시리고 머리가 지끈거렸다. 오후 청소를 맡아 하는 부산댁 아주머니는 그런 무영을 안쓰러워했다.

"첨 올 때는 볼살이 통통하니 곱더만 와이리 애볐노. 단디 묵고 일해라. 몸이 대서 그러나? 이제 사십 줄이면 한창때고만. 청소는 엔간히 해라. 낡아 삔 건물이라 표도 안 난데이."

"괜찮아요. 세제 풀어서 복도랑 계단 닦아놨어요. 쉬엄쉬엄하세요."

무영은 부산댁 아주머니의 일을 덜어주고 싶어서 구석구석 더 꼼꼼하게 청소를 했다. 부산댁 아주머니는 단칸방에 혼자 살았다. 미국에 이민 간 외아들 내외와 손녀를 그리워했다. 치기공사 자격증을 딴 아들은 한국에서 먹고 살기 힘들다며 어렵게 미국행을 준비했다고 한다. 손녀딸이 입학할 때 미국에 가려고 아주머니는 악착스럽게 돈을 모았다. 그래도 무영에게 백설기 한 조각, 삶은 고구마 두세 개를 챙겨주는 마음 쏨쏨이가 있었다.

무영은 지하상가 빵집에서 이천 원에 세 개씩 파는 빵을 샀다. 체력 소모를 생각하면 백반이라도 먹어야 하는데 식당에 혼자 들어가는 게 영 어색했다. 4인용 자리에 덩그러니 앉아 물컵 하나를 손에 쥐고 있으면 무인도에 불시착한 기분이었다. 주문한 식사가 나올 때까지 기다리는 짧은 시간을 어떻게 써야 할지 몰라 벽에 붙은 메뉴판을 반복적으로 훑었다. '고독한 미식가'는 음식으로 생의 희열을 느낀다지만 그녀는 이해할 수 없는 세계였다. 무인도에서 진수성찬을 먹는다고 뭐가 그렇게 행복할까 싶었다. 식당을 나서는 그녀의 머릿속에 여러 번 훑은 음식명들은 사라지고 고독만 남았다.

생일이 다가오면 엄마가 해준 집밥이 그리웠다. 일평생 가족의 생계를 꾸려온 엄마였지만 음식에 조미료를 쓰지 않았고 김치를 사 먹는 일도 없었다. 힘든 노동을 마치고 집에 돌아온 엄마는 한밤중에 바닥에 쪼그리고 앉아 두세 포기씩 김치를 담그곤 했다. 눈대중으로 고춧가루와 소금을 한 움큼씩 뿌리며 설렁설렁 양념하는 것처럼 보이지만 무영은 엄마가 담근 시원하고 심심한 김치가 좋았다. 가족의 생일에는 소고기 두 근을 사서 양념에 재웠다. 과일을 갈아 넣은 고기는 달달하고 부드러웠다. 어린 무영은 예쁜 케이크가 없어도 불고기를 먹을 수 있는 생일을 기다렸다. 엄마는 아버지의 생일에 더 신경을 써서 음식을 준비했다. 돼지고기와 버섯을 듬뿍 넣은 잡채를 만들고 말랑말랑한 곶감을 넣은 수정과도 냉장고에 넣어두었다. 어린 무영은 오랜만에 채워진 냉장고 앞을 어슬렁대며 아버지가 빨리 오기를 바랐다. 무영의 초조함을 아는지 모르는지 아버지는 집에 오지 않았다. 주인공이 없는 밥상 앞에서 미역국에 만 밥과 고기를 입안 가득 넣고 우물거리던 무영은 뭔지 모를 죄책감을 느꼈다. 창문 앞을 지나는 발소리가 가까워지면 무영은 숟가락질을 멈추고 귀를 쫑긋 세웠다. 그러다 발소리가 멀어지면 엄마 얼굴을 훔쳐봤다. 엄마는 빈지허 방 창문을 바라볼 뿐이었다. 어린 무영은 내년 아버지 생일을 엄마가 넘어가 버릴까 봐 겁났다. 집 안에 고소한 냄새가 배어들고 따다닥 규칙적으로 도마를 두드리는 칼질 소리를 들을 때면 가슴에 노란 전구가 켜진 것 같았다. 괜스레 박자에 맞춰 까치발을 딛고 배시시 웃음이 새어 나왔다. 일 년에 몇 번 안 되는 그런 날을 아버지는 왜 모르는 척하는지 알 수 없었다.

한 달에 한 번 무영은 은행에 가서 통장을 정리했다. 앞으로 통장 거래가 사라질 거라는 기사를 봤지만 그녀는 인터넷뱅킹을 사용하지 않았다. 스마트폰도 사지 않았다. 구닥다리 폴더폰조차 집에 두고 다니기 일쑤였다. 지갑에 있는 카드라고는 현금카드 한 장과 교통카드뿐이었다. 인터넷 사이트에 회원가입을 하는 일도 드물었다. 최소한의 것만 남겨도 일상은 그럭저럭 굴러갔다. 그녀는 죽는 순간이 왔을 때 점 같은 흔적도 남기고 싶지 않았다. 무영에게 삶은 싫어도 채워야 하는 할당량 같은 거였다.

부산댁 아주머니는 입버릇처럼 말했다. 독거노인으로 살면 뭐가 억수로 무서운 줄 아나? 내 죽은 담에 몸뚱아리가 썩어 문드러져도 아무도 모르는 기다. 미국 사는 문디 자슥이 빨리 발견할 수나 있것나. 무영은 멀거나 가까운 자신의 미래 같아서 소름이 돋았다. 이제 마흔두 살인 무영은 이삼십 년은 더 산 노인처럼 죽음에 대해 떠올렸다. 죽음 자체는 무섭지 않았다. 죽는 방식이 문제였다. 원룸에 누워 손 한 번 잡아줄 이도 없이 죽어가는 적막함이 그려졌다. 보도에 널브러져 죽은 비둘기를 환경미화원이 집게로 집어 쓰레기봉투에 넣듯이 그녀의 죽음이 다뤄지는 게 싫었다.

어릴 때는 무영을 보호해주는 미카엘 천사가 있다고 믿었다. 하늘나라 이야기가 파스텔 색깔로 그려진 동화책을 수십 번 봐도 지루하지 않았다. 엄마에게 천사 인형을 사달라고 떼를 썼다. 아무리 기도해도 무영 앞에 천사가 나타나는 일은 없었다. 신이 무영에게 눈곱만큼도

215

관심이 없다는 걸 차츰 깨닫게 되었다. 삶과 죽음은 무영이 알아서 할 문제였다.

그녀는 정리한 통장을 한동안 들여다봤다. 최저시급으로 계산된 월급은 초라했다. 월세와 공과금을 내고 식비와 교통비를 쓰고 나면 남는 액수는 얼마 되지 않았다. 그래도 오늘만큼은 만 원짜리 몇 장을 찾기로 했다. 생일이라고 특별할 건 없었다. 무심한 나날 중 하루지만 무영은 불고기를 먹어야겠다고 생각했다. 그녀의 원룸에는 변변한 식기나 프라이팬이 없었다. 고기를 먹으려면 혼자 식당 문을 여는 용기가 필요했다.

식당은 다세대 주택가의 후미진 길목에 있었다. 스테인리스 원형 테이블이 네 개뿐인 작은 고깃집이었다. 무영은 작고 조용한 곳에서 있는 듯 없는 듯 식사를 하고 싶었다. 식당 안은 바깥에서 본 모습보다 옹색했다. 벽면은 고기의 그을음이 배어들어 누렇게 변색되었다. 환기가 안 된 탓인지 탄내와 쉰내가 뒤엉킨 눅눅한 공기가 무영의 코에 달라붙었다. 무영은 비어있는 세 개의 자리 중 가장 구석진 곳에 앉았다. 서빙과 주방 일을 모두 하는 여주인이 다가왔다.

"혼자 왔어요? 점심 백반은 끝났는데."

"불고기 이 인분 주세요."

미국산 소고기라 가격이 저렴했다.

"공깃밥이나 술은요?"

무영은 잠시 망설이다 고개를 저었다. 고기에 소주 한잔하고 싶은 충동을 눌렀다. 탐색하는 듯한 여주인의 눈빛이 껄끄러웠다. 맞은편 자리에서 소주를 마시고 있는 남자도 마음에 걸렸다. 여주인은 상차림을 준비하며 무영에게 말을 붙였다.

"아줌마, 이 동네 살아요? 못 보던 얼굴인데."

아줌마란 호칭이 무영을 쿡 찔렀다. 심심찮게 듣는 말인데 남의 옷 같았나. 정수리에서 올라오기 시작한 흰머리를 미쓱하게 민졌다.

"저기요…… 고기 조금만 주셔도 돼요. 다 못 먹어서요."

불규칙한 식습관과 소식은 그녀의 위를 쪼그라들게 했다. 이천 원짜리 김밥, 컵라면, 싸구려 빵에 익숙해진 위는 고기 같은 음식을 잘 소화하지 못했다.

"아이고, 예의상 이 인분 시켰구나. 아줌마 인상이 선하다 했어. 아까 왔던 여자랑은 딴판이네. 점심때 어떤 여자가 남자랑 와서 낮부터 술을 먹더라고. 백반 하나 시켜놓고는 소주를 세 병이나 마시데, 미친년. 얼굴은 벌게서 꼬리치고 혀 짧은소리를 하는 꼴이라니… 딱 봐도 불륜이야. 나잇살이나 먹어서 창피한 줄 몰라요."

무영은 불판 위에 익어가는 고기 한 점을 입속에 넣었다. 불고기 양념은 온통 설탕으로 범벅한 맛이었다. 첫맛은 달지만 끝 맛은 느끼하고 텁텁했다. 고기는 식당 여자가 늘어놓은 말처럼 질겨서 목 안으로 잘 넘어가지 않았다. 그녀는 맞은편에 앉은 머리숱이 반쯤 벗겨진 남자가 힐끗힐끗 쳐다보는 걸 느꼈다. 손님의 식탁에 여러 번 올려놓아 윤기가 사라진 나물 반찬을 젓가락으로 뒤적이는 무영과 소주만 연거푸 마시는 남자의 시선이 마주쳤다.

"술이 없으니까 고기를 그렇게 맛없게 먹지. 한잔 드릴까?"

남자는 소주병을 들고 당장이라도 건너올 분위기다. 놀란 그녀는 얼른 고개를 돌렸다. 술 취한 남자가 말을 걸까 봐 조마조마했던 마음이 현실이 되자 어쩔 줄 몰랐다.

"나 나쁜 놈 아니오. 외로운 사람끼리 술 한잔하자는 거지. 속이 얼마나 헛헛하면 대낮에 혼자서 고기를 먹겠어. 우리 사연이나 나눠 봅시다."

무영은 덜덜 떨리는 몸을 들키지 않으려고 젓가락을 꼭 움켜잡았다. 남자의 은근한 눈빛은 '아직도 여자로 봐주는 남자가 있어서 좋지?' 하고 말하는 듯했다. 만만한 여자로 보인 것에 화가 난 건지, 쓸쓸함을 들킨 것이 수치스러운 건지 그녀는 구별하기 어려웠다. 쏟아붓고 싶은 말은 차고 넘치는데 입 밖으로 엉뚱한 대사가 나왔다.

"괜찮습니다. 제가 약속이 있어서요."

불판에 고스란히 남겨진 불고기에서 역한 냄새가 올라왔다. "아줌마, 고기 타잖아." 가스 불을 단속하러 온 여주인에게 되는대로 돈을 쥐여 주고 그녀는 식당을 빠져나왔다. 식도를 타고 내려간 고기 조각이 명치에 얹혀 가슴팍을 조였다. 뒤에서 식당 여자가 미친년, 미친년 하는 소리가 이명처럼 들렸다.

"엄마! 엄마! 가지 마!"

무영은 식은땀을 흘리며 잠에서 깼다. 언제나 같은 꿈이다. 다리에 쥐가 나도록 뛰어도 앞서간 엄마는 잡히지 않았다.

새벽 세 시. 평소였으면 출근을 준비할 시간이다. 쉬는 날엔 늦잠을 자고 싶은데 몸은 습관대로 움직였다. 원룸은 어둠에 잠겨 있었다. 책상 등을 켜자 여섯 평 남짓한 방이 한눈에 들어왔다. 무영의 방은 군더더기 물건이 거의 없었다. 검소하고 간결하다 못해 금방 떠날 사람의 방 같았다. 눈에 띄는 물건은 싱글 매트리스, 앉은뱅이책상, 냉장고, 조립식 옷걸이 정도였다. 흔한 텔레비전 한 대 없이 손바닥만 한 라디오가 작은 냉장고 위에 놓여 있었다. 무영은 냉장고에서 차가운 생수를 꺼내 병째 마셨다. 그녀는 꿈을 떠올리며 체머리를 흔들었다. 가끔 어디까지가 현실이고 꿈인지 헷갈렸다. 일곱 살 때 엄마 손을 잡고 갔던 낯선 동네가 꿈에서는 컴컴한 동굴이었다가 낡은 창고로도 변했다. 날씨도 뒤죽박죽이었다. 시뻘겋게 해가 지다가 비가 내리기도 했다. 변하지 않는 건 창백하게 슬픈 엄마의 표정과 울며 쫓아가는 무영이다.

엄마는 무영을 데리고 버스에 탔다. 과자봉지를 쥔 무영은 신이 나서 엉덩이를 들썩였다. 일만 하는 엄마가 무영과 외출하는 일은 드물었다. 그들이 내린 곳은 처음 와보는 동네였다. 엄마는 종이에 그린 약도를 들여다보며 골목에 있는 집들을 기웃거렸다. 이디선가 코끝을 간지럽히는 화장품 냄새가 풍겼다. 담장 너머로 보라색 라일락이 바람결에 잔가지를 흔들고 있었다. 엄마는 꼼짝 않고 서서 자주색 페인트가 칠해진 대문을 응시했다. 지루해진 무영은 엄마의 옷소매를 잡아당겼다.

"무영이 짜장면 좋아하지?"

"응, 지금 먹으러 가는 거야?"

"무영이가 엄마 말 잘 들으면 사줄게. 여기 그늘에 앉아서 엄마 올 때까지 기다리고 있어. 어디 가지 말고 있어야 해. 알았지?"

엄마는 무영을 담 밑에 남겨두고 자주색 대문 안으로 들어갔다. 무슨 볼일인지 시간이 오래 걸렸다. 심심한 무영은 주머니에서 공깃돌을 꺼냈다. 한 알 잡고, 두 알 잡고…… 공깃돌을 던져서 손등에 얹었다. 그때였다. 쨍그랑, 쿵쾅. 무언가 깨지고 부서지는 소리가 들렸다. 무영은 벌떡 일어섰다. "여기가 어디라고 와서 행패야!" 남자의 우렁우렁한 고함이 담장 안에서 들렸다. 익숙한 목소리 같았다. 철커덩, 대문이 열렸다. 누가 밀치기라도 했는지 엄마가 튕겨 나왔다. 무영을 찾지도 않았다. 단정하게 묶었던 머리가 풀어헤쳐 진 채 골목 밖을 향해 뛰었다. 깜짝 놀란 무영은 엄마의 뒤꽁무니를 쫓아 달렸다. 땅바닥에 떨어진 공깃돌을 주울 새도 없었다. 엄마아… 모퉁이를 돌자 엄마가 길바닥에 주저앉아 있었다. 무릎을 감싸 안고 고개를 푹 숙인 엄마는 미동도 하지 않았다. 불안한 마음이 엄마를 찾았다는 안도감으로 바뀌며 무영이 울음을 터트렸다. 하얗게 질린 엄마의 얼굴이 무영 쪽으로 향했다. 무영아, 우리 무영이. 엄마는 무영의 어깨를 몇 번 토닥이고는 힘없이 일어섰다. 그 후 어떻게 됐는지 무영은 기억하지 못한다. 짜장면을 먹었는지, 엄마가 손을 잡아줬는지 떠오르지 않는다. 뒤돌아보지 않고 세상 밖으로 도망치던 엄마의 선뜩한 뒷모습이 무영의 가슴에 깊은 상처로 박혔을 뿐이다.

무영은 자라면서 아버지에게 말을 걸지 않았다. 아버지는 딸에게 간섭하거나 야단을 친 적도 없었다. 아버지는 부재중인 사람이었다. 집에 있는 게 어색했다. 어쩌다 방에서 담배를 피우고 있는 아버지를 발견하면 무영은 낯모르는 손님이 온 것처럼 조심스러웠다. 그녀가 어릴 때는 부부가 소리를 높여 싸우기도 했지만, 무영이 철들 무렵 부모는 남남인 양 데면데면했다. 아버지는 여자에게 인기가 많았던 모양이다. 무영으로서는 수수께끼 같은 일이었다. 가까이 가면 매캐한 냄새가 풀풀 나는 골초에 말 없고 무뚝뚝한 아버지의 어디가 좋다는 건지. 아버지는 전체적으로 뾰족해 보이는 사람이었다. 눈꼬리가 날카롭고 턱선이 뚜렷했다. 길고 가는 몸에 빗장뼈가 선명하게 보였다. 인상이 동글동글한 엄마와는 정반대였다. 무엇보다 아버지는 돈 버는 재주가 없었다. 그런데도 입성은 번듯하고 태가 났다. 엄마는 생활비 받는 걸 포기했다. 빚만 안 지고 들어와도 고마운 눈치였다.

　　무영이 독립을 할 만큼 컸을 때, 엄마는 속내를 풀어놨다. 딸과 엄마는 마주 앉아 김치부침개를 부쳐 막걸리를 마셨다.

　　"엄마, 아버지랑 남처럼 사는 거 지겹지 않아? 그냥 헤어지지 그래?"

　　"이것아, 그걸 이제 얘기 하냐? 애미가 쭈그렁 할망구 되기 전에 말했어야 팔자를 고쳤지."

　　"아직 봐줄 만해. 지금도 안 늦었어."

　　"됐다. 니 애비 같은 놈 또 만날까 겁난다."

　　엄마는 농담인지 진담인지 키득키득 웃었다.

　　"아버지가 다른 여자 만나는 거 화나잖아? 살림도 차렸고."

　　"여자가 아니라 여자들이지. 살림은 차려도 다른 씨앗 안 보는 게 어디냐."

　　무영은 답답했다. 엄마가 착한 건지 여자로서 못난 건지 의심스러웠다.

　　"너도 남자 만나 살아보면 알겠지만 남녀 사이라는 게 별거 없다. 죽고 못 사는 건 잠깐이야."

"죽고 못 살 정도로 좋았던 적은 있어?"

엄마는 사발에 있던 술을 단숨에 비웠다. 주량도 적은 엄마가 막걸리를 계속 비우자 무영은 괜한 얘기를 꺼냈나 싶었다.

"내가 첫눈에 반했지. 그래서 너도 갖게 됐고."

"결혼 전에 나를 임신했다고?"

"내 가슴에 못이 박힌 건 니 애비가 바람을 피워서만은 아니야. 애 밴 걸 들켜서 네 할아버지에게 쫓겨났지. 처녀가 임신했으니 그럴 만도 했어. 추운 날씨에 스웨터 하나 걸치고 네 아버지 자취방에 찾아갔어. 난 이 남자가 그렇게 펄쩍 뛸지 몰랐다. 당장 애를 떼라고…"

코를 몇 번 훌쩍이더니 엄마는 기어코 눈물을 쏟았다. 급하게 막걸리를 잔에 부어 들이켰다. 그리고는 눈이 빨개진 채로 횡설수설했다.

"좋다고 덤벼들 땐 언제고 지가 뭔데 너를 떼라 말라야! 겨울바람이 매서웠는데 나를 문밖으로 내몰고 달라붙지 말라고 소리 지르고. 나쁜 새끼가 나를 발로 찼어. 아가, 많이 아팠지… 엄마가 미안해… 결혼만 해주면 자기 책임은 끝났다고 생각한 인간이 네 아버지야. 딴 여자 만나는 것도 모자라서 살림까지 차렸단 걸 알았던 날이 지금도 선해. 네 아버지가 미운 게 아니라 나를 용서할 수 없더라. 너를 앞세워 결혼하는 게 아니었어. 무영아, 기억하니? 내가 그날 길에 너를 버릴 뻔했어. 아니, 버리고 싶었어. 너만 아니면…… 너만 아니었으면……"

무영은 술에 취해 잠든 엄마를 물끄러미 바라보았다. 그랬구나, 엄마 인생에서 사라졌어야 할 사람은 아버지가 아니라 나였구나. 그녀는 땀에 달라붙은 엄마의 귀밑머리를 가만가만 넘기며 먹먹한 마음을 숨겼다.

무영은 사람과 관계를 맺는 일이 늘 어려웠다. 마음이 넘치거나 부족해서 적당한 거리를 유지하는 데 서툴렀다. 숫기가 없어서 마음에 드는 상대에게 먼저 다가가지 못했다. 대개는 적극적인 사람이 무영의 친구나 애인이 되었다. 그녀는 좋아하는 사람에게 집착했다. 자신이 가진 것은 무엇이든 부어 주고 싶었다. 사랑하는 이에게 아낌없이 주지 않으면 그들이 떠날지도 모를 일이었다.

단짝이었던 세진이 결혼하는 날, 무영은 집에 돌아와 펑펑 울었다. 하나밖에 없는 친구를 남자에게 영영 빼앗긴 것 같았다. 학창시절부터 활달한 세진의 수변에는 친구가 많아서 무영은 선선긍긍했다. 남자친구도 여러 번 바뀌었다. 세진이 연애에 빠졌을 때는 무영과의 약속을 번번이 깼다. 그러다 애인과 싸우거나 이별의 시기가 오면 무영의 둥지 안으로 날아들었다. 무영은 섭섭한 감정을 갖기 보다는 힘들 때 찾아오는 친구가 고마웠다. 세진에게 무영이 의미 있는 사람이라면, 다 괜찮았다.

세진이 결혼 후 첫 집들이를 하기로 정하자 무영은 미리 가서 음식 장만을 도왔다. 함께 장을 보고 고기와 채소를 다듬었다. 서툰 솜씨지만 요리법을 찾아가며 잔치 음식을 만들었다. 세진의 예쁜 신혼집에 그녀도 구성원이 된 것 같았다. 지인들이 모두 돌아간 후 마지막까지 남아 설거지를 한 것도 무영이었다. 세진이 임신을 했다는 소식을 듣고 그녀는 자신에게 자식이 생긴 것처럼 기뻤다. 때때로 입맛 없어 하는 친구를 불러내 무영의 월급으로는 분에 넘치는 맛집에 갔다. 세진이 딸 민지를 낳았을 때 산후조리원에 찾아간 무영은 감정이 벅차올라 말했다.

"세진아, 이제부터 내가 민지 이모다, 잊지 마."

민지의 백일과 돌은 무영에게도 중요한 날이었다. 금반지에 아이의 이름을 새길 때 작은 하트도 넣어 달라고 부탁했다. 민지의 말랑말랑한 손과 배냇냄새가 떠올라 아기 옷 가게를 그냥 지나치지 못했다. 무영은 상상의 나래를 펼쳤다.

'돈을 모아 이사를 하면 세진이집 근처에 살아야겠어. 민지가 크는 모습도 보고, 맛있는 간식도 만들어 줘야지. 겨울에는 세진이와 김장도 같이 해서 나누고. 민지가 빨리 커서 이모라고 부르면 얼마나 좋을까.'

상상대로 민지의 말문이 트여 이모라는 말을 듣게 됐지만 시간이 흐를수록 무영은 소외감을 느꼈다. 민지의 동생 민우가 태어난 다음부터는 무영이 끼어들 틈이 없었다. 잘하면 잘할수록 밑 빠진 독에 물 붓듯이 허탈했다. 세진의 얼굴을 보는 일은 점점 어려워졌다. 전화를 걸면 세진은 이런저런 핑계를 냈다.

"무영아, 미안. 이번 네 생일에도 못 만날 것 같아. 민지가 다니는 어린이집에 챙길 일이 한두 가지가 아니야. 민우는 밤마다 얼마나 울어대는지 민지 때와 또 달라. 여섯 시간만 푹 자는 게 내 소원이다. 주말에 와서 도와준다고? 됐다, 됐어. 애 엄마도 아니면서 네가 뭘 알겠니. 민우 백일도 신경 쓸 필요 없어. 가족끼리 조촐하게 지내기로 했어. 어머! 민우 운다. 끊자."

결혼 초에 세진의 남편은 무영을 반가워하고 좋아했다. "불알친구가 남자들한테만 있는 게 아니네요, 하하하. 우리 집사람이 제 흉봐도 편 좀 들어주실 거죠?" 하던 사람이 언제부터인가 무영이 집에 가면 "재밌게 놀다 가십시오." 하며 방으로 들어가 버렸다. 무영은 어디서부터 무엇이 잘못됐는지 몰랐다. 예전처럼 세진과 터놓고 대화를 나누고 싶은 마음이 간절했다. 세진은 그런 무영에게 핀잔을 주었다.

"우리가 애들이니? 전후좌우 따지면서 마음을 들여다보게. 하루 이틀 친구도 아닌데 피곤하게 굴지 말자. 무영아, 남자 좀 사귀는 게 어때? 결혼해야지."

무영은 오랜 시간의 최면 끝에 깨어났다. 그동안 세진에게 뭘 한 거지? 세진과 내가 다른 세계에 살고 있었다는 걸 이제야 깨닫다니. 그녀는 슈퍼마켓에서 파는 통조림을 떠올렸다. 통조림처럼 인간관계에도 유통기한이 있다는 생각이 들었다. 어떤 통조림은 일 년, 다른 통조림은 삼 년. 무영과 세진의 유통기한은 제법 긴 편이었다. 유통기한이 끝났는데도 그녀는 더 남았다고 우기다 탈이 난 것뿐이다. 무영은 세진의 세계에 편입하지 않는 한 더는 나눌 것이 없다는 걸 알았다. 사람에게 향한 문을 열거나 닫지 않고 중간쯤에 걸치는 법을 그녀는 끝내 배우지 못했다.

일 년간 사귄 애인과 끝이 난 후, 그녀는 무너졌다. 남자 탓만은 아니다. 그냥 아무것도 견딜 수 없었다. 병원에서 처방한 수면제와 신경안정제 없이는 잠을 이룰 수 없었다. 동훈과 만날 때부터 서서히 닳기 시작한 마음은 이별 뒤 물에 풀린 휴지처럼 너덜너덜해졌다. 사라지는 건 시간문제였다.

딸은 엄마 팔자 닮는다는 말을 증명이라도 하려는 듯 동훈에게 다른 여자가 생겼다. 다행히 무영은 아이를 배지도 않았고 엄마처럼 매달리지도 않았다. 동훈은 아버지보다 인간적인 남자였다.

"미안하단 말도 못 하겠다. 네가 여린 사람인 걸 알면서 일을 이 지경으로 만들었네. 너한테 상처 준 만큼 벌 받으며 살게. 근데 네가 쌓은 성이 견고해서 비집고 들어가기 힘들었어. 나한테 사랑한다고 말한 적도 없잖아. 널 안을 때마다 더 외롭더라. 섹스가 끝나자마자 옷으로 무장하고 등 돌려 자는 널 보면서 내가 얼마나 서운했는지, 모를 거다."

동훈을 선선히 보내준 무영이지만, 가슴 밑바닥에선 온갖 감정이 들끓었다. 나는 사과를 받은 걸까 욕을 먹은 걸까. 나를 버리고 받은 벌이 어리고 예쁜 여자를 만나는 거라니! 그녀는 동훈에게 사랑한다고 말하기 두려웠다. 사랑이라고 말하는 순간 그 말은 무영을 가두는 족쇄가 될 것 같았다. 그의 강파른 등을 바라보는 게 쓸쓸하고 아파서 먼저 돌아누웠던 무영이었다. 좀 기다려주지. 상처에 연고를 바르고 새살이 돋을 때까지. 그럼 난 천천히 너에게 갔을 텐데. 무영은 못한 말을 꿀꺽 삼키고 모든 화살을 스스로에게 쏘았다.

그녀는 직장에 다닐 수도, 외출할 수도 없었다. 손가락도 까딱하기 싫었다. 사슬처럼 연결되어 떠오르는 상념은 그녀의 숨통을 죄었다. 무영은 아무 생각도 하지 않으려고 안간힘을 썼다. 온종일 누워 텔레비전에서 나오는 코미디나 예능프로그램만 봤다. 치킨이나 피자를 배달시켜 체할 정도로 먹다가 며칠을 내리 굶기도 했다. 강소주에 수면제 몇 알을 털어 넣고 꺽꺽 마른 울음을 토하다가 잠이 들었다. 통장에 돈이 바닥나고 수면제가 떨어지는 날 죽기로 마음먹었다.

그즈음 아버지에게서 전화 한 통이 걸려왔다. 간밤에 엄마가 심근경색으로 쓰러졌다고 전했다. 병원에 가야 했다. 바닥에 나뒹구는 옷더미 속을 뒤지는 무영의 손끝이 떨렸다. 머리를 언제 감았는지 감감하기만 했다. 세탁한 양말이 없어서 맨발로 운동화를 신었다. 이런 몰골로 나가도 되는지 판단할 여유도 없이 무영은 원룸을 나섰다. 석 달 만의 외출이었다.

불행은 더 큰 불행이 이겨내게 만든다 했던가. 무영은 늪에서 조금씩 헤쳐 나왔다. 엄마의 장례를 치르는 동안 그녀는 눈물이 나지 않았다. 정신을 차리지 않으면 엄마가 가는 마지막 길을 엉망으로 만들 것 같았다. 영정사진 속 엄마는 왠지 홀가분한 표정이었다. 말년에 엄마의 삶이 조금이라도 행복했다면 아버지의 귀가 때문이었다. 아버지는 위암 진단을 받고 초췌한 꼴로 엄마에게 돌아왔다. 엄마는 신접살림이라도 차린 색시처럼 지극정성으로 아버지를 돌봤다. 그렇게라도 엄마가 홀로 견뎌낸 시간을 보상받는 것처럼 보였다.

얼마 살지도 못하고 엄마를 먼저 보낸 아버지의 심정이 어떨지 표정만으로는 읽기 어려웠다. 엄마는 아버지를 끝까지 포기하지 않았지만 무영은 그럴 자신이 없었다. 작은 연결고리마저 사라진 부녀는 변변한 대화도 없이 삼일장을 치렀다.

엄마의 장례식을 마치고 그녀는 다시 일어서려 애썼다. 인간관계에 매이지 않는 임시직을 골랐다. 청소일은 고되어도 장점이 있었다. 몸을 많이 쓰다 보니 자신을 괴롭힐 기운이 남아 있지 않았다. 텔레비전을 없애고 라디오를 샀다. 그마저 듣지 않았다.

무영은 마흔둘 생일에 엄마가 만든 음식을 먹을 순 없었지만 하늘에서 보내준 선물을 받았다. 힘겨운 삶에 마지막 보물처럼 만난 운명의 상대였다.

그녀는 지친 몸을 끌고 집으로 오는 길에 버려진 가구들을 발견했다. 막 이사를 간 어수선한 주택 앞에 폐기물 스티커를 붙인 살림살이가 많았다. 책상, 서랍장, 거울, 화장대 사이에 하얀 옷장이 눈에 띄었다. 언뜻 봐도 평범한 옷장이 아니었다. 유럽의 귀족이 사용했을 법한 오래된 가구였다. 아치 모양의 꼭대기에는 고대 그리스인이 제우스신에게 바쳤다는 카네이션이 무리 지어 조각돼 있었다. 여닫이문 밑에 두 개의 서랍이 있고, 몸체를 받치는 네 개의 다리는 S자 형태였다. 무영이 옷장에서 눈을 떼지 못한 건 여닫이문 가운데를 꽉 채워 돋을새김한 천사 때문이었다. 그 천사는 그녀가 어릴 때 손에서 놓지 않았던 동화책 속의 대천사 미카엘이었다. 아름답고 용맹한 미카엘이 뱀과 용의 모습을 한 사탄을 황금 검으로 물리칠 때 어린 무영은 침도 삼키지 못할 만큼 조바심쳤다. 하늘나라의 용사 미카엘은 착한 사람에게는 한없이 다정했다. 미카엘이 아버지 대신 엄마와 그녀를 지켜주기를 어린 무영은 잠자리에서 기도했다. 오랫동안 잊고 살았던 미카엘을 무영은 단번에 알아보았다. 그녀는 미카엘과 재회하는 순간, 블랙홀에 빠져드는 빛이 되었다. 섬세한 얼굴선과 단단한 어깨, 불꽃 같은 곱슬머리는 그녀를 매료시켰다. 그의 얼굴 주위로 커다란 금빛 날개가 반짝였다. 한쪽 어깨와 팔에 늘어뜨린 튜닉 자락이 당장이라도 무영을 감쌀 것 같았다. 이전에도 앞으로도 다시 만날 수 없는 특별한 남자라는 걸 직감했다.

무영은 마음이 급했다. 옷장을 번쩍 들어서 집으로 옮길 수노 없는 노릇이었다. 자세히 옷장을 살펴보니 군데군데 칠이 벗겨지고 여닫이 문의 경첩과 손잡이도 낡아서 흔들렸다. 무영은 가구공방을 수소문해 옷장을 맡겼다. 최대한 원형의 모습을 지켜달라고 부탁하는 것도 잊지 않았다. 얼마 되지 않지만 통장의 잔액을 다 털어도 아깝지 않았다.

미카엘은 그녀의 볼품없는 방을 환하게 밝혔다. 미카엘이 있을 공간을 만들기 위해 앉은뱅이책상과 매트리스를 버렸다. 무영은 그의 검과 방패에 왁스를 발라 반질반질하게 닦았다. 옷장 안의 상판은 빼버리고 아무것도 채우지 않았다. 퇴근 시간이 설렘으로 다가왔다. 그녀는 일이 끝나기 무섭게 종종걸음을 쳤다. 그는 따스한 눈빛으로 무영을 맞았다. 다른 여자에게 눈을 돌리지 않았고 언제나 기다릴 줄 알았다. 말이 없어도 그녀는 미카엘의 마음을 느꼈다. 힘들게 일하고 온 그녀를 애달프게 여기고 다독여주었다.

무영은 날마다 한 뼘씩 미카엘에게 다가가 앉았다. 커피 두 잔을 사이에 두고 그가 들려주는 먼 나라 이야기에 귀 기울였다. 바다 건너 대륙에서 있었던 전쟁과 인간의 이기심이 불러온 참사에 몸을 부르르 떨기도 했다. 무영은 세진, 동훈과 있었던 일을 털어놨다. 엄마의 장례식에서 울지 못했던 일도 고백했다. 미카엘의 눈시울에 눈물이 어리는 걸 보았다. 그녀는 미카엘의 팔에 머리를 기댔다. 그는 험한 세상에서 무영을 안전하게 지켜주겠다고 약속했다.

예전에 무영은 파리의 에펠탑을 사랑한 에리카 이야기를 들은 적이 있었다. 그녀는 에펠탑을 사랑한 나머지 가족이 지켜보는 가운데 결혼식을 올렸다고 했다. 무영은 에리카의 마음을 충분히 이해했다. 평범한 남자와의 사랑은 미카엘과 비교도 할 수 없는 하찮은 감정이었다. 미카엘은 무영에게 상처 주지 않는 유일한 존재였다.

엄마를 쫓아가며 소리를 지르다 깬 밤, 무영은 이 악몽을 끊어내고 싶었다. 창을 통해 들어온 달빛이 미카엘의 얼굴을 은은하게 비췄다.

그녀는 그와 마주 보고 섰다.

"미카엘, 난 당신의 신부가 되고 싶어요. 허락해 줄래요?"

무영은 이미 그의 답을 알고 있었다. 미카엘은 그녀가 용기 내어 와 주길 첫 만남부터 기다렸다. 단추를 하나하나 풀고 옷을 벗었다. 알몸이 된 무영은 미카엘의 머리카락을 어루만지다 그의 가슴을 활짝 열었다. 미카엘 품에 들어간 그녀는 아기처럼 조그맣게 몸을 웅크렸다. 미카엘의 등을 볼 일도 무영의 등을 보일 일도 없었다. 그는 조심스레 문을 닫아 그녀를 가득 품었다. 그들의 첫날밤이었다.

최성진

서울 출생
숙명여고, 경기대 교정학과 졸업
2017. 5. 김유정기억하기 전국문예작품공모전 – 꽁뜨「생의 반려」대상 수상
2017. 5. 1.『한국소설』신인상 – 단편소설「그녀가 쿨하게 사는 이유」당선
『김수환 추기경 전집』편찬위원, 가톨릭신앙생활연구소 연구원 역임
현재, (사)한국소설가협회 회원, 비영리사단법인 희망배움 교사

빛의 왈츠

최 성 진

　거기에는 보이지 않는 세월이 깃들어 있다. 말하자면 아무나 찾아낼 수 없는 나이테 같은 것이 존재한다고나 할까. 가까이 놓고 무심결에 눈길이 닿으면 한참을 바라보기도 했지만 그 물건들은 애초에 내 것이 아니었다. 무엇보다도 원주인에게 행복한 기억을, 시간을 되돌려 주고 싶었다.

　그 대신, 두고두고 소중한 기억으로 남을 기념품을 찾아냈으니까. 내가 냉담한 채 버려두었던 반지를……. 전에는 미처 몰랐지만 말이다.

　공덕역 1번 출구 앞에서 우리의 거래는 이루어졌다. '이웃과 중고품을 사고파는 마켓'의 줄임말인 '이중마켓'이라는 앱에서 처음으로 물건을 사게 된 것이다. 나는 짧은 커트머리에 검정 스키니진을 입고 있다고 1대1톡에 인상착의를 남겨놓았다. '알파고 백단'이라는 닉네임을 가진 판매자는 자신의 소개가 없었다. 머릿속에서는 기원에 출입하며 바둑깨나 두는 초로의 남성 이미지를 그려보고 있었다.

　진회색 마스카라로 속눈썹을 들어올린, 교복 차림의 여학생이 내 앞에 있다.

"…… 맞죠?"

그녀는 인사도 없이 불쑥 물건을 내밀었다. 그것은 장정의 주먹만 한 크기였는데 휴지로 두툼히 싸여 있었다. 조심스레 포장을 벗겨내니 통통한 얼굴에 장난기를 잔뜩 머금은 토우가 나를 보고 있었다. 인형의 등 뒤에 달린 유난히 작은 날개가 앙증맞으면서도 한편으로는 안쓰러워 보였다.

"취미로 모으는 거예요."

"학생이 알파고 백단?"

'모으는'이라고 현재시제를 말하고 있는 그녀의 말에 석연치 않은 기분이 들었다. "요즘 여학생들은 풀(full) 메이크업에, 교복치마는 또 왜 이렇게 짧게 입는지……."

내 웅얼거림을 핀잔으로 잘도 알아들었는지 새하얗게 비비크림을 바른 그녀는 언제 봤다고 쓸 데 없이 참견이냐는 듯 불쾌한 기색이었다.

"근데 혹시, 지금은 필요 없어서 파는 건가?"

"저기요. 사회 수행평가 때문에 한번 올려봤는데 아줌마가……. 아, 됐구요. 너무 많아서 처분하는 거예요. 그럼 예쁘게 쓰세요."

예쁘게 쓰라는 다소 퉁명스러워진 말투에 이번에는 그 물건이 장식품 이외에 다른 용도가 있는지 궁금했다. 나는 오천 원짜리 지폐를 지갑에서 꺼냈다. 그녀는 신속한 동작으로 스커트 주머니에서 천 원을 꺼내 내 것과 맞바꾸었다. 이제 어떤 절차가 남은 건가 생각하며 잠시 쭈뼛거리는 사이, 그녀는 벌써 저만치 뛰어가 버렸다. 무거워 보이는 축 처진 책가방을 양 어깨 위로 추켜 매면서.

피아노 위에 놓인 아기천사 인형은 바라볼 때마다 미소를 끌어냈다. 투박하게 빚어진 황토인형에게 신기하게도 그런 재주가 있다니……. 까칠하고 무뚝뚝한 성격인 나에게 절실한 능력이란 걸 알기에 부럽기도 했다. 곱슬머리와 동그란 콧방울을 보니 남편의 어릴 적 모습이 이랬을까도 싶었다.

"선생님, 제가 너무 잘 하고 있나요?"

은경은 깔깔거리며 내 표정을 살폈다.

"아까부터 계속 입꼬리가 올라가 있는데요? 제가 실수해도 모르시겠어요."

"내가 그랬어? 저것 때문인가 봐. 은경씨가 소개해준 앱에서 산거야."

"애들 같이 장난감을 좋아하시는구나. 좀 특이하긴 하네요."

"저렇게 놓고 보니까 되게 귀엽네."

"앱만 깔아드렸는데 진짜 구매를 하셨네요. 거기 '이중마켓'에 물건도 은근 많고 싸죠? 중고 싫어하는 사람들도 있는데 저는 오히려 쓰기 편하고 애착이 가더라구요. 일요일에 로봇청소기 샀잖아요. 5만원 주고 산 로봇이 진짜 청소를 해줘요. 시간이 좀 걸려서 그렇지, 우와! 방바닥에 떨어진 머리카락 주우러 기어다닐 필요가 없어진 거 있죠. 그만큼 시간 여유가 생길 걸 기대하고 사긴 했는데……. 막상 게으름만 늘었어요."

"직장인이 그 정도 휴식은 괜찮지, 뭐. 자, 집중해서 다시 해볼래?"

"솔라시 도레미 레도레미파레솔. 이 다음 마디부터 칠까요?"

은경이 누르는 건반의 소리는 역시 그녀의 성격처럼 경쾌했다. 가끔 악보와 상관없이 끊어졌다 이어지는 소나티네를 들으며, 시선은 다시 지루할 만큼 가지런한 피아노 건반에서 천사 인형으로 옮겨갔다. 피아노 위에 혼자 놓인 천사가 심심할지도 모르겠다는 상상을 해보았다. 핑계 김에 취미로 장식소품 같은 걸 모아볼까 하는 엉뚱한 궁리를 했다. 그러고 보니 돌아가신 시어머니가 액세서리나 소품을 선물로 주시곤 했다. 사실 신혼집을 꾸밀 때 어머니가 주신 것들 대부분은 포장을 뜯자마자 내 취향이 아니라며 바로 돌려드렸다. 당돌하고 건방지기까지 한 행동이었다는 걸 조금은 시인한다.

남편은 방문을 열어놓고 나가 냉장고 안의 생수를 병째 들이켰다. 그러고도 졸음을 쫓기 위해서인지 냉장고 문을 열고 한동안 서있는 것이었다. 아직 컴컴한 한밤중이었다. 냉기와 냉장고 램프의 빛으로 눈부신 아침의 분위기를 만들어 내려는 나름의 전략인 것 같아 보였다. 남편이 나가는 시각은 내가 본격적으로 잠을 초대하는 즈음이다.

재작년, 감염병인 메르스 사태로 내가 경영하던 피아노학원의 수강생도 현저히 줄었다. 급기야 나는 임대료라도 줄이기 위해 학원을 정리했다. 아기방이 될 작은방을 남겨두고 현관 옆방에 방음공사를 하였다. 흡음재를 사용해서 소리가 새어나가는 것을 줄이고 집에서 피아노를 가르치기 시작했다. 그리고 나서 얼마 지나지 않아 남편의 직장에서 부서통폐압을 단행했다.

남편은 누가 뭐라고 하기도 전에 스스로 사표를 냈다. 나 같으면 부당한 회사의 방침에 항의하며 끝까지 사투를 벌였을 텐데 말이다. 나는 끊임없이 구인 정보를 수집해 그의 턱 밑에 내밀었다. 나중에 알고 보니 마음 졸이며 괜한 헛수고만 한 꼴이었다. 본인은 정작 이력서를 한 군데에도 제출하지 않았다. 재취업을 선택하는 대신 정부에서 운영하는 창업스쿨에 등록한 거였다. 그리고 정부지원 사업에 지원했다가 탈락하고. 그렇게 소위 재화를 창출하지 못하고 11개월을 놀았다.

나에게 남편의 무직 기간은 갈수록 몇 곱절로 힘겨웠다. 돌이켜보면 고작 1년도 안 되는 시간이었다. 급기야 그가 못 견디게 미워져서 음식을 씹고 넘기는 모양새도 소리도 내게 날카로운 고문처럼 느껴졌다.

"PC방이라도 좋으니 좀 나가! 날 어두워져서 들어오면 내가 반갑게 맞아줄 테니까!"

라며 악을 쓰기도 했다. 노상 들여다보는 휴대폰의 깨진 액정 화면처럼 불편했다. 사사건건 마음에 들지 않아 괴롭히고 시비를 걸었다. 이미 노산이라고 할 수도 있는 나이에 더 미뤘다가는 아기를 낳을 수 있을지 불안함도 컸다.

출퇴근할 일이 없어진 남편은 휴가라도 얻은 것처럼 여유로워 보이기까지 했다. 전에는 새벽에 눈뜨자마자 세수를 마치면, 두유나 요구르트병을 손에 쥐고 나가기 바빴다. 모유가 부족한 어미가 빈 젖을 빨아대는 아기를 못내 밀어내듯, 억지로 단잠을 털어내며 쫓기듯 직장으로. 그러니 '5분만 더 잘게'를 외치지 않고 잠자리에 무한정 머물 수 있는 게 실감나지 않는다고 했다. 잠에서 갓 빠져나온 나른한 몸을 이리 뒹굴 저리 뒹굴거리다가 곁에 누워있는 내 젖가슴을 가만히 쓰다듬으며 몸을 달구기도 했다. 전 날 밤 곁에 두고 잠든 리모컨으로 TV를 깨우고 아침 방송에 빠져드는 맛도 색다르다고 했다.

반면, 결혼한 지 4년째 되는 해이자, 아기를 갖기로 계획한 시점에서 나는 절망적인 심정이 되었다. 남편도 그게 가장 마음에 걸리는 눈치였다. 그래도 내 앞으로 들어오는 레슨비도 있고, 자신이 소업(所業)의 방향을 조금 틀었을 뿐, 부모가 되는 일을 많이 늦출 필요는 없다며 나를 위로해 주었다. 몇 가지 달콤한 유혹과 다른 여러 가지 고민이 반복되는 날들이 계절과 함께 흘러가고 있었다.

그러던 중, 남편의 둘도 없는 친구가 함께 일해보자고 제안을 해왔다. 그 친구는 수유시장에서 생선을 판다. 그런데 근처 숭인시장에 매장을 새로 하나 늘린다며 믿을만한 남편에게 도움을 청한 것이다. 알고 보면 남편이 도움을 받는 입장이겠지만. 나는 당연히 남편이 거절할 것으로 알았다. 남편은 비위가 약한 체질로 생선 반찬을 그다지 즐기지 않았다. 양복 차림으로만 일하던 남편에게 고무장화와 앞치마가 어울리지 않을 뿐 아니라, 상극이 아닐까 생각할 정도였다. 그런데도 남편은 생선을 진열하고 판매하는 일을 배웠다. 나는 말리지 않았다. 속으로는 시장에서 며칠 고생하다가 포기하면, '내 그럴 줄 알았다' 하고 비웃어 주리라 생각했다. 그런데 예상과 달리 무사히 첫걸음을 떼더니, 남편은 경매까지 해보겠다고 한밤중에 나서는 것이었다. 매상이 꽤 좋고 생각보다 장사가 재미있다면서 뜻밖에 그 일에서 희망을 보는 것 같았다. 내가 깊은 잠에 빠져있을 때 남편은 일에 한창이었다.

　오후에 아이들 몇이 왔다 가고 6시에 마지막 레슨이 기다리고 있었다. 수강생을 더 받아야하겠지만 야간에는 혹시 모를 민원 때문에 그러지를 못한다. 헤드폰을 끼고 연습을 하게 할 수는 있다. 그렇지만 어쿠스틱으로 연주되지 않는 피아노를 청취하는 일은 마치 고무장갑을 겹겹이 끼고 설거지하는 것처럼 거북하다. 순수연주회는 아니지만 일체의 음향효과나 전자장치 없이 순수하게 음악을 즐겨야 한다는 내 고집 때문이기도 하다. 또, 흡음재로 옷을 입힌 방이지만 이웃과의 평안한 삶을 위해 무리수를 두지 않는다. 나의 까칠한 성격을 동네 사람들이 이미 알고 있으니 잘 봐주지 않을 것이다. 그렇지 않아도 작년까지는 마주치면 인사하던 주민들이 나를 보면 슬슬 피하는 눈치였다. 작년 말, 12층에서 엘리베이터를 탄 아이가 내내 축구공을 튕기는 걸 보고, 5층쯤에서 네 학교에서는 이런 데서 공놀이하라고 가르치는구나 하고 쏘아주었다. 멀미해도 될까 할 정도로 쿵쾅대는데도 아이의 엄마로 보이는 여자가 주의를 주지 않았고, 순간 격분한 때문이었다. 그런데 같이 타고 있던 부녀회장이 4층에서, 어린애가 그럴 수도 있지 싫은 소리를 왜 하냐고 했다. 지하주차장에 도착할 때까지 나의 뼈있는 말에 호되게 봉변을 당한 뒤로는 서로 눈인사도 하지 않는 사이가 되어버렸다.

　나는 차가운 우유에 시리얼을 말았다. 우유를 흠뻑 빨아들인 곡물시리얼은 눅눅하고 흐물거려서 싫다. 시리얼을 우유에 조금씩 새로 넣어 먹으면 바삭한 식감을 끝까지 느낄 수 있다. 입에 들어가 녹아버리지 않고 뻣뻣하게 살아있는 게 흡사 숨죽기 싫어하는 내 성질머리와 닮아서일까. 6시에서 10분이 조금 지나자, 은경은 미안한 표정으로 샌들을 벗고 올라왔다.

　"쌤, 늦어서 죄송해요. 마케팅부서로 옮긴 이후엔 너무 바빠서 쇼

평갈 시간도 없어요. 손톱도 다 벗겨졌는데 네일숍에 간지도 오래고……."

"피아노 레슨 받으러 올 시간은 있어서 다행이네."

그녀는 손톱을 길게 기르지는 않았지만 가끔 큐빅 장식을 붙이거나 화려한 색의 매니큐어로 꾸미고 있었다. 거기에 비해 나는 대학 시절에도 손톱 한번을 길러본 적이 없다. 건반을 제대로 누르기 위해 항상 짧게 깎아야 했다. 게다가 전공과목 덕분에 발달한 근육이 부끄러워 여름에도 굵은 팔뚝을 감추는 옷만 찾았다.

"일주일에 두 번은 좋아하는 걸 위해서 시간을 내는 거죠. 깐깐한 선생님한테 음악연주론도 들을 겸. 호호."

그녀는 피아노 앞에 앉더니 갑자기 요한스트라우스의 왈츠곡 일부를 연주하면서 과장된 고갯짓을 했다. 우리는 눈이 마주치자 경쾌한 박자에 맞춰 춤이라도 추듯 웃음을 터뜨렸다. 전공자라도 초견으로 악보를 읽어내고 연주하는 데는 힘이 드는 법인데 평소 은경은 까다로운 곡을 시작해도 눈썹 하나 찡그리지 않는 성격이었다.

"자기처럼 긍정적으로 즐겁게 사는 방법은 뭐야?"

"네? 저는 사소한 걸로 행복해지던데요. 예를 들어 짧은 여행이나, 아님 시간을 절약했다든지. 시간 절약은 곧 금전의 절약이다, 이런 생각인거죠. 또……, 필요한 물건을 완전 싸게 산다든지 할 때? 아, 제가 알려드렸던 앱 있죠. 그 재미에 빠져서 허우적대고 있어요. 혼자 산다고 해도 안 쓰는 물건이 많은데, 폰으로 사진 찍고 간단히 설명 곁들이면 물품 등록 끝인 거 있죠."

"나는 별로 팔 건 없고……, 사보니까 괜찮더라."

"그렇죠? 선생님, 근데 지난주에 제가 이중마켓에서 삼만 오천 원을 사기당했어요. 이사 때문에 급하게 내놓는다고 해서 바로 입금했는데 연락이 없는 거예요. 전화해봤는데 계속 무시하구요. 사기꾼도 패턴이 있어요. 세가 그 일 때문에 경힘딤 많이 찾아봐서 아는데요. 일단 시세

보다 물건 값이 너무 싸고 직거래를 안 하려고 하면 의심해봐야 돼요. 또, 카톡 프로필사진에 너무 예쁜 사진 올려놓은 경우도 조심하세요."

"개념 결핍들도 많은가봐. 황당하다."

"그러니까요. 그리고 상품들이 사진처럼 전부다 최상급은 아니에요. 몇 번 안 썼는데 생활 스크래치 있다고 그러면 완전 고물일 수도 있어요. 아셨죠?"

은경과의 대화중에 아기천사 인형이 파고들었다. 피아노 위에 천사 인형이 하나. 비 오는 날의 텅 빈 놀이터처럼 휑해 보였다. 한 개는 좀 썰렁한 것 같기도 했다. 레슨을 끝내고 스마트폰을 집어 들었다. 은경의 조언 덕분에 별일은 없을 것을 확신하면서.

'이 아이는 제가 산 지 10일 만에 되파는 거라서 진짜 새 것이라는……. 가격 조정 안 됨. 냉큼 사가세요.'

나는 사진 속 천사의 모습에 매료되어 곰곰이 생각해보지도 않고 '제가 살게요.'라는 댓글을 달았다. 1초도 못 되어 채팅창으로 '후회 안 하실 거예요. 오늘 밤 10시 10분쯤 공덕역 괜찮나요?'라는 답이 날아왔다. 남편이 자고 있을 때 도둑처럼 현관문을 조용히 닫고 나왔다. 약속 장소에는 그때 그녀가 서있었다. 그리고 보니 판매자명을 확인하지 않았다는 생각이 났다.

"알파고 백단? 이 밤중에……."

"학원에서 지금 끝나서요. 4천원이요."

나는 만원을 내밀었다.

"잔돈이 없는데……."

지난번에 그녀는 진홍색 립글로스를 바르고 있었는데 이번에는 맨 얼굴이었다. 화장기 없는 얼굴이 더 예쁘고 앳돼 보였으나, 지친 듯 표정이 없었다. 볼륨업 되지 않은 속눈썹조차 기운이 없어 보이는데 일조하고 있었다. 늦게까지 학원에서 공부를 하느라고 그런 건지 아니면 늦더위 때문인지 아무튼 안됐다는 생각이 들었다.

"그럼, 저기 편의점에서 음료수라도 사야겠다. 시원한 거 어때?"

그녀는 냉장고에서 다이어트 콜라 캔을 골랐다.

"역시 톡 쏘는 탄산음료가 진리야. 아줌마, 땡큐."

"'아줌마'라니까 기분이 별로네."

그녀는 대꾸 대신 계면쩍은 웃음을 지어보이며 물었다.

"노처녀예요? 나도 결혼 같은 거 안 할 생각인데……."

"……."

"천사인형은 우리 엄마 거예요. 내 맘대로 가져왔어요. 처음에는 진짜 팔릴 줄 몰랐구. 지역 정보나 문화, 뭐 그딴 과제가 있어서 아무거나 올려본 건데……."

"뭐? 엄마 물건을 허락도 없이 내다 파는 거란 말이야?"

"그게 어때서요."

"지금 제정신이니?"

"네. 저는 제정신 맞고요. 우리 엄마는 우울증 환자예요."

"우울증?"

"아빠가 이혼해달라고 오랫동안 엄마를 못살게 굴었어요. 결국 딴 여자한테 가버렸죠. 둘 다 나한테 공부에만 신경 쓰라면서 정작 공부를 못하게 해요. 엄만 약을 안 먹으면 잠도 못자고 자주 화내고……. 어떨 땐, 그걸 막 집어던져요. 정신이 들면 소중한 엄마 컬렉션이라는 걸 깨닫고 울죠. 그러니까 총탄 하나씩 없애는 기분으로 갖다 파는 거예요."

그녀는 엄마의 수집품을 계속 판매할 거라고 했다. 오늘 가져온 인형은 사실 초등학교 시절부터 거실 장식장에 있던 거라고. 그녀는 솔직했다. 부모님이 헤어진 이후 힘든 시간을 보내고 있었다. 뭔가 삐딱한 게 나의 과거 모습을 보는 듯 닮아 있었다.

"나도……, 어릴 때 부모님이 자주 싸우셨어."

철부지인 이웃 여학생에게 나도 마음을 열기로 했다.

"아무튼 결국은 이혼했지만. 부모님 불화 때문인지 피아노에 빠져 살았던 것 같아. 난 피아노 가르쳐. 행복한 동화 속 주인공들이 내 앞에서 춤을 춘다고 상상하면서 연주를 하고 어린 시절을 보냈어. 독신으로 살려고 마음먹었다가 남편의 감동적인 프러포즈 덕분에 결혼했고. 암튼 어른도 멍청하고 아프고 그래. 그래서 도움이 필요하다는 걸 이제 좀 알아가려고 해.”

초등학교 때부터 언제 끝날지 모를 가정불화로 불안한 어린 시절을 겪었다. 정서적으로 방치되었던 어린 내가 혼자 힘으로 감당하기에는 절벽처럼 아득한 시간이었다. 그녀도 비슷한 악몽을 경험한다고 생각하니 돌덩이 같은 내 마음도 아렸다.

“난 길 건너 아파트에 살아. 심심하거나 힘들면 연락해도 돼. 물론 싫으면 관두고.”

나는 그녀에게 휴대폰 번호를 두 번 불러주었다.

“저장해 둘게요. 우린 같은 앱에서 거래도 했고, 집도 가까운 편이니까 진짜 이웃이네요. 내가 이렇게 이웃이라는 말을 리얼로 써먹을 줄은 몰랐네.”

우리는 더 이상 앱을 통하지 않고 개인적으로 연락했다. 그녀가 물건 사진을 보내오면 나는 사주었다. 가격은 항상 4천원이었다. 어떤 때는 그 가격에 두세 개의 인형을 내밀기도 했다. 스토리가 무궁무진하게 나올 듯한, 등 뒤로 꽃다발을 숨기고 있는 천사를. 그리고 핸드메이드인 스위스풍의 깜찍한 단발머리 천사를. 목마를 탄 천사를⋯⋯. 나는 새로운 천사 인형을 만나는 것도 좋았지만, 그녀가 아직 씩씩한지 아니면 극한 두려움에 빠졌는지를 눈치 채지 못하게 살폈다. 어느 날 그녀는 엄지손톱보다 조금 클까 말까한 천사 펜던트를 가지고 나왔다.

“엄마가 평생 모은 것들 중에서도 제일 아끼는 골동품이에요. 비싸서가 아니고, 엄청 오래 돼서 골동품이라고 하는 거지만⋯⋯. 이거 까맣게 보이지만 실제로는 순 은이에요.”

집에 돌아온 나는 공중목욕탕에서 세신사가 등을 밀어주듯이 정성스럽게 펜던트를 닦았다. 그것은 허물을 벗은 것처럼 뽀얗게 반짝였다. 그 때, 머릿속에 시어머니의 반지가 떠올랐다. 반지는 나에게 와서 터무니없이 저평가되고 오랫동안 외면당하고 있었다.

잠이 부족한 남편의 어깨를 손가락으로 톡톡 쳐서 깨웠다. 눈꺼풀을 겨우 들고 나를 쳐다보았다. 힘겹게 껌뻑거리는 눈이 잠에 취한 채 충혈되어 있었다.

"여보, 나가기 전에 피아노 좀 잠깐 밀어줘야 해."

한밤중, 콩나물국에 밥을 말아 홀홀 마시듯 식사를 끝낸 남편은 피아노 방으로 군말 없이 걸어갔다. 육중한 덩치의 피아노지만 바퀴가 달려 있어 걱정은 없었다. 그러나 카펫 위에 오랫동안 붙박이로 놓여 있던 탓에 자리에서 꼼짝하기가 쉽지 않았다. 나는 피아노 다리 한 짝에 매달려 거들었다.

"아니, 더 좀 당겨봐. 내 손이 안 들어가잖아."

"어랏~차! 됐어?"

"이깟 것 좀 하는데 무슨 구령까지 붙이냐? 한번만 더!"

나는 작고 거무스름한 동그라미 두 개를 먼지 뭉치와 함께 거머쥐었다.

"어머, 여기 있다."

"그게 뭔데?"

"반지. 이제 다시 제자리로, 여보."

남편은 내 손바닥에 놓인, 색이 죽은 반지를 물끄러미 바라보았다. 내가 학원을 접고 집에서 일을 시작할 무렵 떨어뜨린 거였다. 잠시 손가락을 푸는 중에 빠져나가 한 쌍이 실에 묶인 채 피아노 뒤쪽으로 사라졌었다. 그리로 숨은 걸 보고도 매정하게 무관심했다. 시어머니의 은반지를 2년 만에 구해낸 것이다.

"박쥐가 복을 가져다준다더라."

한때 어른들 사이에서는 장수반지라는 게 유행했다. 시어머니는 남들보다 두 배로 복을 받으려고 쌍가락지로 맞추었다며 한껏 들떠 손가락을 펴보였다. 파란 바탕에 하나는 색동, 하나는 금색의 칠보 박쥐가 양 날개를 펼치고 있었다. 나는 박쥐라니까 공포영화의 흡혈 박쥐인 뱀파이어가 떠올랐다. 그리고 우화에서의 배신자 이미지도 뒤따라와 아무래도 복을 가져올 동물은 아닌 것 같았다. 야행성 동물이라 왠지 음침하고 거부감도 느껴졌다. 찬찬히 그 때의 마음을 들여다보면 시어머니, 아니 그 연배의 어른들, 결국 부모님에 대한 반감이나 반항심이 발휘된 건지도 몰랐다. 밝은 낮 동안에 활동하는 나비라면 좋았을 텐데……. 나비는 꽃가루를 몸에 묻히고 다니면서 꽃들을 수정시켜주는 이로운 곤충이기도 하니까. 아무튼 800도 온도의 가마에 구워 단단하고 깨지지 않는다며 가족관계가 그렇게 견고하게 되길 바란다고 어머님은 말했다. 나는 자식 앞에서도 치열하게 언성을 높이던 부모님을 마음속에서 있는 힘껏 밀어내며 자랐다. 말로는 나를 사랑한다면서 서로 이기심을 내세웠고, 그럴수록 어른의 세계에 대한 불신감은 커갔다. 그래서인지 시어머니도 살갑게 받아들이지 못했다. 나는 그녀를 만나기도 전에 고부관계를 사납게 정의 내렸다. 한 남자와의 결혼으로 내가 모르던 사람들이 하루아침에 내 가족이라고 줄줄이 등장한 것도 곤혹스러웠다.

"딸이라고 생각할게. 괜찮다면 경미씨도 나를 엄마처럼 대해줘요. 우리 그렇게 하기로 약속할까?"

결혼 전에 처음으로 시댁식구와 대면한 자리에서 어머님은 이렇게 말했다. 그리고 내게 두둑한 새끼손가락을 내밀었다. 금방이라도 울 것처럼 촉촉해진 그녀의 눈을 보고 결국 손가락을 걸었다. 그때의 그 어색함이란…….

쌍가락지는 조금 크게 맞춰야 한다는 걸, 어머님은 고집을 부려서 당신 새끼손가락에 들어갈 정도의 사이즈로 주문했다. 알고 보니, 결국은 막내며느리인 나에게 물려줄 것을 미리 염두에 두고 그렇게 한 것이었다. 그녀는 내 검지에 그 쌍가락지를 끼워주고 눈을 감았다. 하나라도 잃어버릴까봐 그랬는지 한 쌍의 반지는 하늘빛 색실로 꽁꽁 매어 있었다.

돌아가실 때 어머님은 나목처럼 앙상하게 쇠잔해있었다. 내가 여전히 유년시절의 좁은 시야에 갇혀있었어도 그녀는 나를 있는 그대로 품어주었다. 병고와 싸우는 중에도 변함없이 내게 너그러웠다. 생전에 어머님은 시인이 되고 싶다고 하였다. 멀리서 바람에 나뭇가지가 흔들리는 걸 보면,

"얘, 저기 감실거리는 게 뭔지 아니?"

라면서 춘향이 그네 탈 적에 이도령이 던졌을 법한 낯간지러운 대사를 구사하곤 했다. 시댁에 모여 김장을 담글 때는 배추 속을 넣으면서 나와 두 형님에게,

"배추김치를 이렇게 쭉 찢어먹으면 더 맛있단다. 그거 아니?"

그 이유는 위아래 줄기와 이파리가 각각 염도나 양념 침투 정도가 다르기 때문이란다. 썰어 먹는 것과는 달리, 손으로 길게 찢으면 배추김치의 다양한 부위를 맛볼 수 있는 장점이 있다고 TV에서 배운 과학상식을 동원했다. 시어머니는 고부관계를 '우리의 우정'이라고 표현했다.

"우리 우정도 그렇다. 꽁다리 부분은 아삭아삭 질긴듯하면서도 고소하고, 중간은 적당히 씹는 질감이 있고 양념도 잘 배어 있잖아. 근데 나는 간이 좀 센 이파리 부분이 좋더라. 부들부들해서 대충 씹어 넘겨도 걸리는 거 없는 게……. 우린 말하자면 그런 조합이 되자."

하며 함박미소를 지어보였다. 나는 그녀에게 질긴 꽁다리였는지 아니면 간이 센 이파리였는지 모르겠다. 함께 보낸 세월이 나보다 길어

서인지 시어머니와 두 형님들은 이야기도 잘 통하고 분위기도 비슷하게 동화되어 보였다. 반면에 나는 어른들 앞에서도 거리낌 없이 내 주장을 세우며, 농담도 따져 물어 분위기를 망쳐놓기 일쑤였다. 한마디로 겉돌았다. 솜씨 없는 요리사가 만든 튀김요리처럼 영락없이 따로 떨어져나간 튀김옷 꼴이었다. 시어머니는 살아서 몸을 아끼면 죽어서는 연옥이라는 곳에 가서 연단을 받는다는 믿음을 가지고 있었다. 그게 몸서리치게 무섭다며 큰 몸집을 부지런히 움직였다.

나는 속이 자주 쓰린 편이었는데 시댁에 초대되어 갈 때면 위장에 좋다며 항상 양배추가 상에 올랐다. 양배추 쌈, 양배추 김치, 양배추전, 양배추 샐러드, 양배추랑 토마토를 같이 갈아서 주스까지. 시어머니는 양배추 썰 때 수걱수걱하는 소리가 일품이라며 좋아하였다. 단단한 야채를 썰 때 칼이 도마에 탕탕 닿아 귀에 거슬린다면, 양배추는 전혀 그럴 것이 없다며 양배추 반의 반 통을 순식간에 가늘게 썰어 담아냈다. 그런데 나는 그런 시어머니를 너무 빨리 잊어버리고 말았다. 달그락 소리, 된장찌개 끓는 소리, 차르르 빈대떡 지지는 소리가 언제나 가득 집안에 퍼졌다. 거기에 비해 지금의 내 부엌은 한밤처럼 고요하다. 남편이 어쩌다 가져오는 어패류들도 식탁에 오르는 대신 모두 냉동실로 직행하는 실정이었다.

백수 생활 끝에 일을 찾은 남편은 내 염려와 달리 그 일에 싫증을 내지 않았다. 어느 날 남편이 손을 다쳐서 돌아왔다. 엄지와 검지 사이에 합곡 부분을 도미 지느러미에 찔렸다고 했다.

"그 지점은 자극하면 배변에도 도움이 된다는데 잘 됐네."

나는 이렇게 비꼬면서 비위가 약한 남편의 밥상 앞에서 금기어인 똥 이야기를 내뱉고 말았다. 나도 대학 시절, 피아노를 한창 열심히 칠 때 그쪽에 통증이 심해서 침도 맞아보고 물리치료도 다니고 그랬다. 그런데 다들 말했다. 연주할 때 힘을 빼라고. 아무튼 나는 그 핑계로 한참을 피아노 앞에 앉지 않았다. 그런데 남편은 쉬지도 못하고 또 일을 나가야 했다. 박쥐가 밤하늘을 날아서 감지해낸 먹잇감을 사냥해야 사는 것처럼.

식사를 끝낸 남편이 빨래바구니를 뒤져 비린내 나는 옷 주머니에서 약봉지를 꺼냈다. 얼핏 보기에 대수롭지 않은 줄 알았는데 약까지 지어온 걸 보니 상태가 안 좋은 것 같았다. 나는 구급약 상자를 들고 와서 남편의 양손을 나란히 잡고 비교해 보았다. 다친 부위가 부어올라 있었다.

"상처가 좀 오래 가겠는데……. 방수밴드로 붙였어. 그래도 물 닿지 않게 조심해."

남편은 친구와 새벽 1시부터 노량진 수산시장 경매장에서 패류와 오징어 그리고 활어를 순서대로 사들인다. 경매는 해산물의 신선도를 위해 빨리 진행된다 해도 새벽 5시경이나 되어야 끝이 난다고 들었다. 가게로 실어 온 생물들은 해수를 채운 수족관에서 헤엄을 친다. 바다로 되돌아 갈 듯이 힘차게 파닥거리는 생선을 남편은 손으로 하나하나 수족관에 옮겨 담았다. 비늘이 조금이라도 상하지 않게 하려고.

아침밥이라고 해야 하나. 자정 12시가 넘어서 하루를 시작하는 남편을 위해 홍합탕을 끓였다. 양배추 쌈과 제육볶음을 예쁜 접시에 담아 밥상을 차렸다. 약 기운 때문인지 평소보다 더 힘겹게 졸음과 싸우며 일어난 남편이 오랜만에 농담을 건넸다.

"경미야, 이 수랏상 내 거야?"

"고맙지? 내 수호천사를 위한 밥상이랄까. 수라간 상궁의 성의를 봐서 먹고 가. 약 먹어야 하잖아!"

내 손가락에 끼워진 은반지는 깊은 그늘을 거두고 예전 그대로의 모습으로 돌아왔다. 그것은 실내등에 반사되어 은은한 빛을 동그랗게 내뿜었다. 모나지 않게 잇고 또 이어지는 매끈한 링. 그렇지 않았으면 빛나지 않았을지도 모를……. 박쥐보다는 꽃밭을 나풀거리며 날아가는 나비가 나을 걸 하는 투정 따위는 부질없었다.

검은 활자가 가득한 지역신문을 찢어 순진무구해 보이는 작은 천사들을 꼼꼼히 감쌌다.

"안녕! 귀여운 천사들아. 더 정들기 전에 진짜 주인한테 가. 나는 이제 너희들이 없어도 될 것 같아."

천진한 그들의 얼굴을 하나하나 다시 눈에 담았다. 그녀를 만나기로 했다.

"자주 만나네요."

인사는 또 생략이었다.

"'안녕하세요'가 아니고? 학원에서 오는 길이야?"

"매일 똑같죠, 뭐. 이거 받으세요."

그녀는 손에 들고 있던 작은 상자를 내밀었다.

"나 주문한 적 없는데?"

나는 인형들을 넣어가지고 온 장바구니를 팔에 건 채 상자를 열어보았다. 이번에는 쌍둥이 천사들이 손을 모으고 있었다. 나는 뚜껑을 닫았다. 그리고 상자가 놓인 그녀의 손을 감싸 쥐었다. 그녀는 나를 보았다. 눈빛은 뭔가 예상과 다르게 돌아가고 있다는 걸 느끼고 있었다. 바삐 오고가는 사람들 틈에서 우리는 간혹 행인들의 어깨에 부딪쳤다. 그러나 잠시 휘청거릴 뿐 고집스럽게 둘 다 자리를 비켜주지 않았다.

"에이, 씨*."

"요즘 애들 입에 욕을 달고 사는 것 같더라."

"또 잔소리……. 진짜 필요 없어요?"

"그래. 다 반품하려구. 내 말 잘 들어봐. 내가 너희 엄마 입장에서 생각해봤는데 말이지. 아무래도 엄마한테는 생활비 아껴서 하나하나 사 모은, 애들이 있어야 할 것 같아. 언젠가 너희 가족한테는 반드시 꺼내볼 사진첩 같은 존재이기도 할 거고. 엄마 마음이 바뀌어서 내버릴 수도 있겠지만…….”

그녀는 자신의 손에 들려 있는 상자에 시선을 고정하였다. 내 말을 듣지 않은 채 휭하고 가버릴 수도 있었다. 그러나 고맙게도 그러지 않았다.

“너나 아빠가 기념일에 선물한 것도 있을 테고. 안 그래? 너희 엄마는 조심조심 먼지 털면서 그런 기억에 행복한 때도 있을 거 아니니. 나라면 그럴 거 같은데.”

나는 들고 있던 장바구니에 작은 상자까지 집어넣어 그녀에게 건네주었다. 그것을 말없이 받아드는 그녀의 얼굴에서 불안감 같은 게 잠시 걷히는 걸 보았다. 거리는 불빛으로 환했다.

“저기요, 환불은 지금 못해드려요. 용돈 타면 계좌로 쏠게요. 약속해요. 이웃끼리 그 정도는 믿을 수 있죠?”

“좋아. 그보다 혹시……, 애들을 딴 데다 팔 거니?”

“몰라요. 알아서 뭐하게요?”

“아니, 그냥. 그동안 이 인형들 가지고 있으면서 행복했거든. 근데 무슨 죈지는 모르지만, 내가 공범 같다는 생각이 든 적도 있었어. 너희 엄마 거잖아. 다른 사람한테 넘기지 말았으면 좋겠는데…….”

그녀는 뭔가 할 말이 있는 것처럼 보였다.

“출출해서 그러는데 야식이나 같이 할래?”

“학원에서 석식 먹었어요.”

두 철부지가 각자 집을 향해 돌아섰다. 몇 걸음 옮기다 뒤를 돌아보았다. 가슴에 천사를 가득 안은 그녀가 나에게 손을 흔들어 주었다.

장덕영

경남 하동 출생
동아대학교교육대학원 졸업
『한국소설』신인상(2017.8)
단편집『오리궁둥이의 춤』(2017)

안라국 대축제의 횃불

장 덕 영

서기 205년 7월 어느 날이었다. 가락국(금관가야)의 대장군과 유수간(지위) 대인이 안야국을 방문하는 날이었다. 포상팔국浦上八國 동맹 전쟁이 일어나기 몇 년 전이었다. 이 시기는 삼한 중 변한 지역인 남해안 바닷가에 접해 있었던 포상팔국이 중국과의 교역을 통한 성장이 한계를 보이자 지속적인 발전을 위하여 철과 농산물이 풍부한 후기 가야의 중심국이 될 안야국을 호시탐탐 노리고 있을 때였다.

반가운 손님이 온다 했던가! 이날 아침은 까치들도 깍깍깍 울었다. 며칠 동안 계속되던 비도 그쳤다. 언제 비가 왔느냐는 듯 하늘에는 흰 구름이 뭉게뭉게 떠 있는 쾌청한 날씨였다.

"대장군! 성산 번예(지위) 장군 집에 가볼까 하오. 같이 가시구려."

안야국 봉안왕은 곧 군사 훈련대장으로 제수할 번예 장군이 어떻게 사는지 직접 확인하고 싶었다.

"명 받잡겠나이다."

험측(지위) 대장군과 대인이 거의 동시에 아뢰었다. 수행 읍차(지위) 대신과 차부위장 셋은 이미 출궁 준비를 마쳤다.

성산 아래에 삼대 가족이 함께 모여 사는 번예 장군을 안야국에서는 모르는 사람이 없었다. 턱수염이 관우만큼은 길지 못하였으나 굴레 수염이 장비보다는 훨씬 더부룩했다. 예전에는 소삼(군북) 방어산 자락 소읍락 촌장 아들로 유별나게 사냥을 좋아하며 쏘다니는 청년을 험측 대장군이 무예가 출중하다 하여 장군의 수하로 삼고 삼대 가족을 성산으로 데려왔던 것이다. 그 후 군사력 증진에 도움을 받기 위하여 연맹국인 가락국에 두 번이나 대장군을 수행하였고 군사 훈련에 남다른 공적을 쌓아 번예 반열의 장군까지 신분을 상승시킬 수 있었다.

진시를 반식경 지날 무렵 국왕 일행이 성산 입구에 도착하자 기다리고 있던 번예 장군과 전 가족들이 도열하여 허리를 굽혀 절했다. 국왕을 영접 나온 가족들은 줄잡아 40여 명이었다. 가족들은 모두가 자락이 긴 적삼과 짧은 바지를 정갈하게 입었다. 여자들의 바지는 좀 긴 듯했다. 다들 왕의 방문을 기꺼워하여 밝은 표정이었다. 따로이 모여 있는 노복들과 하인들도 마냥 싱글벙글했다.

번예 장군은 국왕 오른쪽으로 비켜 걸으며 일행들을 안내하였고 가족들은 뒤를 따랐다.

"장군의 아이들은?"

국왕은 키가 7척이나 됨직한 번예 장군을 옆으로 돌아보며 묻자,

"어린 여식이 둘이옵니다."

번예 장군은 겸연쩍게 웃으며 머리를 긁적였다.

장군의 집은 성산 바로 밑이었으므로 금방 도착할 수가 있었다. 왕의 일행은 안채에 들르지 않았다. 이제 지은 지가 얼마 안 되는 사랑채 가까운 정자 위로 올랐다. 안채의 터에 비해 배나 됨직한 마당가에 서 있는 정자는 정겨워 보였다. 낭만적이면서 포근한 느낌도 주는 정자였다. 동서 양쪽으로 정각 높이만 한 느티나무 몇 그루가 들녘에서 불어오는 바람으로 시원스럽게 나뭇가지를 흔들고 있었다. 앞으로는 시야가 툭 튀었다. 양쪽으로 늘어진 들녘 저 멀리 방어산이 버티고 있었다. 그 위

로는 높은 하늘이 넓게 푸르렀다.

일행이 앉자마자 간식과 주안상을 차려왔다.

"아침나절에 웬 주안상이로고. 점심 후엔 곧 가락국 대장군 일행을 맞이해야 하는데 말일세."

그러면서도 안색은 싫어하는 표정이 아니었다. 눈치 빠른 험측 대인이 재빨리 말했다.

"전하! 듣기에 가락국 대장군은 술을 잘한다 하옵나이다. 회의장에 술이 없어서야 되겠나이까? 회의장에 약주를 들이는 것은 격식에 어긋나지 않사옵니다."

그렇다. 중국의 진나라 군주 영거량도 중요한 국사를 의논하는 자리에 반드시 귀주를 준비하지 않았던가!

"그렇사옵니다. 오히려 회의장 분위기를 돋우는데 도움을 줄 것이옵니다. 좋을 만큼 드시옵소서."

험측 대장군도 거들었다. 왕은 평소에 사촌지간인 험측 대장군과 대인에게 말을 낮추었다. 신분도 낮은 데다가 나이도 두세 살씩 아래였기 때문이다. 또한 어렸을 때부터 사이좋게 같이 놀고 배웠기 때문에 서로 신뢰가 쌓였다.

"주안상이 초라하옵니다. 드옵소서."

"정성이 대단하이. 전하께 잔을 올리겠네."

대장군이 국왕께 올리는 잔을 시작으로 여러 종류의 곡주와 과실주를 취향에 맞는 대로 두어 잔씩은 마셨다. 읍차 대신도 별상을 하여 조금씩 마실 수 있었다.

"전하께서 여기 납신 것은 장군에 대한 신임의 표시일세. 깊이 새기게나."

대장군이 일러주었다.

"감읍하옵나이다. 가슴깊이 새기겠나이다."

"장군 집에 벌써부터 와보려 했는데 좀 늦었구먼. 대장군을 잘 도와

주오. 안야국을 위하는 일일 것이오. 그리고 훈련대장을 맡길 터이니 성심을 다해주구려."

국왕이 말했다.

이 순간 번예 장군은 안야국을 위한 분골쇄신의 충성 의지를 굳건히 다졌다.

백여 명쯤은 앉을 만한 의정청 마루에는 위로 국왕이 앉았고 그 아래 단상에는 동과 서쪽으로 안야국 험측 대인과 가야 사절단 수장이 자리하였다. 그 아래 큰 마루에는 가야의 수행원과 번예 장군을 비롯한 읍차급 이상의 대신들과 장군들이 동서로 반상을 앞에 두고 떨어져 앉아 있었다. 신시가 약간 지날 무렵이었다.

드디어 읍차 대신이 국왕의 좌석 아랫단 험측 대인들 옆에 서서 대청을 바라보며 말했다.

"국왕의 명을 받잡아 회의를 시작하겠소이다. 소개가 끝나면 큰 박수로 환영해 주었으면 하오이다. 먼저 가락국 대장군을 소개드리면, 장군께서는 일찌기 사로국(신라)을 두 번이나 방문했으며 미리미동국(밀양), 불사국(창녕), 골포국(창원, 마산) 등을 둘러본 경험을 가져 대외정보에 밝으며, 대인께서는 가야 치수의 부족장 유수간 장손의 아우로 몇 년 전 사로국에 화친 사절로 다녀오신 분이외다. 두 분 다 그럴 수 없이 귀한 손님이오이다. 고마움의 힘찬 박수로 환영해주기 바라나이다."

소개와 동시에 가락국 대장군과 대인이 일어나자 대청을 울리는 요란한 박수 소리가 오랜 동안 계속되었다. 국왕도 기쁜 빛으로 환영의 뜻을 표했다.

먼저 가락국 대장군이 단상 앞으로 나왔다.

"진심으로 환영을 해주어 고마우이다. 우리 두 나라는 일찍부터 두터운 신임으로 친교를 맺어 온 사이므로 아는 대로 기탄없이 말하리다. 골포, 칠포(함안 칠원), 고자미국(고성) 등 해상국들이 군사 동맹을 맺는다

하오. 주적 대상국이 드러나진 않았으나 본국과 귀국일 가능성이 크오이다. 이 점 유념해야 할 것이오. 그리고 본국 사정을 잠깐 말씀해 드리리다. 잘 아실 것이라 보오만 수로 군왕 때 우리 가락국은 사로국에 비견할 만했었소. 그러나 지금의 사로국은 정치 체계와 군사 조직을 강화하여 강국이 되었소. 우리는 친교사절을 보내 과거 침입의 잘못을 모두 사과해야 하는 처지라오. 이제 우리는 사로국에 대응하기 위해서 왜인의 도움을 받는 처지가 되고 말았소. …(중략)… 친교 사절에 대해서는 본국 대인이 더 자세히 말할 것이외다."

가락국 대장군이 말을 마치고 제자리로 가는 사이 회의장은 침묵이 흘렀다. 그 침묵은 잠깐 동안이었으나 안야국 신하들에게는 숨 막히는 긴 침묵이었다.

그러나 가락국 대인이 사로국 상황을 설명하고 나서는 분위기가 좀 살아났다. 내용의 요지는 이랬다.

그 동안의 적대 관계로 말미암아 서기 201년에 화친 사절을 보냈는데 거절당할까 봐 걱정했다. 그러나 거절은커녕 환대를 받았다. 금성(경주) 월성(경주)의 황궁에서 그리 멀지 않은 곳의 귀족층 시가지와 철제품 제련 공장, 토기 가마골, 군사 훈련장도 살펴보도록 배려해 주었다. 최고의 악사와 가무꾼들이 흥을 돋구는 연회까지 베풀어 주었다. 그러나 마냥 환대를 고마워할 것이 아니란 생각이 들었단 말도 덧붙였다. 중요한 내용은 철제 문화의 발달로 강하고 예리한 무기를 만드는 기술을 소유했으며, 더욱 놀라운 것은 군병이 몇 만 이상으로 늘었다는 것이었다.

『삼국사기 〈신라본기〉』를 보면 이와 관련되는 내용이 여러 왕조에 걸쳐 나타난다.

신라 제5대 파사왕은 즉위 15년 서기 94년 2월에 가야의 적들이 마두성으로 쳐들어 와서 포위하므로, 왕은 아찬 길원을 파견하니 그는 군사 1천을 거느리고 나아가 적을 격파 퇴주시켰다.

25년(104) 5월에는 군사를 일으켜 비지국(불사국, 창녕), 다벌국(대구), 초팔국(합천 초계)을 정벌하여 이를 병합하였다.

6대 지마왕은 즉위 5년 서기 116년 8월에 장병을 파견하여 가야(금관가야, 가락국)로 쳐들어가게 하고, 이어 왕은 정병 1만을 거느리고 따라가니 가야에서는 성을 둘러 군사를 정비하고 굳게 지켰다. 때마침 오랫동안 비가 오므로 왕은 군사를 돌렸다.

10대 내해왕 6년(201) 2월에 가야국이 화친할 것을 요청하였다.

안야국도 대외정세에 아주 어두운 것은 아니었으나 그 당시 국세가 앞서는 가락국과는 비교가 되질 않았다. 그런 만큼 가락국 대장군과 대인의 대외 정세 설명은 충격을 줄 수밖에 없었다. 대인과 대신들은 숨을 죽이며 한 마디도 놓치지 않고 들었다. 아니 들어야만 했다.

회의 도중에 '여인들이 참 아름답더이다' 관련 농담으로 박장대소하여 한순간 긴장을 풀기는 하였으나 고작 군사래야 오천이 안 되는 안야국으로서는 소름끼치는 일이 아닐 수 없었다.

어쨌든 이들의 내왕에서 안야국이 얻은 소득은 나라가 세워진 후 최대의 정보 습득이었고, 국력 증강에 대한 자각을 불러일으켜 주었다.

가락국 사신들이 이틀 동안을 머물고 돌아간 다음날부터 안야국의 조회시간이 길어졌다. 그만큼 의논할 국사가 많기 때문이었다.

무엇보다 긴박한 국사는 군사력 증강과 군량미 확보, 군사 정보 수집을 위한 세작을 양성하는 일이었다. 그와 동시에 이미 불사국(창녕), 미리미동국(밀양)의 북부 영역까지 영향력을 행사하고 있는 사로국과 친교를 맺는 일도 미룰 수 없는 일이었다.

위급 상황이 다가온다는 정보를 확인한 안야국은 곧 바로 대책을 세

위 준비를 해 나갔다. 군사력은 부족하지만 소삼(군북), 아랑촌(함안) 등지에서 철 생산량이 많은 만큼 무기 제련 기술은 타국에 비해 뒤떨어지지 않았다. 강과 큰 냇물을 끼고 있는 넓은 들은 어지간히 큰 수해가 들지 않는다면 언제나 식량이 남아 돌았다. 군량미 확보는 어려운 일이 아니었다. 세작 기밀 활동은 험측 대장군을 수장으로 번예 장군이 맡았다. 사로국과의 친교 사절은 험측 대인이 기어이 성사시켜 인적왕래와 물물교환까지 이루어졌다. 신터에는 군사훈련으로 매일 함성이 일었다. 주변국과의 국지전이 있을 때마다 일방적 승리를 거두었다. 그야말로 유비무환의 결과였다. 그러나 그런 세월은 오래가지 못했다. 몇 년이 지나는 사이 가락국 대장군의 조언이 엄청난 사실로 드러난 것이다. 세작 활동으로 포상팔국의 군사 이동을 확인한 안야국은 전전긍긍했다. 특단의 대책을 강구할 수밖에 없었다. 험측 대장군과 대인은 대책 마련에 골몰했다. 국왕과 대장군, 대인이 은밀히 만났다.

"대책을 어떻게 세우는 게 좋겠소?"

국왕이 무겁게 운을 떼었다.

대인이 호흡을 가다듬더니

"우리 안야국 단독으로는 포상팔국 침입을 상대하기 어려우니 군사력이 있는 나라에 의존할 수밖에 없겠나이다."

조심스럽게 말했다.

"나도 같은 생각이오만 어느 나라가 좋을지 또 무엇으로 도움을 받아야 할지 묘안이 떠오르지 않는구려."

"신의 소견으로는 초팔국 불사국도 아니되고, 가락국도 사로국(신라)과의 소모 전쟁으로 국력이 약화되어 있으니 다만 사로국에 의지하는 것이 어떨까 하나이다."

'사로국이라 사로국이라' 국왕은 나직이 되씹더니

"사로국엔 대인이 두어 번 갔다 온 일이 있지요. 어떻게 하면 좋을지 방책을 말해보오."

그랬다. 가락국 대신이 갔다 온 이야기를 들은 후 이듬해와 작년 초 두 번을 다녀왔다.

"군사력의 도움을 얻으려면 아무래도 아름다운 공주 중 한 분을 보낼 정도는 되어야 일을 성사시키지 않을까 생각이 드옵니다만 …."

"그건 아니 되오."

혐측 대장군이 대인의 말을 막았다.

"차라리 신의 생각엔 공주님 대신에 국왕 전하의 제씨인 수대인을 보냄이 어떨까 하옵니다."

"아우로요. 하아, 그게 좋겠소마는 누가 임무 수행을 잘 할 수 있을지가 걱정이구려."

"부족하오나 제가 수행하겠나이다. 안야국이 안정될 때까지만 모시고 있다가 돌아오도록 하겠사옵니다."

"대인께서 그리만 해준다면 얼마나 좋겠소. 좋소이다."

특단의 대책이란 안야국왕의 첫째 동생 수대인을 볼모로 하여 많은 선물을 보내는 일로 정해졌다. 결정이 난 이상 하루라도 빨리 시행하는 것이 급선무였다. 그토록 급박한 일이라는 것을 안야국 조정은 잘 알고 있었다.

세월은 유수와 같았다. 엊그제 봄인가 싶더니 벌써 여름이 다가오고 있었다. 209년 5월 안야국에서는 구원병을 요청하기 위하여 사로국으로 급파한 수대인을 단장으로 한 사신들의 소식을 노심초사 기다리고 있었다. 그런데 드디어 소식이 온 것이다. 국왕의 눈가에는 감회의 눈물이 방울방울 맺혀 끝내 소맷자락으로 훔쳐내야만 했다. 안야국 역사에서 전무후무할 정도의 성공적 외교사라 할 만했다. 내해왕이 태자 우로와 이벌찬 이음을 수장으로 군사 7,000을 보낸다는 꿈만 같은 소식을 접한 것이다. 늦어도 6월 중순이면 충분히 도착할 수 있으리란 자세한 추신까지 보냈다.

이러한 사로국의 결정에는 변방을 순행하여 국세를 확인할 겸 안야국을 구원해줌으로써 장차 국책인 영토 확장을 이루려는 무시무시한 속셈이 도사리고 있었다. 그러나 안야국으로서는 설혹 그 사실을 인지한다 하더라도 따질 계제가 아니었다. 오로지 고맙기만 할 뿐이었다. 얼마나 급박했으면 앞으로의 문제를 전혀 고려치 않고 국왕이 감읍의 눈물을 훔쳤겠는가!

그날 오후에 중신회의가 열렸다. 국왕이 비장한 어조로 말했다.

"제신들은 들으시오. 지금 대외정세가 위급지경이오. 골포국이 포상팔국 군사들을 끌어들이고 있다오. 이는 필시 본국을 치려는 음모이니 각 부처에서는 맡은 바 임무를 한 치의 소홀함이 없이 시행하여야 할 것이오. 이후부터를 비상시국으로 선포하오. 차질을 빚는다면 책임을 엄히 묻겠소."

사로국이 도와준다는 소식은 중신회의에서 알리지 않았다. 워낙 중대 사항이라 혐측대인 몇 사람만이 기밀 사항으로 알고 있었다. 그날 이후로 안야국의 조정은 긴박하게 움직였다. 사로국과의 합동 군사 전략, 군량미 비축 관리, 징병, 군사훈련, 전쟁 전후 대비 책략, 백성 안정 교화 등 각 부처에서는 밤잠을 설칠 지경이었다. 곧 전쟁이 일어난다는 것을 기정사실로 받아들였다. 이무렵 사로국 태자 우로와 이벌찬 이음이 육부병을 이끌고 이서국(청도)을 거쳐 남하하고 있었다. 비사벌(불사국, 창녕)에 주둔하며 주변국의 동태를 살피고 안야국의 긴급 지원 요청이 사실이라면 외세확장 기회로 여겨 군세를 확실히 보여 줄 계획이었다. 안야국도 4천 군사를 언제 어디서든 투입할 준비를 갖추고 있었다. 어느 누군들 인간 잔혹사인 전쟁을 바랄까마는 서로 이해관계가 달라 침략하지 않으면 이익을 얻을 수 없고 막지 아니하면 국가를 보존할 수 없으니 전쟁은 일어나기 마련이었다.

아니나 다를까? 포상팔국 군사들이 모두 골포국으로 집결한다는 첩보가 들어왔다. 안야국은 대장군을 총사령관, 번예 장군을 선봉장으로 삼아 병부장, 차부위장, 하부장, 소부장 등으로 장창 철검 기마부대, 보병 철갑 장창 부대, 가죽 갑옷 창검 부대, 고수(북치는 병사), 나팔, 깃발 소대 등을 지휘하게 하여 진터에서 밤낮없이 실전 훈련을 쌓았다. 천우신조로 마침 사로국 군사들이 비사벌(불사국, 창녕)에 이르렀다는 소식을 접했다. 이러한 때 포상팔국의 군사들은 골포국에 집결하고 있었다. 안야국으로서는 천만다행으로 동맹군이 은밀히 움직이지 않는다는 것을 알았다. 한낮에 그것도 한꺼번에 이동하는 것을 여러 번 포착한 것이다. 이와 같은 동맹군의 움직임은 어쩌면 자만일 수도 있었고 무지일 수도 있었다. 어쨌든 그들의 움직임은 안야국에 의하여 일거수일투족이 거울에 알몸 비치듯 드러나고 있었다. 놀랍게도 그들의 공격 최종 집결지는 골포국이 아니었다. 바로 안야국의 옆구리에 붙어 있는 칠포국(칠원)이었다.

209년 7월 마침내 칠포국 무릉벌(함안 칠원) 구릉지에서 처절한 싸움이 벌어졌다. 포상팔국으로서는 대망의 전쟁이었다. 안야국 군사들이 선봉에 서고 사로국 군사들이 부채살같이 후진을 펴고 있었다. 저 멀리 마상의 움직임을 알아볼 만한 거리 저쪽에서는 포상팔국 동맹군이 진열을 가다듬고 있었다. 양진영은 북을 둥둥 울렸다. 갑자기 동맹군의 장수들 몇이 바쁘게 그들의 진영 앞으로 뛰어다녔다. 그동안 사로국의 군사 이동을 감지하지 못해서일까? 안야국 대장군은 사로국 태자 바로 뒤의 이벌찬 이음 대장군과 함께 동맹군의 진영을 유심히 살피고 있었다. 일사불란한 진열이 아니었고 무언가 허둥거리는 모습도 포착할 수가 있었다.

"보아하니 오합지졸이오. 장수의 마상 자세도 꽉 짜이지 못했소. 짐작키로 말을 다루는 솜씨도 익숙하지 못한 듯하오. 저래가지고서야 도망도 멀리 가지 못할 것 같소만. 하하하"

이음 대장군이 호탕하게 웃었다.

"이벌찬 대장군의 혜안이 놀랍지 않소. 사로국에서는 이미 다 아오이다.”

태자도 고개를 끄덕이며 대장군을 바라보며 말했다.

“실로 경이롭사옵니다. 한편 저의 부족함이 부끄럽기도 하고요.”

험측 대장군도 그 사실을 간파했지만 침묵을 지켰다.

“태자 저하, 먼저 선공하여 적을 시험한 후 명령을 하달할까 하나이다.”

“의논할 게 뭐 있소. 대장군이 알아서 전략을 펴시오.”

태자의 말이 끝나자마자 명령을 내렸다. 북을 둥둥 치자 안야국 선봉 부대가 앞장을 섰다. 뒤이어 궁수, 보병, 기마 연합군이 노도와 같이 밀고 들어갔다. 그와 동시에 방패를 앞세운 포상팔국 동맹군 선봉 부대가 달려 나왔다. 그 뒤에는 지척지간으로 모두 9천여 명이 됨직한 보병이 한꺼번에 북소리에 맞춰 물밀듯이 밀려왔다. 함성이 와아 와아 일었다. 산을 뒤덮는 함성이었다. 안야국 궁수병들은 적들이 사정거리에 들어서자 숨 쉴 틈도 없이 화살을 쏘았다. 동맹군도 그에 질세라 비 오듯 화살을 퍼부었다. 동맹군 보병이 수 없이 밀어닥치자 번예 장군도 번개같이 튀어나갔다. 그때 연합군 진영에서 긴 나팔 소리가 났다. 대접전의 총공격 명령이 떨어진 것이다. 순식간에 구릉지 이쪽 저쪽에서 창과 칼 부딪히는 소리가 요란했다. 그럴 때마다 불꽃이 튀었다. 불꽃이 튕길 때마다 선혈이 튀어 올랐다. 쫓고 쫓기는 싸움이 아니라 서로 뒤엉켜 아수라장을 이루었다. 시간이 흐를수록 전장이 넓어졌다. 일당백이라 했던가! 앞뒤로 달려드는 적병들을 비호같이 빠른 동작으로 베고 찌르며 종횡무진 전장을 누비는 장수가 있었다. 그의 앞에 적들은 추풍낙엽처럼 목이 날아가고 팔이 떨어졌다.

“대장군! 저어기 좌충우돌 마음대로 휘젓는 장수가 누구요?”

“본국의 번예 선봉 장군이외다.”

“놀랍소! 참으로 훌륭한 장수이외다.”

이벌찬 이음은 연신 고개를 끄덕이었다.

전세의 윤곽은 반시진도 지나지 않아 드러났다. 동맹군이 밀리기 시작한 것이다. 포효 같은 함성으로 돌진하여 닥치는 대로 찌르고 휘두르며 달리는 안야국과 사로국의 연합군 기마병들을 동맹군들은 당해낼 수가 없었다. 동맹군들은 후퇴하기 시작하였다. 연합군 진영에서 북소리가 더욱 크게 울렸다. 또 한 번 긴 나팔소리가 났다. 연합군은 나팔소리를 신호로 더욱 함성을 지르며 도망가는 동맹군을 맹렬히 추격하며 나뭇가지 치듯 베었다.

"항복하는 자는 두어라. 무기를 버리는 자는 죽이지 마라. 항복하라."

연합군은 맹렬히 추격하면서 여기저기서 고함을 질렀다. 동맹군은 전의를 잃고 도망가기에 바빴다. 언덕으로 치닫고, 구릉지를 내달리고, 읍락촌으로 기마병을 뒤따르기도 했다. 뒤로 처진 병사들은 구릉을 넘고 초지를 가로질러 한창 벼가 자라는 논바닥으로 달려 들어가 첨벙첨벙 휘청거리는 자가 부지기수였다. 제풀에 열십자로 벌렁 나가떨어지는 병사들도 있었다.

해가 하늘 가운데 오를 때는 이미 전쟁이 끝났다. 포상팔국 동맹군 대망의 전쟁은 일방적으로 밀리다가 무참하게 패하고 말았다. 연합군은 최소한의 희생으로 6천의 병사를 포로로 잡고 많은 병기를 노획한 대승을 거둔 것이다.

『삼국사기 〈신라본기〉』와 『삼국유사 〈피은〉 물계자전』에서는 포상팔국의 전쟁을 이렇게 기록하고 있다.

신라 제10대 내해 이사금이 서기 196년에 즉위하였다. 재위 35년이었다. 14년(209년) 7월에는 포상팔국이 가라를 침략하려 도모하므로 가라 왕자가 와서 구원을 청하였다. 왕은 태자 우로와 이벌찬 이음으로 하여금 육부병을 이끌고 가서 구원하게 하였다. 마침내 육부병은 팔국의 장군을 쳐서 죽이고 그들에게 사로잡혔던 6천 인을 빼앗아 돌아왔다.

『삼국사기 〈신라본기〉』

물계자는 내해 니사금 때의 사람으로서 집안은 한미하였으나 사람됨이 쾌활하여 어릴 때부터 큰 뜻을 품었었다. 당시 포상팔국이 동모하여 아라국을 침입하므로 아라가 사신을 보내 구원을 청하니 니사금이 왕손 날음을 시켜 가까운 군대와 육부군을 거느리고 가서 구원케 하니 드디어 팔국병이 패하였다.

『삼국유사〈피은〉물계자전』

포상팔국 전쟁에서 대승을 거둔 안야국과 사로국의 연합군은 우렁차게 승리가를 부르고 북을 치면서, 의기양양하게 안야국읍으로 돌아왔다. 군사들은 진터에 막사를 지어 머물고 사로국 태자와 이벌찬 이음 대장군은 왕궁으로 초대되었다.

이들은 사흘간에 걸쳐 융숭한 대접을 받았다. 밤낮으로 가무와 산해진미가 넘치는 연회를 열어 감사의 뜻을 표했고 진귀한 선물도 주었다. 병사들에게도 푸짐한 음식을 주어 잔치를 베풀었다. 회군하는 전날에는 태자와 이벌찬이 똑같이 군사력 증강에 대하여 조언했다. 그밖에도 여러 국사에 관한 의견 교환이 많았으나 안야국왕에게 귀에 쟁쟁한 잊히지 않은 말이 있었다.

"전하! 적당한 시기에 왕궁도 새로 지음이 좋겠사옵니다. 변성도 쌓으면서 말입니다. 왕궁을 지을 때 변성을 쌓으면 목재와 초석을 얻을 수 있어 일거양득이 되옵니다. 고려하옵소서."

어찌 보면 월권을 한다고 비판할 수도 있겠으나 안야국왕은 고깝게 생각하지 않았다. 오히려 미처 생각하지 못한 바를 깨우쳐 주어 고맙게 여겼다.

포상팔국 전쟁이 끝난 이후부터 안야국은 태평성대의 세월이 흘렀다. 주변의 포상 국가들과 소삼(군북), 법수, 노함(의령남부) 등지의 읍락국 거수들을 완전히 귀속하여 연맹체로서의 지휘체계를 확고히 하였다. 읍락마다 매년 강과 냇물을 낀 들녘에는 논들이 넓혀졌고 구릉과 산자락엔 밭이 일구어졌다. 가을이면 풍년의 노랫소리가 메아리쳤다. 어디 그뿐이던가. 읍락 곳곳에서 쇠를 달구었다. 토기 가마에서는 수많은 그릇도 구워내고 세공 장척들은 신비스러운 색깔로 빛나는 비취, 마노, 구슬, 옥, 유리 등으로 목걸이, 팔찌, 귀걸이와 같은 장식물도 만들었다. 가을에는 당산에 올라 천지 신께 제사를 올리고 풍성한 축제를 하였다. 진터에서는 일정 계획에 따른 군사훈련도 게을리 하지 않았다. 이러한 세월이 20여 년은 좋이 계속되었다. 그런 만큼 국세도 크게 신장되었다. 그러나 안야국왕은 가슴에 맺혀있는 큰 국사를 처리하지 못하고 있었다. 그것은 사로국 태자의 조언인 왕궁 건립과 성의 완성이었다. 그동안 급한대로 대현관문, 여항산성, 방어산성, 포덕산성, 문암사성, 변경지방의 성은 쌓았으나 도성과 나라 안의 방어진지 구축을 위한 성은 쌓지 못했다. 그런데 그 염원의 날이 온 것이다.

안야국왕은 중신들을 모두 불러 모았다.

"마침내 기다리던 사로국의 도성, 왕궁 건립 장척들이 왔소. 신들은 날짜를 정하여 대역사를 시작하기 바라오. 총거수로 험측대장군, 왕궁 건립은 험측대인, 도성과 변성은 번예 장군이 맡으시오. 10여 년이 걸려도 좋으니 완벽했으면 하오. 한 치의 소홀함이 없도록 애써주시오."

서기 229년 초봄, 드디어 후기 가야의 중심국이 될 안야국 왕궁 건립 대역사가 시작되었다. 포상팔국 전쟁이 끝난 지 20년 후였다.

왕궁지 지형을 활용, 도성을 쌓아 그 안에 남북을 축으로 큰 마당을 지나 외전, 정전, 침전을 사이를 떼어 짓되 정전과 침전의 거리는 좁히고 그 뒤의 중심 축 북쪽으로는 동서로 왕후전과 동궁전을 세우고 왕후전과 동궁전의 뒤에는 후원을 조성하기로 하였다. 각 궁의 옆으로도 외전, 정전의 동서로 각기 건물을 지어 조정 각부의 기관실을 두도록 하였고 그 서쪽으로는 후원과 사대를 만들도록 하였다. 또한 성곽은 토성으로 하되 동서남북 4대문은 양옆을 돌로 쌓고 북문 쪽으로부터 동서 양쪽으로 수로를 파 남으로 내려오게 하였다. 성곽의 동서남북 귀퉁이에는 망루를 세우고 남문은 세 칸의 2층 궁전 출입문과 조정의 기관실로 바로 이어지는 두 칸의 낮은 단층 출입문을 만들기로 하였다. 그 밖에도 정원, 우물 등 필요시설과 설치물, 궁성의 바깥 한길까지도 소홀히 여기지 않고 설계하였다.

공사는 국태민안을 천지 신께 비는 제례의식을 치른 다음 날부터 시작되었다.

그 해 2월초부터 국읍의 거리는 엄청난 사람들이 몰려다녔다. 부역자들이 대부분이었으나 장사를 하는 사람도 많았다. 길목에서는 길목이라는 동네답게 오가는 사람들로 붐볐고 원두막골 주막에는 술 마시는 사람들로 발 디딜 틈이 없었다. 갈말목 넓은 마당에서는 석장들의 돌 깨는 소리가 귀를 울렸고 왕궁지 남문에서는 목재 다듬는 소리가 장단 맞춰 톡닥거렸다. 산이란 산에는 부역꾼들의 석·목재를 베고 캐고 운반하는 모습들이 하얗게 드러날 정도였다. 장척이든 부역자들이든 일꾼들은 모두 부지런히 일했다.

번예 장군은 심복들과 이른 아침부터 저녁까지 산길을 더듬으며 산봉을 차례차례 정복해나갔다. 방어성을 쌓기 위한 지세 조사, 축성방법, 자재 조달 등 축성 기간을 단축하기 위하여 동분서주하였다. 산을 오를 때마다 이미 오랜 전이었는데도 포상팔국 전쟁이 눈앞에 생생하게 떠올랐다. 그럴 때마다 연맹체로 귀속되어 있는 주변 포상국이 언제 보복전을 할지도 모른다는 생각이 스치기도 했다. 또한 작금의 상황으로 보면 주변국보다는 안야국에 도움을 준 사로국과 백제 왜인이 앞으로 더 골칫거리가 되고 위협이 될런지 모른다는 생각도 문득문득 들었다. 험측 대장군과 은밀히 논의했다. 언제 다가올지 모르는 국난을 대비하기 위해서는 반드시 해야 할 국사라는 데 뜻을 같이 했다.

험측 대인은 왕궁 건립을 3년 정도 앞당기는 공정을 세워 착착 일을 진행했다. 처음엔 가슴이 답답할 정도로 걱정했다. 그러나 기단, 기둥, 내외진주, 대들보, 주심도리부터 종도리, 대공, 장혀가 제대로 잘 맞춰

지고 서까래까지 전각의 뼈대가 여러 곳에 우뚝우뚝 제 모습을 드러내자 어려운 일은 넘어갔구나 싶어 가슴을 쓸어 내렸다. 때때로 공사의 진척을 바라보며 감개무량하기도 했다. 그렇지만 왕궁을 건립하기까지는 크고 작은 어려움이 가끔씩 발생하곤 했다. 주변국과의 교역권 조정, 자재 조달, 인구 유입 문제, 직접 물물 교환의 빈번한 다툼뿐만 아니라 수해 피해로 인한 농산물 감소, 광물 생산의 차질 등 나라 안팎의 여러 문제로 국력을 소모해야만 했다. 그러나 안야국의 국세 신장에 따른 왕궁 건립은 시대 상황의 필연적 결과였다.

7년이 지난 뒤 마침내 안야국 봉안왕이 염원했던 왕궁 건립과 나라 안팎의 도성, 변성이 구축되었다.

봉안왕 30년(236년) 10월 어느 날 국왕은 험측 대장군과 대인, 번예 장군을 비롯한 중신들은 천신제와 대축제를 앞두고 위용을 드러낸 왕궁의 모습을 돌아보고 있었다. 어느덧 국왕의 관모 아래에는 흰 머리의 선이 굴곡을 이루었고 턱밑의 수염은 햇살을 받아 은빛으로 하얗게 빛났다. 봉안왕은 바짝 붙어 따르는 늠름한 모습의 태자와 흰 수염이 성성한 대장군과 대인을 돌아보며 말했다.

"참으로 훌륭하구려. 애 많이들 썼소이다. 공신들의 노고에 무엇으로 답해야 할지?"

"이는 오로지 전하의 홍복에 기인하였사옵니다. 신들은 다만 전하의 뜻을 따라 움직였을 뿐입니다. 괘념치 마옵소서."

대장군이 말하자 번예 장군도 거들었다.

"그러하옵니다. 전하!"

"허어! 예나 지금이나 번예 장군의 우렁찬 목소리는 변함이 없소. 사대가 잘 만들어졌다 하니 나중에 활솜씨나 한번 보여주구려"

기골 장대한 번예 장군의 신출귀몰한 활약상을 떠올리며 봉안왕은 흐뭇하게 웃었다.

"궁밖 관실도 잘 만들었사옵니다. 외국 사신들을 맞아야 하기에."

대인이 말했다.

"어련하시겠소. 다 공신들의 덕분이외다. 그나저나 외국 사신들은 잘 묵고 있겠지요."

"내일 밤 대축제에 모두 참여하도록 조치가 되어 있사옵니다."

"잘 하였소. 대축제는 안야국 모든 사람들이 기쁨에 흥청거리도록 성대히 치르도록 합시다."

국왕의 일행은 궁궐의 회랑을 거쳐 여러 궁전을 둘러보고 침전 뒤의 후원과 궁궐 곳곳에 조성해 놓은 정원, 장식물, 연못까지 살펴본 다음 끝으로 사대로 가서 국왕을 비롯하여 대장군과 번예 장군의 활솜씨를 각기 뽐냈다. 물론 번예 장군의 기량과는 비교가 되지 않았으나 국왕과 대장군은 조금도 싫은 기색이 아니었다. 오히려 찬탄의 말을 쏟기만 했다.

다음 날은 오전 이른 시각에 조회를 열어 사신들을 접견하고 태양이 높이 솟은 오시에 당산에서는 안야국왕과 신하들만 참여한 천신제가 거행되었으며 대축제는 진터 넓은 마당에서 외국 사신들과 군사 및 백성들이 참여한 가운데 시작되었다. 10월 보름날이었다. 자양산 산봉 저쪽 하늘에 보름달이 휘영청 제 모습을 드러낸 초저녁 밤이었다.

축제의 단상에는 한가운데 안야국 봉안왕이 왕후와 같이 용상에 정좌했고, 옆으로 약간 비킨 뒤켠에는 태자가 앉았으며, 용상과 좀 거리를 둔 그 좌측으로 험측 대장군과 대인, 읍락 거수들과 신하들이 앞줄로부터 계층별 순서대로 좌정하였다. 오른 편으로는 각국의 사신들이 역시 용상과 거리를 두고 여러 줄로 앞에 앉았으며, 좀 떨어진 뒤로는 안야국의 하층 신하들이 자리하였다. 번예 호위장군은 국왕의 뒤에 몇몇 무장과 함께 저만큼 떨어져 앉아 있었다.

마당에는 단상 바로 앞에 많은 신하들이 도열하였고 좌우와 뒤에는 수많은 백성들이 서 있었다. 만여 명이 넘어 보이는 축제의 대 군중 좌우에는 수천 명의 군사들이 서 있었다.

진터의 수많은 인파가 잠시 숨을 죽일 무렵 단상에서 국왕이 흐뭇한 미소를 지으며 일어섰다. 단상의 신하와 사신들 모두 따라 일어섰다. 단상 앞 여러 개의 봉화대 좌우에는 등불이 단상을 밝히고 있었다. 봉안왕은 다른 것보다 몇 배나 큰 중심 봉화대 앞에 섰다. 도열한 안야국의 수많은 백성들을 쭈욱 둘러보며 우렁찬 목소리로 외쳤다.

"국왕이 이르노라! 오늘부터 안야국의 국호를 안라국으로 한다. 이미 천지신명께 아뢰었도다. 안라국 번영을 위하여 모두가 힘쓸지어다."

국왕이 소리 높이 외치자 진터 넓은 들의 수많은 백성들과 군사들이 함성을 질렀다.

"국왕 전하 만세! 안라국 만세!"

함성 소리가 몇 번이나 거듭된 후 침묵이 또 흘렀다. 달빛만이 그윽했다. 스산한 가을 저녁 바람이 옷깃을 스쳤다. 그것도 잠시뿐 또 국왕이 소리쳤다.

"본왕이 안라국의 횃불, 대축제의 횃불을 올릴지어다. 횃불은 안라국의 방방곡곡을 밝혀줄 것이니. 그리고 그 횃불은 안라국의 영광을 위하여 자손만대에 훨훨 타 오를 것이로다." 그러고는 읍차대신이 건네주는 기다란 봉화봉에 불을 붙였다. 읍락의 거수들도 양쪽으로 그들의 봉화대 앞에 섰다. 이어 국왕은 오른 손을 높이 들어 횃불을 흔들다가 중심 봉화대 위의 커다란 철제 그릇에 꽂아 넣었다. 그러자 횃불이 큰덩이 작은 덩이로 서로 훨훨 바뀌지면서 휘몰아쳐 하늘로 솟구쳤다. 동시에 여러 개의 봉화대에도 일시에 불꽃이 타올랐다.

"국왕 전하 만세! 안라국 만세!" 또다시 함성이 메아리쳤다. 그와 동시에 궁성의 전각 뜰에서 횃불이 솟아올랐고 국읍, 별읍, 소읍 마을은 물론 사람이 다니는 곳곳마다 모닥불과 횃불이 타올랐다. 진터의 하늘에는 불화살이 인파의 뒤쪽에서 수 없이 날아올랐다. 불꽃의 향연이었다. 수많은 군중의 함성이 끊이질 아니하였다. 축제의 향연에 대한 감탄이기도 했고 안라국으로 용솟음치는 자부심이기도 했다. 봉안왕은 태자를 가만히 응시했다. 털끝만큼도 흐트러짐이라곤 보이지 않았다. 내심 흡족했다. 축제의 밤을 선언한 봉안왕은 다음 일을 태자에게 맡기고 군중들에게 손을 흔들며 자리를 떴다.

"국왕 전하 만세! 안라국 만세! 국왕 전하, 안라국 만만세!"

대축제는 사흘 밤낮으로 흥청거렸다. 말타기, 궁술, 목검 등의 무예 겨루기는 진터에서 진행되었고, 씨름, 달리기, 외다리 걸어 넘어뜨리기 등의 개인 경기는 읍락의 곳곳에서 벌어졌다. 길쌈 솜씨 겨루기, 수예품 만들기 등의 여자들의 놀이도 시행되었고 철장, 목장 등 장인들의 솜씨도 겨루었다. 북치기, 나팔 불기, 슬瑟타기 등의 예능대회도 열렸다. 한 종목도 빠뜨리지 않고 참여 선수만 있으면 기회를 주었다.

후대에 가라국(고령)에서 우륵 같은 훌륭한 음악가가 나와 숭앙을 받고 있으나 이 시기의 안라국에도 재기가 출중한 음악가들이 많았다. 풍년이 들어 흥겨운 격양가 노랫소리 울려 퍼지는데 어찌 음악이 성행하지 않았겠는가!

재능이란 타고 나는 바에 따라 소질이 다르고 노력하기에 따라 실력이 달라지는 법이다. 힘이 있고 실력이 출중하고 재능이 뛰어난 사람들은 금방 소문이 난다. 그랬다. 안라국의 대축제로 번예 장군의 아들 길마가 혜성과 같이 나타나 무술대회의 여러 종목에서 우승을 차지하는 영광을 누린 것이다. 결승이 벌어지는 날 험측 대장군과 번예 장군이 목검술과 마상 궁술대회를 함께 관전하였다.

무술대회는 어느 종목 없이 관중이 많았다. 군사들이 대분이었으나 일반 백성들도 경기장을 둘러쌌다. 목검술대회가 시작되었다. 번예 장군 아들 길마와 신읍 읍차 대신의 아들 석진이 결승에서 맞붙었다. 군사들이 사방으로 앉고 서서 서로 자기편을 응원하였다. 처음 1합은 자웅을 겨루었다. 찌르고 베는 동작을 취할 때마다 목검 부딪히는 소리가 쇳소리처럼 쟁강거렸다. 2합이 끝날 무렵 어찌 된 일인가! 길마의 칼이 번개같이 춤을 추자 석진의 칼이 언제 공격을 받았는지도 모르게 저만큼 멀리 떨어져 버렸다. 순식간의 일이었다. 관전 군사들은 바람 소리를 가르는 소리만 들었을 뿐, 칼 움직이는 것을 보지 못했다. 그만큼 움직임이 빨랐던 것이다. 군사들은 소름이 끼칠 정도의 동작에 숨을 죽이고 말았다. 험측 대인은 신음을 내뱉으며 고개를 끄덕이었다. 번예 장군은 아들이 어쩜 자기보다 나은 장군이 될 것 같다는 생각에 가슴이 뭉클했다. 얼마지 않아 장군의 기대는 굳은 확신으로 바뀌었다. 마상 궁술 경기에서다. 대회에서 보여준 길마의 마상 움직임과 활쏘기 재주에는 군중들의 눈이 휘둥그레졌고 벌어진 입을 다물지 못했다. 마상에서 바짝 엎드린 자세로 한 발 쏘는가 싶더니 동시에 말의 방향과 달리 돌려 누운 자세를 취하며 두 번째의 시위를 당겼다. 화살 두 개가 과녁 한복판 같은 지점에 연이어 깊이 들어박혔다. 군중들의 입에서는 저절로 탄성이 흘렀으며 어느 쪽에선지 모르게 함성을 질렀다. 곧 여러 겹의 함성소리는 들을 지나 산에 부딪쳐, 와아와아 다시 경기장으로 되돌아왔다.

험측 대인은 번예 장군의 손을 꼬옥 잡으며 말했다.

"번예 장군! 일세의 장군이 탄생했네. 안라국의 훌륭한 장군이 말일세."

"대장군의 덕분이옵니다. 감읍하나이다."

장군은 머리 숙여 절했다.

'내 늦둥이 딸과 혼사를 시키면 안 될까. 혹여 거절이라도 하면……'

험측 대장군은 문득 이런 생각을 하며 다시 한 번 장군의 손을 꼬옥 쥐었다. 거절하면 아니 되네, 라는 듯이.

여기서 후대에서 일어났던 일을 잠시 소개하면 험측 대장군의 바람은 어렵지 않게 이루어졌고 더욱 특기할 만한 경사는 두 장군의 손녀가 왕후까지 된 사실이었다.

이렇듯 안라국의 대축제는 경사스런 인연까지 맺으며 많은 인재와 재주꾼을 발굴하였다. 마지막 날 폐식에는 태자가 참석하였다. 횃불은 여전히 처음처럼 타오르고 있었다. 승자 패자는 물론, 관전하는 군중 모두 한 덩어리가 된 즐거운 축제였다.

드디어 안라국 최대의 축제는 태자의 사자후 같은 선언으로 막을 내렸다.

"들으시오! 국왕 전하의 말씀을 전하오. 이제부터 안라국 시대가 될 것임을 선언하오. 안라국 대축제의 횃불은 영원히 꺼지지 않고 만만세 후대로 이어갈 것이오. 백성들이여! 그 뜻으로 함께 안라국의 영광을 위하여 안라국 만만세를 외칠까 하오."

태자의 말이 끝나자 진터에 모인 모든 신하들과 백성들은 천지가 진동하는 함성으로 태자의 선창을 따라 외쳤다.

"국왕전하 만세! 안라국 만세! 만만세!"

"국왕전하 만세! 안라국 만세! 만만세! 안라국 만만세!"

그로부터 천 칠백여 년이 흐른 지금 안라국 옛터 함안에는 잊혀진 고분과 산성, 들녘과 야산에서 고히 잠들었던 안라국의 헤아릴 수 없을 정도의 많은 영혼이 환생하였다. 어쩌면 환생한 국왕과 험측, 번예 대장군의 후손일지도 모르는 마갑총, 54호분, 84호분, 4호분 등 흔적을 드러낸 수많은 수장들과 신하들, 그리고 어느 산자락과 들녘에서 하얗게 그 모습을 드러낸 안라국 백성들의 혼백들은 지금까지도 생생히 안라국 대축제의 횃불 잔치를 기리면서 후손들에게 길이길이 흐르는 역사를 일깨우고 있을 것이다.

이인록

방송대 국어국문학과 수료
2017신라문학대상 소설당선

태풍전야

이 인 록

태풍은 아직 멀었다. 오키나와 근해에서 만들어졌다는 태풍은 속도와 세력을 키우면서 북상하고 있었다. 고흥반도로의 상륙이 유력하다할 뿐 태풍의 진로에 대해선 기상청에서도 명확한 예보를 내놓지 못하고 있었다. 동쪽으로 급격히 방향을 선회할 가능성도 배제하지 않았다. 한반도 내륙을 통과한다면 이곳 중동부전선이 태풍의 중심권에 들 확률도 높은 것이다. 태풍의 중심권이 우리 지역이라면 원산만으로 빠져나가는 궤적도 그려보았다.

이런 날 결행은 적절하다고 생각했다. 눈짓으로 우리 셋은 나섰다. 몇 번인가 보아 두었던 하늘을 향해 직선으로 뻗어 오른 피나무로 향했다. 그것은 울창한 숲 가운데서도 단연 탐스런 자태였는데 결국 우리 손에 들어오게 되었다. 모두들 작업장으로 투입되고 난 뒤 우리는 행동에 들어갔다. 야외취사장에서 들려오는 소리가 계곡의 물소리에 쓸려 내려가는 것 또한 우리를 돕는 호재였다. 수령을 가늠할 수 없는 피나무는 휘파람 같은 소리를 가르며 눕혀졌다. 셀 수 없는 세월동안한 자리를 지켰을 피나무가 처연해 보였다.

그날 밤, 취사반장 혼자만 묵인하는 일이 우리 셋 앞에 놓였다. 나머지는 시간이 해결할 일이었다. 우리들 선배들이 득의에 찬 표정으로 앉았던 것을 우리도 손에 넣는 것이다. 칠흑 같은 사위를 지키는 듯 한 버너 불빛을 바라보면서 우리는 만면의 미소를 나누었다.

숙영지 천막 쪽에서 인기척이 들렸다고 느끼는 순간이었다.

"뭐하는 놈들이냐?"

놀랍게도 대대장이었다.

"……!"

튕기듯 일어선 우리는 입이 얼어버렸다.

"누구 지시야?"

"저희들 짓입니다."

"누구 지시냔 말이다."

"저희들 짓입니다."

"아니, 이놈들이…… 누가 시켰느냐 말이다."

"……!"

한 옥타브씩 높아지는 그의 질문에 우리 대답은 핵심을 맴돌고 있었다. 세 번째에야 비로소 뒷말을 잇지 못하고 한 걸음씩 물러섰다. 상상하기도 싫은 일이 우리 앞에 펼쳐진 것이다. 계곡의 물소리는 8월이 무색케도 너무나 차갑게 들렸다.

"태풍이 온다고 비상근무를 내린 마당에 이런 정신없는 놈들이 있나?"

대대장은 우리 가슴을 찔러대던 지휘봉을 왼손에 바꿔 잡고 오른손으로 우리를 가리켰다. 지휘봉의 촉감보다 더 한 전율이 우리에게 전해오는 듯 했다.

"소주병까지…… 잘한다. 제대를 앞두고 솔선수범을 해야 할 병사들이 이럴 수가 있나."

한발 다가서면서 대대장은 주먹으로 우리들 명찰을 가차 없이 가격해 왔다.

"모두 영창 대기시켜. 내일 아침 헌병대에 통보해."

대대장은 주번사관과 대대부관을 번갈아 보면서 말했는데, 버너의 불빛을 받은 부관의 입이 작게 한번 움찔할 뿐 대답은 들리지 않았다.

"작업장은 훈련장이고 훈련장은 곧 전장이야. 그 전장을 장악하지 못하는 주번사관은 실패한 지휘관이야. 한심한……"

대대장은 부동자세의 주번사관을 호되게 나무랐다.

"내일 아침 중대장이 직접 저걸 들고 대대장실로 오라 그래. 소주의 반입경위와 취사반장의 인지도까지 보고하라 하고……알겠나?"

대대장은 부관이 비춰주는 불빛을 받으며 산등성이 위로 올라갔다.

"승리! 근무중 이상무!"

"이상무? 근무 똑바로 서지 못해? 이건 위수지역 풍기문란에 해당됨을 명심하라."

대대장의 고함소리를 다시 한번 들으면서 우리는 발을 떼지 못했다. 한편으론 접경지역과 위수지역의 경계를 떠올려 보기도 했다. 말년에 몸조심하라던 선배들의 당부가 귓불을 스쳤다. 공든탑이 무너지는가 하는 우려가 등줄기를 타면서 일순 몸서리치게 했다.

중대가 작업장에 투입되어 이곳 대성산 깊은 계곡에 숙영지를 정했을 때, 중대 최고참인 우리 셋은 자연스레 잔류병으로 추대되었다. 중대원 모두 작업장으로 나가면 막사(천막)를 지키는 것이 우리의 임무였다. 그러나 우리의 임무란 것이 깊은 산중인지라 지킨다기보다는 남아 있는 쪽이었다. 매일 작업장으로 향하는 중대원들이 우리를 부러운 눈으로 바라볼 땐 미안함도 없지 않았다. 하지만 '이 녀석들아, 우리가 받은 세 번의 유격, 수많은 측정과 혹한기훈련, 천리 행군 그것으로 상쇄될 수 있잖느냐?'고 속으로 말했다.

3개월 일정의 작업장은 한여름으로 접어들면서 여름한철 휴양소를 방불케 하는 시원한 풍광과 함께 숲속의 새벽공기는 우리들 코를 간지럽히기도 했다. 자연히 막사 안에 있기보다는 숲속 이곳저곳을 배회하는 시간이 늘어갔다. 대대본부를 다녀오는 공용이 민촌을 거쳐 오면 은밀하게 우리에게 공수되던 경월소주의 알싸한 맛도, 더덕이며 귀목 수집의 관심도 식어진 어느 날 바둑판을 하나씩 만들기로 한 것이다. 유심히 보아 두었던 피나무를 잘라 야외취사장 솥에다 찌고 있는데, 대대장의 예고 없는 숙영지 순찰로 들켜버린 것이다.

　대대장 말대로라면 국가재산 남용에다 근무지 이탈로 지휘계통 무시, 그리고 술까지 마셨으니 영창을 가야 한다는 것이다. 위수지역 풍기문란이란 말이 가슴을 쿵쾅거리게 했다. 전역을 한 달 정도 남긴 우리로서는 허망하기 짝이 없는 일이었다. 그동안의 경험이나 짐작으로 미루어 볼 때 그냥 넘어갈 일이 아니라고 생각되었다. 하지만 깊은 산중에서 그것도 한밤중에 창졸지간에 당한 일이어서 속수무책일 수밖에 없는 노릇이었다. 더군다나 대대장의 지휘방침이 〈지휘계통 확립〉 〈전투력의 배가〉 〈물자관리 철저〉임에랴. 그냥 넘어갈 일이 아니라는 것은 명백한 일로 여겨졌다. 중대장 이하 모든 중대원들로부터 묵시적으로 군인과 민간인의 경계선상에 서 있는 신분으로 인정받은 우리 셋이었다. 한마디 질책도 뜨끔한 위로도 생략한 주번사관은 '참 안타깝소, 어떻게 이런 일을 꾸몄소?' 하는 눈빛을 허공으로 보내며 좌우로 흔들던 고개를 돌려 막사 쪽으로 돌아가 버렸다.

　버너의 불도 꺼지고 칠흑 속에 남겨진 우리 셋은 침묵할 수밖에 없었다. 모두들 잠들어 있을 막사로 선뜻 들어가기도 주저되었다. 시간을 되돌리고 싶었다. 답답한 가슴을 주먹으로 쳐보기도 했다. 보이지 않는 퇴로 그 뒤로 숲속의 어둠만이 우리를 억누르고 있었다.

　'이것이 늪인가.'

　암담했다. '이 또한 지나가리라.' 는 솔로몬의 지혜의 경구도 늪 속으로 빠져 드는가 생각되었다. 계곡의 물소리가 어서 이 어둠을 밀어내주기를 바랐다.

　처음 바둑판 제작의 운을 뗀 건 나였다. 바둑에 일가견이 없는 둘은 입대동기인 나의 제안을 거절할 명분이 딱 부러지게 없었기에 무의미하게 동참한 것이다. 완성까지는 수많은 작업과정을 거쳐야 하는 바둑판 제작은 시간과 정성을 요하는 작업이다. 마침 작업장이기에 그것도 고참이어서 가능한 일인 것이다. 이제 조사하면 나는 수범으로 둘은 공범으로 적시될 것이다. 최소한 며칠 아니 몇 주간 격리된다면 전역일정은 어떤 차질을 동반할까? 군대 전과가 사회까지 이어질까? 생각은 비약되고 있었다. 이 밤 태풍은 어디쯤 올라오고 있을까? 막사 안에서는 야외취사장에서의 한바탕 소란을 아는지 모르는지 모두들 잠들어 있었다. 그렇다고 한바탕 소란이 감추어질 일은 아니었다. 더구나 민감한 사안이어서 근무자들 인수인계시 고스란히 전달되었을 것이다. 막사 한쪽 구석에 있는 셋의 잠자리에서 우리는 쉽게 잠들지 못했다. 여드름을 사정없이 쥐어뜯고 문지른다 하여 '쥐뜨문'이란 별명의 문 병장도, 목소리가 남달리 우렁차서 유격대 조교로 파견 근무한 적이 있는 유 병장도 도통 입을 열지 않았다. 둘에게는 참으로 면목 없는 일이 되고 만 것이다.

　바둑판, 그것은 이곳 최전방에서의 군복무를 기념할 만한 증표로서는 안성맞춤이었다. 수많은 선배들이 전역 때 챙긴 바둑판 옆에 아로새겨진 ○○사단 ○○산의 표식은 훈장의 그것에 버금갈 정도의 각별함이 있다고 생각되는 것이다. 평소 바둑 두는 모습을 소가 닭 쳐다보듯이 해온 둘은 억울해 할 것이다. 별 생각 없이 의기투합에 들어선 둘에겐 죄책감과 함께 미안함이 쌓이고 있었다. 계곡의 물소리가 더 크게 들리는 걸 보니 밤은 제법 이슥한 듯했다. 어디서 야간훈련이라도 하는지 총소리가 멀리서 잘게 들렸다. '태풍 소식에도 총소리라니……' 하며 쓸데없는 걱정을 하다 고개를 저었다.

처음 민촌을 보았을 때 그곳은 이방인들의 집단거주지로 보였다. 산자락 아래 평평한 들녘에 일정한 방향으로 구획되어진 집은 거의 같은 모양과 구조로 만들어진 동네였다. 20년전 추석날 아침 사정없이 할퀴고 지나간 태풍의 피해는 막심했다. 초토화된 고향 울진을 뒤로 하고 이곳 민간인 통제구역으로 옮겨온 이들의 보금자리인 것이다.

6·25 전쟁 전엔 북녘땅이었던 이곳은 이제 알뜰살뜰한 농촌의 모습으로 바뀌었다. 종전 후 남겨진 드넓은 농지와 동네에 정부에서는 특별법으로 울진 수재민을 수용한 것이다. 가끔씩 선배들의 얘기에서 '민촌에 가거들랑 동네 유일한 구판장 '고향식당'에 가서 닭도리탕 한번 맛 봐야한다' 라는 말을 담아 두었다.

마침 음어경진대회에 차출되어 대대본부에 다녀오던 나는 일행들과 호기심을 주체하지 못하고 잠입하듯 찾아들었다. 음식이 만들어지는 동안 자연스레 고향얘기가 나오고 울진에서 멀지 않는 e군이 고향이라고 내가 말했다. 기억하기도 싫을 태풍얘기까지 이어지고 세간이며 농토를 삼킨 태풍에 몸만 빠져나온 그 날을 상기하던 아주머니는 '눈물의 연평도'라는 노래가 그 태풍으로 해서 만들어졌다며 눈시울을 붉혔다. 속절없는 사라짐의 증인이라는 아주머니는 잠깐 방으로 들어가더니 당시의 기록들이라는 말과 함께 종이상자속의 조금은 너덜해진 것을 보여주었다. 오랜 옛날 유물 같은 종이는 변색된 채 우리 앞에 펼쳐졌다.

＊ 사망,실종 849명 ＊ 부상 2,533명 ＊이재민 37만여 명 ＊ 피해액 2,800억 원

나는 그때 워낙 어렸으므로 정확한 기억엔 없지만, 한 번씩 어른들이 들려준 그때 추석날 아침에 몰아친 태풍얘기는 몇 번 들은 바 있다. 그해 9월 12일 괌 서쪽 해상에서 발생한 사라호는 오키나와를 거쳐 한반도로 향했다. 동중국해에 진입 한반도를 향해 북상한 태풍은 부산을 통과한 후 9월 15일 아침 한반도를 유린한 것이다.

깊이 잠든 전우들의 고른 숨소리가 막사 안을 가득 채우고 있었다. 그때 우리들 함구의 균형을 깨뜨린 건 동초근무를 마치고 들어서는 윤 국수였다. 바둑 아마2단이라는 그는 우리 대대로 전입 온 후로 대대장과 독대(바둑)를 가장 많이 한 사병이었다. 우리는 그를 이름 대신 윤 국수라 불렀다. 대대장도 상당한 수준의 바둑 실력이라는 건 들은 바 있다. 문득 어떤 연결고리를 찾은 듯했다. 또한 그는 대대장과 산등성이 몇 개를 사이에 둔 동향이아니더냐. 더욱이 학사장교(學士將校) 출신인 대대장과는 같은 대학 후배라는 사실도 우리는 익히 알고 있는 터였다. 고등학교 윤리교사로 근무하다 입대한 윤 국수가 대대장의 총애를 받는 건 부대안의 공공연한 비밀이었다. 인간관계에 바둑만한 매개체도 없을 거라고 생각되었다.

우리는 순간 눈에 빛을 발했다. 유 병장이 담배를 내밀었다.

"너무 걱정 마십시오."

이미 윤 국수는 오늘 사건의 개요를 알고 있는 듯했다.

"얘기 들었나? 윤 국수가 보기엔 결말이 어찌 되겠나?"

"크게 군법을 어긴 것은 아니지 않습니까?"

"군법……?"

한순간도 군법이라는 말을 생각지 못했던 우리 셋은 소스라치게 놀란 얼굴을 윤 국수 쪽으로 동시에 돌렸다. 윤 국수의 얼굴에 찰라 같이 미소가 흘렀다.

"예, 취사용 경유 몇 방울 쓴 게 무슨 큰 죄이겠습니까?"

"경유 몇 방울?"

평소에도 얼굴의 여드름 때문에 얼굴이 번지레한 문 병장이 윤 국수 앞으로 얼굴의 디밀며 자기 뺨을 때리듯 문질렀다. 셋의 표정이 지나치게 경직되어 있다고 느낀 윤 국수가 자세를 고쳐 앉았다.

"미처 입에 대 보지 못한 소주가 현장에 있었는데, 위수지역 풍기문란에 해당되겠나?"

"참, 그 소주는 어디서 났습니까?"

"그거야 언제든지 확보가 되는 것 아니겠나."

"제가 볼 땐 중심사안은 아닌 것 같습니다만, 버너에 불을 붙이고 얼마 지나서 않아서 일이 그리 되었다면서요?"

그것까지 꿰뚫고 있는 윤 국수가 바둑의 수를 읽는 것보다 예리하다고 느껴졌다.

"사실 버너에 막 불을 붙이고 소주병 마개를 따자마자 벌어진 일이었다."

내가 망설임 없이 대답했다.

"내일 아침 중대장님 오시면 자초지종을 말씀드리세요. 뭣하면 중대장님 대대에 들어가실 때 함께 들어가서 대대장께 용서를 구하는 건 어떨까요?"

"차라리 윤 국수와 함께 가고 싶다."

문 병장이 애절한 눈빛으로 말했다.

"저까지 끼어들면 일이 더 복잡해지지 않을까요?"

몇 번에 걸친 윤 국수의 질문에 유 병장이 손가락을 입술에 대며 특유의 목소리를 삼키듯 절제된 목소리로 소리쳤다.

"윤 국수! 바둑의 '빵때림' 같은 한수를 던져봐라."

"와! 유 병장님 '빵때림'을 아세요?"

"바둑 둘 줄은 몰라도 하는 얘기는 들었다."

"제 생각에는 대대장님도 크게 확대할 것 같지는 않습니다. 너무 걱정하지 마십시오."

우리의 절박함이 윤 국수의 피부엔 절실하게 닿지 않았다고 생각되었다. 하지만 가만 생각해보니 일견 그렇기도 했다. 이 일을 범죄시하기엔 무리가 아닌가 생각되기도 했다. 그러나 조금 전 서슬 퍼렇던 대대장의 목소리를 떠올리자 어지러워졌다. 다시 윤 국수의 말을 삼키며 어쩌면 그로부터 결정적인 줄을 잡을지도 모르겠다는 막연한 생각이

들었다. 하지만 지금 이 밤에 윤 국수를 대대본부로 보낼 수도 없는 노릇이고, 대대장이 워낙 단호하게 명령한 사안이니 쉽게 풀릴 것 이란 기대 또한 무망하게 보였다. 천막이 크게 한번 바람에 휘청했다.

지나가는 주번사관의 군화소리가 물소리보다 크게 들리고, 교대하는 근무자들의 두런거리는 소리가 꿈속같이 들릴 즈음 문 병장이 눈을 크게 뜨며 말했다.

"할 수 없지. 남한산성이야 가겠느냐? 제대 며칠 늦게 하자."

잠이 달아난 눈을 부라리며 말했다.

"우리의 죄목이 대체 어느 정도의 무게냐? *같은 군대."

의미 없는 침을 뱉으며 유 병장이 소리쳤다.

"정면 돌파하자."

"정면 돌파?"

"직접 부딪쳐 보자 말이다."

"부딪치다니⋯⋯?"

번들거리는 문 병장의 얼굴을 뚫어져라 쳐다보던 유 병장이 유난히 도드라진 턱을 쳐들었다.

"아침이 되기 전에 대대장실로 찾아가는 거라."

"이미 헌병대에 통보했을지도 모르잖아."

둘의 대화에 맥락이 있나 생각하며 돌아보니 옆에 앉아서 우리 얘기에 눈만 껌벅이던 윤 국수는 어느새 곯아떨어지고 난 뒤였다.

"죽기 살기로 매달려 보는 거지 뭐."

"이게 매달린다고 해결될 일로 보나?"

유 병장이 떨떠름하게 말했다.

"이 상황에서 물불을 가릴 계제는 아니지."

"치워라. 허 하사 사건 기억도 안 나나?"

내가 끼어들었다.

그것은 화랑담배 반출사건으로, 본인의 변은 '피우지 않고 모았다가 가지고 간다'였는데, 먹혀들지 않고 여지없이 군기교육대로 보내진 것이었다. 둘은 한참을 그러더니 담배연기만 어지럽게 천막 안에 채우고 있었다. 세상모르게 잠든 전우들의 숨소리가 평화로웠다.

　마당 밖으로 나오지 않던 아버지 대신 동구 밖 다리목까지 나와서 눈물 훔치며 몸조심하라고 당부하시던 고향의 어머니, 눈 내리던 김천역 플랫폼까지 따라와서 입영열차 미끄러지듯 떠날 때 내 눈을 피하며 흐느끼던 그녀, 차디찬 1월의 황산벌에서 이것이 전우인가를 서로 일깨우며 꼭 다문 어금니 밖으로 땀과 눈물을 흘려보냈던 전우들, 이미 쉬어버린 목소리가 째져라 외쳐대며 오로지 악으로 버티던 유격훈련, 걸어가면서도 깜빡깜빡 눈을 붙여야 했던 천리 행군, 그 모든 것을 견뎌내고 이제 귀향의 날만 헤아리고 있는 지금, 그것도 알량한 8급의 바둑실력으로 무슨 기념비적인 바둑판이라고…… 그러고는 나락으로 떨어지는 절벽 끄트머리에서 온 몸을 덮쳐오는 안타까움까지……

　스멀스멀 눈자위가 감겨지는 적막감이 흐를 때 멀리서 들리는 포성은 차라리 포근한 자장가로 스며들었다. 문 병장도 유 병장도 이젠 지쳤는지 비스듬히 쓰러져 있었다. 아직 태풍은 먼 듯했다. 빗소리도 들리지 않았다. 바람만 한 번씩 세차게 천막을 흔들며 지나가고 있었다. 얼마나 잠이 들었을까 화들짝 놀란 눈을 뜨며 돌아보니 유 병장이 보이지 않았다. 화장실에라도 갔겠지 생각했다. 다시 옆을 살피자 꿈이라도 꾸는지 문 병장이 얼굴을 한번 찡그리다가 입맛을 다셨다. 아까 입에도 대보지 못한 소주를 꿈속에서 마시는 걸까? 한참을 지나도 유 병장이 오지 않았다. 시간이 제법 지났다. 문 병장을 깨웠다.

　"유 병장, 어디 가고 없다."

　"오줌 누러 갔겠지."

　"그 시간 훨씬 지나서 하는 말이다."

"이 밤에 가긴 어딜 갔겠나? 곧 오겠지."

천막 위로 한 방울씩 빗방울 떨어지는 소리가 들렸다. 드디어 태풍이 도착한 것일까?

"찾으러 가보자. 태풍이 가까워지는 모양이다."

"곧 오겠지. 좀 더 기다려보자."

나의 다그침에도 그는 태연했다. 불침번에게 물어보니 화장실 가듯이 천막 밖으로 나갔다는 것이다.

"이상한 생각 안 드나?"

"이상한 생각이라니?"

"……?"

"부대 이탈 말이가?"

"이 밤에 이렇게 오랫동안 자리를 비우다니 이상하잖아."

"조금만 더 기다려 보자."

방정맞은 내 말을 뭉개듯 그가 돌아누웠다.

아무래도 뭔가 일이 잘못되어 가는 것이 아닐까 생각하니 이대로 있을 수 없었다.

먼저 주번사관에게 보고한 뒤 찾으러 가야겠다고 생각하며 옷을 찾았다. 그때 천막 출입구 문이 열리며 유 병장이 들어섰다. 무슨 일을 하고 왔나 땀인지 빗물인지 온 몸에 흘렀고, 숨소리가 고르지 못했다.

"어찌된 일이고?"

"뜬금없이 무슨 말이고?"

"태풍이 온다는데 하도 안 오길래 찾으러 가려 했다."

"아무것도 아니다."

"아무것도 아니다가 아닌데……?"

어느새 문 병장도 일어나며 말했다.

"어디 갔었기에 사람 놀라게 했노?"

뒤이은 문 병장 말에 유 병장이 심드렁하게 말했다.

"옮겨 두었다."

"옮겨두다니……?"

"증거를 없앴다 말이다. 우환덩어리 바둑판을 은밀한 곳으로 옮겨두고 왔다."

"증거를 없애……? 바둑판을……?"

"그래, 바둑판 결정적인 곳으로 옮겨 두고 왔다."

"이 상황에 쓸데없는 일로 일이 더 복잡해진다고 생각하진 않았나?"

"증거가 없는데 우리를 어떻게 하겠나."

"이미 명백한 일로 그 현장에 있었던 사람들 모두 증인 아니냐? 이건 증거인멸죄가 추가될 사안이다. 상식 없는 일을 저지르고도 어째 저리 태연한지 기가 찰 일이다."

문 병장이 벌떡 일어설 듯한 자세로 말했다.

"어쨌거나 내일이면 사건의 전말은 어떤 식으로든 판가름날거다. 아이고…… 모르겠다."

유 병장이 팔베개를 하며 누워 버렸다. 문 병장과 나는 어안이 벙벙해진 얼굴로 마주 보기만 할 뿐 할 말이 없었다. 행여 부질없는 짓이 부정을 부르는 건 아닐까? 혼자 생각했다. '추석은 고향에서 가족과 함께' 라며 조금은 까불어 대기도 했던 우리 셋, 그러나 지금은 끝없는 나락을 향해가는 심정으로 가슴 조이고 있는데, 증거물 바둑판 치운 걸 대단한 전공쯤으로 여기는 유 병장을 바라보기만 했지 달리 할 말이 없었다. 마치 해결의 실타래를 강물에 던져버린 것쯤 여겨졌다.

"야! 유 재갈!"

잠시 조용하던 문병장이 유 병장을 향해 소리쳤다.

'유 재갈'- 최소한 우리 중대에서는 금기어다. 우리 셋은 논산훈련소로부터 이곳에 올 때까지 한 번도 떨어진 적 없는 사이였다. 그 훈련소에서 한 번씩 촌철살인에 가까운 말을 하던 그는 동기들로부터 제갈량의 지략을 구사할 것 같은 기대의 막연한 명성을 얻었다. '유 제갈'……

그런데 이곳으로 전입오고 난 뒤 다소 장황한 대답이 그의 발목을 잡았다고 할까, 한마디에 열 마디로 대답하는 그에게 어느 고참이 재갈을 물려야겠구나 하면서 그의 별명이 '유 재갈'로 굳어버렸다. 제갈량의 '제갈'에 비하면 말의 입에 물리는 '재갈'은 하늘과 땅의 차이인 것이다. 본인은 인정하지 않았다. 한 번씩 그런 말을 들을 때면 싫어하는 표정이 역력했다. 그러고는 조금씩 줄어든 대답이 한마디로 변했다. 그래도 '유 재갈'는 뗄 수 없는 그의 별명으로 자리 잡았다. 하나둘 고참들이 떠나가고 우리도 진급을 하면서 '유 재갈'란 표현은 멀어졌다. 이제 우리가 중대 최고참이 된 마당에서는 더 이상 들을 수 없는 금기어인 것이다. 특히 우리 동기 셋은 그 말을 어떤 경우에도 쓰지 않았다. 그러다 오늘 오랜만에 들어본 그 말에 우리는 스스로 놀랐다. 그의 아킬레스건을 건드렸다고 말할 수 있을 정도의 충격에 가까운 일갈이었다. 유 병장이 몸을 벌떡 일으켰다.

"뭐라? '유 재갈'?"

"그래. '유 재갈', 지금 바둑판을 없애는 게 제 정신이냐?"

"제 정신이 아니면 내가 미쳤단 말이냐?"

"제 정신이면 이 밤에 그런 일을 할 수가 있나?"

"자꾸 제 정신 제 정신 하는데 내가 정말 미치기라도 했단 말이냐? '쥐뜨문' 말 다했냐?"

"그래 말 다 했다. 나중에 증거가 없어진 것이 단초가 되어 사건을 키우게 되면 모든 책임은 '유 재갈'한테 있다. 어서 바둑판을 원위치 시켜놔라."

"야! 내일이면 판가름 날 바둑판을 뭣 하러 원위치 시킨단 말이냐? 하려면 니가 해라."

"이런 무책임하기 짝이 없는 사람……군 생활 3년이 아깝다.'

"너같이 전우애가 메마른 자와 함께 한 세월 3년이 더 아깝다."

"그만 하자, 그만. 모두 깨겠다."

'더러운 군대'와 '한심한 작자'란 말까지 주고받은 둘은 최악의 말을 쏟아냈다. 보다 못한 내가 나서자 자괴감을 삼키는 듯 둘은 서로 고개를 돌린 뒤 소강상태가 되었다. 모르긴 해도 잠든 전우들 모두 잠깨어 있으리라 생각되었다. 당초 바둑판에 대한 애착이 어디에서 시작되었던가. 일본 기사들을 추풍낙엽처럼 쓰러뜨리면서도 '목숨을 걸고 둔다.'는 조치훈의 어록을 나의 좌우명에 접목했던 적이 있었던가. '폭파 전문가'란 별명과 함께 격렬한 행마를 즐긴다는 그의 바둑을 배우고 싶었던 적이 있었던가. 치열하게 바둑에 매진한 적 없었음에도 바둑판에 집착한 것 또한 부질없는 일이 아닌가. 종횡으로 그어진 19줄 바둑판의 금이 이리저리 엉키는 환상과 함께 상념이 꼬리에 꼬리를 물었다.

높고 깊은 산골의 새벽은 아무리 한 여름이지만 한기가 몰아쳤다. 근무자들이 마지막 조라며 나서는 걸 보니 날이 거의 밝아오는 모양이었다. 이렇게 밤은 지나가는데 태풍은 아직 오지 않았다. 그때 중대본부 천막에서 뜨륵뜨륵 하는 소리가 들리고 전화 받는 소리가 이어졌다. 잘 들리지 않아서 모르긴 해도 수화자의 음성으로 보아 다소 긴박한 상황 같았다. 우리는 일제히 귀를 곤추 세웠다. 한참 대답만 하는 소리가 끊어질 듯 잦아들더니 다시 이어졌다. '알겠습니다.' 하는 소리가 간단없이 들려왔다. 잠시 후 불규칙적인 걸음걸이의 군화소리가 우리 천막을 향해 달려오고 있었다. 군화소리가 멈추고 천막이 젖혀지는 소리까지 시간은 더디게 지나갔다. 이윽고 천막이 젖혀졌다.

"이 병장님!"

나는 순간적으로 우리 신상에 중대한 일이 벌어졌음을 직감했다. 누가 먼저랄 것도 우리 셋은 벌떡 일어났다. 옷과 군화끈이 다소 흐트러진 것 같은 주번병이 뛰어 들었다.

"대대 전통입니다. 문 병장님 유 병장님과 함께 완전군장에 일조점호 시까지 대대본부에 도착하랍니다."

상기된 얼굴의 주번병은 천막을 쓰러뜨릴 듯이 흔들며 소리치고 있었다. 뒷부분의 목소리는 젖어 있었다. 모두들 깨어 있었다. 주번병 뒤에는 언제 왔는지 주번사관도 서 있었다. 평소 중대 최고참으로 대해주며 우리와는 다소의 친분을 나누는 사이였는데, 지금은 그저 쳐다만 볼 뿐 한마디 말도 없었다. 서로 얼굴을 번갈아 살피던 우리는 숨을 죽이며 군장을 꾸리기 시작했다. 천막 안은 바늘하나 떨어지는 소리도 들릴 만큼 고요했다. 숨소리도 들리지 않는 공기를 가르듯 번개가 스쳤고, 잠시 후 지축이 찢어지는 듯한 천둥소리가 천막을 덮쳤다. 태풍은 어디쯤 오고 있을까? 침묵은 깊었다. 딸그락거리며 군장 꾸리는 소리만 바람소리에 묻혀가고 있었다. 이윽고 군장꾸리기를 마치고 군화끈을 조인 뒤 결연한 표정으로 좌우를 돌아본 우리는 일어섰다. 침상에는 모든 전우들이 도열한 채 일제히 우리를 향해 서 있었다. '저 차렷 자세는 며칠 후 전역 신고 때 봐야 할 모습인데……'라는 생각이 짧게 스쳤다. 어디에선가 코를 훌쩍이는 소리가 들렸고 침 삼키는 소리도 또렷이 들렸다. 우리 침상 바로 옆에 있었던 윤 국수를 눈으로 찾으니 보이지 않았다. 막사 안 모든 전우들을 다시 한번 일별한 뒤 우리는 밖으로 나왔다. 막사 밖에도 전우들이 도열해 있었다. 다시 한번 찾아보아도 윤 국수는 보이지 않았다. 주번사관에게 '다녀오겠습니다.' 신고를 한 뒤 우리는 돌아섰다. 계곡의 물소리가 잠깐 사라졌다고 생각하는 순간 다시 차갑게 들려왔다.

오솔길을 헤치고 대성산 횡단도로에 올라서자 철모 위로 한 방울씩 빗방울이 떨어졌다. 갑자기 빗방울 소리가 '대성산 적근산을 박차고 나가는 사나이 진군에는 밤낮이 없다' 하는 사단가의 박자같이 들렸다. 이른 아침 정상에 서면 끝없이 천지를 삼키던 안개도 품에 안으며 우뚝하던 대성산은 태풍을 실은 구름을 밀어내며 우리를 내려다보고 있었다. 검은 구름은 동쪽으로 물결치며 흘러가고 있었다. 아침저녁으로 수없이 불렀던 그 군가가 우리를 위로한다고 믿기엔 뜬 눈으로 지새웠던 지난밤이 너무 추웠다고 생각되었다. 흐끄무레한 언덕 너머 사열하듯 늘어선 민촌의 지붕들도 태풍을 밀어내듯 견고한 모양으로 하나같이 엎드려 있었다. 태풍은 어디쯤 오고 있을까.

그날 대대장실에 들어선 우리는 어느 때 보다도 경직된 부동자세를 취했다.

'병의 책무' '보초 일반수칙' '작업 우선순위' 등을 묻는 대대장께 우리는 훈련병처럼 목이 터져라 소리쳤다. 허리에 두 손을 괸 채 대대장은 우리를 압도했다. 대대장의 일성은 우리를 몸서리치게 했다.

"세 사람 모두 각오는 되어 있겠지?"

"……"

"철책선이 코앞인데 작전 중에 바둑판을 만든다는 발상은 용서할 수 없는 일이다. 중대한 범죄로 규정될 사안인 것이다. 취사장 솥에다 피나무를 찌는 일 또한 명백한 일탈이다. 나는 세 사람을 이대로 사회에 내보낸다면 제대로 적응할 수 없다는 결론에 이르렀다. 할 말 있나?"

"……"

'결국 제대가 며칠 늦어지는구나.' 생각하자 갑자기 다리가 풀린다고 느껴졌다.

"한 가지, 오매불망 귀향을 기다리는 가족들의 애끓는 정과, 세 사람 모두 3년간 성실하게 이곳 최전방에서 흘린 땀에 최소한의 보답을 생각해 보았다. 때마침 기사회생과 구사일생을 보여주는 바둑의 원리와, 패착의 국면을 타개할 수 있는 승부수를 던진 유 병장과 윤 국수의 사활을 건 기개를 대대장은 높이 산다. 대대장 관사 앞에 바둑판을 갖다두는 그 '빵때림' 같은 경우가 인생에서 한 번씩 필요할 때가 있을 것이다."

"……!"

"남은 한 달 동안 지난 3년을 돌아보며 후배들에게 모범을 보이는 짬짬이, 윤 국수로부터 바둑의 한 수를 배우기 바란다."

대대장은 우리에게 군장을 벗고 탁자로 앉으라 했다. 캔 과일 음료를 내 준 대대장은 고향을 묻고 제대 후 진로에 대해 물었다. 우리는 서로 쳐다보는 것조차 호사라고 생각했다.잠시 후 대대장은 책상 옆에서 매끈하게 다듬어진 바둑판 3개를 내밀었다. 비로소 우리는 서로 얼굴을 마주보았다. 표정은 애써 감추었다.

"다행히 태풍은 우리지역을 피해갔다. 그 태풍 또한 세 사람에게 메시지를 준 것 같다."

목이 멘 우리는 울먹이고 있었다. 눈을 바로 들 수 없었다. 연신 침을 삼켜야 했다. 말을 더듬거려야 했다. 손바닥으로 눈자위를 닦는 나를 보고 대대장은 운전병을 불렀다.

"바둑판 제법 무거우니 세 사람 4중대 작업장까지 바래다주고 오라."

우리는 경례구호를 제대로 하지 못했다. 아니 똑바로 쳐다볼 수 없다.

대대장 찜차를 타고 작업장으로 오면서 돌아본 대대본부는 깊어가는 여름 숲속으로 스며들 듯 멀어졌다. 작업장 도착을 앞두고 유병장이 말했다. 윤 국수에게 살짝 '바둑판……대대장관사 앞……' 이라 하니 주저 없이 '갑시다.' 하더라는 것이다. 유병장의 '빵때림' 요청을 드라마틱하게 마무리한 윤 국수가 진정한 기사로 보였고, 유비로부터 삼고초려의 예우를 받았던 제갈량의 면모를 가진 것 같았던 유 병장은 순간 유비같이 느껴졌다. 훗날 장군으로 진급하셨다는 대대장님의 소식을 들었을 때, 함께 했던 그 곳 산자락의 차갑던 물소리와 대대장님의 호쾌하던 목소리가 들리는 듯했다.

그날 밤 태풍은 추풍령 근처에서 동쪽으로 진로를 바꾸며 동해바다로 빠져 나갔다.

이제는 거실의 다탁으로 쓰이는 그 때 그 바둑판은 40년의 세월을 함께 해왔다. 해마다 태풍소식이 전해지는 계절이 되면 서늘했던 그날 밤이 떠오른다.

채은유

한국외국어대학교 중국문학 박사과정
제1회 서울스토리 드라마 대본 공모전 대상

재회

채은유

"우리 열차는 잠시 후 평양, 평양역에 도착하겠습니다."

고속열차의 문이 열리자 멀리서 까무잡잡한 얼굴의 익숙한 사내가 보였다. 철영이었다. 나를 알아본 그의 검고 깊은 눈동자가 반짝였다. 10년 전에 비해 얼굴에 살이 붙고, 키도 한 뼘이나 더 큰 것 같았다.

"철영이, 얼굴 좋아졌다?"

"형님은 더 늙은 것 같습네다."

"킬킬킬…… 뭐, 인마?"

그의 우스갯소리에 웃음이 터졌다. 10년 전, 중국의 기차 안에서 만났을 때만 해도 그 인연이 지금까지 이어질 줄은 나도, 그도 생각하지 못했으리라.

"오는 데 힘들지는 않았습니까?"

"힘들기는. 한 숨 잤다 깨니까 도착이더라. 세 시간밖에 안 걸렸어."

곧바로 백두산 직행 버스정류장으로 향했다. 좌석에 나란히 앉아 철영과 이런저런 이야기를 나누었다. 그 동안 무엇을 하며 어느 곳을 전전했는지, 힘든 일은 없었는지, 어떤 여자를 만나 어떻게 살아왔는지……. 이윽고 버스가 출발하고, 안내방송이 흘러나왔다. 백두산까지는 원산 고속도로를 경유하여 9시간 남짓 걸린다는 방송이었다.

"형님, 그거 압니까? 드디어 백두봉에서 천지를 봅네다."

백두봉. 철영은 북한의 최고봉인 그 곳에서 나와 천지를 함께 볼 수 있다는 사실이 믿기지 않는다고 했다. 그는 10년 전 백두산에 올랐을 때 보지 못했던 비룡폭포도 보자고 덧붙였다. 두 갈래의 물줄기가 하나로 흐르는 신비한 폭포라며 설명을 늘어놓는 그의 눈에 설렘이 가득했다.

얼마나 흘렀을까. 버스가 평양 시가지를 벗어나는 그때, 운전기사의 비명소리가 들렸다.

끼이익!

급정거에 승객들의 몸이 앞으로 쏠렸다. 정신을 차리고 고개를 든 후 좌우를 살피니 철영을 비롯한 모든 승객들의 표정이 차갑게 굳어있었다. 의아한 상황에 나도 모르게 자리에서 일어나 앞으로 걸어 나갔다. 운전수는 운전대 위에 엎드린 채 피를 흘리고 있었고, 버스 앞에는 익숙한 얼굴의 앳된 청년이 버스를 온몸으로 막아서고 있었다. 그 청년은 바로…10년 전의 나였다. 스물셋의 그가 품속에서 총을 꺼내 버스 안의 자신을 향해 방아쇠를 당겼다.

탕, 탕, 탕!

덜컹, 덜컹, 덜컹……

꿈이었다. 매번 똑같은 꿈. 예민할 때마다 나타나는 지긋지긋한 악몽. 눈을 떴을 때는 이도백하역으로 향하는 중국의 기차 안이었다. 시계를 확인해보니, 출발한 지 한 시간 째였다. S역에서 이도백하역까지는 약 14시간. 긴 시간을 삼키려는 듯 기차는 굉음을 냈다. 날카로운 굉음 때문일까, 아니면 내키지 않는 마음을 끌고 천지를 가보겠다는 무모함 때문일까. 송곳처럼 등장한 꿈의 이유를 생각하다가, 결국 결론을 내리지 못한 채 창가에 얼굴을 기댔다. 바퀴와 레일이 맞물리며 일으키는 진동을 느끼며 창밖을 바라보는데 중국 동북부의 초원과 푸르고 거대한 하늘이 펼쳐졌다. 이윽고 사람 키보다 큰 해바라기들이 인사할 때, 나는 마치 그 녀석의 목소리가 들리는 것 같은 착각이 일었다.

'형님, 해바라기 키가 사람보다 더 큽네다. 저 녀석들 마치 우리를 보고 웃는 것 같구요.'

서른셋의 껍데기를 태운 기차는 10년 전의 이도백하역으로 나를 데려가고 있었다.

2009년. 그때 나는 스물셋의 휴학생이었다. 군 제대 후 중국의 S시 영사관 인턴 합격 통보를 받고 그곳으로 향하던 기쁨도 잠시, 빡빡한 업무에 몸은 곧 녹초가 되었다. 한족과 조선족, 탈북자가 뒤섞인 S시는 그야말로 폭풍전야의 도시였다. 압록강을 건너 S시로 온 탈북자들이 틈나는 대로 영사관 안에 들어갈 기회를 노렸고, 이에 보안은 더욱 삼엄해졌다. 중국 공안에게 잡혀 북한으로 송환당하면 고문을 받거나 혹 죽음에 이를지도 모르는 상황에 처하기에 탈북자들은 한국이나 제3국으로 향할 수 있는 대한민국 영사관에 진입하는 것이 간절한 소망이었다.

출퇴근길에 가끔은 길바닥에 주저앉아 빵을 먹고 있는 깡마른 아저씨를 볼 수 있었는데, 한 눈에도 그가 탈북자라는 것을 알 수 있었다. 그의 눈동자에 영사관의 철창을 넘어 새로운 삶을 살고픈 간절한 열망이 서려 있었다.

시간이 흐르고 인턴근무가 끝나갈 무렵 나는 휴일을 이용해 백두산 천지를 여행하기로 했다. 장장 14시간이 걸리는 긴 여행이었지만 백두산에서 비교적 가까운 S시까지 온 이상 민족의 영산인 백두산의 천지를 꼭 보고 싶다는 마음이 들었다. 그러나 천지는 고지대에 위치한 만큼 날씨변화가 극심해서 볼 확률은 약 30프로였기에 못 보면 어쩌나 하는 걱정이 들기도 했다. 시답잖은 생각들을 곱씹던 찰나, 헐떡이는 숨소리가 귓바퀴를 자극했다. 원인은 막 맞은 편 자리에 앉은 남자에게 있었다.

남자는 긴장한 기색이 역력했다. 헤진 상의와 볼품없는 가방, 찢어진 운동화에 키가 작고 마른 체구의 사내였다. 왜 하필 이 자가 내 앞자리인가 싶어, 이어폰을 귀에 꽂고 최대한 몸을 등받이에 기대려는 순간, 문이 벌컥 열리며 공안 두 명이 들어왔다. 신분증 검사를 하려나보다 싶어 눈을 감으려는데 남자가 말을 걸어왔다.

"도와주시라요."

굳어버렸다. 까만 눈동자에 서린 간절한 눈빛. 그것은 마치 출퇴근길에서 빵으로 허기를 달래며 영사관의 철창 너머를 바라보는 간절한 눈동자를 연상케 했다. 북한 사람이 분명했다. 그 사이 공안은 우리를 향해 다가오고 있었다.

"신분증을 잃어버렸습네다. 친구라고 해주시라요……."

그제야 상황파악이 되었다. 공안은 탈북자라고 의심되는 남자에게 신분증을 요구할게 뻔했다. 이 상황에서 내가 모른 척 가만히 있으면 그는 바로 북한으로 송환되어 고문 아니면 죽음을 당할 지도 몰랐다.

"선펀쩡(신분증)."

예상은 빗나가지 않았다. 공안은 그의 앞에 서서 신분증을 요구했다. 남자의 마른 손가락이 미세하게 떨렸다.

"썬펀쩡!"

공안의 목소리가 높아졌다. 남자를 둘러싼 주위의 시선들이 하나 둘 모아졌다.

"……워더 펑이요(내 친구입니다)."

나도 모르게 거짓말을 해버렸다. 왜 그런 말이 튀어나왔는지는 알 수 없는 일이었다. 가방에서 여권을 꺼내 공안에게 건네자, 그들은 여권을 훑어보더니 우리를 번갈아보았다. 나는 친구가 신분증을 집에 놓고 왔다는 거짓말도 덧붙였다. 공안은 의심은 가지만 큰일은 만들고 싶지 않았는지, 이내 여권을 돌려주고 열차의 다음 칸으로 사라졌다.

"고맙습네다, 고맙습네다."

남자는 연신 고개를 숙이며 떨리는 목소리로 감사를 표했다. 죽음의 위기를 넘겼다는 안도감이 눈물이 되어 눈동자에 서렸다. 사실 나도 당황스러운 건 마찬가지였다. 심호흡을 하고, 그에게 몸을 가까이한 채 소리를 낮추어 물었다. 말투가 조선족은 아닌 것 같은데 혹시 어디에서 왔냐고.

남자의 얼굴이 일순간 굳어졌다. 혹 내가 공안들을 잡아다 다시 데려다 놓을까 겁이 난 모양이었다.

"걱정하는 그런 일, 없을 거예요."

나의 말 한 마디에 경직된 그의 얼굴이 다시 차분해졌다.

사실 그때는 긴장 반 설렘 반으로 가슴이 뛰었다. 인턴 업무를 하며 영사관 근처에서 한 두 명의 탈북자를 볼 수는 있었지만 그들과 이야기하는 것은 허용되지 않았다. 영사관 진입을 대가로 탈북자와 거래를 한 것이 발각되어 해고당한 한 경비원의 이야기는 말단 인턴에게도 행실을 조심하라는 경고나 다름없었다. 하지만 지금 나는 인턴사원이 아닌 천지를 여행하러 온 평범한 휴학생일 뿐이다. 생애 처음 북한 동포와 말을 나눌 기회가 왔다는 생각에 가슴이 뛰었다. 대기업 면접에서 심사위원들이 눈을 동그랗게 뜨고 집중할만한 특별한 경험을 목도하고 있었던 것이다.

"나는 스물셋. 대학생이고 백두산 천지로 여행 중. 그 쪽은요?"

"……천지 가는 중입네다. 나도……스물셋이라요."

'스물셋이라고?'

작고 마른 체구 때문이었을까. 솔직히 열대여섯 살 정도로 보였다. "동갑이네요"라며 인사를 건네고, 천지에는 무슨 일로 가느냐고 물었다.

"어머니가 생전에 꼭 가보고 싶어 했던 곳입네다. 기래서 나도 한번은 꼭 가보고 싶어서……."

나이답지 않은 대답이었다.

덜컹, 덜컹, 덜컹……

맴도는 침묵 사이로 기차의 굉음이 커져갔다. 침묵이 짙어졌을 즈음 나는 다시 입을 열었다.

"어머니가 천지를 좋아하셨나봐요. 우리도 같아요. 한국인이라면 꼭 천지를 한 번쯤은 보고 싶어 하지요."

남자는 엷은 미소를 지었다. 창밖의 분홍빛 노을 아래로 사람 키보다 큰 해바라기들이 웃고 있었다.

몇 시간이나 지났을까. 꾸벅꾸벅 졸다가 눈을 뜨니 어느새 창밖은 어둠으로 가득했고, 맞은편의 남자는 세상모르게 곯아떨어져있었다. 출출한 기분에 가방 안에서 맥주 캔 하나와 소시지를 꺼냈다. 귀에 이어폰을 꽂으며 캔을 딱! 따는데 그 소리와 함께 남자가 눈을 떴다. 남자는 창밖의 어둠을 확인하더니 시선을 나에게 돌렸다. 아니, 그 시선은 정확히 말하면 맥주 캔과 소시지를 향한 것이었다.

꼬르륵.

그의 배에서 나는 소리였다. 일순간 나와 그는 정지상태가 되었다. 남자는 민망함에 시선을 창밖으로 돌렸다. 나는 가방을 열어 짐을 정리하는 척 하다가, 돌아올 때 먹으려고 남겨놓은 또 다른 맥주 한 캔과 소시지를 꺼내 그에게 건넸다.

남자는 처음에는 자꾸 손사래를 치다가, 계속 권하자 결국 고맙다며 소시지를 게 눈 감추듯 먹어치웠다. 그리고 맥주 한 캔을 들이마시며 긴장이 풀린 듯 편안한 얼굴로 창밖을 바라보았다. 다시 이어폰을 꽂고 음악을 들으려는데, 남자가 궁금한 듯 물어왔다.

"그기……혹시 무슨 노래 듣는기요?"

"아, 이거요? 소녀시대. 소녀시대 혹시 알아요? 요즘 신곡 나왔거든요. 들어볼래요?"

한쪽 이어폰을 건네자, 남자는 머뭇거리다가 이어폰을 가져다 귀에 꽂았다. 벌게진 그의 얼굴에 미소가 돌았다.

덜컹, 덜컹, 덜컹⋯⋯.

노래 두어 곡이 끝나자, 남자는 이어폰 한쪽을 돌려주며 한국 노래는 참 흥겹다고 말했다. 이에 나는 열여덟 살 때 야간자율학습에 빠지고 선생님 몰래 걸그룹 콘서트에 갔다가 호되게 혼난 일을 이야기했다. 재밌는지 킬킬대는 그를 따라 웃다가 순간, 남자의 열여덟이 궁금해졌다. 조심스레, 그때 북한에서 무얼 하고 있었느냐고 물었다. 취기 어린 남자는 깊게 심호흡을 한 후 입을 열었다.

"열여덟 가을에 국경을 넘으려고 어머니와 강을 건넜디요. 군인들에게 걸리면 안 되니 잠수를 해서 움직이는데, 그날따라 긴장한 탓에 숨 조절이 안 되어서 말입네다. 나도 모르게 물 밖으로 고개를 푸, 하고 쳐들었는데, 어머니도 덩달아 물속에서 나와서 기래, 나를 감싸 안지 뭡네까. 그때 총알이 어머니 등을⋯⋯."

덤덤하게 말하는 그의 눈빛은 창밖의 어둠만큼이나 깊었다.

"그때 나의 꿈이 뭔가 하면, 한국에 가는 것도 아니요, 제3국으로 가는 것도 아니요, 바로 물고기가 되는 것이었디요. 아가미가 있는 물고기가 돼서 유유히 헤엄을 칠 수 있다면, 아무 일없이 국경을 넘을 수 있었을 텐데. 차라리 다음 생은 물고기로 태어나고 싶습네다. 그럼 어머니 죽인 파렴치한 아들내미는 안 되지 말입네다."

슬프다 못해 쓴 웃음을 짓는 그의 모습에 가슴 한쪽이 아려왔다. 이런 느낌은 열아홉 때 첫사랑과 헤어졌을 때와는 또 다른 종류의 것이었다. 나는 덤덤한 척 입을 열었다.

"천지에 가면 어머니 소원도 풀어드리는 거네요. 어머니도 그곳에서 같이 보고 있을 거예요. 힘내요."

나의 위로에 그가 엷은 미소를 지었다.

창밖의 까만 하늘 위에는 어느새 별들이 박혀 있었다. 분명 아까는 없었는데 신기한 일이었다. 어둠도 시간이 지나면 숙성이 되는 걸까. 얼마나 까맣고 깊은 어둠이 되어야 비로소 빛을 담을 수 있는 걸까. 하늘을 바라보는 나를 향해 남자가 뜬금없이 생일이 언제냐고 물었다. 3월이라 답하자 자신은 8월이라며 형님으로 모시겠단다.

"나이도 같은데 형님은 무슨……."

너털웃음을 지었다. 말을 놓자고 해도 그는 은혜를 입었다며 한사코 형님으로 부르겠다고 했다. 우리는 통성명도 했다. 남자의 이름은 리철영. 나는 넌지시 그의 이름을 불러보았다.

"철영아."

내 부름에 철영은 뭐가 좋은지 킬킬대며 웃었다. 그렇게 취기를 빌린 수다가 끝나고 우리는 잠이 들었다. 어느새 기차의 굉음도 잠잠해졌다.

다음 날 아침, 눈을 떴을 때 역까지는 한두 시간 정도가 남아있었다. 창밖은 밝았지만 새벽에 비가 왔는지 안개가 자욱했다. 역에서 내린 뒤 우리는 허기진 배를 달래러 작은 식당에 들어가 볶음밥과 볶음면을 시켰다. 풍채 좋은 여주인이 음식 위에 샹차이(고수)를 가득 올려 내왔다. 특유의 향 때문에 샹차이를 먹지 못하는 나를 눈치 챈 철영은 내 음식 위에 뿌려진 샹차이를 자신의 음식 위로 덜어 옮겼다. 나는 괜스레 민망하기도 하고 고맙기도 해서 그를 향해 슬쩍 웃어보였다.

배를 불리는 중요한 일을 끝내고 본격적으로 여행을 시작하려는데, 문제는 날씨였다. 고지대의 쌀쌀한 기온과 어울리지 않게 철영은 헤진 상의 하나만 걸치고 있었다. 어쩌나 싶어 걱정하던 중, 여주인이 막무가내로 검은 점퍼를 철영에게 입히며 대여료 30위안을 요구했다. 옷을 벗으려 하는 철영을 만류하며 나는 여주인에게 30위안을 내주었다. 꼭 돌려주어야 한다는 주인의 신신당부를 뒤로 하고 차에 올라타자, 철영은 미안한 얼굴을 했다.

"……계속 신세를 지게 됩니다."

"괜찮아, 다 추억이지 뭐. 그리고 나중에 갚으면 되지."

나중에가 있을지 모르지만, 그냥 그렇게 말해야 편할 것 같았다.

차로 구불구불 길을 오르다, 우리는 산 중턱에 위치한 원시림에 내렸다. 빽빽한 침엽수들 사이로 차가운 공기를 가르는 새 소리가 들렸다. 끝이 아득한 협곡과 기암괴석들이 이루어내는 장관에 감탄하며, 늙지 않는다는 전설의 샘물도 나누어 마셨다.

"이것 마시면 스물셋에 머물러있겠다, 그치?"

"킬킬킬……."

언덕 너머에는 노랗고 자그마한 야생화들이 피어있었다. 철영은 그 꽃들이 금매화라고 했다. 고지대의 차가운 바람을 이겨내기 위해서일까. 키 작은 야생화들은 함께 무리지어 이곳저곳에 피어있었다. 쉬이 뿌리 뽑히지 않을 금빛 꽃물결이 눈부시게 출렁였다.

이런 저런 이야기를 하며 길을 걷는데, 갑자기 철영이 보이지 않았다. 뒤를 돌아보니 쪼그려 앉아 무언가를 멍하니 바라보고 있는데, 그것은 바로 두 다리가 잘린 딱정벌레였다. 벌레는 아직 신경이 살아있는지 몸을 움직였다. 꿈틀거리는 모습에 얼굴을 찌푸렸지만, 철영은 마음이 쓰이는지 계속 벌레를 바라보았다.

"뭐하니, 어서 가자."

나의 재촉에도 그는 딱정벌레 앞에서 쉬이 자리를 떠나지 못했다. 그러고는 잘린 벌레의 다리를 붙여주고 싶다는 말도 안 되는 소리를 했다.

"그게 어떻게 붙여지겠냐. 다시 태어나면 모를까."

"그래도 어떻게, 안 되겠습니까. 아직 살아있는 것 같은데 말입네다."

"한 번 떨어지면 다시 붙이기는 어려워. 기적이 일어나지 않는 이상."

"……."

"그래도 걱정 마라. 다리가 없다고 죽지는 않을 거다. 어떻게든 살아가겠지."

철영은 그렇게 한참을, 딱정벌레에게 시선을 떼지 못했다.

천지는 고지대에 위치해있어 지프차를 타고 이동해야만 했다. 천지까지의 경사는 조금이라도 운전을 잘못하면 절벽으로 튕겨져 나갈 것처럼 위태위태해서 금세 어지러움을 동반한 멀미가 났다. 철영은 괜찮나 싶어 옆을 보는데, 그 역시 매우 어두운 얼굴을 하고 있었다. 그러던 그가 무거운 목소리로 입을 열었다.

"형님, 저⋯⋯사실 고백할 것이 있습네다."

지프차는 요란한 소리와 함께 산길을 뱀처럼 뱅뱅 감으며 올라갔다. 진지한 철영의 얼굴에 왠지 모를 긴장감이 엄습했다.

"사실 아까 열차 안에서⋯형님 신분증을 봤습네다."

숨이 멎는 것 같았다. 영사관 인턴 신분증을 보았던 것이다. 굳어진 나의 표정을 의식한 듯 그는 일부러 보려던 것이 아니고 가방을 정리하며 물건을 꺼낼 때 우연히 보았다며 손사래를 쳤다. 나는 굳은 표정을 애써 감추려 했지만, 혼란스러운 마음까지는 감출 수 없었다.

철영은 자신을 도와달라고 할 것이 분명했다. 물론 나는 어느 정도의 희생을 감수하고 그를 도울 수 있었다. 그를 직원으로 위장하게 하거나 업무상 동행인물이라고 거짓말을 해 영사관 잠입을 시도해 볼 수도 있었다. 하지만 탈북자가 멀쩡하게 걸어서 영사관으로 들어왔다는 사실이 알려지면 직원들은 징계를 받을 것이고 나 역시 인턴수료증은 고사하고 어떠한 처벌을 받을지도 모르는 일이었다. 몇 년 후의 취업은 또 어떻게 될 것인가. 기업과 기관들이 나의 과거를 문제 삼아 고용을 보이콧할지도 모르는 일이었다. 일어나지도 않은 일들이었지만, 수많은 걱정들이 눈덩이가 되어 머릿속을 하얗게 흩뜨렸다.

"⋯⋯날 좀, 도와줄 수 있습네까?"

"⋯⋯."

"내래, 이제 희망이 없습네다. 브로커 구할 돈도 없고 공장에서도 잘리고⋯⋯. 그래서 다 포기하려 했디요. 헌데 제3국으로 갈 수 있는 한 줄기 희망을 봤습니다. 염치없지만 안 되겠습네까?"

지프차 안에는 고요한 정적만이 흘렀다. 중국인 기사가 백미러로 흘끔, 뒤를 바라보았다. 후회가 밀려왔다. 한 번 도와주면 계속 도와주는 것을 당연하게 여기니 거리를 두어야 한다는 사회생활 3년차 선배의 말이 그제야 떠올랐다. 설마 이 부탁을 하려고 형님이라고 부른 건가. 기차의 맞은편에 앉은 것도 애초에 꿍꿍이가 있었던 건가. 의문들이 옅은 연기처럼 피어올랐다.

"따오 러(도착했습니다)!"

그렇게 우리는, 천지에 도착했다.

우산 따위로는 가릴 수 없을 정도로 비바람이 세차게 몰아치고 있었다. 내리는 비와 물안개가 뒤섞여 1미터 앞의 사람도 분간하기 힘든 상황이었다. 아쉬운 마음에 관광객들은 '天池'라고 새겨진 비석 옆에서 사진을 찍거나, 천지에서 몇 발자국 떨어진 상점에 들어가 주린 배를 채우며 휴식을 취하고 있었다. 우리는 사진 찍을 엄두도 내지 못한 채 안개로 뒤덮인 천지를 바라보며 멍하니 서 있었다. 그렇게 몇 분이나 흘렀을까, 철영이 힘겹게 입을 열었다.

"……안 되는 거 압네다."

"……."

"그래도 한 번 말해봤습니다. 마지막이니까……마지막일 것 같아서……그래서……. 미안합네다."

다행이었다. 나는 철영이 눈치 채지 못하도록 안도의 한숨을 쉬었다.

"미안하다. 난 겨우 스물셋의 말단 인턴인 걸. 나중에 나이 먹으면 그때……노력해볼게."

사실 나중에는 없었다. 하지만 그 말이라도 해야 마음이 편해질 것 같았다.

잠시 후, 철영은 나에게 엉뚱한 말을 해왔다.

"……형님, 그거 압니까? 아까 기 딱정벌레 다리가 부러진 거 말입네다. 그건 누구의 잘못도 아닙니다. 그냥 어쩔 수 없었던 거디요."

"……뭐?"

"오늘 이리 천지를 못 보는 것도 형님 잘못도 내 잘못도 아닙네다. 그냥 어쩔 수 없는 겁니다. 그러니 형님 탓 하지 마시오. 마음 쓰지 말란 말입네다."

나를 보는 철영의 눈빛에는 뜻 모를 아련함과 슬픔이 뒤섞여있었다. 그때는 그게 무슨 말인지 몰랐다. 하지만 최소한 반감을 품거나 해코지를 하지는 않을 것이라는 뜻은 알 수 있었다. 나는 고개를 끄덕이고는, 그를 바라보다가 입을 열었다.

"……저기 상점에 들어가서 사발면 한 그릇 할래?"

철영은 고개를 저었다.

"아닙니다. 아까 밥 많이 먹었습니다."

그는 애써 미소를 지으며 다시 입을 열었다.

"형님, 여기서 헤어집시다."

"뭐……?"

너무 빠른 이별이었다. 내가 더 이상 필요하지 않아서였을까, 아니면 내가 부담스러울까봐 건넨 말이었을까. 서운함과 미안함이 동시에 몰려왔다.

"천지 더 보다가 알아서 내려가겠습니다. 어제랑 오늘, 참말로 즐거웠디요. 평생 못 잊을 겁네다."

악수를 청하는 그의 손을 얼떨결에 맞잡았다. 비바람이 몰아치는 쌀쌀한 날씨 때문이었을까. 철영의 손이 차디찼다. 그는 나를 뒤로하고 그렇게 안개 속으로 사라졌다. 그것이 내가 본 철영의 마지막 모습이었다.

나는 멍하니 서 있다가 터덜터덜 상점으로 들어갔다. 도움을 주지 못한 나를 자책했지만, 어쩔 수 없는 선택이라며 스스로를 위로했다.

천지에서 몇 발자국 떨어진 상점 안에는 각종 과자와 사발면, 음료수들을 팔고 있었다. 한국인 관광객들이 많아서인지 한국 제품이 반, 중국 제품이 반이었다. 나는 사발면 하나를 사서 뜨거운 물을 담아 구석 자리에 앉았다. 비어있는 옆 자리에 자꾸만 시선이 갔다. 창 너머로 몰아치는 비바람을 바라보며 몇 분이 지났을까. 카메라를 꺼낼 겸 가방을 여는 순간, 나는 굳어버렸다. 영사관 인턴사원 신분증이 보이지 않았다. 설마라는 생각은 삽시간에 확신으로 변했다.

'이 새끼……훔친 거야?'

인턴 신분증을 훔친 다음 위조해서 영사관에 진입할 생각이었던 건가. 그래서 빨리 헤어지자고 했던 건가. 뒤통수를 맞고 보니 형언할 수 없는 분노가 끓어올랐다. 만약 그가 그런 방식으로 진입에 성공한다면 나는 징계를 받음은 물론, 영사관은 뒤집어질 것이 분명했다. 불어터진 라면을 뒤로하고 부리나케 밖으로 달려 나갔다. 천지 주변을 돌며 철영을 찾으러 다녔지만, 그는 보이지 않았다. 웃고 떠드는 관광객들 사이로 주위를 살피고 있는 그때, 안개가 서서히 걷혔다. 보이지 않던 천지가 희미하게 모습을 드러냈다. 천지로 내려가는 길 위에는 철영의 볼품없는 가방과 낡은 운동화 두 짝이 뒹굴고 있었다. 주인 잃은 운동화는 보일 듯 보이지 않는 천지 쪽을 바라보고 있었다.

그 날 천지를 어떻게 내려왔는지 아직도 기억이 나지 않는다.

띄엄띄엄 기억나는 장면은 이도백하역에 당도했을 때였다. 역 화장실에서 찬물로 세수를 한 후 철영이 왜 운동화를 벗어두고 달아났는지, 또 나의 인턴 신분증을 들고 어디로 사라진 것인지 추측해보았다. 그는 신분증을 가지고 최대한 빠른 속도로 달아나기 위해 다른 사람의 신발을 훔쳐 신었을지도 모른다. 아니, 그랬을 것이다. 그것이 사실이어야 했다. 불안한 마음에 영사관 팀장님께 먼저 알려야 한다는 생각이 들었다. 팀장님은 같은 학교 선배님이기도 해서 내 편에 서서 이 위기상황을 벗어날 방안을 모색해 줄지도 모른다는 생각이 들었다.

휴대폰을 꺼내 전화를 걸었지만 팀장님은 받지 않았다. 분명 주말이라 티비를 보거나 술을 마시며 휴식을 취하고 있을 것이리라. 통화 종료 버튼을 누른 후 휴대폰을 주머니에 넣는데, 안쪽에서 무언가 둔탁한 것이 만져졌다. 그것은……인턴사원 신분증이었다. 철영이 훔쳐갔다고 생각했던 신분증이 주머니에 있었다.

사실이어야 했던 철영의 행동은 내가 믿고 싶었던 거짓이었다. 아니, 사실 나는 처음부터 알고 있었는지도 모른다. 철영은 다른 사람의 신발을 훔쳐 달아나지 않았다는 것을. 그냥 그 자리에 자신의 운동화를 벗어두기만 했다는 것을. 그제야 그의 가방을 열어보았다. 가방 안에는 동전 몇 개와 기차표, 신분증, 그리고 가족사진 한 장이 있었다. 사진 속의 철영은 늠름하고 체구 좋은 20대의 사내였다. 그의 어머니는 선한 미소로 따뜻하게 철영을 바라보고 있었다. 철영의 까맣고 깊은 눈동자는 아버지를 닮은 듯 했다.

'이거 어디서 찍었어? 평양?'

'몇 살 때 찍은 거야?'

'가족은 셋이야? 동생은 없고……?'

스스로가 지금 무엇을 하고 있는지, 누구에게 묻고 있는지 알 수 없는 상황에 이르렀을 때 나는 화장실 거울에 비친 운동화 두 짝에 시선이 갔다. 손에 들린 철영의 낡은 운동화 두 짝이 괴로워하는 나를 보며 울고 있었다.

그리고 며칠 후, 나는 한국행 비행기를 타기 위해 S시 공항의 보안검색대 앞에 섰다. 한 손에는 영사관 인턴 수료증이 들려 있었고, 다른 손에 들린 가방 안에는 철영의 운동화 두 짝과 가족사진이 들어있었다. 가방이 보안검색대를 통과할 때는 '여권을 소지하고 있지 않습니다, 대한민국의 사람이 아닙니다.' 따위의 기계음과 함께 띠- 띠- 하는 소리가 흘러나올 것만 같았다. 그러나 가방은 무사히 검색대를 통과했고, 나는 그 길로 한국으로 돌아왔다.

문제는 귀국 후 그의 소지품들을 어떻게 처리할 것인가 였다. 나는 멍하니 그것들을 바라보다가 결국 방 한 구석에 놓아두었다. 어느 날,

운동화가 없어 찾으니 어머니는 그것을 쓰레기봉투에 묶어 내다버렸다고 했다. 사색이 된 나를 보며 어머니는 지금 나가면 찾을 수 있을지 모른다고 했지만, 결국 나는 찾으러 나가지 않았다. 차라리 잘 되었다며 스스로를 위로했다. 철영의 가족사진은 서랍 장 깊숙한 곳에 넣어 두었다.

복학 후, 시간은 빠르게 흘러 취업시즌이 다가왔다. 다행히도 그 사선에 대한 트라우마는 잠잠해졌고 나는 불안한 미래에 대비해 기업 입사에서 공무원시험 준비로 노선을 바꾸었다. 그즈음 동문들과 함께 한 술자리에서 나는 왜 그랬는지 모르겠지만 북한인권운동가를 꿈꾼 적이 있다고 말했다. 그때 술이 거나하게 취한 한 선배는 말했다.

"짜식아, 인권운동가란 건 말이야. 금수저들이나 하는 거야. 우리 같은 흙수저들은 꿈도 못 꿔요. 그리고 말이야, 다른 민간단체들도 몇십 년 넘게 풀지 못한 걸 네가 무슨 재주로 하냐? 막말로 월북해서 수령님, 콤 다운(calm down) 플리즈~ 오케이? 할 자신 있어? 니 앞가림도 못 하는 놈이 남의 인권 부르짖을 자신 있냐고, 새끼야."

"푸하하하하."

술자리는 웃음바다가 되었다. 그리고 나도 따라 웃었다. 왠지 마음이 홀가분해졌다.

'그래, 어차피 불가능한 일이었어.'

뜬구름을 잡으려 발버둥 치던 나를 현실이라는 사슬로 묶어준 선배에게 감사했다. 높은 연봉의 대기업에 다니는 선배는 예쁘고 어린 여자 친구와 결혼을 앞두고 있었다. 그는 가끔 룸살롱에서 술을 마신 이야기를 영웅담처럼 후배들에게 자랑삼아 말하곤 했다. 선배는 입버릇처럼 말했다. 현실적인 것이 바탕이 되지 않으면, 그 무엇도 나를 구해줄 수 없다고. 그러니 남 일에 신경 끄고 살 궁리나 하라고. 그의 뼈 있는 조언 덕에 정신 차리고 시험에 집중할 수 있겠다는 생각이 들었다.

졸업 후 세 번의 도전 끝에 나는 7급 외무영사직에 합격했다. 그리고 세월은 화살처럼 흘러 서른셋이 되었다. 그리고 나는 운명의 장난처럼 S시 영사관으로 발령을 받았다.

공무원이 되었지만, 여전히 인생은 버거웠다. 해외근무로 인해 여자친구와의 관계가 소홀해졌고, 중국에 온지 두 달이 지나던 때쯤 그녀는 결국 이별을 통보했다. 명절날 한국에 들렀을 때 만난 동기들 역시 걱정이 많았다. 남자들은 집과 차가 없으면 결혼도 어려운 세상이라고 한탄했고 여자들은 임신을 하니 회사에서 부당해고를 당했다며 헬조선이라고 욕을 했다. 그 이야기를 들은 미혼의 동기들은 역시 비혼이 답이라며 고개를 끄덕였다. 매스컴의 전문가들은 결혼율과 출산율이 떨어지고 있다며 목에 핏대를 세우기 바빴다. 그들의 한탄 사이에서 나는 조용히 소주를 들이켰다. 쌉쌀한 소주 맛 때문일까. 10년 전 옷깃을 스쳤던 이도백하역의 쌀쌀한 공기가 생각났다. 그리고 다음 날, 서른셋의 껍데기는 무엇엔가 이끌리듯 14시간을 달려 이도백하역에 도착했다.

역에서 내린 후 허기진 배를 달래러 작은 식당으로 들어갔다. 볶음밥을 내오는 풍채 좋은 여주인을 보니 십년 전 방문했던 그 식당이라는 것을 알 수 있었다. 주름진 여주인의 얼굴에 10년이라는 세월이 묻어 있었다. 그녀는 한 중국인 손님에게 점퍼를 빌려주고는 대여료 60위안을 받으며 중얼거렸다.

"점퍼는 꼭 돌려주어야 해요. 가끔씩 돌려주지도 않고 그냥 가버리는 사람이 있지 뭐야."

곧장 천지로 향했다. 버스에서 내려 지프차를 타고 위태로운 경사를 올라갔다. 창밖의 날씨가 꽤 맑았다. 이번에는 천지를 볼 수 있겠다는 희망이 샘솟았다.

"따오 러(도착했습니다)!"

기사의 말에 차 문을 열고 내리니 고지대의 맑은 공기가 온몸을 감싸 안았다. 이윽고 눈앞에 맑은 천지가 펼쳐졌다. 상상도 못한 풍경이었다. 형언할 수 없는 한 폭의 그림 같은 호수. 하늘색 도화지에 섬세한 붓으로 정성들여 그려진 영롱한 신의 수채화. 그리고 저 멀리, 백두봉이 보였다. 사람들이 많은 이쪽에 비해 북녘의 백두봉은 고요하게 홀로 서서 천지를 바라보고 있었다.

풍경에 넋이 나가 있는 그때 분명히 출렁, 하는 소리가 들렸다. 천지에 작은 파장이 일었다. 몇몇 사람들이 웅성거렸다.

"뭐야, 물고기야?"

"설마……괴물인가?"

"괴물은 무슨."

"저번에 인터넷에 올라온 거 못 봤어? 천지 괴수 영상. 저기 괴수가 있대."

"그걸 믿냐? 딱 봐도 합성이던데."

나는 누군가의 말이 생각났다.

'아가미가 있는 물고기가 돼서 유유히 헤엄을 칠 수 있다면, 아무 일 없이 국경을 넘을 수 있었을 텐데. 차라리 다음 생은 물고기로 태어나고 싶습네다. 그럼 어머니 죽인 파렴치한 아들내미는 안 되지 말입네다.'

내가 아는 누군가가 저 호수에서 물고기로 환생한 것만 같은 느낌이 들었다. 그렇게 엉뚱한 생각을 하다가 근처 상점으로 들어갔다.

상점 안은 사람들로 분주했다. 여전히 다양한 사발면과 음료수, 과자 따위를 팔고 있었다. 사발면 두 개를 시켜 뜨거운 물을 부었다. 구석 자리에 앉아 나무젓가락 두 개를 나란히 놓았다. 마치 옆에 누군가 앉아 있는 것처럼 빈자리의 컵라면 뚜껑을 열어 젓가락으로 면과 국물을 잘 섞었다. 그리고 안주머니에서 사진 한 장을 꺼냈다. 철영이 남긴 가족 사진이었다. 늠름하고 체구 좋은 20대의 그는 나를 보며 웃고 있었다. 순간, 보이지 않는 철영이 말을 걸어왔다.

'형님, 오랜만입니다. 잘 지내셨습니까? 오늘은 천지가 잘 보입니다.'

10년 만의 재회였다. 나는 그에게 말했다.

'오랜만이다 철영아. 나 공무원 됐어. S시 영사관에서 일한다. 스물셋이 아니라 서른셋이야. 그러니까 이제는……한 번 노력해볼게, 너 들어올 수 있도록. 그러다 잘리면 어떻게 하냐고? 어쩔 수 없지 뭐. 한국 가서 같이 일자리 찾아보자. 이번엔 꼭 같이 가자.'

나는 미친놈처럼 한참을 중얼거렸다. 눈앞이 자꾸만 흐려졌다.

들썩이는 어깨 위로, 사발면의 뜨거운 김이 향처럼 피어올랐다.

손영미

2017 제16회 웅진문학상 대상
2018 한국문인협회 『월간문학』 신인작품상
〈소설가의 꿈〉〈금강소설〉 회원
서울시 50플러스재단 기자

아직도 미혹迷惑

손영미

아침 9시 10분전, 시경은 집을 나섰다. 그리고 아파트 후문을 빠져나와 바로 공주대학교로 이어지는 후문으로 들어섰다. 시경은 여기 학생회관에서 6시간 동안 샌드위치 만드는 일을 한다. 지루하리만큼 단순하고 쉬운 작업이다. 더구나 가게 사장은 새벽부터 출근하여 모든 재료를 완벽하게 준비해 놓는다. 시경은 넓은 철판에 마아가린을 녹인 뒤 식빵을 올리면서 달걀을 네모난 틀에 부치고, 빵에 소스를 바르며 야채를 넣는 동작을 잘 조립된 기계처럼 순식간에 해치운다. 여기에 햄을 얹으면 햄 샌드위치가 되고, 치즈를 얹으면 치즈 샌드위치가 된다. 샌드위치에 사장님표 아메리카노를 곁들인 세트 상품은 아침부터 빠르게 팔려나간다. 교수, 교직원, 학생, 경비원, 청소여사님들까지도 양손에 들고 아침 식사를 한다. 이렇게 간단하게 해결되는 아침을 시경은 10년 동안 끓이고, 볶고, 무치면서 살았다. 11시 즈음에는 조금 뜸해지는가 싶더니 12시가 다가오면서 다시 점심을 샌드위치로 해결하려는 사람들로 붐빈다. 기계처럼 또 시경은 점심 식사를 만든다. 3시, 마아가린 냄새 풍기는 앞치마를 가방에 넣으며 가게를 나선다. 시경은 함께 일하는 사장이 마음에 든다. '안녕하세요, 좋은 아침입니다.'

따위의 번거로운 대화를 하지 않아도 되기 때문이다. 출근하면 눈인사, 퇴근할 때는 '갑니다.' '가세요.'하면 끝이다. 시경은 이런 단순한 노동과 환경에 감사한다.

출근은 후문으로 했지만 퇴근은 정문으로 한다. 거리로 나서니 갑자기 시야가 활짝 트인다. 금강 때문이다. 시경은 약속이라도 있는 사람처럼 빠른 걸음으로 강을 향하여 걷는다. 도로에서 강변으로 내려서는 길은 마치 다른 세상으로 이동하는 비밀 통로와도 같다는 생각을 하며 시경은 강변 계단에 앉아 샌드위치를 먹는다. 시경은 참 많은 시간을 음식을 만들면서 살았다. 그다지 대단한 요리를 하지는 않았지만 그건 매일매일 반복해야만 하는 일이었다. 대단한 일을 한 번 하는 것보다 소소한 일을 끊임없이 반복해야만 하는 것에 대한 지루함과 인내를 시경은 잘 알고 있다. 그러나 그 일에 대한 존경과 가치를 인정하기는 쉽지 않았다. 언젠가 직장 동료는 '난 퇴근하면 밥하기가 너무 힘들어서, 맥주 한 캔을 마셔야 그 에너지로 밥을 할 수가 있어.'라고 말했다. 그 이야기가 공감되어 시경은 동료를 힘껏 껴안을 뻔했다. 그 이후 시경은 퇴근하여 집에 오면 맥주 한 캔을 마셨다. 그러면 캔을 따는 순간 폭발하듯 뿜어져 나오는 기포의 힘으로 저녁 준비를 할 수 있었다. 그때 시경은 요리를 하지 않을 수만 있다면 조금은 더 행복해질 수 있을 것이라고 확신했다.

공주에 오면서 시경은 매일 요리를 하진 않는다. 비록 마아가린 냄새에 찌들어 샌드위치를 만들지만 그건 그냥 손이라는 기계가 하는 단순한 노동이었다. 그래서 시경은 오늘도 샌드위치와 맥주 한 캔으로 점심 식사를 대신한다. 그것은 지겨운 음식일 수도 있지만 좋아하는 맥주와 함께라면 기꺼이 먹을 수 있었다. 시경은 불필요한 소모전을 하지 않아도 되는 이런 분위기가 좋았다. 샌드위치를 제조하듯이 그냥 하루하루를 흘려보내면 되는 것이다. 시경은 금강공원 계단에 앉아 천천히 샌드위치와 맥주 한 캔을 마시고 강변을 따라 걸었다. 공원에서 우측으로 금강교를 건너면 공산성을 지나 공주의 원 도심과 연결되었다. 시내에는 여느 도시들처럼 시청이 있고 시장, 학교, 도서관 등이 있어 평범한 소도시 풍경이 펼쳐졌다.

공주대학교에서 나와 강변을 산책하며 마아가린 냄새를 털어내고, 맥주를 마시며 강물을 바라보는 시간까지 더하여 두 시간이면 충분했다. 시경은 집으로 올 때는 터미널 앞으로 돌아온다. 터미널은 많은 사람들이 뿜어내는 소음과 먼지로 혼잡했다. 특히 금요일 오후는 서울이나 다른 지방의 본집으로 돌아가려는 직장인과 학생들로 붐비었다. 집으로 돌아가지 않는 사람들은 마트에 들러 먹거리를 사고, 원룸으로 들어가 달팽이처럼 숨는다. 그들이 들고 있는 봉투에는 소주나 맥주 몇 병이 꼭 들어있다. 아니면 삼삼오오 짝을 지어 거리를 떠돌다가 삼겹살이든, 해물탕이든 식당을 선택하여 들어간다. 시경은 터미널 앞의 건널목을 건너 골목으로 들어섰다. 처음 공주에 오던 날도 버스에서 내려 이 골목으로 들어왔었다.

"걱정 마세요. 진도도 적당하고 곡을 해석하는 감성도 좋아요. 원하는 예고에는 무난하게 합격할 수 있을 겁니다."

이런 상담을 하고 있어야 할 시간에 시경은 공주로 가는 고속버스에 올랐다. 햇빛은 짙은 갈색으로 썬팅한 유리를 뚫고 들어와 모공 하나하나까지 깊숙하게 쏟아 부었다. 시경은 햇살의 냄새라도 맡으려는 듯 코까지 벌름거리며 한낮의 풍경을 바라보았다. 그러나 지금 시경이 있어야 할 곳은 이런 풍경이 아니라 SUN음악학원의 상담실이거나 연습실이다. 학원은 SUN이라는 이름과 어울리지 않게 햇빛과는 철저하게 차단되어 갑작스런 소나기가 내려도 알 수 없는 공간이었다. 이 닫힌 공간은 다시 바흐, 모차르트, 쇼팽 등등 작은 방음의 방으로 나뉘어져 또 다른 소음을 쏟아냈다. 시경의 뇌에는 수많은 음표와 쉼표들이 기생충처럼 얽혀 꿈틀거렸다. 그 기생충을 털어버리려는 듯 떠난 공주

행 우등고속버스의 좌석은 넓고, 듬성듬성 비어있어 적당한 안락함까지 주었다. 마치 비행기 일등석이라도 차지한 듯 눈을 지그시 감고 등받이에 몸을 맡긴 시경은 까무룩 잠이 들었다.

웅성웅성한 느낌과 아직 목적지에 도착하지도 않았는데 성급하게 안전벨트를 푸느라 덜거덕거리는 소리에 시경은 잠에서 깨어났다. 알맞게 푹신한 침대에서 자고난 듯 달콤하고 깊은 잠이었다. 그때 시야가 확 밝아지는 느낌이 들었다. 금강이다. 강은 화창한 오후 햇살을 받아 탄력과 함께 도도함마저 풍기며 흐르고 있었다. 버스가 이런 풍경을 뒤로 하고 좌회전하니 오밀조밀한 소도시의 모습이 펼쳐졌다. 다시 우회전하니 목적지인 공주터미널에 도착한다는 안내방송이 흘러 나왔다. 승객들은 주섬주섬 가방이나 짐들을 챙기지만 시경은 출근할 때 들고 나온 작은 손가방뿐이었다. 다른 승객들이 내리기를 기다려 천천히 버스에서 내리니, 그때까지도 기사는 버스 앞에 서서 "안녕히 가세요. 공주시에 오신 것을 환영합니다."라며 인사를 하고 있었다. 시경은 답인사를 할까, 말까 망설이다가 이미 터미널 대기실로 들어섰다. 함께 타고 왔던 승객들은 이쪽저쪽 사방으로 난 문으로 빠르게 흩어져 사라졌다.

시경은 주춤주춤 어느 쪽으로 갈까 잠시 혼란스러웠다. 그때 한 무리의 학생들이 터미널을 빠져나가고 있었다. 시경은 학생들을 따라 걷기 시작했다. 거리로 나오니 마침 신호등은 녹색 불이었다. 학생들이 건너자 시경도 따라 건넜다. 학생들은 또 하나의 횡단보도를 건너려고 기다렸다. 시경도 따라 멈췄다. '나는 다시 SUN으로 돌아갈 수 있을까? 아니, 그러고 싶지 않아.'라고 생각하며 학생들을 따라 또 횡단보도를 건넜다. 그러면서도 시경은 돌아오는 길을 잃지 않으려고 주위의 간판들을 외우며 걸어갔다.

'터미널을 나와서 길을 두 번 건너고, 신동동물병원 골목으로 들어섰고, 삼손안마원이 있고, 다숲아파트 놀이터를 지나 아파트를 나오니 아

딸이라는 분식집, 거기서 우측으로 돌아 나오니, 공주대학교 교문이구나……'

학생들은 시경을 남겨둔 채 학교로 들어갔다. 시경은 갑자기 길을 잃은 느낌이었다. SUN을 찾아가려면 여기서 돌아나가 다시 고속버스를 타면 간단했다. 그러나 시경은 SUN이 아닌 다른 곳을 찾고 있는 것이다. 시경은 여기가 아닌 다른 공간, 지금이 아닌 다른 시간을 항상 꿈꾸었다. 주위를 둘러보았다. 대학로라는 길 안내판이 보였다. 대학로를 따라 걷기 시작했다. 익숙한 미샤라는 화장품 간판이 보이고 스타벅스, 이디야 등 커피전문점도 있었다. 걷다보니 여기가 서울인지, 공주인지 별로 다를 것 없는 거리였다. 300m쯤 걷다가 약국이 보이는 곳에서 아무 생각 없이 우측으로 돌아드니 대학로의 연장이었다. 빼곡한 원룸 건물들 사이로 롯데리아, 설빙을 지나고 편의점, 식당들도 지나니 아파트가 있었다.

시경은 단지 안으로 들어가 보았다. 오래 된 아파트인지 큰 나무들이 많았다. 앞 동 쪽으로 천천히 걸어가 보니 서울의 아파트에서는 상상할 수 없는 공간이 있었다. 텃밭을 가꾸어도 좋을 만큼 넉넉한 마당에 감나무 10여 그루가 있고, 공주대학교 캠퍼스인 솔숲이 펼쳐졌다. 그 앞으로는 금강이 햇빛을 받아 반짝이며 느리게 흐르고 있을 것이다. 시경은 '이런 곳에서 살 수 있으면 좋겠어. 여기 아파트 앞 동, 감나무에 감이 주렁주렁 열리고 솔숲이 있는 이 곳, 3층쯤 되는 곳에서 살고 싶어.'라고 생각하며 아파트를 올려다보았다. 햇살이 눈부시게 시경의 얼굴을 향하여 쏟아져 내렸다. 공기마저도 서울과 다르게 푸른 물감이 섞여있는 듯했다.

시경은 감나무 밑에서 각도를 달리하며 아파트를 올려다보고, 그 곳에서 내려다보이는 풍경을 상상했다. 한참을 서성이던 시경은 아파트를 나와 청우공인중개사라고 쓰인 유리문을 밀며 들어섰다. 50세가 훌쩍 넘었을 사장이 시경을 친절하게 맞이했다.

"여기 아파트 맨 앞 동 살 수 있을까요?"

"맨 앞 동은 잘 안 나와요. 그리고 나오자마자 매매가 됩니다."

사장은 시경을 재빠르게 살피더니

"공주대학교에 근무하세요?"

"아니에요."

"여기 아파트를 교수님이나 직원들이 많이 가지고 있어서요. 공주대학교에 근무하면서 평일에는 여기 거주하고, 주말에는 서울이나 대전 등등 본집으로 가거든요."

"아, 네……"

"왜 꼭 앞 동을 찾으세요? 캠퍼스가 내려다보여서 그러지요? 고층을 원하시나요?"

"아니, 3층에서 5층 정도였으면 좋겠어요."

"전화번호 적어 놓으세요. 앞 동 나오면 연락드릴게요."

산수유가 노란 폭죽처럼 피어나던 그날이 지나고 공주의 캠퍼스에 여름방학이 시작될 무렵, 청우공인중개사 사장에게서 전화가 왔다.

"앞 동이 나왔어요. 벌써 몇 분이 보고 갔는데, 생각이 나서 전화했어요."

전화를 받고는 시경은 가슴이 두근거리고 마음이 바빠지기 시작했다. 바로 다음 날, 시경은 다시 공주로 가는 버스를 탔다. 그리고 서울의 집과 직장을 정리하고 감나무에 감이 거의 떨어진 11월, 공주로 이사를 했다. 그리고 그 겨울을 책 읽고, TV도 보고, 인터넷 세상을 기웃거리며 최소한의 소비만 하며 살았다. 틈틈이 금강에 뗏목처럼 떠 있는 새들목섬까지 걸어갔다 돌아오기도 했다. 시경은 섬을 바라보며 그 안에 살고 있다는 삵과 고라니와 수달을 상상했다. 이 추운 겨울에 그들은 무얼 먹고 어떻게 살아갈까, 생각하며 새들이 날아다니는 하늘을 올려다보았다. '철새는 그리움의 힘으로 날며 절대 뒤를 돌아보지 않는다.'는 시를 떠올리며 앞으로 나아가기만 하는 새들은 행복할까, 시경은 궁금했다.

사람들과의 관계를 맺지 않아도 되는 이런 생활이 얼마간 더 계속되어도 좋을 것만 같았다. 그러는 동안 첫눈도 오고 금방 봄이 올 것처럼 따뜻한 비가 내리더니, 다시 폭설이 도시를 덮어 자동차가 눈 속에 파묻히기도 했다. 그래도 공주의 겨울은 서울보다 훨씬 포근했다. 시경은 감나무 가지 끝에 달린 몇 개의 감을 새들이 쪼아 먹는 풍경과 함께, 하루하루 시간이 흘러가는 것을 바라보았다.

따뜻한 봄날이 이어지다가 다시 쌀쌀한 바람이 불어왔다. 시경은 겨울 코트를 입고도 몸을 움츠리며 강변을 산책하고, 공주대학교를 돌아나오는 길이었다. 학생회관 앞 게시판에는 하루 6시간 샌드위치를 만들 직원을 구한다는 내용이 붙어 있었다. 시경은 바로 회관 내 가게로 찾아갔다.

"저기, 샌드위치 만들 직원을……"

"지금 너무 바빠요. 빨리 들어와서 여기 네모 틀에 달걀 좀 부치세요. 아니, 아니, 아무리 바빠도 앞치마 입고 캡은 써야지요."

이렇게 즉흥적으로 시경은 샌드위치 가게에 직원으로 채용되었다. 일도 단순하고 무뚝뚝한 사장도 괜찮았다. 적은 임금을 받는 대신 머리 복잡할 일도 없고, 몸도 최저임금만큼만 움직이면 되었다. 무엇보다도 주말에는 일을 안 해도 되는 것이 좋았다. 근무한지 일주일쯤 지났을 때

"시경씨, 보건증 있어요?"

"아니요."

"보건소에 가면 간단한 검사하고 발급해 줍니다. 오늘이라도 가서 신청하면 3~4일 후에 나와요."

"네."

"나도 말이 없는데 시경씨도 네, 아니요, 외에는 별로 대화가 없네요."

"네."

　반복되는 일상에서 벗어나고 싶어 찾아온 공주에서 시경은 다시 평범한 일상에 조금씩 길들여지고 있었다. 이솝에서 퇴근하면 매일 강변을 산책하며 맥주와 샌드위치로 늦은 점심을 먹었다. ！하는 소리와 함께 탈출하듯 터져 나오는 맥주 거품을 바라보면 그 짜릿함에 6시간의 피로가 풀어 헤쳐지곤 했다.

　그런데 오늘은 보건증을 발급받으러 보건소에 가야만 했다. 시경은 아른아른한 맥주의 유혹을 누르며 아파트 주차장으로 돌아와 차에 시동을 걸었다. 그러나 엔진은 픗픗, 소리만 내며 곧 꺼져버렸다. 오래 방치한 자동차가 스스로 힘을 잃어버린 듯했다. 시경은 짜증이 스멀스멀 올라오는 것을 참으며 전화를 걸었다.

　"안녕하세요. 신신자동차보험입니다. 자동차 사고 및 상담 접수는 1번⋯⋯"

　이렇게 길게 안내가 이어지고 숫자를 여러 번 누르고서야 상담사와 연결되었다. 그리고 15분쯤 후에 단정하게 명찰을 단 젊은 남자가 나타났다. 남자는

　"너무 오래 자동차 운행을 안 하셔서 그래요. 적어도 3일에 한 번 정도는 30분씩 드라이브라도 하세요. 자동차도 너무 무관심하게 버려두면 기능이 퇴화됩니다. 사람이나, 자동차나, 관심을 주고받으며 소통을 해야만 합니다."하며 잘 교육된 친절을 베풀었다. 그리고 재빠르게 밧데리를 충전하고는 로봇처럼 인사하며 사라졌다. 시경은 그런 남자의 행동이 아무 생각 없이 샌드위치를 만드는 자신처럼 느껴졌다.

　보건소는 그리 멀지 않았다. 매일 산책하는 금강을 건너니 시장이 있고, 시장 가까이 새로 지은 듯 산뜻한 건물이 보건소였다. 주차장도 널널하게 여유가 있었다. 직원은 보건증 신청서를 작성하라며 건네주었다. 필요한 서류를 쓰고 있는데 갑자기 여자의 고함이 들려왔다.

"아니, 몇 번을 이야기해야 알아듣겠어요? 어머니는 칠십이 넘으신 환자라고요. 당뇨에 고혈압 약 정도는 본인이 직접 오지 않아도 줄 수 있는 거 아닌가요?"

잠시 웅얼웅얼 남자 목소리가 들리더니 여자 목소리가 다시 높아졌다.

"누가 그걸 모르냐고요? 어머니가 여기 나오려면 택시비가 얼만지 알기나 해요? 우리 집은 버스도 안 들어오는 산골이에요. 버스를 타려면 한 시간을 걸어야 한다고요."

이번에도 남자 목소리는 들리지 않고, 두 사람 이상의 여자가 조용조용 달래는 음성이 들려왔다.

"아이, 정말!"

갑자기 여자가 울기 시작했다. 시경은 아주 오래 전, 저런 목소리로 이야기하던 친구가 생각났다. 끝이 묘하게 살짝 올라가는 특이한 저 억양은, 애교스럽게 들리기도 했지만 때로는 시비를 거는 것 같은 말투였다. 시경이 다시 신청서의 빈 칸을 메우고 있으려니 흐느끼던 여자 목소리가 잦아들었다. 그러더니 흰 가운을 입은 간호사가 여자의 팔을 가볍게 잡고 나와 의자에 앉혔다. 여자는 작은 몸집에 검은 고무줄로 묶은 푸석한 머리를 숙이고 아무 말이 없었다. 간호사는 여자의 어깨를 가볍게 두세 번 더 토닥이더니 다시 진료실로 들어갔다.

여자는 간호사가 앉혀준 자세로 꼼짝도 않고 발끝만 내려다보았다. 시경도 서류를 쓰다 말고 여자의 발을 보았다. 여자는 황토가 지저분하게 묻어 있는 등산화를 신고 있었다. 그 누런 흙은 하루, 이틀 묻어 있는 흙은 아닌 듯 보였다. 특히 오늘처럼 화창한 날에는 그 등산화가 더 낯설어 보였다. 시경은 젖고, 다져지고, 마르기를 반복했을 여자의 피곤하고 남루한 시간의 흔적을 등산화에서 읽을 수 있었다.

'저 여자는 얼마나 많은 길을 저 신발을 신고 여기까지 걸어 왔을까. 여자가 저 등산화 말고 다른 신발을 신어본 것은 언제일까.'

시경은 이런 생각을 하면서 자신의 하얀 운동화를 내려다보며 진료실로 들어가 간단한 검사를 받았다. 진료실에서 나오니 직원은 접수증을 주며 일주일 후에 보건증을 찾으러 오라고 했다. 시경은 접수증을 주머니에 넣으며 누군가 자신을 바라보는 시선을 느꼈다. 아까 큰 소리로 울던 여자였다. 여자는 흘러내린 머리카락 사이로 시경을 아련하게 바라보았다. 시경이 여자의 눈길을 피하려는 순간, 여자와 시경의 눈동자가 허공에서 만나며 동시에 커다랗게 열렸다.

"너, 시경이, 시경이 맞지?"

"영주야!"

두 사람이 서로의 이름을 부르는 순간, 둘은 이미 예전으로 돌아가고 있었다. 영주는 시경과 대학교 동기였다. 영주는 잘 웃고, 적당히 똑똑하고, 지나치지 않을 만큼의 자신감도 있는 평범한 여대생이었다.

"너, 여기, 공주 사는 거였어?"

"응, 너도?"

"언제부터?"

"난 5개월쯤. 너는?"

"난 8년이 넘었어."

영주는 조금 전에 울던 사람답지 않게 손까지 잡으며 반가워했다.

"넌 공주에서 뭐해? 직장이 여기야?"

"난 공주대학교 안에 있는 가게에서 샌드위치 만들어. 너는 왜 친구들과 연락도 안 해? 진우씨는 잘 있어?"

"우린 이리로 귀농했어. 진우씨 고향이고, 어머니도 여기 계시잖아."

"그랬구나. 진우씨는 글 잘 썼잖아. 대학 때부터 출판사 서평 쓰는 알바도 하고 그랬지?"

"지금은 농사지어. 콩도 하고, 감자도 하고, 배추, 무도 하고…… 나, 너무 늦었어. 우리 집은 버스에서 내려서도 한참 걸어가야 하거든."

영주는 갑자기 대학시절에서 현실로 돌아온 듯 자리에서 일어섰다.

"우리 다음에 아침 일찍 만나서 이야기 많이 하자."

"집이 어딘데? 내가 데려다 줄게. 설마 자동차가 못 들어가는 오지는 아니지?"

"정말? 데려다 주면 고맙지."

그렇게 시경은 영주의 집을 방문하게 되었다.

"우리 집은 네비 찍으면 산으로 꼬불꼬불 올라가는 길 가르쳐 줘. 그러다가 어느 순간 길을 잃어버리지. 하하, 내가 인간 네비 해줄게."

주소를 알려달라는 시경의 말에 영주는 오래 전처럼 약간은 시비 거는 말투로 말했다.

"너 대학교 때 말투가 하나도 안 변했어. 친구들이 네 말투 흉내 내면서 막 웃고 그러던 거, 생각 나?"

"으흥흥하하, 요기서 좌회전, 다시 한 번 좌회전."

영주가 가르쳐 주는 대로 좌회전 두 번, 우회전 한 번을 하고나니 금강을 건너면서 꽤 폭이 넓은 천이 나왔다.

"여기가 금강에서 갈라져 나온 도천이야."

"도천?"

"응, 지금부터 이 도천을 따라 30분쯤 가면 버스가 끊기는 길이 나오는데, 그 곳이 한천리야. 거기서 흙길로 더 올라가면 우리 집이야. 무성산 기슭, 소안마을."

"동네 이름이 소안마을이야?"

"응, 장소 소, 편안 안락할 안. 편안하고 안락하게 쉴 수 있는 장소라는 뜻이지. 소안마을은 지도에도 없고 네비에는 더더욱 잡히지 않는 곳이야."

"와! 동네 이름 좋다. 최영주씨, 편안하고 안락하게 쉴 수 있는 홈, 스위트홈에 살고 계십니까?"

영주는 시경의 익살스러운 질문에 보일 듯, 말 듯, 입 꼬리를 살짝 올리며 웃었다.

"소안마을은 피난민들이 숨어 들어와 이루어진 마을이야. 전쟁을 피하고 피해서 여기까지 들어와 비로소 편안하게 쉴 수 있겠구나, 해서 소안이라 했다고 전해지는데, 그만큼 깊고 깊은 산골이라는 뜻이지."

그리고 두 사람은 같은 상황인데도 서로 다르게 기억하는 옛 추억을, 내 기억이 옳다며 우기기도 하고 큰 소리로 웃기도 했다. 그 사이에 도천의 폭은 점점 좁아지더니 산을 제법 올라온 것 같은데 뜬금없이 커다란 저수지가 나타났다. 깊은 산골짜기에 이렇게 큰 저수지가 있다는 것과 주위의 풍경이 비현실적으로 다가와 기괴한 느낌마저 들었다.

"여기가 홍길동의 활동무대였다고 하는데, 그가 쌓았다는 산성 터와 동굴도 있어. 하하, 이 동네 사람들은 다들 그렇게 믿고 있지만, 믿거나 말거나."

영주가 이야기하는 사이 어느 덧 도천의 가느다란 물줄기마저 사라지고, 버스길이 끊기며 자동차가 덜컹덜컹 흔들리는 흙길이 나왔다.

"우와! 여기 한여름 밤에 전설의 고향 촬영하면 딱이다!"

시경은 농담을 하며 영주를 돌아보았지만 영주는 입을 꼭 다물고 앞만 뚫어지게 바라보았다. 시경도 길이 너무 좁고, 바닥이 고르지 않아 핸들을 꼭 잡고 운전에만 집중했다. 멀리서 개 짖는 소리가 들렸다. 영주는 여전히 굳은 표정으로 말이 없었다. 자동차가 더 나아갈 곳이 있을까 싶은 생각을 하자, 십여 가구의 집들이 드문드문 흩어져 있는 풍경이 나타났다. 그것은 흔한 산골 모습이었다. 그러나 인적도 없이 개 짖는 소리만 계속 들려왔다.

영주는 들어오라는 말도 없이 차에서 내렸다. 시경은 어정쩡하게 머뭇거리면서 영주를 따라 내렸다. 오래된 산골집이기는 했지만 소박하고 잘 정돈된 느낌을 주는 집과 정성을 들여 가꾼 텃밭이 펼쳐졌다. 아무도 없는가 싶었는데 갑자기 텃밭 한가운데서 불쑥 사람이 일어섰다. 꽃무늬 바지에 역시 꽃무늬 수건을 머리에 두른, 할머니였다. 할머니는 영주에게는 눈길도 안주고 시경을 쓱 훑어보았다. 그리고 호미를 아무렇게나 던지고, 머리 수건을 벗어 바지에 툭툭 털며 집으로 들어갔다.

"신경 쓰지 마. 시어머니…… 치매야."

"아, 나 그냥 갈게."

"아니야. 내가 맛있는 모과차 줄게. 마시고 가."

시경은 그냥 돌아서려 했지만 맛있는 모과차를 준다는 영주의 손길을 뿌리치고 싶지 않았다. 집안도 빈틈없이 깔끔했다.

"여기가 거실이야. 거실 겸 서재라고나 할까. 호호흥."

영주는 어색한 웃음을 남기고 차를 가져오겠다며 나갔다. 시경은 거실 겸 서재를 둘러보았다. 주로 오래된 책들이 꽂혀 있었다. 책상이 두 개 나란히 있는데 각자 하나씩 따로 사용하는 듯 보였다. 잠시 후 영주는 매끈하고 윤기가 도는 나무 쟁반에 손으로 빚은 투박한 잔을 올려 가지고 들어왔다. 시경은 잔을 두 손으로 받쳐 들고 모과차를 조금 마셔보았다. 향긋하고 따뜻한 기운이 식도를 타고 흘러내렸다. 맛이 아주 좋았다. 시경은 눈을 가늘게 뜨고 향을 천천히 느껴 보았다.

"와, 좋다, 모과향이 진하면서도 너무 달지는 않고."

"진우씨가 담근 거야. 쟁반도, 컵도, 진우씨가 만든 거야."

"글 재주만 있는 줄 알았는데 솜씨도 보통이 아니네. 그런데 지금 어디 갔어?"

"누구네 집인가 일 도와주러 갔을 거야."

"요즘도 글 써?"

"쓰는 것 같기는 한데 글을 본 적은 없어. 이렇게 너무 닫혀있는 공간도 글쓰기에는 적합하지 않은가 봐."

영주는 잠시 시경이 차를 마시는 모습을 바라보더니

"여기 어두워지면 운전하기 힘들어. 넌 쉬는 날이 언제야? 쉬는 날 일찍 만나서 이야기 많이 하자. 너 사는 이야기도 듣고 싶어."

"주말은 쉬어."

"그래, 쉬는 날 보자. 어서 가."

시경은 서둘러 차를 마시고 밖으로 나왔다. 운전이 서투른 시경도 낯설고, 좁은 흙길에다가 불빛도 없는 길이 두려웠다. 마당을 돌아 나오면서 백미러를 통하여 영주를 바라보았다. 영주는 아쉬운 듯, 떠나는 자동차를 배웅하며 서있었다. 그러나 영주의 모습은 천천히 멀어지고, 들어올 때처럼 개 짖는 소리만 컹컹 산마을에 가득 울려 퍼졌다. 이런 풍경, 언젠가 어디선가 본 듯한 이 풍경은 꼭 꿈인 것만 같았다. 시경에게 지금 이 상황은 꿈에서 또 다른 꿈을 꾸고 있는 것 같은 착각을 불러 일으켰다.

소안마을에 다녀온 후, 시경은 영주의 전화를 기다렸다. 샌드위치를 만들 때는 폰의 소리를 최대로 하여 앞치마에 넣고 영주의 전화를 기다렸다. 기다림 속에서 캠퍼스의 철쭉도 빛을 잃어가고, 한낮에는 슬슬 더위가 시작되었다. 그러더니 6월 초인데도 장마처럼 잦은 비가 내리기 시작했다. 이틀은 비가 오고 하루 햇살이 반짝하고는, 그 다음날은 또 다시 비가 내리는 날이 3주일이나 계속되었다. 시경이 잠자리에 누워 귀 기울이면, 빗줄기가 땅과 만나며 찰싹찰싹하는 것이 몽돌해변의 파도가 자갈에 부딪히는 소리처럼 들리곤 했다. 그런 날은 고층아파트에서는 못 느끼던 흙내음도 소나무 향과 함께 진하게 올라왔다. TV 일기예보에서도 20일 중 15일은 비가 왔다고 노란 비옷을 입은 여자가 이야기하고 있었다. 대학교는 기말고사와 함께 여름방학이 시작되었다. 이솝 사장은 기말고사가 끝나면 푹 쉬었다가 9월이 오면 꼭 다시 나와야한다고 몇 번씩이나 다짐을 했다. 시경도 그럴 생각이라 흔쾌히 승낙했다.

이솝을 쉬는 동안 너무 더워서 시간이 엿가락처럼 한없이 늘어지는 것 같은 날들이 계속되었다. 그런 날에도 시경은 금강 자전거 길을 따라 석장리 유적지까지 걸어갔다 오곤 했다. 지도를 보며 왕복 두 시간이면 충분하겠다고 생각했지만 걷는 것만도 세 시간이나 걸렸다. 뙤약

볕 아래 강변길은 시원한 음료수 하나 사먹을 휴게소나 쉴 수 있는 나무 그늘도 없었다. 시경은 다리 밑 그늘에서 물 한 모금 마시고 마냥 걸었다. 그리고 구석기 시대의 흔적이 전시되어 있는 석장리의 막집 옆에 앉아 금강을 바라보고 있을 때, 영주에게서 전화가 왔다. 순간 시경은 갑자기 과거에서 현재로 돌아온 듯, 스마트폰이 낯설어 바로 전화를 받을 수가 없었다.

"시경아, 나 내일 보건소에 나가. 우리 만날까? 11시쯤 보건소로 올래?"

"그래, 샌드위치 매장도 방학했어. 시간 맞춰서 갈게."

시경은 그날 밤 소안마을을 찾아가는 꿈을 꾸었다. 영주가 가르쳐 준 대로 보건소에서 좌회전, 좌회전, 우회전을 하여 도천을 따라 올라갔다. 그런데 흙길을 찾을 수가 없어 이리저리 한참을 헤매었다. 그때 시경은 분명 잠에서 깨어났는데 꿈에서는 깨어나지 못하는 이상한 경험을 했다. 아침에 일어나니 이것이 꿈이었는지, 상상이었는지 모를 야릇한 느낌에 몸까지 찌뿌둥했다.

여전히 아침부터 무척 더웠다. 시경은 빨리 영주를 만나고 싶어 서둘러, 너무 이르게 보건소에 도착했다. 시경이 나무 그늘 의자에 하릴없이 앉아있는데 영주가 보건소에서 시어머니와 함께 나왔다. 시어머니는 짙은 청색 바지에, 더운 날씨에도 불구하고 긴 소매의 아이보리색 블라우스를 입고 있었다. 지난 번 꽃무늬 바지 때와는 다르게 주름진 민낯에 머리카락은 세었지만, 선이 곱고 단아한 기품마저 느껴지는 모습이었다.

"안녕하세요, 어머니. 영주야, 반가워."

시경이 다가가자 영주는 손을 살짝 잡으며 웃었다. 그러나 시어머니는 외출이 힘들었는지 말없이 시경이 앉아있던 의자에 앉아 조용히 눈을 감았다.

"시경아, 내가 살 것들이 좀 있어서 너를 불렀어. 미리 이야기 안 해서 미안해. 내가 마트에 가서 필요한 물건을 사는 동안, 우리 어머니랑 함께 있어 줄래? 내가 먹을 것을 좀 준비해 왔어."

영주는 등산용 배낭에서 보온병과 조그만 꾸러미를 꺼냈다. 시경은 당황스러웠지만 그냥 고개만 끄덕였다.

"어머니, 여기 제 친구와 잠시만 계세요. 커피와 감자도 드시고요. 화장실 가고 싶으면 빨리 말씀하세요."

시어머니는 여전히 말없이 눈을 감고 있었다. 영주는 잘 부탁한다는 의미인 듯 시경의 손을 꼭 잡더니 돌아서서 빠르게 걸어갔다. 시경은 난감해하며 의자에 앉았다. 잠시 눈을 감고 생각에 잠기던 시어머니는

"친구요, 나 커피 한 잔 주고 친구도 마셔요."

"아, 네네."

보온병을 열자 커피 내음이 진하게 올라왔다.

"감자도 드세요."

"난 아니에요, 친구나 드시구려."

시어머니는 커피를 조금씩, 그러나 아주 맛있게 마셨다. 시경은 이런 침묵의 시간이 못 견디게 불편했다. 시어머니는 커피를 다 마시고는 물휴지로 시경의 컵까지 깨끗하게 닦아 배낭에 넣었다. 도무지 치매라고 믿기지 않는 단정한 모습이었다.

"영주가 시어머니는 치매라고 하던가요?"

"아, 네…… 아니에요."

"난 고혈압과 당뇨가 좀 있기는 하지만 치매는 아니에요."

"……"

"난 며늘애가 어서 내 곁을 떠났으면 좋겠어요. 남편도 떠났는데 왜 저러고 있는지 이해할 수가 없어요."

"남편? 진우씨가 어디로 떠나요?"

"진우가 떠난 지 벌써 3년이 지났어요. 난 며늘애가 부담스러워요.

혼자 조용하게 늙어가고 싶어요. 그런데 며늘애는 내 말을 믿지 않아요. 내가 진심으로, 진심으로 혼자 있고 싶다고 해도, 며늘애는 내가 부러 그런다고 생각해요. 그런데 난, 며늘애를 참 좋아하긴 하지만…… 정말 혼자 있고 싶어요. 그래서 며늘애에게 욕도 하고, 그릇도 던지고, 지난번에는 새로 담근 김치를 마당에다 쏟아 버렸어요. 나 치매라고, 치매 걸린 할매 빨리 버리고 떠나라고요."

시어머니는 시경에게 가까이 다가앉으며 시경의 손 위에 자신의 손을 조심스럽게 포개었다.

"나 좀 도와줘요. 제발 영주 좀 데리고 가줘요."

시경은 뭐라고 대답을 해야 할지 난처했다. 시어머니 말을 어디까지 믿어야 할지 판단을 할 수가 없었다. 얼마나 더 말없이 그렇게 앉아있었는지, 영주가 가까이 다가오고서야 두 사람은 각자의 생각에서 깨어났다. 영주의 두 손에는 근처 대형마트의 봉투가 주렁주렁 들려 있었다.

그날 저녁, 시경이 맥주 캔을 막 따자마자 영주에게서 전화가 왔다.

"혹시, 우리 어머니가 자신은 치매가 아니라고 하지 않았어?"

"응. 맞아."

"그럴 줄 알았어. 네가 보기엔 어때?"

"단아한 모습을 보면 아닌 것 같기도 하고, 잘 모르겠어. 넌 어떻게 생각해?"

"치매 아닌데 치매인 척 하는 거, 그게 치매 아니니? 미치지 않은 사람이 미친 척 하는 거, 그것도 미친 거지. 어머닌 치매 맞아."

영주는 단호하게 말했다.

"그보다 영주야, 넌 소안마을을 떠나고 싶은 생각은 없니?"

"그런 생각은 절대로 없어. 진우씨와 나는 농사짓고, 아기도 낳고, 글을 쓰고 싶은 꿈을 이루려고 소안마을에 왔어. 그리고 무엇보다 나는 이곳이 좋아."

"진우씨는 떠났어. 그리고 시어머니는 혼자 살고 싶다고……"

시경은 빠르게 맥주를 마셨다. 진우는 소안마을을 떠나고, 영주는 꿈을 이루기 위하여 떠나지 않고 있다. 시경은 시어머니와 영주의 관계를 생각하니, 가슴 한편에 실타래가 엉킨 듯 복잡하고 답답해졌다. 점점 더 버거워지는 사람과의 관계와 번잡함을 덜어내고 싶어 찾아온 공주였다. 그런데 느닷없이 등장한 영주는 시경에게 또 다른 짐을 슬며시 건네주고 있었다.

땀을 뻘뻘 흘리며 햇살에 델 것 같은 폭염 아래 석장리 막집을 향하여 걸어가고 있는데 '아, 꿈이었구나!' 전화벨 소리에 시경은 머리맡을 더듬어 폰을 찾았다.

"시경아, 지금 좀 빨리 와 줄래? 내가 많이 아파, 머리가 폭발할 듯이 아파."

시경은 입고 있던 옷 그대로 차 열쇠와 손지갑만 챙겨서 소안마을로 향했다. 거리는 어두웠고 차들도 거의 없었다. 영주가 가르쳐준 대로 보건소에서 좌회전, 좌회전, 우회전을 하니 도천이 희미하게 모습을 드러냈다. 도천을 따라 산으로 꽤 올라왔으니 이제 저수지가 나올 것이다. 그러나 저수지는 보이지 않았다. 가로등도 없는 캄캄한 도로만 계속 이어졌다. 차를 돌릴만한 장소도 없었다. 분명 도천이 사라지고 흙길이 시작되는 곳에서 버스가 돌아나갈 충분한 공간이 있었는데, 길은 점점 더 산으로 꼬불꼬불 올라가고 있었다.

운전은 서투르고, 불빛이라고는 자동차의 전조등이 전부이고, 오로지 앞으로만 나아가야하는 외길이었다. 그렇게 얼마나 더 올라왔는지, 이번에는 급경사인 S자 내리막길이 시작되었다. 시경의 속옷은 이미 진땀으로 범벅이 되어 축축했다. 운전대를 잡은 팔과 어깨는 너무 긴장한 탓에 점점 뻣뻣해지고 있었다. 시경은 지금 꿈을 꾸고 있는 것은 아닌가 생각하며 CD를 플레이어에 넣어보았다. 엘가 작곡 '사랑의 인사'가 경쾌하게 플루트 연주로 흘러나왔다. 음악을 들으니 몸의 긴장이 조금씩 풀어지고 마음이 차분하게 가라앉았다. 시경은 길을 잃더라도, 방향만은 잃지 않았으면 좋겠다는 생각을 하며 운전에만 집중했다. 얼마를 더 헤매었는지, 내리막길을 다 내려오니 가로등과 집들이 보이기 시작했다.

'공주, 소안마을로 가는 길은 어디에 있을까, 다시 서울로 돌아갈까, 아니야, 공주로 가야하는데, 편안하고 안락하게 쉴 수 있는 장소, 소안마을로 가야하는데, 그 곳은 어디에 있을까……'

그러나 소안으로 가는 길은 어디에도 보이지 않았다. 불혹의 나이에도 불구하고 아직도 갈 곳을 몰라 갈팡질팡 방황하는 시경은, 지금 공주로 가는 길 외에는 다른 선택을 할 수가 없었다. 그러나 그 길도 희미한 별까지의 거리만큼이나 아마득하게 느껴졌다.

2019 신예작가

초판 발행 2018년 12월 24일
저   자 강석희 외
발 행 인 김명자(김지연)
주   간 김호운
기획실장 김성달
사무국장 이월성
발 행 처 사단법인 한국소설가협회
등록번호 신고 제313-2001-271(2001. 12.13)
주   소 04340 서울 용산구 소월로 109 남산도서관 2층
전   화 02)703-9837, 02)703-7055
전자우편 novel2010@naver.com
한국소설가협회카페 http://cafe.naver.com/novel2011
인   쇄 정은출판 (02)2272-9280
총   판 한국출판협동조합 (070)7119-1740
I S B N 979-11-7032-073-9
정   가 15,000원